ग्राम रोजगार के नए अवसर और महिलाएँ

ग्राम रोजगार के नए अवसर और महिलाएँ

सौरभ उपाध्याय

इशिका पब्लिशिंग हाउस
जयपुर दिल्ली

इशिका पब्लिशिंग हाउस

ए -25, ''गणेश सदन'', गली न. 4, आदर्श बस्ती,
बी.एल. हाउस के पास, टोंक फाटक,
जयपुर-302018 (राजस्थान) भारत
फोन : 0141-2761280, Mob. 9887532741
Email: ishikapublishinghouse@yahoo.in

दिल्ली कार्यालय : 102, प्रथम मंजिल, 'सत्यम हाउस'
4324/3, अंसारी रोड़, दरियागंज, नई दिल्ली - 110 002
फोन : 011-45652440

ISBN: 9788189471798

टाइपसेटिंग : बी.एस. कम्प्यूटर्स, जयपुर

मुद्रक : थॉमसन प्रेस, नई दिल्ली

प्रस्तावना

कृषि एक व्यवसाय है जिसमें भारत की अधिकांश जनसंख्या इस व्यवसाय में लगी है। भारतीय ग्रामीण महिलाओं की भूमिका भी इस व्यवसाय में पुरुषों की अपेक्षा कम नहीं है। फसल की बुआई से लेकर कटाई तक महिलाएँ पुरुषों के साथ-साथ श्रम करती हैं। कृषि आज भी संसार की कुल मानव शक्ति का काफी भाग समाविष्ट किए हुए है, जो अन्य सभी व्यवसायों में लगे हुए मानव समुदाय की सम्मिलित संख्या से अधिक है। अनुसंधानकर्ताओं ने यह निश्चित करने का प्रयत्न किया है कि कब मनुष्य सबसे पहले शिकारी या संग्रहकर्ता से पशुपालक या कृषक बना? कई विद्वान् यह मत व्यक्त करते हैं कि मनुष्यों द्वारा पौधों और पशुओं का पालन शुरू किए जाने पर उनके स्वरूप में बदलाव आया और इस परिवर्तन से यह संकेत मिलता है कि कोई पशु या पौधा भूतकाल में किस विशिष्ट समय पर घरेलू बनाया गया? इस साक्ष्य के आधार पर कुछ विद्वानों ने कल्पना की है कि व्यापक अन्न-संग्रहण का प्रारंभिक चरण मध्य-पूर्व और एशिया में 6,000 वर्षों से भी पहले शुरू हुआ, जबकि मनुष्य आखेट और संग्रहण की अवस्था को पार कर अन्न उत्पादन या कृषि की अवस्था में आया। इस काल में सभवतः पशु भी पालतू बनाए गए और इससे थोड़ा पहले जंगली बैल (*बॉस टॉरस,* ऊंचाई में 1.8 से 2.1 मीटर कन्धों की हड्डियों के बीच) को पालतू बनाया गया था।

भारत में पशुपालन एक प्रमुख व्यवसाय है। इस व्यवसाय में ग्रामीण महिलाओं के व्यवसाय की अत्यधिक संभावना रहती है। पशुपालन के व्यवसाय से विभिन्न प्रकार के काम होते हैं जैसे कृषि कार्य में पशुओं का प्रयोग, ईंधन प्राप्ति के लाभ आदि। ग्रामीण महिलाओं द्वारा पशुपालन संबंधी विभिन्न कार्य किये जाते हैं।

ग्रन्थशिल्प एक कला है। इस शिल्प का प्रमुख उद्देश्य है कला के प्रति जाग्रत करना। ग्रन्थशिल्प का कार्य करने से आत्मनिर्भरता, सहयोग की भावना समय का सदुपयोग आदि होता है। इस शिल्प के कार्य में कागज, दफ्ती आदि से निर्मित वस्तुओं का ज्ञान होना अति आवश्यक है। छात्रों के भावी जीवन के लिए यह बड़ी उपयोगी शिल्प है। खाली समय में पुस्तकों को जिल्द बाँधकर, लिफाफे, फाइल आदि बनाकर समय का सदुपयोग किया जा सकता है और धन भी पैदा किया जा सकता है।

सौरभ उपाध्याय

अनुक्रमणिका

1

कृषि क्षेत्र में रोजगार की स्थिति

भारत की अर्थव्यवस्था में कृषि की महत्वपूर्ण भूमिका है। यहां के लोगों का मुख्य व्यवसाय कृषि है। भारत एक कृषि प्रधान देश है फिर भी विश्व के अन्य देशों की अपेक्षा यहां की उत्पादकता दर काफी कम है। कृषि उद्योग में लगे श्रमिकों की स्थिति भी कोई खास नहीं है। यहां के लोग कृषि में काफी श्रम करते हैं। पुरुषों के साथ-साथ यहां के लोग कृषि में काफी श्रम करते हैं। पुरुषों के साथ-साथ यहां की महिलाएँ भी कृषि कार्यों में प्रमुख भूमिका निभा रही है। शेष कई महत्त्वपूर्ण कृषि-कार्य उन्हीं की मदद से किए जाते हैं, जैसे—बीज बोना, धान रोपना, तैयार फसल काटना, खेत से खलिहान में लाकर अनाज को बालियों में से निकालना, फटकाना, चुनना, बीनना एवं अनाज का उचित रीति से भण्डारण करना।

पेड़ों की टहनियों को काटकर व सुखाकर इसे ईंधन के रूप में उपयोग करते हैं। कभी जंगल से जलाने हेतु सूखे पत्ते भी बटोर कर लाती हैं। वे सिर्फ पेड़ की टहनियाँ ही नहीं काटती-अपितु जंगल लगाने का, वृक्षारोपण का कार्य भी करती हैं। देश के कई स्थानों में स्त्रियों ने फूलों की खेती का कार्य भी आरम्भ किया है। महानगरों या नगरों के समीप के ग्रामों में इस प्रकार की खेती होती है। नगरों तथा महानगरों में पूजा, विवाह अथवा विशिष्ट समारोहों में फूलों के गुलदस्तो एवं फूलमालाओं की माँग अधिक होती है। अतएव इनकी बिक्री में अधिक कठिनाई नहीं होती। कम धन व्यय करके, कम समय में फूलों के बाग से पर्याप्त धन अर्जित किया जा सकता है। कई ग्रामीण महिलाएँ घर में अथवा घर के भीतर रखे जाने वाले पौधों

के गमले तैयार करके बेचती हैं; पौधों की नर्सरी लगाकर बिक्री हेतु छोटे पौधे तैयार करती हैं। इससे भी उन्हें पैसे मिलते हैं।

कृषि श्रमिक का अर्थ एवं परिभाषाएँ

कृषि मजदूर का तात्पर्य उस व्यक्ति से है जो मुद्रा अथवा वस्तु के रूप में मजदूरी प्राप्त करने के लिये दूसरे व्यक्ति की जमीन पर कार्य करता है। इस सम्बन्ध में कुछ परिभाषाएँ निम्न हैं–

जनगणना रिपोर्ट के अनुसार–सन् 1991 की जनगणना के अनुसार कृषि श्रमिक का अभिप्राय उस व्यक्ति से है, जो मुद्रा अथवा वस्तु के रूप में मजदूरी प्राप्त करने के लिए दूसरे व्यक्ति की जमीन पर कार्य करता है। ऐसे व्यक्ति का भूमि पर कोई अधिकार नहीं होता है और न ही फसलों के बोने के चयन में निर्णय कर सकता है तथा उसका किसी प्रकार का जोखिम नहीं होता है।

अखिल भारतीय श्रम जाँच समिति रिपोर्ट (सन् 1950-51) के अनुसार–कृषि श्रमिक वे होते हैं, जिनकी कुल आमदनी का 50% प्रतिशत या इससे अधिक आमदनी कृषि में किए गए कार्य से होती है।

अखिल भारतीय श्रम जाँच समिति रिपोर्ट (सन् 1956-57) के अनुसार–कृषि श्रमिक से अर्थ उस व्यक्ति से है जो न केवल फसलों के उत्पादन में कार्य करता है, बल्कि उन सभी कृषि सम्बन्धी धंधों जैसे पशुपालन, मुर्गीपालन, मधुमक्खी पालन आदि में मजदूर के रूप में कार्य किया हो।

इन परिभाषाओं के आलोक में यह कहा जा सकता है कि कृषि मजदूर वे व्यक्ति होते हैं, जो फसलों के उत्पादन का कार्य व दूसरे कृषि धन्धों में कार्य करके अपनी आजीविका चलाते हैं। सामान्यतः इनके पास जमीन नहीं होती है और अगर थोड़ी बहुत जमीन होती भी है, तो वह उनके जीवन-यापन हेतु पर्याप्त या पूर्ण नहीं है।

कृषि श्रमिक की विशेषताएँ

कृषि श्रमिक के सन्दर्भ में दी गयी परिभाषायें निम्न विशेषतायें स्पष्ट करती हैं–

1. उत्पादन से सम्बन्धित किसी भी कार्य को अपनी इच्छा से करने का अधिकार न हो।
2. मजदूरी नकद या कृषि पदार्थ के रूप से लेता हो।

3. वह व्यक्ति कृषि भूमि पर अथवा कृषि से सम्बन्धित धंधों में मजदूर के रूप में पाई जाती है।
4. उस व्यक्ति को कोई जोखिम सहन न करना पड़ता हो।
5. उस व्यक्ति का भूमि पर स्वामित्व का अधिकार न हो।
6. वह व्यक्ति अपना ज्यादातर समय कृषि या उससे सम्बन्धित धन्धों में श्रम करके बिताता हो।

कृषि श्रमिकों का वर्गीकरण

कृषि मजदूरों का वर्गीकरण निम्न आधार पर किया गया है—

क. कृषि सुधार समिति के वर्गीकरण

कृषि सुधार समिति ने कृषि भूमि को तीन भागों में विभाजित किया है जो निम्न प्रकार हैं—

(1) साधारण श्रमिक—ऐसे मजदूर जो भेड़ या बाड़ बनाने, मिट्टी खोदने, खुदाई करने आदि का कार्य करते हैं।

(2) कुशल श्रमिक—इस प्रकार श्रमिक जो अपने कार्य में निपुण होते हैं जैसे—बढ़ई, लुहार, मिस्त्री आदि कुशल श्रमिक कहलाते हैं।

(3) खेतिहर मजदूर—इस प्रकार के श्रमिक भूमि को खेती योग्य बनाने, हल चलाने, बुआई, करने, निकाई, गुड़ाई, कटाई-मड़ाई आदि कार्य करते हैं।

ख. कृषि श्रमिक सर्वे रिपोर्ट के आधार पर वर्गीकरण

कृषि श्रमिकों को कृषि श्रमिक सर्वे रिपोर्ट के आधार पर दो भागों में विभाजित किया गया है, जो निम्न प्रकार हैं—

(1) अस्थायी श्रमिक—इस प्रकार के मजदूरों को अल्प समय के लिए कार्य पर रखे जाते हैं तथा कार्य पूरा होने पर यह कहीं अन्य जगह पर चले जाते हैं। ये अपनी मजदूरी वर्तमान समय में प्रचलित दर के हिसाब से लेते हैं। इनके किसी दूसरी जगह पर कार्य पर कोई प्रतिबन्ध नहीं होता है।

(2) स्थायी श्रमिक—इस प्रकार के श्रमिक भू-स्वामी अपने खेत पर एक लम्बी अवधि के लिए रखते हैं, तथा किसी अन्य जगह पर कार्य नहीं कर सकते हैं। इन श्रमिकों की मजदूरी गाँव में प्रचलित रीति-रिवाज के अनुसार दी जाती है।

ग. राष्ट्रीय श्रम आयोग के आधार पर वर्गीकरण

इस आयोग के अनुसार कृषि श्रमिकों का वर्गीकरण दो रूपों में किया गया है, जो निम्नलिखित हैं–

(1) छोटे किसान–इस प्रकार के श्रमिकों के पास अपनी भूमि बहुत कम होती है तथा अपना अधिकांश समय दूसरों के यहाँ मजदूरी करके स्थापित करके व्यतीत करते हैं।

(2) भूमिहीन श्रमिक–इस प्रकार के श्रमिकों के पास ख़ेती करने के लिए अपनी कोई जमीन नहीं होती है। ऐसे श्रमिकों को भी दो श्रेणियों में रखा गया है।

(अ) अनुलग्न या स्थायी श्रमिक–किसी बड़े काश्तकार के यहाँ कम से कम साल भर कार्य करते हैं, स्थायी श्रमिक की श्रेणी में आते हैं।

(ब) आकस्मिक अस्थायी श्रमिक–इस प्रकार के श्रमिक किसी कृषक से जुड़े नहीं रहते हैं, बल्कि अपनी इच्छा से अलग-अलग किसानों के यहाँ समय-समय पर कार्य करते हैं अर्थात् ये कहीं भी कार्य करने हेतु स्वतन्त्र होते हैं।

स्थायी श्रमिकों की मजदूरी गाँव में प्रचलित रीति-रिवाजों के आधार पर दी जाती है, जबकि अस्थायी श्रमिकों की मजदूरी बाजार दर से दी जाती है।

कृषि श्रमिकों की संख्या में बढ़ोतरी

हमारे देश में रोजगार की समस्या के कारण कृषि श्रमिकों की संख्या में निरन्तर वृद्धि हो रही है। सन् 1921 में कृषि श्रमिकों की संख्या करीब 2.1 करोड़ थी, जो बढ़कर 1981 में 5.6 करोड़ व 1991 में 7.46 करोड़ हो गई। यह देश की कुल श्रमिक शक्ति का लगभग 26% व कुल जनसंख्या का 8.8 प्रतिशत है। कृषि श्रमिकों की तेजी से हुई वृद्धि के कारण उनकी मूलभूत समस्याएँ भी उसी गति से बढ़ रही हैं। यहाँ कृषि श्रमिकों की संख्या में वृद्धि के निम्नलिखित कारणों पर प्रकाश डाला गया है–

(1) जमींदारी प्रथा–अंग्रेजों द्वारा लागू की गई जमींदारी प्रथा भी कृषि मजदूरों में कृषि में सहायक रही है। जमींदार देश की अधिकतर भूमि के मालिक होते थे। शेष ग्रामीण जनता को उसके यहाँ या तो काश्तकार के रूप में अधिक कृषि श्रमिक के रूप में कार्य करना पड़ता था। जमींदार, छोटे काश्तकार को बेदखल भी करते रहते थे। इसके परिणामस्वरूप भी कृषि श्रमिकों में वृद्धि हुई है।

(2) नैसर्गिक निर्भरता–हमारे देश में जितनी भूमि कृषि योग्य है, उसका काफी भाग असिंचित है। इस वजह से कृषि को वर्षा पर निर्भर रहना पड़ता है। भारत

में सदैव वर्षा अनिश्चित होती है। इसलिए किसानों को कृषि उपज की अनिश्चितता के कारण मजदूरी पर कार्य करने के लिए विवश होना पड़ता है।

(3) अनार्थिक जोत की अधिकता—हमारे देश में अनार्थिक जोत की अधिकता है, राष्ट्रीय सैम्पल सर्वेक्षण के अनुसार सारे भारत में कृषि जोत का आकार 2.2 हैक्टेयर था। 70.7% ग्रामीण परिवारों के पास कुछ कृषि भूमि की अनार्थिक जोतों के कारण कृषकों को विवश होकर मजदूरी करनी पड़ती है। इसके फलस्वरूप उनकी संख्या में वृद्धि होती जा रही है।

(4) आबादी में वृद्धि—हमारे देश की आबादी बहुत ही तेजी से बढ़ रही है। कृषि पर जनसंख्या का भार बढ़ता जा रहा है। क्योंकि दोषपूर्ण भूमि व्यवस्था होने से भूमि का केन्द्रीयकरण कुछ ही लोगों में होता रहा और कृषि की वजह से भारतीय मजदूरों की संख्या में वृद्धि होती गई।

(5) कुटीर उद्योगों का अंत—ब्रिटिश सरकार की स्वार्थपूर्ण नीति की वजह से भारतीय कुटीर व लघु उद्योगों का पतन हुआ है, जिसके फलस्वरूप इन उद्योगों में लगे हुए व्यक्ति बेकार हो गए और कृषि कार्य में संलग्न हो गये।

(6) कर्ज की समस्या—भारतीय किसान कर्ज की समस्या से जूझते रहे हैं। ये ऋण सामान्यतः साहूकारों के लिए जाते हैं, जिनकी ब्याज दर इतनी ऊँची होती थी कि कृषकों को अपनी भूमि, ऋण का मूलधन का ब्याज चुकाने में बेचनी पड़ती थी। इस प्रकार एक ओर साहूकारों के पास जमीन बढ़ती गई और दूसरी ओर छोटे किसान भूमिहीन श्रमिकों के रूप में बढ़ते गए। इस प्रकार यह मुख्य समस्या बनी रही।

कृषि श्रमिकों की आर्थिक दशा

हमारे देश में कृषि मजदूरों की आर्थिक स्थिति काफी दयनीय है। इसका अनुमान निम्न तथ्यों से लगाया जा सकता है—

(1) बेरोजगार—भारत गें कृषि मौसम के अनुसार की जाती है, इसलिये क्षेत्र में मौसमी बेरोजगारी बहुत अधिक पाई जाती है। यह अनुमान लगाया गया है कि एक पुरुष कृषि श्रमिक को साल में लगभग 120 दिन तथा सभी श्रमिकों को 200 दिन बेरोजगार रहना पड़ता है। पंजाब, हरियाणा आदि राज्यों में, जहाँ हरित क्रान्ति हुई है, कृषि श्रमिकों को अब बहुत कम समय के लिए बेरोजगार रहना पड़ता है। परन्तु अन्य राज्यों में अभी भी बेरोजगारी की अवधि काफी लम्बी है।

(2) पारिश्रमिक—भारत में कृषि श्रमिकों को दी जाने वाली मजदूरी या पारिश्रमिक बहुत ही कम है। राष्ट्रीय सैम्पल सर्वेक्षण के अनुसार 1970-71 में कृषि

श्रमिकों की मजदूरी 2.03 रुपये थी जो बहुत ही कम थी। हालाँकि इस समय सरकार ने मजदूरी में वृद्धि की है। लेकिन बढ़ती हुई महंगाई के चलते यह पर्याप्त नहीं है।

(3) कार्य की स्थिति—कृषि श्रमिकों को थोड़ी मजदूरी पर भी बहुत अधिक मेहनत करनी पड़ती है। कड़ी धूप व भारी वर्षा में भी इन्हें कड़ी मेहनत करनी पड़ती है। साधारणतया न तो इनके काम के घण्टे निश्चित होते हैं तथा न ही इनकी छुट्टी या अन्य सुविधाओं की कोई व्यवस्था होती है। इनकी काम करने की दशा उचित न होने पर इनके स्वास्थ्य, कार्यक्षमता तथा जीवन-स्तर पर बुरा प्रभाव पड़ता है।

(4) निम्न जीवन-स्तर—कृषि मजदूर बहुत ही निम्न स्तर का जीवन व्यतीत करते हैं। उन्हें न तो पर्याप्त मात्रा में भोजन मिलता है और न ही कपड़ा। उनके निवास की दशायें भी बहुत खराब होती हैं। यह वर्ग अपनी आय का अधिकतर हिस्सा खाद्य वस्तुओं पर खर्च करता है।

(5) ऋण का बोझ—कृषि मजदूरों की मजदूरी बहुत कम होने के कारण उन्हें कर्ज लेकर अपना खर्चा चलाना पड़ता है। अतएव कृषि श्रमिकों में ऋणग्रस्तता बहुत अधिक पाई जाती है।

(6) कृषि श्रमिकों की दयनीय स्थिति के कारण—जैसा कि ऊपर स्पष्ट किया गया कि है भारतीय कृषि मजदूर आर्थिक दृष्टि से काफी दयनीय स्थिति में हैं। इस बिगड़े हालात के लिए निम्न कारण जिम्मेदार हैं—

(क) असंगति—भारत के अधिकांश कृषि मजदूर अशिक्षित एवं बिखरे हुए हैं। औद्योगिक मजदूरों की तरह उनके लिए श्रम संगठन बनाना संभव नहीं। अतः उनमें सामूहिक सौदेबाजी की शक्ति नहीं होती। वे भू-स्वामियों से अपनी माँगे मनवाने में असमर्थ रहते हैं। इसके फलस्वरूप कृषि श्रमिकों की आय बहुत कम रहती है।

(ख) बेरोजगारी—कृषि मजदूरों का रोजगार अनिश्चित होता है क्योंकि खेती एक मौसमी व्यवसाय है। वर्ष में लगभग 200 दिन कृषक को रोजगार मिलता है और बाकी समय उसे बेकार रहना पड़ता है। कृषि श्रमिकों में अर्धबेरोजगारी के साथ बेरोजगारी की समस्या काफी गंभीर है। इसके परिणामस्वरूप कृषि श्रमिकों की आय बहुत कम होती है।

(ग) निम्न सामाजिक स्तर—अधिकांश भारतीय मजदूर पिछड़ी हुई निम्न जाति के हैं। कुछ वर्ष पहले तक इन जातियों को समाज में बहुत दबाकर रखा गया और इन्हें विकास करने का कोई अवसर नहीं दिया गया। नए संविधान में इनको कुछ विशेष अधिकार दिए गए हैं, परन्तु इनकी सामाजिक अवस्था में कोई विशेष सुधार नहीं हो पाया है।

(घ) गैर-कृषि कार्यों की कमी--देश के ग्रामीण इलाकों में कृषि के अलावा अन्य कोई ऐसा कार्य नहीं है, जिसे करके मजूदर अपनी आय बढ़ा सकें। कुटीर श्रमिकों की जनसंख्या भी बढ़ रही है। इनमें गतिशीलता भी पाई जाती है। व्यवसाय तथा रोजगार की कमी के फलस्वरूप भी कृषि श्रमिकों की अवस्था शोचनीय है।

कृषि श्रमिकों की प्रमुख कठिनाइयां

भारत के कृषि श्रमिकों के मध्य विभिन्न प्रकार की समस्यायें विद्यमान होती है। "कृषि मजदूर गन्दगी व कीचड़ में दिन बिताता है। वह भूखे पेट कार्य करता है और उसे आँधी और धूप में भी अपना कार्य जारी रखना होता है। वह हमारे लिए चावल उत्पन्न करता है, परन्तु खुद भूखा रहता है। वह हमारी दुधारू गायों को खिलाता है, परन्तु उसे काँजी व पानी के अतिरिक्त कभी कुछ नहीं मिलता। वह हमारे गोदामों को अनाजों से भरता है, परन्तु वर्ष भर प्रतिदिन का राशन माँगता है। वह उनके लिए निरन्तर लकड़ी काटता है और पानी भरता है जो उसके श्रम पर अमीर हुए हैं। उसकी दशा दिल बहलाने वाली एक शोचनीय कहानी है।"

उक्त कथ्य कृषि मजदूरों की समस्या को स्पष्ट करता है। उसकी समस्यायें निम्न रूपों में वर्णित हैं--

(1) संगठन की कमी--भारतीय कृषि मजदूरों का कोई विशेष संगठन नहीं है। इसलिए भू-स्वामियों से अपनी मजदूरी आदि के संबंध में सौदा करने में असमर्थ रहते हैं।

(2) सहायक धन्धों की कमी--गाँवों में सहायक धंधों का अभाव है। यदि बाढ़, अकाल आदि के कारण फसल नष्ट हो जाए तो कृषि श्रमिकों को जीवन-निर्वाह करना भी कठिन हो जाता है।

(3) निम्न सामाजिक स्तर--अधिकांश कृषि श्रमिक पिछड़ी जातियों के हैं, जिनका सदियों से शोषण किया गया है। इस कारण इनका सामाजिक स्तर नीचा रहता है।

(4) तकनीकी विकास--नियोजन काल के दौरान कृषि के क्षेत्र में तकनीकी का व्यापक विकास हुआ। कृषि में मशीनों का प्रयोग बढ़ जाने के कारण अशिक्षित कृषि श्रमिकों में भारी मात्रा में बेरोजगोरी बढ़ रही है, जो उनकी एक गंभीर समस्या है।

(5) मौसमी रोजगार--कृषि श्रमिक को पूरे साल लगातार काम नहीं मिल पाता है। द्वितीय कृषि जाँच समिति के अनुसार एक अस्थायी पुरुष श्रमिक को वर्ष

में औसतन 197 दिन काम मिलता हैं जिसमें 40 दिन वह अपना काम करता है और 128 दिन बेकार रहता है, इसी प्रकार बालकों को वर्ष में 204 दिन, स्त्रियों को 141 दिन रोजगार प्राप्त होता है। अतः उसकी वार्षिक आय का औसत कम रहता है।

(6) कार्य की अवधि—कृषि मजदूरों के कार्य करने का समय अनिश्चित रहता है अर्थात् इनके घण्टे अनियमित ही नहीं वरन् अधिक भी होते हैं। उन्हें सुबह से देर रात तक कार्य करना पड़ता है। फसल, मौसम तथा कार्य के अनुसार इसके कार्य करने के समय में परिवर्तन होता रहता है।

(7) कम पारिश्रमिक—भारतीय मजदूरों की मजदूरी का स्तर औद्योगिक श्रमिकों की मजदूरी से बहुत कम है। इसके दो कारण हैं—भूमिहीन मजूदरों की संख्या में वृद्धि एवं ग्रामीण क्षेत्रों में गैर-कृषि व्यवसायों का अभाव। कम मजदूरी का उसके स्वास्थ्य और कार्यक्षमता पर बुरा अभाव पड़ता है।

(8) कर्ज का बोझ—आवश्यकतानुसार आय न हो पाने के कारण श्रमिक पर ऋण का भार बढ़ता जा रहा है। ऋणग्रस्तता के कारण भू-स्वामी के साथ मजदूरी के लिए वह सौदेबाजी में संकोच करता है। श्रमिक जीवन भर भू-स्वामी के यहाँ मजदूरी करने के बाद भी ऋणमुक्त नहीं होते।

(9) बाल श्रम व नारी श्रम का शोषण—अपनी जरुरतों को पूरा करने के लिये मजदूरों की औरतें व बच्चे भी मजबूरन कार्य करते हैं। स्त्री व बाल श्रमिकों से अधिक घण्टे काम कराकर उन्हें कम मजदूरी दी जाती है। अतः बाल श्रम व स्त्री श्रम का शोषण कृषि क्षेत्र की प्रमुख समस्या है।

(10) भूमिहीन कृषक—ज्यादातर कृषि मजदूर निम्न जाति के और भूमिहीन हैं। निम्न सामाजिक स्थिति के कारण इनके साथ मूक हाँके गये पशुओं के समान व्यवहार किया जाता है। बड़े-बड़े भू-स्वामी इनसे मध्यकालीन दासों की तरह काम लेते हैं। इनसे बेगार ली जाती है और मजदूरी के नाम पर बहुत कम धन राशि दी जाती है।

(11) रहने की समस्या—भूमिहीन श्रमिकों का अपना निजी मकान नहीं होता है। वे भू-स्वामी की अनुमति से उसकी बेकार भूमि पर झोंपड़ी बना कर रहते हैं। इसके बदले में उन्हें भू-स्वामी के यहाँ बेगार करनी पड़ती है। एक ही झोंपड़ी में अनेक व्यक्तियों के रहने से शारीरिक, सामाजिक, नैतिक व धार्मिक मर्यादा समाप्त हो जाती है।

(12) कृषि श्रमिकों की समस्याओं के समाधान हेतु सुझाव—यह स्पष्ट हो

गया है कि कृषि मजूदरों के सामने काफी विकट समस्यायें हैं, जिनका समाधान आवश्यक है, इस सन्दर्भ में योजना आयोग ने कहा है–

"कृषि श्रमिकों की समस्याएँ हमारे लिए एक चुनौती है और इन समस्याओं का समुचित समाधान खोजने का उत्तरदायित्व सम्पूर्ण समाज पर है।"

कृषि श्रमिकों की आर्थिक तथा सामाजिक स्थिति सुधारने के उपाय

कृषि श्रमिकों की आर्थिक तथा सामाजिक स्थिति सुधारने के लिए निम्न सुझाव दिए जा सकते हैं–

(1) न्यूनतम पारिश्रमिक तय करना–हमें चाहिए कि कृषि श्रमिकों की आय में वृद्धि लाने के लिए सभी राज्यों में न्यूनतम मजदूरी निश्चित कर दी जाय। केन्द्र सरकार ने सन् 1984 में न्यूनतम मजदूरी अधिनियम पास करके कृषि मजदूरी को ऊँचा उठाने में कई कदम उठाए हैं।

(2) आवास–योजना आयोग द्वारा संस्तुति की गई है कि जहाँ कृषि श्रमिकों के गृह स्थान ग्रामीण समुदाय की सम्मिलित सम्पत्ति हैं। वहाँ श्रमिकों को बिना किसी मूल्य के उनके गृह स्थानों का स्वामी बना देना चाहिए तथा जिन गाँवों में कृषि श्रमिकों के गृह स्थान निजी भू-स्वामियों की सम्पत्ति है वहाँ कानून द्वारा श्रमिकों को उनके गृहस्थान में मोरूसी अधिकार प्रदान किया जाना चाहिए।

(3) कृषि श्रमिकों का संगठन–संगठन में बहुत बड़ी ताकत होती है, इसलिये इन मजदूरों को संगठित होना चाहिए, जिससे वे अपनी मजदूरी बढ़वाने तथा शोषण की प्रवृत्ति को रोक सकने में समर्थ हो सकें। उनकी आर्थिक स्थिति ऊँचा उठाने के लिए कृषि श्रमिकों को एकसूत्र में संगठित करना अत्यन्त आवश्यक है।

(4) कृषि कला में विकास–उत्तम बीज व खाद का प्रबंध हो, सिंचाई के साधनों का प्रसार हो, यातायात के साधनों का विकास हो, बेकार व बंजर भूमि को खेती योग्य बनाया जाए। उपज की बिक्री में सुधार किया जाए तथा खेतों की चकबन्दी हो और खेतों को आर्थिक जोत के योग्य बनाया जाए, पशुधन की दशा में सुधार हो और किसानों को सस्ते ब्याज की दर पर पूँजी उपलब्ध कराई जाए।

(5) कुटीर उद्योगों का विकास–लुप्त हो रहे देश के कुटीर उद्योगों का पुनः विकास करने की आवश्यकता है जिससे बहुत से बेरोजगार लोगों का काम मिल सके।

(6) रोजगार कार्यालयों की स्थापना–अभी तक जो रोज़गार कार्यालय हैं, वे शहरों में हैं। उनका लाभ केवल पढ़े–लिखे लोग उठा रहे हैं। यदि ऐसे कार्यालय

गाँवों में भी स्थापित हो जाएं तो मजदूरों को काम दिलाने में सहायक सिद्ध हो सकते हैं। इसलिये इस तरफ ध्यान दिया जाना चाहिए।

(7) भूदान यज्ञ का महत्व—श्री विनोबा भावे द्वारा संचालित भू-दान यज्ञ बेरोजगार मजदूरों को काम दिलाने में बहुत सहायक सिद्ध हो सकता है। दान में प्राप्त भूमि भूमिहीन मजदूरों में वितरित की जाए, जिससे उन्हें रोजगार मिले इसलिये भूदान यज्ञ को बढ़ावा दिया जाना चाहिए।

(8) सहकारी समितियों की स्थापना—भूमिहीन मजदूरों की सहकारी समितियाँ बनाई जाएं और वे ऐसे कार्य करें जिनमें मजदूरों को रोजगार मिल सके, जैसे दुग्धशाला उद्योग, शहद की मक्खी पालने का उद्योग इन सब से इनकी आर्थिक स्थिति को सुधारा जा सकता है।

अन्य सुझाव—कृषि मजदूरों की समस्याओं के समाधान हेतु प्रस्तुत किये गये उक्त सभी सुझावों के अलावा कुछ अन्य सुझाव भी हैं, जिन पर ध्यान दिया जाना आवश्यक है। ये सुझाव निम्नवत् हैं—

1. कृषि श्रमिकों के लिए सामाजिक बीमे की व्यवस्था की जाए ताकि असमर्थता की स्थिति में कृषि श्रमिकों को हित लाभ दिया जा सके।
2. गाँवों में सार्वजनिक निर्माण कार्यों का प्रसार किया जाए।
3. कृषि श्रमिकों को सस्ती साख प्रदान करने के लिए ग्रामीण क्षेत्रों में गैर-कृषि साख समितियों की स्थापना की जाए।
4. कृषि श्रमिकों के पुनर्वास संबंधी योजनाओं और उनकी सामाजिक प्रगति का मूल्यांकन करने के लिए केन्द्र व राज्य स्तरों पर सलाहकार परिषदों की स्थापना की जाए।
5. श्रम सहकारिताएँ संगठित की जाएं तथा सरकार इन्हें निर्माण कार्यों का ठेका देने में प्राथमिकता दें।
6. भू-दासता का अन्त करने के लिए कृषि-श्रमिक परिवारों को शिक्षित किया जाए तथा इन्हें उन्नति के अवसर प्रदान किए जाएँ।
7. उनके काम करने के घण्टे कम व नियमित किये जाएँ।

कृषि श्रमिकों के संबंध में प्रशासनिक नीति

आजादी मिलने के बाद भारत सरकार द्वारा कृषि मजदूरों की दशा सुधारने हेतु कई महत्वपूर्ण कदम उठाये गये हैं। सरकार के द्वारा किये गये कुछ प्रमुख कार्यों को निम्न बिन्दुओं के तहत स्पष्ट किया गया हैं—

(1) भूमि का आबंटन—सरकार द्वारा इस प्रयास पर बल दिया गया है कि भूमि सुधारों जैसे खेतों की उच्चतम सीमा के फलस्वरूप जो भूमि प्राप्त होगी अर्थात् जिस बेकार और बंजर भूमि को खेती योग्य बनाया जाएगा, वह कृषि श्रमिकों में ही बाँटी जाए। अभी तक इन्हें 69 लाख हैक्टेयर बंजर भूमि प्राप्त हो चुकी है। भूमि की उच्चतम सीमा के फलस्वरूप प्राप्त होने वाली 5.6 लाख हैक्टेयर भूमि का वितरण भी कृषि श्रमिकों में ही किया गया है।

(2) दासता का उन्मूलन—भारतीय संविधान के कृषि श्रसिकों की दासता का उन्मूलन कर दिया है। कृषि श्रमिकों की अवस्था सुधारने और उन्हें स्वतंत्रतापूर्वक जीवन व्यतीत करने हेतु सहयोग प्रदान किया जा रहा है। सन् 1976 में बन्धक श्रम प्रणाली कानून पास किया गया है जिससे भारत बन्धक मजदूरी की समस्या से मुक्त हो गया है।

(3) सहकारी समितियों का विकास—कृषि श्रमिकों की अवस्था सुधारने के लिए सहकारी समितियों के योगदान को समझते हुए सरकार ने इनके विकास पर विशेष बल दिया है। यह समितियाँ सरकारी ठेके इत्यादि ले लेती हैं और उनमें कृषि श्रमिकों को कार्य दिलवाने का प्रयत्न करती हैं।

(4) ग्रामीण औद्योगिकीकरण— योजनाओं में ग्रामीण औद्योगिकीकरण को भी काफी महत्व दिया गया है, जो आज की स्थिति में आवश्यक भी है। गाँवों में कुटीर उद्योगों की स्थापना के लिए सहायता दी जाती है। कई विकास खण्डों में ग्रामीण औद्योगिक बस्तियाँ बनाई गई हैं। इनके फलस्वरूप कृषि श्रमिकों को रोजगार के अधिक अवसर मिल जाते हैं और खेती पर निर्भरता कम हो जाती है।

(5) न्यूनतम मजदूरी कानून—सन् 1948 में न्यूनतम मजदूरी कानून कृषि श्रमिकों पर भी लागू किया गया। सभी राज्यों में इस कानून के अनुसार न्यूनतम मजदूरी की दर 4.5 रुपये प्रतिदिन है। पंजाब में 2 रुपये परन्तु गुजरात और तगिलनाडु में यह 75 पैसे प्रतिदिन है, वर्तमान में यह दर काफी बढ़ चुकी है।

(6) भूदान आन्दोलन—अचार्य विनोबा भावे ने 1951 में भूमिहीन कृषि श्रमिकों के लिए भूदान आन्दोलन शुरू किया था। इस आन्दोलन का उद्देश्य भूमिपतियों रो उनकी इच्छानुसार भूमि लेकर कृषि श्रमिकों में बाँट देना था। इस आन्दोलन के फलस्वरूप लगभग 68 लाख एकड़ भूमि इकट्ठी की गई, जिसमें से 15 लाख एकड़ भूमि का बंटवारा किया जा चुका है।

सन् 1951 से लेकर अब तक कई पंचवर्षीय योजनायें चलायी गयी हैं। इन योजनाओं के द्वारा सरकार ने कृषि श्रमिकों की अवस्था को सुधारने के लिए कई

कार्यक्रम जैसे कृषि सहकारिता, ग्रामीण वर्क्स प्रोग्राम, सीमान्त किसान तथा कृषि श्रमिक एजेन्सी, बीस-सूत्री कार्यक्रम, न्यूनतम आवश्यकताओं के लिए राष्ट्रीय कार्यक्रम, समन्वित ग्रामीण विकास, काम के लिए अनाज, जवाहर रोजगार योजना, प्रधान मन्त्री ग्रामीण सड़क योजना, मनरेगा आदि अनेक कार्यक्रम शुरू किए हैं, इससे यह स्पष्ट होता है कि सरकार इस विषय पर पर्याप्त ध्यान दे रही है।

कृषि क्षेत्र में बेरोजगारी एवं अल्प रोजगार

यह एक सामान्य सी बात है कि कोई भी देश अपने समस्त नागरिकों को रोजगार उपलब्ध नहीं करा पाता है। भारत में यह समस्या काफी जटिल रूप धारण कर चुकी है। यहाँ शिक्षित हो या अशिक्षित, ग्रामीण हो या शहरी हर तबके के लोग बेरोजगारी की भयावह स्थिति के शिकार है। बेरोजगारी की सूची में औसतन 60 लाख लोगों की संख्या प्रतिवर्ष की दर से और जुड़ती जा रही है, जो बेरोजगारी को और भी भयावह बना रही है। बेरोजगारी के अलावा यहाँ अल्प रोजगार की भी समस्या है अर्थात् बड़ी मात्रा में ऐसे भी श्रमिक हमारे यहाँ हैं, जिन्हें पूरे साल निरन्तर कार्य नहीं मिल पाता है। वास्तव में यह कहा जा सकता है कि बेरोजगारी देश, व्यक्ति व समाज सभी के लिए घातक होती है। व्यापक बेरोजगारी की दशा राष्ट्रीय उत्पादन में कमी लाती है जिसका पूँजी निर्माण, व्यापार-व्यवसाय और जीवन स्तर पर बहुत ही प्रतिकूल प्रभाव पड़ता है। गरीबी एवं ऋणग्रस्तता में वृद्धि इसका प्रत्यक्ष परिणाम है। शिक्षित बेरोजगारों के सम्बन्ध में अतिरिक्त बर्बादी उन संसाधनों की भी होती है। जो उनके कौशल और प्रशिक्षण में लगे होते हैं। यह बेरोजगारी की ही देन है, जो व्यक्ति प्रायः चोरी, डकैती, बेईमानी, शराबखोरी आदि बुराइयों के शिकार हो जाते हैं। उनके जीवन का कोई व महत्व नहीं रह जाता है। अतः लोगों के जीवन-स्तर को ऊपर उठाने तथा देश की बहुमुखी प्रगति और समृद्धि के लिए बेरोजगारी की समस्या का हल ढूँढ़ना निःसन्देह एक आवश्यक शर्त है।

बेरोजगारी एवं अल्प रोजगार का अर्थ

जब कोई व्यक्ति अपनी आजीविका चलाने हेतु कोई कार्य नहीं करता है तो वह बेरोजगार कहलाता है और इस समस्या को बेरोजगारी की समस्या कहते हैं। दूसरे शब्दों में जब कोई व्यक्ति कार्य करने का इच्छुक है और वह शारीरिक रूप से कार्य करने में समर्थ भी है। लेकिन उनको कोई कार्य नहीं मिलता है, जिससे कि वह अपनी जीविका नहीं चला सके तो भी इस समस्या को बेरोजगारी कहते हैं। लेकिन जब

किसी व्यक्ति को उसकी क्षमता या योग्यता के अनुसार या पूरे वर्ष भर के लिए कार्य नहीं मिलता है, तो इसे अल्प बेरोजगारी कहते हैं। अल्परोजगार भी एक प्रकार की विकट समस्या है।

बेरोजगारी का वर्गीकरण

बेरोजगारी को इसकी प्रकृति के आधार पर निम्न रूपों में वर्गीकृत किया जा सकता है–

(1) शिक्षित बेरोजगारी–यह ऐसी बेरोजगारी है, जो शहर और गाँव दोनों जगह देखने को मिलती है। इस वर्ग के अन्तर्गत वे बेरोजगार युवक सम्मिलित किए जाते हैं, जो देश के विश्वविद्यालयों या महाविद्यालयों से डिग्रियाँ प्राप्त कर रोजगार की तलाश में सड़कों पर भटकते-भटकते कुंठित हो जाते हैं। इस श्रेणी की बेरोजगारी में खुली बेरोजगारी का स्वरूप स्पष्ट दिखाई देता है, किन्तु साथ ही अल्प रोजगार की स्थिति भी विद्यमान रहती है। शिक्षित बेरोजगारी की चपेट में प्रमुख रूप से वे लोग होते हैं, जो कार्य करने की इच्छा शक्ति व क्षमता दोनों रखते हैं अर्थात् वे खुले रूप में बेरोजगार होते हैं। किन्तु शिक्षित बेरोजगार युवकों में कुछ ऐसे भी होते हैं, जिन्हें रोजगार तो मिला होता है, लेकिन वह उनकी योग्यता, शिक्षा व क्षमता के अनुरूप नहीं होता है। इसलिये इसे अल्प रोजगार की दशा मानी जाती है।

(2) अपरोक्ष बेरोजगारी–इस प्रकार की बेरोजगारी कृषि क्षेत्र से सम्बन्धित है। कृषि श्रमिकों का एक बड़ा भाग इस प्रकार की बेरोजगारी का शिकार होता है। गाँवों में संयुक्त परिवार प्रणाली के अन्तर्गत कृषि भूमि छोटे-छोटे क्षेत्रों में बंटी होती है। कृषि भूमि के इन छोटे-छोटे टुकड़ों पर आवश्यकता से अधिक व्यक्ति कृषि कार्य में लगे होते हैं। यदि इनमें से कुछ व्यक्ति कार्य से अलग हो करके अन्य व्यवसायों या उद्योगों से जुड़ जाएं तो भी कृषि उत्पादन अप्रभावित ही रहेगा। इसका आशय यह है कि कृषि कार्य से हटाए गए व्यक्ति अप्रत्यक्ष रूप से बेरोजगार ही थे। इसीलिए इस प्रकार की बेरोजगारी को **प्रच्छन्न या छिपी बेरोजगारी** कहते हैं। अर्थशास्त्रियों के विचार में छिपी बेरोजगारी के अन्तर्गत आने वाले श्रमिकों की सीमान्त उत्पादकता शून्य होती है। इस प्रकार की बेरोजगारी की संख्या का आंकलन भी नहीं किया जा सकता है।

(3) अल्प बेरोजगारी–इस प्रकार की बेरोजगारी उस समय उत्पन्न होती है जब कोई व्यक्ति अपनी क्षमता या योग्यता के अनुरूप या पूरे समय के लिए रोजगार नहीं पाता है, उदाहरणार्थ अगर कोई एम. एस. सी., एजी., पी. एच. डी. डिग्री प्राप्त

व्यक्ति महाविद्यालय/ विश्वविद्यालय में प्रध्यापक न होकर, क्लर्क या चपरासी की नौकरी करता है तो इसे अल्प रोजगार कहते हैं। इसी प्रकार यदि कोई व्यक्ति वर्ष भर में चार या छह महीने ही रोजगार पाता है तो उसे भी अल्प-रोजगार कहा जाएगा। अल्प रोजगार प्राप्त व्यक्ति कार्य में लगा तो दिखाई देता है, किन्तु उसकी कार्य क्षमता या पूरी योग्यता का अल्प उपयोग ही हो पाता है। यह बेरोजगारी भी छिपी हुई बेरोज़गारी का एक भाग है, क्योंकि इसमें लगे व्यक्ति को अपनी क्षमता या योग्यता के अनुसार उत्पादन करने में सफलता नहीं मिल पाती है।

(4) मौसमी बेरोजगारी—इस प्रकार की बेरोजगारी में व्यक्ति को काम तो मिलता है, परन्तु वह मौसम विशेष में ही मिलता है। शेष समय खाली बैठा रहना पड़ता है। मौसमी बेरोजगारी सामान्यतः कृषि क्षेत्रों में पाई जाती है। कृषि श्रमिकों को इस वर्ग में सम्मिलित किया जाता है क्योंकि उन्हें प्रायः मौसमी रोजगार ही मिलता है। कृषि व्यवसाय में कुछ समय ऐसा होता है, जब कार्य की अधिकता रहती है, जैसे फसलों की कटाई और बुवाई का समय। लेकिन फसल को कटाई के बाद और अगली फसल की बुवाई के पहले का समय ऐसा होता है, जिसमें कृषि श्रमिकों के लिए काम बहुत कम हो जाता है, और इन्हें बेरोजगार रहना पड़ता है। इस प्रकार कृषि व्यवसाय में लगे अधिकांश श्रमिकों को वर्ग में छः-सात महीनों के लिए तो पर्याप्त रोजगार उपलब्ध हो जाता है, लेकिन शेष समय के लिए वे पूरी तरह बेरोजगार हो जाते हैं। इस प्रकार की बेरोजगारी मौसमी या ऋतुपरक बेरोजगारी कहलाती है। यह ऐसी बेरोजगारी है, जो शहर और गाँव दोनों जगह देखने को मिलती है।

(5) संरचनात्मक बेरोजगारी—किसी देश में पूँजी की मात्रा अधिक सीमित होने और रोजगार चाहने वाले व्यक्तियों की संख्या में निरन्तर वृद्धि होने से कुछ व्यक्तियों को पूँजी की कमी के कारण रोजगार नहीं मिल पाता है। इस प्रकार की बेरोजगारी संरचनात्मक बेरोजगारी कहलाती है। इस प्रकार की बेरोजगारी विशेष रूप से अर्द्धविकसित या विकासशील देशों में पाई जाती है। यह स्थिति ऐसे देशों में लम्बे समय तक बनी रहती है। भारतवर्ष में प्रायः इसी प्रकार की बेरोजगारी होती है।

(6) प्रत्यक्ष बेरोजगारी—किसी व्यक्ति में कार्य करने की योग्यता एवं इच्छा शक्ति दोनों होती है और वह कार्य करने में पूरी तरह सक्षम भी होता है, लेकिन उसको कार्य नहीं मिलता है, खुली बेरोजगारी प्रायः शहरों या शिक्षित व्यक्तियों में पाई जाती है। इसमें उन व्यक्तियों को भी सम्मिलित किया जाता है। जो गाँवों से शहरों में रोजगार खोजने के लिए जाते हैं, लेकिन रोजगार न मिलने के कारण वे बेरोजगार रहते हैं। विशेष रूप से इस वर्ग में वे साधारण श्रमिक आते हैं जो उद्योग-धन्धों में

मजदूरी पर कार्य करने के इच्छुक होते हैं, पर उन्हें रोजगार का मौका नहीं प्राप्त होता है।

बेरोजगारी की प्रकृति

भारत में बेरोजगारी की प्रकृति विश्व के अन्य विकसित देशों की अपेक्षा काफी पृथक् है। विकसित देशों में माँग कम होने से चक्रीय बेरोजगारी पैदा होती है एवं विकास के असन्तुलन के कारण एक दूसरे प्रकार की स्थाई बेरोजगारी भी पैदा होती है, जिसे प्रतिरोधात्मक बेरोजगारी कहते हैं। परन्तु भारत या अन्य विकासशील देशों में बेरोजगारी का अभ्युदय पूँजी या अनुपूरक साधनों की कमी के कारण होता है। इसलिये ऐसी बेरोजगारी का निदान भी पूँजी या अनुपूरक साधनों को बढ़ाकर ही किया जा सकता है।

बेरोजगारी की प्रकृति को निम्न प्रकार स्पष्ट किया गया है–

1. ग्रामीण क्षेत्रों में बेरोजगारी

ग्रामीण क्षेत्रों में सामान्यतः दो तरह की बेरोजगारी देखने को मिलती है, मौसमी और छिपी बेरोजगारी। इन दोनों को संक्षेप में निम्न प्रकार स्पष्ट किया गया है–

(1) अदृश्य बेरोजगारी–इस प्रकार की बेरोजगारी उत्पन्न होने का प्रमुख कारण कृषि पर आवश्यकता से अधिक श्रम-शक्ति का निर्भर रहना है। देश के ग्रामीण इलाकों में कहीं न काम पाने वाले लोग वे कृषि में ही कार्य करने लगते हैं, जबकि इनकी सीमान्त उत्पादकता शून्य होती है। इन व्यक्तियों को ही अदृश्य बेरोजगार कहते हैं। सन् 1991 की जनगणना के अनुसार 64.9% कार्यकारी जनसंख्या कृषि या कृषि से सम्बन्धित उद्योग धन्धों में लगी हुई है। इसमें से बहुसंख्य लोगों की सीमान्त उत्पादकता शून्य होती है।

(2) मौसमी बेरोजगारी–कृषि कार्य में संलग्न लोग इस प्रकार की बेरोजगारी के चपेट में रहते हैं। इसका प्रमुख कारण कृषि की विधियों, भूमि की बनावट एवं पैदा की जाने वाली फसलों आदि की प्रकृति में अन्तर पाया जाता है। अनुमानतः भारत में लगभग 5 से 6 माह के लिए ग्रामीण श्रम शक्ति का एक बहुत बड़ा भाग बेरोजगार बना रहता है।

2. शहरी क्षेत्रों में बेरोजगारी

ग्रामीण क्षेत्रों की तरह शहरी क्षेत्रों में भी दो प्रकार की बेरोजगारी देखने को

मिलती है। श्रमिकों की बेरोजगारी और शिक्षित बेरोजगारी, इन दोनों को संक्षेप में निम्न प्रकार स्पष्ट किया गया हैं–

(1) श्रमिकों की बेरोजगारी–इस प्रकार की बेरोजगारी प्रमुखतः औद्योगिक क्षेत्रों से सम्बन्धित है। इस बेरोजगारी के मुख्य दो कारण हैं–

(i) जनसंख्या की तीव्र वृद्धि के कारण बढ़ती हुई कार्यशील जनसंख्या, एवं

(ii) ग्रामीण जनसंख्या का रोजगार के लिए शहरों की ओर पलायन। औद्योगिक विकास अपेक्षाकृत धीमी गति से हो रहा है। फलतः ऐसे लोगों को रोजगार न मिलने के कारण इस प्रकार की बेरोजगारी भी निरन्तर बढ़ती जा रही है।

(2) शिक्षित बेरोजगारी– माध्यमिक या उच्च शिक्षा प्राप्त करोड़ों लोग देश में फैली बेरोजगारी की भयावह स्थिति से जूझ रहे हैं। इस समय देश में 2.50 करोड़ से भी अधिक शिक्षित बेरोजगार हैं। शिक्षित वर्ग की बेरोजगारी देश में फैले व्यापक असन्तोष का मूल कारण है। अतः यह बहुत आवश्यक है कि शिक्षित बेरोजगारी की समस्या के समाधान के लिए सरकार को तुरन्त सार्थक प्रयास करना चाहिए।

अनुमानित बेरोजगारी

भारत में बेरोजगारी की स्थिति काफी भयावह रूप ले चुकी है, इसकी वास्तविक स्थिति का अनुमान नहीं लगाया जा सकता है। ऐसा अनुमान है कि प्रथम योजना के प्रारम्भ में 33 लाख लोग बेरोजगार थे, लेकिन यह संख्या बराबर बढ़ती जा रही है। सितम्बर 1996 के अन्त में देश के रोजगार कार्यालयों में 3.77 करोड़ व्यक्तियों के नाम बेरोजगार के रूप में पंजीकृत थे। लेकिन योजना आयोग के अनुसार आठवीं योजना के अन्त में बेरोजगारों की संख्या 5.80 करोड़ हो गई है। अनुमानतः इस संख्या में 60 लाख नए व्यक्तियों के नाम प्रतिवर्ष की दर से और भी जुड़ते जा रहे हैं, इससे यह कहा जा सकता है कि यहाँ बेरोजगारों की संख्या निरन्तर बढ़ रही है।

बेरोजगारी की समस्या के प्रमुख कारण

भारत में बेरोजगारी जैसी विकट समस्या को उत्पन्न होने के लिये कई कारण जिम्मेदार हैं। इनमें कुछ प्रमुख कारणों का उल्लेख निम्न बिन्दुओं के तहत किया गया हैं–

(1) विश्वविद्यालयों की अधिकता–पहले की अपेक्षा इस समय भारत में विश्वविद्यालयों की संख्या बहुत बढ़ गई है। इसके फलस्वरूप शिक्षित बेरोजगारी या

सफेद कालर बेरोजगारी अधिक मात्रा में बढ़ी है। प्रत्येक छात्र को विश्वविद्यालय में प्रवेश आसानी से मिल जाता है और शिक्षित होकर निकलने के बाद रोजगार नहीं मिल पाता है। अर्थात् बेरोजगार की संख्या में वृद्धि हो रही है।

(2) श्रमिकों का हस्तांतरण—भारतीय लोगों में यह प्रवृत्ति पायी जाती है कि वे घर नहीं छोड़ना चाहते अर्थात् वे घर से बाहर निकलकर काम तलाश करने का बहुत कम कष्ट उठाते हैं। भाषा, धर्म, जलवायु, रीति-रिवाज, पारिवारिक मोह आदि बातें उनकी गतिशीलता में रुकावट बन जाती हैं। इससे बेरोजगारी की समस्या और विकट रूप ले लेती है।

(3) बड़े उद्योगों का धीमा विकास—भारत में हालाँकि उद्योगों का विकास हुआ है। परन्तु उसकी गति काफी मन्द है। योजनाओं में उद्योगों की स्थापना पर विशेष बल देने के बावजूद इतने उद्योग-धन्धे नहीं हैं, जितने लोग उनमें काम करना चाहते हैं।

(4) दोषपूर्ण योजनाएँ—योजनाओं के चलते देश में जनसंख्या बढ़ती गई तथा पूँजी निर्माण अपेक्षाकृत कम हुआ। श्रम की पूर्ति तथा माँग में काफी भिन्नता पैदा हो गयी है। किसी भी योजना में बेरोजगारी को दूर करने के संबंध में कोई दीर्घकालीन योजना नहीं पाई गई है। विभिन्न विकास संबंधी योजनाओं में भौतिक लक्ष्य की प्राप्ति के लिए मानवीय साधनों की कमी अल्प रोजगार का बहुत बड़ा कारण है।

(5) कम बचत तथा निवेश—एक तो देश में पूँजी की कमी है, दूसरे इसका निवेश भी सही से नहीं हो पाता है। निवेश बचत पर निर्भर करता है। यहाँ पर बचत भी कम है इसलिए बचत और निवेश में कमी के कारण श्रमिकों के लिए रोजगार के पर्याप्त अवसर पैदा नहीं किए जा सके हैं।

(6) जनसंख्या में वृद्धि—जनसंख्या में हो रही निरन्तर वृद्धि भारत में बेरोजगारी बढ़ाने के लिये प्रमुख रूप से जिम्मेदार है। इसलिए नौवीं पंचवर्षीय योजनाओं के समाप्त होने पर भी बेरोजगारी की संख्या घटने के बजाय बढ़ती रही है।

(7) संयुक्त परिवार पद्धति—इससे अदृश्य या छिपी हुई बेरोजगारी को प्रोत्साहन मिलता है। बड़े बड़े घरों, में जिनके अच्छे काम-धन्धे हैं काफी ऐसे व्यक्ति मिल जाएंगे जो वास्तव में कुछ काम नहीं करते, परन्तु परिवार की संयुक्त आय पर अपनी निर्वाह कर रहे होते हैं।

(8) मौसमी व्यवसाय—भारत एक कृषि प्रधान देश है। यहाँ की अधिकांश आबादी इसी कार्य में संलग्न है, परन्तु यह एक मौसमी कार्य है। इसकी मौसमी

विशेषता होने के कारण यह किसानों को सारा वर्ष काम नहीं दे पाती, इसलिए कृषि में काफी व्यक्ति तीन महीने तक खाली बैठे रहते हैं। छिपी या अदृश्य बेरोजगार की संख्या कुल कृषि में कार्यशील जनसंख्या का 15 प्रतिशत भाग है।

(9) आर्थिक विकास में मन्द गति—भारतीय अर्थव्यवस्था का विकास काफी धीमी गति से हो रहा है। इसलिए बढ़ती हुई जनसंख्या के लिए धीमा आर्थिक विकास रोजगार के अधिक अवसर प्रदान नहीं कर पाता है। अतः माँग की तुलना में श्रम की पूर्ति अधिक है।

(10) कुटीर तथा लघु उद्योगों का अंत—ब्रिटिश प्रशासन द्वारा अपनाई गयी औद्योगिक विकास से सम्बन्धित नीति ने देश के लघु व कुटीर उद्योगों में कार्य करने वाले लोगों को काफी प्रभावित किया। जो वस्तुएँ इन उद्योगों में पैदा की जाती थीं वे बड़े पैमाने के उद्योगों ने पैदा करनी शुरू कर दीं, जिसके कारण इन कारीगरों को बेरोजगारी का शिकार होना पड़ा है।

(11) सिंचाई सुविधाओं का अंत—सन् 1951 से लेकर अब तक देश में कई पंचवर्षीय योजनायें गुजर चुकी हैं। इसके बाद भी लगभग 36 प्रतिशत कृषि क्षेत्रफल पर सिंचाई की सुविधाओं का प्रबन्ध हो सका है। सिंचाई के अभाव में अधिकतर भूमि पर केवल एक ही फसल उत्पन्न की जा सकती है। इसलिए किसानों को काफी समय तक बेरोजगार के रूप में समय व्यतीत करना पड़ता है।

(12) जाति-व्यवस्था—हमारे देश में अनेक प्रकार की जातियाँ हैं और कई क्षेत्रों में कुछ जातियों के लिए काम देने की मनाही है। परन्तु देखा गया है कि जहाँ पर कोई काम उपलब्ध होता है वहाँ सही और योग्य आदमी को काम देने की बजाय किसी विशेष जाति या किसी पहुँच वाले व्यक्ति को काम दे दिया जाता है और योग्य व्यक्ति को काम नहीं मिल जाता है।

बेरोजगारी की समस्या-समाधान के उपाय

(1) औद्योगिक तकनीक में बदलाव—देश में बड़े उद्योगों में श्रम प्रधान तकनीक के प्रयोग में वृद्धि करनी चाहिए। ऐसा करने से उत्पादन अधिक व शीघ्र होगा। आवश्यक उपभोक्ता पदार्थों के उद्योगों के विकास पर अधिक महत्व दिया जाना चाहिए।

(2) योजनाओं में रोजगार कार्यक्रमों को अधिक महत्व—देश में बनायी गयी रोजगार संबन्धी योजनाओं में रोजगार के बढ़ाने वाले कार्यक्रमों को प्रोत्साहन देना चाहिए। इसके लिए सिंचाई, ग्रामीण सड़क, बाढ़ नियंत्रण, बिजली, कृषि वन, ग्रामीण

विद्युतिकरण तथा लघु उद्योगों का विकास अधिक लाभकारी सिद्ध हो सकता है। ऐसे प्रोग्राम शुरू करने से रोजगार का स्तर अवश्यमेव बढ़ेगा।

(3) रोजगार दफ्तरों का विस्तार—भारत में रोजगार देने वाले दफ्तरों का अत्यधिक विस्तार करना होगा।

(4) सहकारिता—समस्त बेरोजगार लोगों को संगठित करके सहकारिता के आधार पर नये उद्योग स्थापित किए जाने चाहिएँ। राज्य सरकारों को चाहिए कि वे सहकारिता का विकास करके बेरोजगारी की समस्या को दूर करने में सहयोग प्रदान करें।

(5) कृषि प्रधान इलाकों में—कृषि प्रधान इलाकों में मौसमी बेरोजगारी काफी हद तक पाई जाती है। इसे दूर करने के लिए निम्न सुझाव दिए जा सकते हैं—

(i) कृषि बहुफसली होनी चाहिए।

(ii) कृषि से संबंधित अन्य कार्य जैसे— सूखी खेती, बागान, फल, डेरी, पशुपालन आदि को प्रोत्साहन दिया जाना चाहिए।

(iii) गाँव में सिंचाई, बाढ़ नियंत्रण, ग्रामीण सड़क, चिकित्सालय का निर्माण, सड़क पर वृक्ष आदि लगाने के कार्यक्रम लागू किये जाने चाहिएँ।

(iv) कुटीर उद्योगों की स्थापना की जानी चाहिए।

(6) शिक्षा प्रणाली में परिवर्तन—देश में विद्यमान वर्तमान शिक्षा प्रणाली आज की स्थिति के अनुरूप उपयोगी नहीं है। इसलिये इसे पूर्ण रूप से बदलने की आवश्यकता है। कॉलेज तथा विश्वविद्यालयों को चाहिए कि वे केवल उन्हीं छात्रों को प्रवेश दें जो कोई भावी लक्ष्य सामने रख कर अपनी शिक्षा को जारी रखना चाहते हैं। रोजगार को बढ़ावा देने के लिए व्यावसायिक शिक्षा पर विशेष ध्यान दिया जाना चाहिए।

(7) पूँजी निर्माण की ऊँची दर—भारत में पूँजी निर्माण की ऊँची दर से रोजगार के अवसर अधिक बढ़े हैं। पूँजी उत्पाद अनुपात को कम रखा जाना चाहिए। आजकल पूँजी उत्पाद अनुपात 4:1 है। रोजगार को बढ़ाने के लिए पूँजी उत्पाद अनुपात की दर को कम किया जाना चाहिए।

(8) उत्पाद में वृद्धि—रोजगार में वृद्धि करने के उद्देश्य से यह जरूरी है कि देश में कृषि तथा औद्योगिक क्षेत्र का उत्पादन बढ़ाया जाए। लघु तथा कुटीर उद्योगों के विकास को अधिक प्रोत्साहन दिया जाए। विदेशी व्यापार, उद्योगों, खनिज, तथा बागानों के उत्पादन में वृद्धि की जाए।

(9) स्वयं रोजगार लोगों को अधिक सहायता—इस प्रकार के रोजगार में देश

के काफी (62%) लोग संलग्न हैं। इनमें से अधिकतर लोग कृषि क्षेत्र में हैं। इसके अतिरिक्त व्यापार, कुटीर और लघु उद्योग, भवन निर्माण, जलपानगृह, यातायात आदि में काफी लोग स्वयं रोजगार वाले हैं। सरकार द्वारा लघु तथा सीमान्त किसानों को भूमि, सिंचाई, अच्छे बीज, खाद, यन्त्र, साख आदि की सुविधाएँ प्रदान करनी चाहिएँ।

(10) पूर्ण तथा अधिक उत्पादक रोजगार—देश में ऐसी रोजगार नीति बनाई जाय जिसका प्रमुख उद्देश्य रोजगार के अवसरों को बढ़ाना तथा रोजगार की उत्पादकता में वृद्धि करना हो। सरकार को पहले से ही ऐसी नीति अपनानी चाहिए कि सब लोगों को रोजगार मिल जाए। इसके पश्चात् रोजगार की उत्पादकता को बढ़ाने का प्रयास भी करना आवश्यक है।

राष्ट्रीय विकास परिषद् की रोजगार समिति द्वारा की गई प्रमुख संस्तुतियाँ

भारत सरकार ने सन् 1991 के आरंभ में राष्ट्रीय विकास परिषद् (NDC) की एक समिति गठित की थी। इस समिति का उद्देश्य दस वर्ष की अवधि में लगभग पूर्ण रोजगार के लक्ष्य की प्राप्ति के लिए उपाय सुझाना था। इस समिति ने गठन के एक साल बाद सन् 1992 में अपनी रिपोर्ट प्रस्तुत की थी। राष्ट्रीय विकास परिषद ने 18 सितम्बर, सन् 1993 को आयोजित अपनी बैठक में समिति की सिफारिशों को मंजूरी दी—सरकार को यह निर्देश दिया गया कि इन सिफारिशों को लागू किया जाए। इस समिति की मुख्य सिफारिशें निम्न प्रकार हैं—

(1) शिक्षित स्त्रियों को रोजगार—देश की शिक्षित महिलायें भी घरों की चारदीवारी में ही रह जाती हैं। इन्हें उपयुक्त रोजगार के अवसर उपलब्ध कराये जाने चाहिएँ। इसके लिए उनके परीक्षण का प्रबंध किया जाना चाहिए। उनकी ऋण संबंधी जरूरतों को पूरा करने के लिए बैंकों में विभाग खोले जाने चाहिएँ। उनके लिए स्व-रोजगार की न्यूनतम सीमा निर्धारित कर दी जानी चाहिए।

(2) क्षेत्रीय व्यूह रचना—कुछ विशेष क्षेत्रों में बेरोजगारी को दूर करने के लिए कृषि की विविधता, सिंचाई, गैर-कृषि रोजगार को प्रोत्साहन, लघु उद्योग और कुटीर उद्योग के बड़े कार्यक्रम और सेवाओं का तेजी से विस्तार किया जाना चाहिए।

(3) व्यष्टि नियोजन—समिति के अनुसार कार्य की अपेक्षाओं, विस्तृत संरचनात्मक क्षेत्रीय परिवर्तन में महिलाओं, सीमान्त कृषकों और मजदूरों आदि की आवश्यकताओं को पूरा करने के लिए व्यष्टि नियोजन को अपनाया जाना चाहिए।

(4) विशिष्ट व्यूहरचना— बेरोजगारी को दूरी करने के लिए विशेष समस्याओं

वाले क्षेत्रों में विशिष्ट व्यहूरचना अपनाई जानी चाहिए। जैसे रोजगार बढ़ाने की नीति विशेष रूप से उन राज्यों में लाभकारी है, जहाँ कृषि पैदावार को प्रोत्साहित करने की जरूरत है। जिन राज्यों में कृषि उत्पादन अधिक है वहाँ उद्योग तथा सेवाओं का विस्तार करना चाहिए।

(5) शिक्षित रोजगार—शिक्षित रोजगार के अवसरों में कृषि करने के लिए एक तीन सूत्रीय नीति अपनाई जानी चाहिए। ये सूत्र हैं—(i) गहन क्षेत्रों का विकास (ii) स्वरोजगार की वृद्धि एवं (iii) श्रम बाजार की आवश्यकताओं के अनुसार प्रशिक्षण की व्यवस्था।

(6) राष्ट्रीय मजदूरी नीति—समिति का सुझाव था कि देश में मजदूरी तथा वेतन स्तरों में पाई जाने वाली असमानताओं को दूर किया जाय, कार्यक्षमता को बढ़ाया जाय तथा असंगठित क्षेत्रों के मजदरों को न्यूनतम मजदूरी दिलाने के लिए एक राष्ट्रीय मजदूरी नीति विकसित की जानी चाहिए।

(7) उत्पादक रोजगार—समिति ने बतलाया कि सरकार को ऐसी नीति बनानी होगी ताकि उत्पादनकारी रोजगार के अतिरिक्त अवसरों को बढ़ाने के अतिरिक्त मौजूदा रोजगार को उत्पाद व्यय तथा आमदनी के रूप में बढ़ाया जाए।

बेरोजगारी समाधान के संबंध में प्रशासनिक उपाय

भारत सरकार का शुरू से यही प्रयास रहा है कि रोजगार की उपलब्धता अधिक से अधिक हो। इसके लिये काफी प्रयास भी किये गये। चौथी योजना से सरकार इस दिशा में विशेष रूप से प्रयत्नशील हो गई है। भारत सरकार ने ग्रामीण बेरोजगारी का अध्ययन करने के लिए दाँतेवाला समिति की नियुक्ति की थी। इस कमेटी ने अपनी रिपोर्ट 1970 में प्रकाशित की। श्री भगवती की अध्यक्षता में बेरोजगारी का हल ढूंढ़ने के लिए एक नयी कमेटी नियुक्त की गई। इस कमेटी ने 1972 में अपनी अन्तिम रिपोर्ट पेश की थी। इस रिपोर्ट के अनुसार गाँव में सड़क निर्माण, छोटी सिंचाई, बिजली इत्यादि की योजनाएँ लागू की जानी चाहिएँ, जिनमें दो साल में करीब 40 लाख लोगों को अतिरिक्त रोजगार प्राप्त होगा। बेरोजगारी को दूर करने की दिशा में सरकार द्वारा किये गये कुछ प्रमुख प्रयासों को निम्न बिन्दुओं के तहत स्पष्ट किया गया हैं—

(1) जवाहर रोजगार योजना—इस योजना का शुभारम्भ 28 अप्रैल, 1989 को किया गया है। इस योजना को ग्राम पंचायतें लागू करती हैं। इस योजना का लक्ष्य प्रत्येक निर्धन ग्रामीण परिवार के कम से कम एक सदस्य को उसके घर के नजदीक कार्यस्थल पर प्रतिवर्ष 50 से लेकर 100 दिन तक रोजगार देना है। इस

योजना के आधार पर उत्पन्न रोजगार का 30 प्रतिशत महिलाओं के लिए आरक्षित कर दिया गया। इस योजना पर होने वाले सभी व्यय का 80 प्रतिशत केन्द्र सरकार दे तथा 20 प्रतिशत राज्य सरकार का था। 1989 में इस योजना में राष्ट्रीय ग्रामीण रोजगार तथा ग्रामीण भूमिहीन रोजगार गारन्टी स्कीम को भी मिला दिया गया है।

(2) स्वयं रोजगार के लिए प्रशिक्षण—भारत में "ग्रामीण स्वयं रोजगार प्रशिक्षण की राष्ट्रीय योजना" 15 अगस्त , 1979 को आरंभ की गई थी। सातवीं योजना के अन्तर्गत लगभग 11.6 लाख युवकों को प्रशिक्षण दिया गया। प्रशिक्षण के दौरान युवकों को वित्तीय सहायता दी गयी। प्रत्येक युवक को 3000 रुपये से 5000 रुपये तक की सहायता भी दी गयी, जिससे वे अपना कार्य शुरू कर सकें।

(3) लघु तथा कुटीर उद्योग—यह भी एक महत्वपूर्ण पहल है। पतन के कगार पर पहुँचे लघु व कुटीर उद्योगों को प्रोत्साहित करने हेतु सरकार ने काफी प्रयत्न किए हैं। इन उद्योगों के अन्तर्गत सन् 1997-98 में 349 लाख लोगों को रोजगार मिला है। इनमें 159 लाख लोगों को केवल लघु उद्योगों से रोजगार प्राप्त हुआ है।

(4) रोजगार गारन्टी योजना—महाराष्ट्र, पश्चिमी बंगाल, केरल, राजस्थान आदि में की गई। इस स्कीम के अन्तर्गत बेरोजगार व्यक्तियों को रोजगार दिलवाने में आर्थिक सहायता दी गयी।

(5) कृषि एवं पशु-पालन —ऑपरेशन फ्लड क्षेत्रों की दुग्ध विकास योजनाओं के अन्तर्गत सन् 1990-91 से 1996-97 तक 54 लाख लोगों को रोजगार दिया गया था। कृषि विस्तार और प्रशिक्षण कार्यक्रम के अन्तर्गत सन् 1997-98 तक 8 लाख 60 हजार अतिरिक्त रोजगार के अवसर प्रदान किए गए।

(6) अकाल पीड़ित राज्यों के लिए कार्यक्रम—यह कार्यक्रम पहले ग्राम निर्माण योजना कहलाता था। चौथी योजना के मध्यवर्ती मूल्यांकन के बाद इसे अकाल पीड़ित प्रदेशों के लिए प्रोग्राम कहा जाने लगा। इस योजना को 13 राज्यों के 70 सूखा से प्रभावित होने वाले जिलों में लागू की गई। प्रत्येक जिला पर 2 करोड़ रुपये खर्च किए जाते हैं। यह धन ऐसे कार्यों पर खर्च किया जाता है, जिनसे एक ओर उत्पादन में वृद्धि हो और दूसरी ओर लोगों को अधिक रोजगार मिल सके।

(7) समन्वित ग्रामीण विकास कार्यक्रम—इस कार्यक्रम की शुरुआत सन् 1978 से ग्रामीण क्षेत्र में पूर्ण रोजगार की व्यवस्था करने के लिए की गई इसमें 5111 ब्लाकों में कृषि पशुपालन, वन, मछली, लघु तथा कुटीर उद्योग धन्धों, सड़कों, नहरों के निर्माण आदि का विकास करके अधिक मात्रा में रोजगार दिलाने की व्यवस्था की गई है।

(8) व्यवसाय में विस्तार —सरकार द्वारा विदेशों में भी रोजगार उपलब्ध कराने का प्रयास किया जा रहा है। अरब देशों जैसे कुवैत आदि में लोगों को रोजगार दिलाने के लिए विशेष एजेंसियाँ बनाई गई हैं। इस उद्देश्य के लिए निजी एजेन्टों के अतिरिक्त आठ राजकीय मानव शक्ति निगम कार्यरत हैं।

(9) शिक्षित युवा बेरोजगार को स्वयं रोजगार—इस योजना की शुरुआत सन् 1983 में की गई। इसके अनुसार उन शिक्षित बेरोजगारों को 25 हजार रुपये तक के कर्जे दिए गए जिनके पास कोई अन्य वित्तीय साधन नहीं थे तथा जो उन शहरों में रह रहे थे, जिनकी जनसंख्या 10 लाख से कम है। यह स्कीम जिला उद्योग केन्द्रों द्वारा लागू की गयी। बैंकों ने इस स्कीम के अन्तर्गत जो कर्ज दिए हैं उसमें से 25 प्रतिशत सरकार ने सहायता के रूप में प्रदान की।

(10) स्वर्ण जयंती शहरी रोजगार योजना—1 दिसम्बर, सन् 1997 को शुरू की गई इस योजना के तहत शहरी बेरोजगारों को रोजगार प्रदान करने से संबंधित योजनाओं जैसे—नेहरू रोजगार योजना, प्रधानमंत्री समन्वित शहरी निर्धनता उन्मूलन प्रोग्राम आदि को मिला दिया गया है। इसके अन्तर्गत दो योजनाएँ शामिल हैं—शहरी स्वरोजगार कार्यक्रम और शहरी वेतन रोजगार कार्यक्रम। इन योजनाओं का खर्च 75 प्रतिशत केन्द्र सरकार तथा 25 प्रतिशत राज्य सरकार वहन करती है।

(11) ग्राम समृद्धि योजना—सन् 1999-2000 के बजट के अनुसार, जवाहर रोजगार योजना का संशोधित रूप सामने आया जिसमें रोजगार के अवसर बढ़ाने के लिए बुनियादी सुविधाओं का विकास करने का अधिकार पंचायतों का होगा। इस योजना के अन्तर्गत केन्द्र तथा राज्य सरकारों द्वारा किया जाने वाला सारा खर्च पंचायतों के माध्यम से ही किया जाएगा। पंचायतों को ही गाँवों के लिए वार्षिक योजनाएँ बनाने तथा उन्हें लागू करने का अधिकार होगा। वे ग्राम सभा की स्वीकृति से काम शुरू करवा सकेंगी। ग्राम पंचायत, ग्राम सभा तथा जनता के लिए एक रोजगार रजिस्टर रखा जाएगा।

(12) संगठित क्षेत्र का विकास—सरकार द्वारा किये गये प्रयासों के चलते सार्वजनिक तथा निजी संगठित क्षेत्रों में अर्थात् उद्योग, खनिज, यातायात, निर्माण आदि में भी लोगों को काफी रोजगार मिल रहा है।

(13) प्रधानमंत्री रोजगार योजना—यह योजना उन युवाओं के लिये बनायी गयी है जो शिक्षित होने के बाद भी बेरोजगार है। इसके द्वारा सन् 1998 में 7.5 लाख लोगों को रोजगार दिया गया।

(14) रोजगार के कार्यालय—सरकार ने लगभग 890 रोजगार के दफ्तर

स्थापित किए हैं। जो प्रत्यक्ष रूप से रोजगार नहीं देते, परन्तु रोजगार की माँग तथा पूर्ति में सन्तुलन स्थापित करने में काफी सहायता करते हैं। सरकार रोजगार के रिक्त स्थानों के संबंध में सूचना देने के लिए रोजगार समाचार प्रकाशित करती है।

(15) रोजगार बीमा योजना—यह योजना सन् 1752 खण्डों में लागू की जा रही हैं जहाँ संशोधित सार्वजनिक वितरण प्रणाली प्रचलित है। इस योजना का लक्ष्य रोजगार को तलाश करने वाले ग्रामीण निर्धन व्यक्तियों को 100 दिन का अकुशल शारीरिक श्रम उपलब्ध कराना है।

दसवीं योजना की रोजगार नीति

भारत में दसवीं पंचवर्षीय योजना सन् 2002 से लागू हुई, जिसका प्रमुख उद्देश्य योजना के पाँच वर्षों में श्रम शक्ति में जो अतिरिक्त वृद्धि करना उससे भी अधिक संख्या में लाभकारी रोजगार का प्रावधान करना और बेरोजगारी की दर में भारी कमी लाना रखा गया, जिससे ग्यारहवीं योजना के अन्त तक बेरोजगारी की दर शून्य हो जाए। निम्न तालिका में 8 प्रतिशत वार्षिक विकास दर के आधार पर रोजगार की स्थिति दिखायी गयी है। यह स्थिति दसवीं योजना में प्रस्तावित नीतियों तथा कार्यक्रमों पर आधारित औद्योगिक ढांचे को प्रदर्शित करती है।

दसवीं पंचवर्षीय योजना में रोजगार की स्थिति

	इकाई	*1999-00*	*2001-02*	*2006-07*	*2011-12*	*प्रतिशत प्रतिवर्ष*
1. श्रम शक्ति	मिलियन	363.33	378.21	413.50	453.52	1.80
2. रोजगार	मिलियन	336.75	343.36	392.35	451.53	2.70
3. बेरोजगारी की दर	प्रतिशत	7.32	9.21	5.11	0.44	-
4. बेरोजगारी की दर	मिलियन	26.58	34.85	21.15	1.99	-9.50

शिक्षित बेरोजगारी

भारत में बेरोजगारी की भयावह स्थिति शिक्षित वर्ग में भी है। इस समय अधिकांश पढ़े-लिखे युवा रोजगार की तलाश में इधर-उधर भटकते रहते हैं। एक अनुमान के अनुसार देश की विभिन्न शिक्षण संस्थाओं से प्रतिवर्ष 7 लाख के लगभग छात्र अपनी शिक्षा समाप्त करके निकलते हैं और इसमें से सिर्फ आधे लोग ही रोजगार प्राप्त कर पाते हैं। इस प्रकार शिक्षित वर्ग में बेरोजगारी निरन्तर बढ़ती जा रही है।

एक गैर-सरकारी सर्वेक्षण के अनुसार इस समय देश में लगभग एक करोड़ से भी अधिक शिक्षित लोग बेरोजगार हैं। देश में तकनीकी अथवा औद्योगिक शिक्षा की कमी के कारण भी शिक्षित बेरोजगारी तेजी से बढ़ रही है। शिक्षित बेरोजगारी में तीव्र वृद्धि होने के लिये निम्न कारणों को जिम्मेदार ठहराया जा सकता है—

शिक्षित बेरोजगारी में वृद्धि होने के कारण

(1) गाँवों के प्रति अरुचि होना—पढ़े-लिखे लोग अक्सर शहरों में जाकर नौकरी करना चाहते हैं। ग्रामीण क्षेत्रों में रहकर नौकरी करना उन्हें अच्छा नहीं लगता। ग्रामीण जीवन के प्रति अरुचि होने के कारण वह गाँवों में जाकर नौकरी करना पसन्द नहीं करता है। अतः उसकी यह प्रवृत्ति भी उसकी बेरोजगारी का प्रमुख कारण है।

(2) गरीबी—प्रायः यह देखा जाता है, कि अधिकांश युवक अपनी शिक्षा आर्थिक तंगी में प्राप्त करते है, यहाँ तक कि कुछ युवकों को अपनी शिक्षा पूरी करने के लिए कर्ज तक लेना पड़ता है। शिक्षा प्राप्त करने के बाद नौकरी प्राप्त करने हेतु बड़ी मात्रा में रिश्वत के रूप में धन देना पड़ता है, जिसे दे पाना अधिकांश बेरोजगार के लिए असम्भव होता है। परिणामस्वरूप उन्हें बेरोजगारी से भटकते रहने के लिए होना पड़ता है।

(3) दोष पूर्ण शिक्षा पद्धति—भारतीय शिक्षा प्रणाली दोषयुक्त है। यह शिक्षा प्राप्त कर लेने के बाद व्यक्ति नौकरी के अतिरिक्त कुछ और नहीं कर पाता है। इसीलिए इसे क्लर्क तैयार करने वाली मशीन के नाम से भी सम्बोधित किया जाता है। इसको प्राप्त करने के बाद छात्र में अपना कोई निजी व्यवसाय या उद्योग शुरू करने की योग्यता का नितान्त अभाव बना रहता है। तकनीकी या व्यावसायिक शिक्षा की यहाँ हमेशा कमी रहती है।

(4) शिक्षा में व्यावहारिक ज्ञान की कमी—भारतीय शिक्षा व्यवस्था पूर्णतया सैद्धांतिक है। यहाँ व्यावहारिक व जीवन उपयोगी शिक्षा व्यवस्था पर ध्यान नहीं दिया जाता है। परिणामस्वरूप विद्यार्थी शिक्षा प्राप्त करने के बाद अपने को व्यावसायिक क्षेत्र में बिल्कुल व्यर्थ पाते हैं और न ही उनके व्यावहारिक जीवन में ही शिक्षा का कोई महत्व होता है। अतः शिक्षा में व्यावहारिक ज्ञान का अभाव होने के कारण शिक्षित व्यक्ति बेरोजगार रहता है।

(5) शरीरिक श्रम के प्रति अरुचि होना—पढ़े-लिखे लोगों में यह प्रवृत्ति पायी जाती है कि वो शारीरिक श्रम करने से कतराते हैं। आधुनिक शिक्षित व्यक्ति दो-ढाई सौ रुपये की नौकरी करना उचित समझता है, किन्तु कठोर परिश्रम से मिलने वाले

कुछ हजार रुपये को वह अत्यधिक हेय दृष्टि से देखता है। किसी व्यवसाय या उद्योग में श्रमिक बनना उसे स्वीकार नहीं है।

(6) प्रशिक्षित लोगों की माँग व पूर्ति के मध्य असन्तुलन—इस बात की जानकारी प्राप्त करने हेतु देश में भविष्य में किस स्थान विशेष पर अमुक कार्य के लिए कितने प्रतिशत व्यक्तियों की आवश्यकता होगी इस बात की जानकारी प्राप्त करने हेतु देश में कोई उपयुक्त साधन विकसित नहीं हो पाया है। इसका परिणाम यह होता है कि जिस क्षेत्र में प्रशिक्षित व्यक्तियों की आवश्यकता होती है, वहाँ पर उनका अभाव बना रहता है और अन्य क्षेत्रों में प्रशिक्षित व्यक्ति रोजगार की तलाश में मारे-मारे फिरते हैं।

शिक्षित बेरोजगारी दूर करने के उपाय

शिक्षित वर्ग की बेरोजगारी को दूर करने में निम्न उपाय सहायक हैं—

(1) गाँवों के प्रति लगाव —शिक्षित वर्ग में शहरों के प्रति उन्मुखता को रोकना होगा और गाँवों के प्रति लगाव पैदा करना चाहिए। इसके लिए गाँवों को आकर्षक बनाया जाना चाहिए। वहाँ लोगों के मनोरंजन के साधनों की उचित व्यवस्था होनी चाहिए तथा उनकी सुरक्षा को भी उचित व्यवस्था होनी चाहिए, ताकि शिक्षित व्यक्ति निर्भय होकर वहाँ रह सकें और अपनी इच्छानुसार उद्योग-धन्धों की स्थापना कर सकें।

(2) रोजगार केन्द्रों की स्थापना—सरकार को अधिक से अधिक रोजगार केन्द्रों की स्थापना करनी चाहिए, जिससे शिक्षित वर्ग को कोई न कोई रोजगार सरलता से मिल सके।

(3) शारीरिक परिश्रम के प्रति हीनता की भावना को दूर करना—शिक्षित वर्ग के लोगों की शारीरिक श्रम से दूर भागने की प्रवृत्ति को दूर करने के लिए उनके मन से यह भावना निकालने का प्रयास किया जाना चाहिए कि शारीरिक परिश्रम करके जीविकोपार्जन करना कोई बुरी बात नहीं है।

(4) शिक्षा पद्धति में सुधार—शिक्षा प्रणाली में सुधार किया जाना चाहिए। उसे जीवनोपयोगी बनाने के लिए तकनीकी, औद्योगिक एवं व्यावसायिक शिक्षा पर आधारित किया जाना चाहिए ताकि शिक्षा प्राप्त करने के बाद व्यक्ति को नौकरी की तलाश में भटकना न पड़े।

(5) उच्च शिक्षा पर आंशिक रोक—इसके लिये सामान्य प्रवेश पर प्रतिबन्ध लगा देना चाहिए। उच्च शिक्षा केवल अत्यधिक योग्य व्यक्तियों को ही प्राप्त करने की अनुमति दी जानी चाहिए।

(6) लघु उद्योगों का विकास—यह शिक्षित व्यक्तियों की बेरोजगारी को दूर करने के लिए सरकार को आसान शर्तों पर लघु उद्योगों को स्थापित करने के लिए ऋण की व्यवस्था करनी चाहिए तथा निर्मित माल की बिक्री की भी उचित व्यवस्था करनी चाहिए।

शिक्षित बेरोजगारी निदान हेतु प्रशासनिक उपाय

भारत सरकार ने शिक्षित व्यक्तियों की बेरोजगारी दूर करने के लिए निम्नलिखित प्रयास किए हैं—

(1) पिछड़े क्षेत्रों में उद्योगों की स्थापना—केन्द्रीय सरकार पिछड़े क्षेत्रों में उद्योग खोलने पर अनुदान एवं अन्य सहायता देती है, जो शिक्षितों को रोजगार उपलब्ध कराने में सहायक कदम है।

(2) प्रधानमंत्री रोजगार योजना—2 अक्टूबर, सन् 1993 को प्रारम्भ इस योजना के अन्तर्गत नगरीय बेरोजगारों को व्यावसायिक क्रियाकलापों अथवा उत्पादन सम्बन्धी कार्यों का प्रारंभ करने के लिए बैंकों द्वारा वित्तीय सहायता उपलब्ध कराई जाती है। आठवीं पंचवर्षीय योजना विधि के अन्त तक इस योजना के अन्तर्गत 10 लाख शिक्षित बेरोजगारी को रोजगार उपलब्ध कराने का लक्ष्य निर्धारित किया गया था। प्रारम्भ में यह योजना शहरी क्षेत्रों के लिए ही थी, परन्तु बाद में इसका विस्तार पूरे देश में हो गया।

(3) परिवहन सहायता—पहाड़ी व दुर्लभ क्षेत्रों में परिवहन चलाने के लिए केन्द्रीय सरकार अनेक विकास कार्यक्रम एवं योजनायें चलाई जा रही है।

(4) स्व-रोजगार कार्यक्रम—स्व रोजगार व साहसी चातुर्य को बढ़ाने के लिए सरकार द्वारा अनेक विकास कार्यक्रम एवं योजनायें जैसे SEEUYआदि चलाई जा रही है।

(5) इंजीनियर साहसी प्रशिक्षण कार्यक्रम—लघु उद्योग सेवा संस्थाओं द्वारा इंजीनियरों को प्रशिक्षण दिया जाता है।

(6) इंजीनियर साहसी कार्यक्रम—इन्जीनियर साहसी कार्यक्रम के अन्तर्गत ब्याज की सहायता इंजीनियरों को दी जाती है।

(7) राष्ट्रीय प्रशिक्षण कार्यक्रम—ग्रामीण युवकों को स्वयं रोजगार देने के लिए एक राष्ट्रीय कार्यक्रम चलाया जा रहा है।

(8) ग्रामीण साहसी कार्यक्रम—पिछड़े व ग्रामीण क्षेत्रों में उद्योग स्थापित करने के लिए, ग्रामीण साहसी कार्यक्रम चलाया जा रहा है।

(9) जिला उद्योग केन्द्रों की स्थापना—प्रत्येक जिले में जिला उद्योग केन्द्र स्थापित किए जा रहे हैं, जो उद्योगों की स्थापना व उनके विकास में सहायता पहुँचाते हैं।

कृषि पारिश्रमिक

कृषि पारिश्रमिक का सामान्य आशय कृषि क्षेत्र में कार्यरत मजदूरों को काम के बदले मिलने वाली मजदूरी है। जिस प्रकार लगान और ब्याज को क्रमशः भूमि और पूँजी का मूल्य माना जाता है, उसी प्रकार कृषि मजदूरी कृषि श्रमिकों द्वारा किये गये श्रम का प्रतिफल कहलाती है। दूसरे शब्दों में, कृषि मजदूरी कृषि श्रमिकों द्वारा की गयी सेवाओं का प्रतिफल है अर्थात् मजदूरों को अपने कार्य के बदले में मिलने वाला मूल्य ही मजदूरी कहलाता है।

कृषि मजदूरी देने के आधार

कृषि मजदूरी प्रदान करने हेतु निम्न में से कोई भी आधार अपनाया जा सकता हैं—

(1) कार्य के आधार पर—जब कृषि मजदूर द्वारा किये गये कार्य के आधार पर मजदूरी दी जाती है तो वह कार्य के अनुसार मजदूरी कहलाती है। जैसे एक एकड़ धान की रोपाई के लिये निश्चित भू-भाग निर्धारित कर दिया जाता है, चाहे वह उस कार्य को कितने ही समय में पूरा करे।

(2) समय के आधार पर – दैनिक, साप्ताहिक या मासिक मजदूरी के रूप में दी जाने वाली मजदूरी समय के आधार पर दी जाने वाली मजदूरी कही जाती है।

(3) कटाई के आधार पर मजदूरी—कृषि श्रमिकों द्वारा पैदा की गयी उपज में से उनको उत्पादन का एक निर्धारित भाग मजदूरी के रूप में दिया जाता है, इसे बंटाई के आधार पर मजदूरी देना कहते हैं, जैसे गेहूँ काटने व मड़ाई करने तक की मजदूरी का लगभग 1/5 भाग मजदूरी के लिए निर्धारित कर दी जाती है।

उत्तर प्रदेश में पारिश्रमिक देने की विधि

उत्तर प्रदेश एक कृषि प्रधान राज्य है। यहाँ पर कृषि मजदूरों की संख्या काफी है। इन्हें मजदूरी देने के लिये विभिन्न प्रकार के तरीके अपनाये जाते हैं, जो निम्न प्रकार हैं—

(1) नकद पारिश्रमिक—इस समय इस प्रकार की मजदूरी का प्रचलन अधिक

है। उत्तर प्रदेश के पिछड़े भागों में आज भी नकदी से ज्यादा वस्तुओं के रूप में मजदूरी देने की प्रथा है। परन्तु विकसित क्षेत्रों में कृषि मजदूरी नकद ही दी जाती है। उत्तर प्रदेश के पश्चिमी जनपदों में मजदूरी का भुगतान नकद ही किया जाता है,

(2) वस्तुओं के रूप में पारिश्रमिक–इस प्रकार की मजदूरी का भुगतान नगद न करके बल्कि वस्तुओं के रूप में किया जाता है। इस विधि की सबसे बड़ी विशेषता यह है, कि इसमें मजदूरी का निर्धारण कार्य के अनुसार किया जाता है, जैसे गेहूँ काटने के लिये 10 बोझे पर एक बोझा मजदूर की मजदूरी होगी। इस प्रकार की मजदूरी का अधिक प्रचलन पूर्वी उत्तर प्रदेश में है। यहाँ लगभग 14% मजदूरी इसी रूप में दी जाती है।

(3) कुछ नकद व कुछ वस्तुओं के रूप में–इस तरीके का प्रयोग इस समय काफी लोग कर रहे हैं। इस पद्धति के अनुसार कृषि मजदूरों को उनकी मजदूरी का कुछ नकद व कुछ वस्तुओं के रूप में दिया जाता है। यह पद्धति उनकी आवश्यकताओं को ध्यान में रखते हुए काफी लोकप्रिय हो रही है। इस प्रकार मजदूरी देने का प्रचलन पूर्वी उत्तर प्रदेश में ज्यादा है।

(4) फसल की बंटाई के रूप में पारिश्रमिक–इस राज्य के कुछ बड़े किसान व कुछ ऐसे किसान जिनके पास जमीन तो होती है, परन्तु वे खेती करने में असमर्थ होते हैं, अपनी जमीन पर स्वयं खेती न करके बल्कि दूसरे व्यक्तियों को बंटाई पर दे देते हैं। ऐसी स्थिति में बंटाईदार को अपनी मेहनत के बदले फसलों में से निश्चित हिस्सा मिल जाता है।

कृषि मजदूरी भुगतान के गुण व दोष

इस समय वस्तु के स्थान पर नगद विनिमय प्रणाली का प्रचलन बढ़ता जा रहा है। वस्तु विनिमय प्रणाली का लगभग अन्त हो चुका है। कृषि श्रमिकों को अपनी सभी आवश्यकताओं की वस्तुओं को क्रय करने पर नगद भुगतान करना पड़ता है। इसलिये उनको भी नगद मजदूरी मिलने में ही लाभ है। यदि मजदूरों की वस्तुओं के रूप में मजदूरी है तो पहले उन वस्तुओं को बाजार में बेचना पड़ता है। फिर उससे प्राप्त नकद मूल्य से अपनी आवश्यकताओं की वस्तुएँ खरीदनी पड़ती है। इस प्रकार उसमें समय व श्रम दोनों ही व्यर्थ चले जाते हैं तथा कम मात्रा में वस्तुएँ बाजार में बेचने से उन्हें कीमत भी कम मिलती है। इसके अलावा वस्तुओं के रूप में मजदूरी मिलने से सबसे प्रमुख लाभ यह होता है कि वस्तुओं के मूल्य में उतार-चढ़ाव की दशा में उनको किसी प्रकार की क्षति नहीं होगी।

कुछ नगद व कुछ वस्तुओं के रूप में मजदूरी प्रदान करने की विधि में प्रमुख विशेषता यह है कि इससे श्रमिक अपनी दैनिक वस्तुओं के खरीदने के लिये कुछ नगद तथा खाने के लिये कुछ अनाज भी प्राप्त कर लेता है। इस प्रकार उसके दोनों कार्य सिद्ध हो जाते हैं। इसलिये यह पद्धति कृषि श्रमिक के हिसाब से अधिक उपयोगी है, क्योंकि इसमें दोनों ही गुणों का समावेश है। हमारे प्रदेश में कृषि मजदूरों को अनाज तथा नगदी दोनों की ही आवश्यकता है, इसीलिये यह पद्धति सर्वोत्तम और उपयोगी मानी गयी है।

समय के आधार पर मजदूरी देने की प्रथा में एक सबसे बड़ी कमी यह पायी जाती है कि उसमें कुशल एवं अकुशल दोनों प्रकार के मजदूरों को समान मजदूरी मिलती है, जबकि कुशल श्रमिक को अकुशल श्रमिक की तुलना में अधिक मजदूरी मिलनी चाहिए। इस विधि द्वारा मजदूरी देने से कुशल श्रमिक की कार्यक्षमता प्रभावित होती है। दूसरी तरफ सभी प्रकार के कुशल, अकुशल एवं अर्द्धकुशल मजदूर इस व्यवस्था को अपनाने पर कार्य कम करते हैं। ये समय को बेकार में नष्ट करते हैं, परन्तु ठेके पर कार्य करने में उनकी गुणवत्ता में कमी आती है।

कृषि श्रमिकों को अल्प पारिश्रमिक मिलने के कारण

कृषि मजदूरों को कृषि में मजदूरी कम मिलने के निम्नलिखित कारण हैं–

(1) भूमि पर एकाधिकार–हमारे देश में भू-स्वामियों का भूमि पर एकाधिकार होता है, साथ ही दबंग भी होते हैं। इसके कारण मजदूरों को विवश होकर कम मजदूरी पर कार्य करना पड़ता है।

(2) बाल श्रमिकों में वृद्धि–हमारे यहाँ कृषि कार्य करने में बाल श्रमिकों पर कोई अंकुश नहीं है। इससे कृषि मजदूरों की पूर्ति में अधिकता हो जाती है, जिससे उनकी मजदूरी दर कम हो जाती है।

(3) कर्ज का बोझ–बड़े किसान तथा महाजन आदि से ऋण लेने के कारण कृषि श्रमिक उनके चंगुल में फँस जाते हैं। परिणामस्वरूप वे कम मजदूरी पर कार्य करते रहते हैं।

(4) संगठन की कमी–वर्तमान समय में भी कृषि मजदूरों में संगठन का अभाव होने के कारण वे अपनी मजदूरी दरें बढ़वाने में कामयाब नहीं हो पाते हैं। फलस्वरूप वे कम मजदूरी पर काम करने को तैयार हो जाते हैं।

(5) मजदूरों के पास भूमि की कमी–अधिकांश कृषि मजदूर ऐसे होते हैं, जिनके पास भूमि नहीं होती है, यदि होती भी है तो इतनी कम कि उनकी आजीविका

नहीं चल सकती है जिससे ऊँची जाति वाले लोग उनका शोषण करते हैं क्योंकि इन लोगों के पास जमीन अधिक होती है।

(6) मौसमी रोजगार—कृषि एक मौसमी व्यवसाय है जो वर्ष में दो या तीन बार की जाती है, जिससे मजदूरी की दरें प्रायः कम ही रहती हैं अपेक्षाकृत अन्य धन्धों से।

(7) सरकारी सहायता की कमी—मजदूरी की दरें निर्धारित करने में सरकार की नीति ढुलमुल रहने के कारण उसको सख्ती से लागू नहीं किया जाता, जबकि केन्द्रों व राज्य सरकारों ने काफी कठोर नियम बनाये हैं।

(8) अन्य रोजगार अवसरों की कमी—कृषि मजदूर अपना पेट भरने के लिये कम मजदूरी पर भी कार्य करने को राजी हो जाते हैं, क्योंकि गाँवों में इसके अलावा जीवन-यापन करने के लिये कोई अन्य रोजगार के अवसर नहीं हैं।

कृषि मजदूरी पर प्रभाव डालने वाले तत्व

कृषि मजदूरी को प्रभावित करने वाले मजदूरों की माँग और पूर्ति का प्रभाव मजदूरी दर निर्धारित करने पर काफी ज्यादा देखा जाता है। साथ ही इसमें निम्न बातों पर भी ध्यान दिया जाता है—

(1) रहन-सहन का स्तर—रहन-सहन का आशय किसी स्थान पर रहने वाले व्यक्तियों से है। अगर उन लोगों का रहन-सहन ऊँचा होगा तो मजदूरी की दर अपेक्षाकृत निम्न स्तर के लोगों से ज्यादा रहेगी।

(2) शहर से दूरी—कृषि मजदूरों को शहरों में अपेक्षाकृत ज्यादा मजदूरी प्राप्त होती है। इसका प्रमुख कारण शहर में रोजगार के विविध साधन भी उपलब्ध रहते हैं।

(3) परम्परा—ग्रामीण इलाकों में रीति-रिवाज को काफी महत्व दिया जाता है। वहाँ अभी भी देहातों में रीति-रिवाज मजदूरी की दर निर्धारित करने में महत्वपूर्ण भूमिका निभाते हैं तथा महंगाई आदि का कोई विशेष प्रभाव नहीं पड़ता है।

(4) खेती के स्वरूप—कृषि के कई कारक कृषि मजदूरी को प्रभावित करते हैं। गहन खेती करने में श्रमिकों की अधिक संख्या में आवश्यकता होती है और उन्हें अपेक्षाकृत अधिक मजदूरी देनी पड़ती है।

(5) मजदूरी अधिनियम—केन्द्र व राज्य सरकारें भी मजदूरी दर निर्धारित करती हैं जिसके अनुसार न्यूनतम मजदूरी दर निश्चित की जाती है। इसमें कम मजदूरी देने पर कठोर नियम भी बनाये गये हैं। दुर्भाग्यवश मजदूरी नियमों का पालन कड़ाई से नहीं होता है।

(6) श्रमिकों की माँग एवं पूर्ति—श्रमिकों की माँग पूर्ति से अधिक है तो दर अधिक निर्धारित होगी और अगर इसके विपरीत है तो मजदूरी की दर कम होगी।

(7) कार्य की प्रकृति—कुशलता एवं अनुभव के द्वारा किये जाने वाले कार्य की मजदूरी अधिक होती है, अपेक्षाकृत अकुशल कार्यों की मजदूरी दरों से अधिक होती है।

(8) रोजगार की प्रकृति—अस्थाई श्रमिकों की अपेक्षा स्थाई श्रमिक कम मजदूरी पाते हैं। इसका प्रमुख कारण स्थाई श्रमिकों को निश्चित समय पर मजदूरी मिलती हैं व रोजगार सुरक्षित रहता है।

(9) लिंग एवं उम्र—कृषि कार्यों में लिप्त बच्चों, बूढ़ों, एवं औरतों को युवा पुरुष की तुलना में कम मजदूरी मिलती है। इस प्रकार मजदूरी देने में भी लिंग एवं आयु का भेदभाव किया जाता है।

अतः कृषि मजदूरी निर्धारण करते समय वर्तमान परिस्थितियों को ध्यान में रखते हुए इसका निष्पक्षता एवं कड़ाई से पालन करना जरूरी होता है।

न्यूनतम मजदूरी कानून एवं क्रियान्वयन

कृषि कार्य के क्षेत्र में सुधार व विकास करने के उद्देश्य से कई प्रकार के कानून बनाये गये। इसमें कई कृषि मजदूरी के भी सन्दर्भ में बने हैं। न्यूनतम मजदूरी अधिनियम, सन् 1948 को कृषि के हित के लिये बनाया जाता गया है। इस अधिनियम के अनुसार प्रान्तों में कृषि मजदूरों को मिलने वाली न्यूनतम मजदूरी की सीमा समय-समय पर निर्धारित की जाती है। इसको निर्धारित करने में मूल्य सूचकांक को भी ध्यान में रखा जाता है। पहले मजदूरी की दरों में संशोधन पाँच वर्ष बाद होता था। वर्तमान में इसका निर्धारण दो वर्ष बाद या उपभोक्ता सूचकांक 50 अंक बढ़ जाने पर अथवा इन दोनों में से जो भी पहले हो उसके आधार पर कृषि मजदूरी का निर्धारण कर दिया जाता है।

न्यूनतम मजदूरी अधिनियम को कृषि क्षेत्र में लागू करने सम्बन्धी समस्यायें

न्यूनतम मजदूरी अधिनियम बन तो जाता है, परन्तु उसे कृषि क्षेत्र में लागू करने के दौरान विभिन्न प्रकार की समस्याओं का सामना करना पड़ता है। इस कारण इस क्षेत्र में सफलता नहीं मिल पा रही है। कृषि क्षेत्र में न्यूनतम मजदूरी दरें लागू करने में आने वाले प्रमुख समस्यायें निम्न प्रकार हैं—

1. कृषि क्षेत्र में कार्यरत कृषकों एवं श्रमिकों में शिक्षा का अभाव होना।
2. कषि पत्र में श्रमिकों एवं नियोजक कृषकों द्वारा फार्म पर सम्मिलित रूप से

एक साथ कार्य करना, जिससे उनमें एक-दूसरे के प्रति विश्वास की भावना जागृत हो जाती है।

3. कृषि-क्षेत्र में मजदूरी का भुगतान नकद एव खाद्यान्न, भोजन आदि के रूप में करने की प्रथा का प्रचलित होना।
4. कृषि व्यवसाय में कृषकों द्वारा श्रमिकों के रूप में अपनी जाति, रिश्तेदारों आदि को कार्य पर लगाया जाता है, जिन्हें श्रमिक न बताकर घर के सदस्य ही बताया जाता है।
5. कृषि श्रमिकों एवं कृषकों को न्यूनतम मजदूरी कानून के बारे में ज्ञान नहीं होना।
6. कृषि श्रमिकों को नियत न्यूनतम मजदूरी पर रोजगार उपलब्ध नहीं हो पाता है।
7. सरकार भी कानून के पालन में पूर्ण इच्छा नहीं रखती है।
8. कृषि क्षेत्र में उपलब्ध रोजगार की स्थिति में भिन्नता का होना।
9. कृषि क्षेत्र की उत्पादकता एवं कृषि श्रमिकों की उत्पादकता का स्तर कम होता है, जिससे नियोजक निर्धारित न्यूनतम मजदूरी देने से असमर्थ होते हैं।
10. कृषि में प्राकृतिक प्रकोपों के कारण उत्पादन प्राप्ति की निश्चितता का न होना।
11. कृषि क्षेत्र में श्रमिकों को रोजगार उद्योगों की भाँति एक स्थान पर उपलब्ध न होकर अलग-अलग स्थानों पर प्राप्त होना।
12. कृषि श्रमिकों में संगठन का अभाव होना।

कृषि श्रमिकों को रोजगार देने एवं उनकी आर्थिक स्थिति में सुधार संबंधी प्रशासनिक उपाय

भारत के केन्द्र व राज्य सरकारों द्वारा ऐसे कई प्रयास किये गये हैं, जिससे कृषि मजदूरों को ज्यादा-से-ज्यादा रोजगार मिल सके और उनकी आर्थिक स्थिति में सुधार हो सके। इनकी कृषि श्रमिकों की समस्याओं पर कृषि रॉयल कमीशन व कांग्रेस भूमि-सुधार समिति ने अपने-अपने वृतान्त में लिखा है कि समाज के इस वर्ग की समस्याओं को हल करने में सरकार ने अब तक विशेष ध्यान नहीं दिया है। स्वतन्त्र भारत में इनकी ओर विशेष ध्यान दिया गया और अनेक कार्यक्रम सरकार द्वारा चलाए गए। कृषि श्रमिकों की आर्थिक स्थिति में सुधार लाने के लिये समय-समय पर चलाये गये विभिन्न कार्यक्रमों को निम्न प्रकार प्रस्तुत किया गया है—

1. कृषि मजदूरों हेतु न्यूनतम मजदूरी अधिनियम के तहत न्यूनतम मजदूरी नियत कर दी गई है। नियोजकों द्वारा निर्धारित न्यूनतम मजदूरी से कम का भुगतान करना कानून अपराध माना जाता है।
2. सरकार ने सन् 1975 में बन्धक मजदूर उन्मूलन अधिनियम पारित करके बंधक मजदूर प्रथा समाप्त कर दी। इस प्रथा के अन्तर्गत भू-स्वामी मजदूरों को पुराने कर्जे के भुगतान अथवा कुछ ऋण राशि देकर लम्बी अवधि के लिए बंधक बना लेते थे। इस कानून के तहत बन्धक मजदूर प्रथा को कानून अपराध घोषित कर दिया गया है

   विभिन्न राज्य सरकारों द्वारा बनाये जाने वाले कार्यक्रमों में सहयोग प्रदान करने हेतु सन् 1978-79 से केन्द्र द्वारा प्रायोजित एक योजना चलाई जा रही है। इस योजना के अन्तर्गत बन्धुआ मजदूरों का पुनर्वास करने के लिए राज्य सरकारों को केन्द्र वित्तीय सहायता देता है। योजना में प्रत्येक बन्धुआ श्रमिक के पुनर्वास के लिए अधिकतम 6250 रुपये के अनुदान का प्रावधान है। वर्ष 1978-79 से फरवरी 1993 तक इस योजना के अन्तर्गत 35.18 करोड़ रुपये की राशि सहायता के रूप में दी जा चुकी है। मार्च, 1992 तक 12 राज्यों से 2,50,289 बन्धुआ मजदूरों का पता लगाकर उन्हें मुक्त कराया जा चुका है तथा इनमें से 2,23,141 बन्धुआ मजदूरों को पुनर्स्थापित किया गया है।
3. कृषि श्रमिकों के कार्य के घण्टे नियत करने, कार्य उपलब्धि की गारण्टी देने एवं उनके कल्याण हेतु अनेक कार्यक्रम जैसे सप्ताह में एक दिन का सवैतानिक अवकाश दिलाने, आमोद-प्रमोद के साधन जुटाने, कार्य के समय चोट लगने पर क्षतिपूर्ति की राशि का भुगतान करने के लिये भी अनेक राज्यों ने कानून पारित किये हैं। कृषि श्रमिकों की मानसिक एवं आर्थिक स्थिति में सुधार लाने के लिए केरल राज्य द्वारा पारित केरल कृषि श्रमिक कानून 1974 अनुकरणीय है।
4. देश में भूमि सुधार कार्यक्रमों को लागू किये जाने से आसामी कृषकों को भूमि पर स्थायी अधिकार प्राप्त हो गये हैं। भूमि-सुधार कार्यक्रमों के फलस्वरूप उन कृषकों की स्थिति में जो कृषि श्रमिकों से भिन्न नहीं थे, बहुत सुधार हुआ है।
5. भारतीय मजदूरों के बेगार प्रथा एवं कृषि दास प्रथा को समाप्त कर दिया गया है। जमीदार एवं जागीदार श्रमिकों से बेगार लिया करते थे तथा उनके द्वारा किए गए कार्य के लिये किसी प्रकार की मजदूरी का भुगतान नहीं किया जाता था।

इन सब कार्यक्रमों के अलावा ग्रामीण क्षेत्रों में कार्यरत मजदूरों के हितों को मद्देनजर रखने हुए सरकार ने अनेक कार्यक्रम शुरू किये हैं। इनमें से कुछ कार्यक्रम क्षेत्र विशेष के श्रमिक के लिये तथा कुछ कार्यक्रम समाज के कमजोर वर्गों के उत्थान के लिये प्रारम्भ किये गये हैं। ये कार्यक्रम निम्न प्रकार हैं–

(1) बेरोजगारों हेतु रूडसेट–रूडसेट की स्थापना सिंडिकेट बैंक, कैनरा बैंक और श्री धर्मस्थल मंजुनाथेवर एजूकेशनल ट्रस्ट नामक संस्था के संयुक्त सहयोग से की गई है। इसकी स्थापना का प्रमुख उद्देश्य बेरोजगार नवयुवकों को प्रशिक्षण देना तथा उनके द्वारा स्वरोजगार स्थापित करने में विभिन्न स्तरों पर आने वाली समस्याओं को दूर करना है। स्वरोजगार के क्षेत्र में कई उन्मुखता प्रशिक्षण कार्यक्रमों का आयोजन करता है, जिनमें सामान्य प्रशिक्षण जैसे कृषि एवं उनसे सम्बन्धित कार्यों तथा विशेष प्रशिक्षण जैसे डेरी, मुर्गीपालन, रेशम उत्पादन, मधुमक्खी पालन, फलों के परिरक्षण सम्बन्धित प्रशिक्षण दिया जाता है।

(2) शहरी गरीबों हेतु स्वरोजगार कार्यक्रम–इस कार्यक्रम की शुरुआत सन् 1986 में की गई। इसका प्रमुख उद्देश्य महानगरीय, शहरी तथा अर्द्धशहरी क्षेत्रों में जीवन निर्वाह स्तर से नीचे जीवनयापन करने वाले परिवारों को स्वरोजगार हेतु प्रोत्साहित करना था। इस कार्यक्रम के अन्तर्गत किसी भी उपयुक्त व्यवसाय को करने के लिए पात्र को 5000 रुपये की वित्तीय सहायता देय थी और शेष राशि ऋण के रूप में उपलब्ध करायी जाती थी। इस योजना में वर्ष 1986-87 से 1991-92 तक 1.705 मिलियन व्यक्तियों को लाभान्वित किया जा चुका है। वर्ष 1992-93 से यह कार्यक्रम नेहरू रोजगार योजना के अन्तर्गत शहरी सूक्ष्म उद्योग कार्यक्रम शामिल कर दिया गया है।

(3) मरुस्थल विकास कार्यक्रम–सरकार द्वारा चलाया गया मरुस्थल विकास कार्यक्रम भी काफी महत्वपूर्ण है। इस कार्यक्रम का मुख्य उद्देश्य मरुभूमि के विस्तार की प्रक्रिया को नियंत्रित करना तथा रेगिस्तानी इलाकों में पर्यावरण सन्तुलन बनाए रखना है, यह कार्यक्रम देश के 5 राज्यों गुजरात, हरियाणा, हिमाचल प्रदेश, जम्मू एवं कश्मीर तथा राजस्थान के 21 जिलों के 131 खण्डों में कार्यान्वित है। इसके अन्तर्गत कुल भूमि क्षेत्रफल 3.62 वर्ग किलोमीटर है। यह कार्यक्रम केन्द्र सरकार द्वारा वर्ष 1977-78 में शत-प्रतिशत वित्तीय सहायता से प्रारम्भ किया गया था और वर्ष 1979-80 से इस कार्यक्रम का व्यय केन्द्र एवं राज्य सरकार द्वारा 50:50 के अनुपात में वहन किया जाता है।

(4) सूखा सम्भावित क्षेत्रों हेतु कार्यक्रम–इस कार्यक्रम की शुरुआत सन्

1970 में की गई। सूखा के कारण क्षेत्र के कृषकों के यहाँ फसलों की उत्पादकता बहुत कम एवं अनिश्चित होती है। इन कार्यक्रम का उद्देश्य पर्यावरण सन्तुलन को बहाल करने तथा भूमि, जल और अन्य प्राकृतिक साधनों के सन्तुलित विकास द्वारा सूखे से बचाव के उपायों को अपनाना है। वर्तमान में यह कार्यक्रम देश के 13 राज्यों के 96 जिलों के 627 खण्डों में कार्यान्वित है। चतुर्थ पंचवर्षीय योजना में इस कार्यक्रम का शत प्रतिशत व्यय केन्द्र सरकार ने वहन किया था, लेकिन पाँचवीं योजना से इस कार्यक्रम पर किये जाने वाले व्यय को केन्द्र एवं राज्य सरकारें 50:50 के अनुपात में वहन करती हैं। वर्ष 1973-74 से 1992-93 तक इस कार्यक्रम पर 1423.96 करोड़ रुपये की राशि व्यय की जा चुकी है।

(5) सीमान्त कृषक एवं कृषि श्रमिक अभिकरण—सीमान्त कृषक एक हैक्टेयर से कम भूमि क्षेत्र वाले एवं कृषि श्रमिकों का बाहुल्य था। इसका प्रमुख उद्देश्य सीमान्त कृषकों तथा कृषि श्रमिकों को वित्तीय सहायता एव तकनीकी सहयोग प्रदान करना है, जिससे इन वर्ग के व्यक्तियों का आर्थिक विकास हो सके। विभिन्न कृषि कार्यक्रमों को अपनाने के लिए इस वर्ग के व्यक्तियों को कुल लागत की एक तिहाई राशि 33.33 प्रतिशत सहायता के रूप में एवं दो-तिहाई राशि वाणिज्यिक बैंकों से कम ब्याज दर पर ऋण के रूप में उपलब्ध करायी जाती है। वर्ष 1978-79 से इस कार्यक्रम को एकीकृत ग्रामीण विकास कार्यक्रम में सम्मिलित कर दिया गया है।

(6) एकीकृत ग्रामीण कार्यक्रम—यह कार्यक्रम प्रमुखतः ग्रामीण विकास से जुड़ा है। इसका प्रमुख उद्देश्य ग्रामीण गरीब परिवारों को गरीबी की रेखा को पार कराने के लिए समर्थ बनाना है। इस उद्देश्य हेतु लक्षित एवं सीमान्त कृषक, कृषि मजदूर तथा ग्रामीण परिवारों को उत्पादक परिसम्पत्तियाँ प्रदान कराई जाती हैं। यह कार्यक्रम वर्ष 1978-79 में केन्द्र सरकार द्वारा शत-प्रतिशत वित्तीय सहायता से प्रारम्भ किया गया था। वर्ष 1979-80 से इस कार्यक्रम पर होने वाले व्यय को केन्द्र एवं राज्य सरकारें 50:50 के अनुपात में वहन करती हैं। इस कार्यक्रम में मार्च, 1991 तक 37.635 मिलियन परिवार लाभान्वित हो चुके हैं। एकीकृत ग्रामीण विकास कार्यक्रम के अन्तर्गत सभी लाभार्थियों के लिए सामूहिक बीमा योजना लागू की गई है, जिसका व्यय सरकार द्वारा वहन किया जाता है। दो अक्टूबर, 1980 से इस कार्यक्रम को पूरे देश में लागू कर दिया गया है।

(7) काम के बदले अनाज योजना—कृषि में मौसमी बेरोजगारी के होने तथा सरकार के पास उपलब्ध खाद्यान्नों के वितरण को दृष्टिगत रखते हुए अप्रैल 1977 में इस योजना की शुरुआत की गई। इस योजना के अन्तर्गत सार्वजनिक निर्माण

कार्यों के रख-रखाव तथा नए पूँजीगत निर्माण कार्यों जैसे भूमि तथा जल संरक्षण, वृक्षारोपण, सड़क निर्माण, स्कूल भवन के निर्माण पर लगे श्रमिकों को काम के बदले नकद भुगतान के साथ-साथ मजदूरी का एक भाग अनाज के रूप में दिया जाता है। योजना के तहत अप्रैल, 1977 से मार्च, 1980 तक 1933.8 मिलियन दिवस रोजगार उपलब्ध कराकर 3.749 मिलियन टन अनाज श्रमिकों को उपलब्ध कराया गया। अक्टूबर, 1980 से इस योजना को बन्द करके इसका नया नाम **राष्ट्रीय ग्रामीण रोजगार कार्यक्रम** रखा गया।

(8) ग्रामीण रोजगार का कैश कार्यक्रम–यह कार्यक्रम उपयुक्त श्रेणी में न आने वाले लोगों से सम्बन्धित है। इसके तहत इन लोगों के लिये सतत रोजगार उपलब्ध कराने व उनकी आय में वृद्धि करने हेतु कार्य किया जाता है। इन कार्यक्रमों में सड़क, सिंचाई के साधनों का निर्माण, स्कूल, भवन का निर्माण आदि कार्य क्षेत्र में शामिल किए जाते हैं, जिससे क्षेत्र में स्थायी सम्पत्ति के निर्माण के साथ-साथ क्षेत्र के श्रमिकों को निरन्तर कार्य भी उपलब्ध होता रहे।

(9) अन्त्योदय योजना–यह भी एक महत्वपूर्ण योजना है। इसके तहत विकास का लाभ समाज के निम्नतम स्तर तक के व्यक्तियों तक पहुँचाने के उद्देश्य से समाज में पिछड़े वर्ग में सबसे पिछड़ा व्यक्ति का चुनाव किया जाता है। चुने हुए परिवारों को आवश्यक वित्तीय सहायता विभिन्न उद्देश्यों के लिए दी जाती है, जिससे उन्हें रोजगार उपलब्ध हो सके।

(10) राष्ट्रीय ग्रामीण रोजगार कार्यक्रम–इस कार्यक्रम की शुरुआत अक्टूबर, 1980 में काम के बदले अनाज योजना को बन्द करके की गई। इस योजना का उद्देश्य भी ग्रामीण क्षेत्रों में रोजगार उपलब्धि के लिए कार्यक्रम प्रारम्भ करना तथा कार्य में लगे श्रमिकों को श्रम का एक भाग अनाज के रूप में भुगतान करना है। योजना पर होने वाले व्यय को केन्द्र एवं राज्य सरकारें 50:50 के अनुपात में वहन करती हैं।

(11) ग्रामीण युवा स्वरोजगार प्रशिक्षण हेतु कार्यक्रम, ट्राइसेम–एक केन्द्रीय प्रायोजित योजना के रूप में 15 अगस्त, 1979 को इस योजना का प्रारम्भ किया गया था। इसका प्रमुख उद्देश्य उन ग्रामीण युवाओं को तकनीकी तथा उद्यमशीलता की कुशलताएँ प्रदान करना है, जो गरीबी की रेखा से नीचे जीवनयापन करने वाले परिवारों से सम्बन्धित है। ट्राइसेम योजना की प्रमुख विशेषतायें निम्न प्रकार हैं–

(12) ग्रामीण भूमिहीन श्रमिकों के लिए रोजगार गारण्टी कार्यक्रम–यह

कार्यक्रम छठी पंचवर्षीय योजना के दौरान अगस्त, 1983 में प्रारम्भ की गई जो बेरोजगारी की समस्या के समाधान से सम्बन्धित है। इस कार्यक्रम का प्रमुख उद्देश्य गाँवों के भूमिहीन श्रमिकों को रोजगार उपलब्धि के अवसर प्रदान कराना है तथा प्रत्येक परिवार के एक सदस्य को वर्ष में 100 दिवस का रोजगार उपलब्धि की गारण्टी प्रदान करना है। इसके साथ ही भूमिहीन श्रमिकों के लिए आधारभूत संरचना का विकास करना है, जिससे ग्रामीण अर्थव्यवस्था का विकास हो सके। इस कार्यक्रम में उन कार्यक्रमों को सम्मिलित किया जाता है, जिन पर 50% से अधिक व्यय श्रम पर होता है और शेष 50% व्यय कार्य के लिए आवश्यक सामग्री जैसे—पत्थर, चूना, सीमेन्ट, आदि की खरीददारी किया जाता है।

(i) यह प्रशिक्षण आवश्यकतानुसार उन्हें औद्योगिक प्रशिक्षण संस्थानों, कृषि विज्ञान केन्द्रों, नेहरू युवा केन्द्रों, राज्य ग्रामीण विकास संस्थाओं, विकास केन्द्रों एवं स्वयंसेवी संस्थाओं द्वारा संचालित संस्थानों द्वारा प्रदान किया जाता है।

(ii) गाँवों में 18 से 35 वर्ष के युवाओं को तकनीकी कौशल प्रदान करना, जिससे वे अपना निजी कार्य व्यवसाय प्रारम्भ कर सकें या नौकरी प्राप्त कर सकें।

(iii) प्रशिक्षण अवधि में प्रशिक्षणार्थी को छात्रवृति एवं उपयुक्त औजार किट मुफ्त प्रदान किया जाता है।

(iv) इस योजना में प्रशिक्षण पाने वाले व्यक्तियों को समन्वित ग्रामीण विकास कार्यक्रम के अन्तर्गत वित्तीय सहायता दी जाती है।

(v) ट्राइसेम कार्यक्रम के अन्तर्गत छठी पंचवर्षीय योजना में 10.15 लाख, सातवीं पंचवर्षीय योजना में 9.98 लाख एवं वर्ष 1992-93 व 1993-94 में 5.80 लाख युवाओं को प्रशिक्षित किया गया है।

(13) रोजगार गारण्टी कार्यक्रम—सन् 1971-72 के वित्तीय वर्ष में प्रारम्भ इस कार्यक्रम के अन्तर्गत कार्य चाहने वाले श्रमिकों को जिलाधीश को रोजगार प्राप्ति के लिए प्रार्थना पत्र देना होता है। निश्चित समय के अन्दर क्षेत्र का जिलाधीश उनके लिए रोजगार उपलब्धि की व्यवस्था करता है। रोजगार की व्यवस्था नहीं होने की स्थिति में एक निश्चित राशि श्रमिकों को प्रतिमाह सहायता के रूप में प्रदान की जाती है।

(14) ग्रामीण क्षेत्रों में महिला और बाल विकास कार्यक्रम—समन्वित ग्रामीण विकास कार्यक्रम की एक उपयोजना के रूप में गरीबी की रेखा से नीचे

जीवन-यापन कर रहे ग्रामीण परिवारों की महिलाओं और बच्चों के विकास हेतु सितम्बर 1982 में इस कार्यक्रम का श्रीगणेश हुआ। इसका मुख्य उद्देश्य उन्हें स्वरोजगार के उपयुक्त अवसर प्रदान करना है। वर्ष 1982 में 50 चुने हुए जिलों में यह कार्यक्रम एक प्रायोगिक कार्यक्रम के रूप में प्रारम्भ किया गया था। तभी से इस कार्यक्रम का चरणबद्ध विस्तार हो रहा है। मार्च, 1993 में यह कार्यक्रम देश के 291 जिलों में कार्यान्वित था। सातवीं योजना में इस कार्यक्रम के अन्तर्गत 28,000 महिला ग्रुप बनाए गए, जिनकी सदस्य संख्या 4.68 लाख थी। इस कार्यक्रम में निम्न विशेषतायें पायी जाती हैं–

(i) प्रत्येक महिलाओं के समूह को आधारभूत सूचनाओं, कच्चे माल के क्रय, विपणन, शिशुओं की देखभाल आदि के लिए एकमुश्त 15 हजार रुपयों का एक रिवाल्विंग कोष स्वीकृत किया जाता है। यह राशि केन्द्र राज्य सरकार एवं यूनीसेफ द्वारा दी जाती है, जिससे वे क्षेत्र में सक्षम कार्य प्रारम्भ कर सकें।

(ii) कार्यक्रम में चयन की गई महिलाओं को 15 से 20 के समूहों में संगठित करके एवं आवश्यक प्रशिक्षण देकर उनसे आर्थिक कार्य प्रारम्भ कराए जाते हैं।

(15) जवाहर रोजगार योजना–इस योजना की शुरुआत सन् 1989-90 में की गई जो ग्रामीण बेरोजगारी से जुड़ी है। इस योजना के द्वारा सम्पूर्ण देश के 4.40 करोड़ निर्धनता रेखा से नीचे जीवन यापन करने वाले परिवारों के कम से कम एक सदस्य को रोजगार उपलब्ध कराया जाता है। यह योजना देश के सभी गाँवों में कार्यरत है। योजना में आने वाले कुल व्यय का 80% केन्द्र सरकार एवं 20% राज्य सरकार वहन करती है। आठवीं योजना से इसके अन्तर्गत होने वाले व्यय का केन्द्र तथा राज्य सरकार का अनुपात 60 : 40 हो गया। जवाहर रोजगार योजना में निम्न विशेषताएँ पायी गयी हैं–

(i) ग्रामीण रोजगार सम्बन्धी समस्त वर्तमान योजनाओं एवं राष्ट्रीय कार्यक्रम का विलय जवाहर योजना में स्वतः ही हो जाएगा। विभिन्न जनजातियों के व्यक्तियों को रोजगार दिलाने वाली योजनाओं को भी इस कार्यक्रम में सम्मिलित कर लिया जाएगा। कुल स्वीकृत रोजगार अवसरों में महिलाओं के लिए 30% अवसर आरक्षित रहेंगे।

(ii) इस योजना को ग्राम पंचायतें क्रियान्वित करती हैं जिसके लिए तीन से चार हजार तक की जनसंख्या वाली एक ग्राम पंचायत को प्रतिवर्ष 80

हजार से एक लाख रुपये तक प्राप्त होंगे। यह योजना सभी ग्राम पंचायतों में लागू की जाएगी, जबकि पूर्व में चालू की गई ग्रामीण रोजगार योजनाएँ 55 प्रतिशत ग्राम पंचायत क्षेत्रों में ही लागू की जा सकी थीं।

(iii) कार्यक्रमों में विशिष्ट भौगोलिक संरचना वाले क्षेत्रों जैसे—पर्वतीय, मरुस्थलीय तथा द्वीप समूह की आवश्यकताओं को पूरा करने के लिए विशेष ध्यान दिया जाएगा।

(iv) इस योजना के द्वारा निर्धनता रेखा के नीचे जीवन-यापन कर रहे प्रत्येक परिवार के कम से कम एक सदस्य को उनके घर के निकट कार्यस्थल पर प्रतिवर्ष 50 से 100 दिन का रोजगार प्राप्त हो सकेगा।

(v) धनराशि का आवंटन राज्यों, उनमें निवास कर रही जनसंख्या की निर्धनता की सघनता के आधार पर किया जाएगा। राज्यों द्वारा प्राप्त धन को जिलों को आवंटित किया जाएगा।

(vi) योजना के अन्तर्गत प्रत्येक ग्रामीण लाभान्वित परिवार यह जान सकेंगे कि अन्य व्यक्तियों को वर्ष में कितने दिन रोजगार उपलब्ध कराया गया है तथा कितनी राशि उन्हें भुगतान की गई है।

धन व्यय के दृष्टिकोण से जवाहर रोजगार योजना देश की सबसे बड़ी योजना मानी गयी है, क्योंकि इसके लिए एक वर्ष में 2100 करोड़ रुपये की राशि उपलब्ध कराई गई है, जबकि गत चार वर्षों में विभिन्न रोजगार योजनाओं पर मात्र 2500 करोड़ रुपये ही सरकार द्वारा व्यय किए गए हैं। साथ ही इस योजना के कारण कार्यक्रमों में जनता की सक्रिय भागीदारी प्राप्त होने के साथ-साथ योजनाओं के कार्यान्वयन में भ्रष्टाचार पर अंकुश एवं प्रशासनिक व्यय की लागत में भी कमी आयेगी।

जवाहर रोजगार योजना के तहत तीन प्रकार की अन्य योजनायें भी शामिल की गयी हैं, जो निम्नवत् हैं–

(क) ***शहरी सूक्ष्म उद्यम योजना***—यह योजना 15 जून, 1990 से लघु उद्यमों के लिए शहरी गरीब व्यक्तियों की सहायता करने के उद्देश्य से प्रारम्भ की गई थी।

(ख) ***शहरी सवेतन रोजगार योजना***—इस योजना का उद्देश्य एक लाख से कम जनसंख्या वाले सभी शहरों में गरीब व्यक्तियों के लिए मूल सुविधाओं की व्यवस्था करके श्रम रोजगार प्रदान करना है।

(ग) ***शहरी आवास एवं आश्रय सुधार योजना***—इस योजना का उद्देश्य एक

से 20 लाख जनसंख्या वाले शहरों में आश्रय उन्नयन के माध्यम से रोजगार प्रदान करना है।

(16) लोक कार्यक्रम एवं ग्रामीण प्रौद्योगिकी विकास परिषद् कर्पाट—एक सितम्बर, 1986 को दिल्ली में गठित इस परिषद् का प्रमुख प्रयोजन ग्रामीण समृद्धि के लिए परियोजनाओं के कार्यान्वयन में स्वैच्छिक कार्य को प्रोत्साहन देना और उनके कार्य में सहयोग देना है। इस परिषद् ने जवाहर रोजगार योजना, गरीबी उन्मूलन कार्यक्रमों के लाभार्थियों के संगठन, समन्वित ग्रामीण विकास कार्यक्रम, ग्रामीण क्षेत्रों में महिलाओं और बच्चों के विकास से सम्बन्धित संगठनों को सहायता उपलब्ध कराई है। भारत सरकार का ग्रामीण विकास मन्त्रालय कर्पाट को आवश्यक धन उपलब्ध कराता है।

(17) शिक्षित बेरोजगार युवकों को स्वरोजगार प्रदान करने की योजना—यह योजना सन् 1983-84 में शुरू की गई है। इसकी शुरुआत में शिक्षित बेरोजगार युवकों मैट्रिक पास या उससे अधिक शिक्षितों के लिए जिनकी आयु 18 से 35 वर्ष के मध्य एवं जिनके परिवार की वार्षिक आय दस हजार रुपये से कम है, के लिए की गई है। योजना में आवश्यक वित्त इन शिक्षित युवकों को स्वरोजगार उद्यमों के प्रारम्भ करने के लिए दिया जाता है। इसमें रो 25 प्रतिशत अनुदान राशि एवं शेष बैंकों से ऋण के रूप में उपलब्ध कराया जाता है। इस योजना में पात्र उद्यमियों को औद्योगिक उद्यमों के लिए अधिकतम 35,000 रुपये, व्यावसायिक उद्यमों के लिए 25,000 रुपये तथा सेवा उद्यमों के लिए 15,000 रुपये तक का ऋण स्वीकृत किया जाता है। एक अप्रैल, 1994 से इस योजना को प्रधानमंत्री की रोजगार योजना के अन्तर्गत सम्मिलित कर लिया गया है।

सरकार ने स्वतन्त्रता दिवस के अवसर पर 15 अगस्त, 1993 को ग्रामीण अशिक्षित व्यक्तियों, शिक्षित युवाओं तथा महिला समृद्धि से सम्बन्धित तीन योजनाओं की घोषणा की है, जो निम्न प्रकार हैं—

(i) ***शिक्षित बेरोजगार युवाओं के लिए प्रधानमंत्री की रोजगार योजना***—इस योजना की शुरुआत गाँधीजी के जन्म दिवस के अवसर पर 2 अक्टूबर 1993 को की गयी जो ग्रामीण व शहरी क्षेत्रों के लिये हैं। इसके तहत आठवीं योजना में उद्योग, सेवा तथा अन्य व्यवसायों में 7 लाख लघुतर इकाइयाँ स्थापित करके 10 लाख से भी अधिक व्यक्तियों को रोजगार उपलब्ध कराना है।

(ii) ***रोजगार बीमा योजना***—इस योजना की शुरुआत 2 अक्टूबर, 1993 से

कृषकों को बेकार रहने वाले दिनों में इच्छुक ग्रामीणों के 100 दिवस का वर्ष में रोजगार उपलब्ध कराने हेतु इस योजना की शुरुआत की गई है।

(iii) ***महिला समृद्धि योजना***—ग्रामीण महिलाओं का आर्थिक स्वतन्त्रता प्रदान करने हेतु की गई है। इसके तहत जो महिला डाकघर बचत खाते में 300 रुपये जमा करेंगी, उसे यह राशि एक वर्ष तक जमा रखने पर 75 रुपये की मदद दी जाएगी।

कल्याण कार्यक्रम

वर्ष 1994-95 में भी प्रधानमंत्री ने तीन नए कल्याण कार्यक्रम प्रारम्भ करने की घोषणा की हैं—

(1) राष्ट्रीय अल्पसंख्यक विकास एवं वित्त निगम—इस निगम का गठन भी एक महत्वपूर्ण कदम है। यह अल्पसंख्यकों में पिछड़े हुए वर्गों के लिए आर्थिक एवं विकासात्मक गतिविधियों को प्रोत्साहित करता है।

(2) बाल श्रम उन्मूलन योजना—इस योजना में कालीन, बुनाई, पत्थर, खनन, माचिस निर्माण तथा पटाखा उद्योगों में कार्यरत बाल मजदूरों की शिक्षा हेतु उन्हें अलग करके विद्यालय भेजने की व्यवस्था करना तथा इनके माता-पिता को विभिन्न योजनाओं से लाभान्वित करना है।

(3) गरीबी उन्मूलन योजना—इसके तहत 50 हजार से एक लाख जनसंख्या वाले कस्बों में मूल नागरिक सुविधाएँ उपलब्ध कराकर निर्धनता निवारण करना है।

कृषि यन्त्रीकरण एवं हरित-क्रान्ति का कृषि श्रम पर प्रभाव

हमारे देश में कृषि क्षेत्र के तहत यन्त्रीकरण, उन्नत बीज एवं तकनीकी ज्ञान के प्रयोग में विगत तीन चार दशकों के दौरान लगातर वृद्धि हुई है। परिणामस्वरूप प्रति हैक्टेयर भूमि की उत्पादकता एवं आय में वृद्धि हुई है। यन्त्रीकरण एवं तकनीकी ज्ञान के उपयोग से कृषि-श्रम पर पड़ने वाले प्रभावों के सम्बन्ध में अनेक भ्रान्तियाँ पाई जाती हैं। कुछ व्यक्तियों का मत है कि कृषि में यन्त्रीकरण को अपनाने से श्रमिकों में बेरोजगारी बढ़ती है, जो भारत जैसे अधिक श्रम-शक्ति वाले देश के लिए उचित नहीं है। अन्य व्यक्तियों का मत है कि कृषि में यन्त्रीकरण के अपनाने से भूमि की उत्पादकता, श्रम की माँग एवं रोजगार में वृद्धि होती है।

कृषि यन्त्रीकरण एवं हरित-क्रान्ति का कृषि-श्रम पर दो प्रकार का प्रभाव होता है जिसे निम्न प्रकार स्पष्ट किया गया है—

(1) सकारात्मक प्रभाव—स्पष्ट रूप से दिखाई देने वाले प्रभाव को प्रत्यक्ष प्रभाव कहा जाता है। कृषि यन्त्रीकरण के कारण कृषकों को फार्म पर प्रत्यक्ष रूप से अनेक कृषि कार्यों, जैसे ट्रैक्टर द्वारा खेत की जुताई, रीपर द्वारा फसल की कटाई, पम्पिंग सैट द्वारा फसल की सिंचाई करने में प्रति इकाई भूमि पर श्रम की कम आवश्यकता होती है। दूसरी ओर फार्म पर कृषि यन्त्रीकरण के अपनाने से फसल गहनता में वृद्धि होती है। कृषि कार्य समय पर एवं उचित गहराई तक हो पाने के कारण प्रति इकाई भूमि के क्षेत्र से उत्पादन की मात्रा अधिक प्राप्त होती है, जिसके लिए प्रति हैक्टेयर भूमि पर पहले से अधिक श्रम की आवश्यकता होती है। इस प्रकार यन्त्रीकरण का कृषि श्रम पर होने वाला प्रभाव इन दोनों का योग होता है, यह प्रभाव दोनों तरह का हो सकता है, धनात्मक भी और ऋणात्मक भी।

कृषि यन्त्रीकरण तकनीकी ज्ञान एवं उन्नत बीजों के उपयोग का कृषि-श्रम की आवश्यकता पर पड़ने वाला प्रभाव धनात्मक होता है, क्योंकि कम अवधि में पकने वाली किस्मों को अपनाने से कृषक भूमि के एक इकाई क्षेत्र से वर्ष में 3-4 फसलें सुगमता से लेकर बहु-फसलीय कार्यक्रम अपना लेते हैं। इससे फार्म पर फसल-गहनता एवं कृषि उत्पादन में बढ़ोतरी होती है।

कृषि यन्त्रीकरण एवं हरित-क्रान्ति का कृषि श्रम पर होने वाले उपयुक्त प्रभावों को प्रत्यक्ष प्रभावों की श्रेणी में वर्गीकृत किया जाता है, क्योंकि इस प्रकार के प्रभावों का प्रति हैक्टेयर भूमि के क्षेत्र पर सुगमता से आकलन किया जा सकता है।

(2) नकारात्मक प्रभाव—प्रत्यक्ष प्रभाव के अलावा कृषि यन्त्रीकरण एवं उन्नत बीजों को अपनाने से कृषि-श्रम पर प्रत्यक्ष प्रभाव के भी पड़ता है। कृषि यन्त्रीकरण के उपयोग के लिए कृषि यन्त्रों ट्रैक्टर, टिलर, रीपर, थ्रैसर, पम्प आदि अधिक संख्या में निर्मित करने, विक्रय करने एवं उन्हें कार्यगत रखने हेतु मजदूरों की जरूरत बढ़ती रहती है। इसी प्रकार फार्म पर उन्नत बीजों के अधिक मात्रा में प्रयोग करने से सिंचाई, उर्वरक, कीटनाशी दवाइयों का अधिक मात्रा में प्रयोग करना होता है। उत्पादन-साधनों की बढ़ती हुई आवश्यकता की पूर्ति के लिए, इनके उत्पादन, विपणन आदि कार्यों के लिए अधिक श्रमिकों की आवश्यकता होती है, जिससे श्रम की कुल आवश्यकता में वृद्धि होती है। इस प्रकार अतिरिक्त श्रम की मात्रा में जो वृद्धि होती है वह अप्रत्यक्ष प्रभाव की श्रेणी में आती है, क्योंकि ऐसी वृद्धि का आंकलन करना एक जटिल कार्य है।

कृषि यन्त्रीकरण एवं हरित-क्रान्ति की वजह से कृषि-श्रम की कुल माँग की मात्रा में परिवर्तन के साथ-साथ श्रम की विभिन्न समयों में होने वाली माँग में भी

परिवर्तन होता है, जिससे श्रम की कम माँग वाले मौसम एवं अधिक माँग वाले मौसम का रुख भी बदलता रहता है। विभिन्न समय में श्रमिकों की माँग की असमानता भी कम हो जाती है।

कृषि यन्त्रीकरण एवं हरित-क्रान्ति का कृषि श्रम पर मिश्रित प्रभाव

कृषि यन्त्रीकरण एवं हरित-क्रान्ति का कृषि श्रम पर पड़ने वाला संयुक्त प्रभाव अनिश्चित है। इसके सन्दर्भ में निश्चित रूप से कुछ भी नहीं कहा जा सकता है। इसके कृषि-श्रम पर शुद्ध प्रभाव धनात्मक एवं ऋणात्मक दोनों पाये गये हैं। पंजाब एवं हरियाणा प्रान्तों में किये गये अध्ययनों के परिणामों के अनुसार वर्ष 1968-69 में उन्नत बीजों को फार्म पर अपनाने से श्रम माँग में 6 प्रतिशत वृद्धि तथा फार्म पर पम्पिंग सैट, थ्रैसर एवं ट्रैक्टर के उपयोग से श्रम की माँग में 13 प्रतिशत की कमी हुई है, लेकिन फार्म पर उन्नत बीजों एवं यन्त्रीकरण के सम्मिलित उपयोग से श्रम की माँग में 5.5 प्रतिशत की कमी आयी है।

सन् 1971-72 में राजस्थान के दो जिलों उदयपुर और चितौड़गढ़ में एक अध्ययन किया गया। इस अध्ययन से यह नतीजा सामने आया कि अगर फार्म पर 35% प्रतिशत क्षेत्रफल उन्नत किस्म के बीजों के अन्तर्गत लेते हैं तो कृषि-श्रम की माँग में 36.3 प्रतिशत वृद्धि होती है। फार्म पर सिंचाई के लिए पम्पिंग सैट लगाने से श्रम की माँग में 27.6% कमी होती है। फार्म पर उन्नत बीजों एवं पम्पिंग सैट को साथ-साथ लेने से कृषि-श्रम की माँग में 8.7 प्रतिशत वृद्धि होती है। चूँकि फार्म पर सिंचाई के लिये पम्प लगाने से फसल गहनता में वृद्धि होना स्वाभाविक है। अतः श्रम की माँग 23.3% बढ़ जाती है। फार्म पर ट्रैक्टर के उपयोग से कृषि श्रम की माँग में 50.1% की कमी होती है, लेकिन ट्रैक्टर के उपयोग के साथ कृषि क्षेत्र का 50 प्रतिशत क्षेत्रफल उन्नत बीजों के लेने से श्रम की माँग में होने वाली कमी मात्र 13.4 प्रतिशत ही रह जाती है। फार्म पर फसल गहनता में वृद्धि होने से कृषि-श्रम की शुद्ध माँग में 12.7 प्रतिशत की वृद्धि होती है। फार्म पर यन्त्रीकरण के अपनाने से श्रम की माँग पर विपरीत प्रभाव उन्नत बीजों का उपयोग का धनात्मक प्रभाव तथा इन दोनों के साथ-साथ उपयोग एवं फसल गहनता में वृद्धि होने से श्रम की माँग पर अनुकूल प्रभाव आता है।

यद्यपि आज के समय में यन्त्रीकरण बहुत ही आवश्यक है, परन्तु देश में यन्त्रीकरण को प्रोत्साहित करने के साथ-साथ उन्नत बीजों का उपयोग एवं फसल गहनता में वृद्धि के उपाय भी अपनाये जाने चाहिएँ। इनके सम्मिलित उपयोग से श्रम की माँग में वृद्धि होगी और देश में व्याप्त बेरोजगारी कम होगी।

न्यूनतम मजदूरी कानून को कृषि क्षेत्र में लागू करने हेतु सुझाव

कानून तो बनते रहते हैं, लेकिन उनको पारित कर पाना बड़ा ही मुश्किल हो जाता है। इस प्रकार न्यूनतम मजदूरी कानून का कृषि क्षेत्र में क्रियान्वयन एक विडम्बना बनकर रह गयी है तथा इस कानून का उल्लंघन खुलम-खुल्ला हो रहा है। राज्य सरकारें समय-समय पर मजदूरी की दरें निर्धारित करने की घोषणा करती है, किन्तु मजदूरों को इसकी कोई जानकारी नहीं होती है। इसके विपरीत भू-स्वामियों तथा बड़े-बड़े महाजनों को इसकी जानकारी होने पर भी वे इससे अनभिज्ञता प्रकट होते हैं। अतः इन व्यक्तियों नियोजकों द्वारा कृषि श्रमिकों को निर्धारित न्यूनतम मजदूरी देने के कठोर प्रयास किये जाएँ। अतः केन्द्र व राज्य सरकारों को इस प्रकार के कानून बनाकर, उसे कठोरतापूर्वक लागू किया जाए ताकि प्रत्येक नियोजक न्यूनतम मजदूरी देने को बाध्य हो। इसके लिए कुछ प्रमुख सुझाव दिये गये हैं जिसे हम निम्नलिखित पंक्तियों के द्वारा समझ सकते हैं–

1. न्यूनतम मजदूरी निश्चित करने के साथ ही उनके कार्य करने की समय सीमा भी निर्धारित की जानी चाहिए, जिससे श्रमिकों को लगातार कार्य न करना पड़े तथा बीच में कुछ आराम मिल सके।
2. देश के कुछ हिस्सों में मजदूरों को अनाज व नकद दोनों रूपों में मजदूरी दी जाती है। परिणामस्वरूप अब यह कहना मुश्किल है कि ऐसे क्षेत्रों में न्यूनतम मजदूरी अधिनियम का पालन हो रहा है अथवा नहीं ऐसे में सरकार द्वारा सजगतापूर्वक कठोर कदम उठाये जाने चाहिएँ कि रोजगार देने वाले अधिनियम के प्रावधानों के अन्तर्गत ही मजदूरी देने को विवश हो।
3. इस समय-न्यूनतम मजदूरी की जो दर है वह बढ़ती महंगाई के परिप्रेक्ष्य गें बहुत कम है। अतः कृषि श्रमिकों की न्यूनतम मजदूरी दर में समय-समय पर महँगाई के अनुसार वृद्धि करने की आवश्यकता है।
4. ग्रामीण इलाकों में लोग-न्यूनतम मजदूरी अधिनियम से अनभिज्ञ हैं, यहाँ तक श्रमिकों को भी इसकी जानकारी नहीं है कि उनको न्यूनतम सरकारी दर से कितनी मजदूरी मिलनी चाहिए। ऐसे में इन कानूनों की जानकारी श्रमिकों तक पहुँचाने के लिये इनके प्रावधानों का व्यापक स्तर पर प्रचार करने के साथ-साथ सख्त कानून बनाकर भू-स्वामियों को न्यूनतम मजदूरी अधिनियम का पालन करने के लिए विवश करना चाहिए।

2

ग्रामीण महिलाओं को कृषि एवं उद्यान विज्ञान का प्रशिक्षण

कृषि एक व्यवसाय है जिसमें भारत की अधिकांश जनसंख्या इस व्यवसाय में लगी है। भारतीय ग्रामीण महिलाओं की भूमिका भी इस व्यवसाय में पुरुषों की अपेक्षा कम नहीं है। फसल की बुआई से लेकर कटाई तक महिलाएँ पुरुषों के साथ-साथ श्रम करती हैं। कृषि आज भी संसार की कुल मानव शक्ति का काफी भाग समाविष्ट किए हुए है, जो अन्य सभी व्यवसायों में लगे हुए मानव समुदाय की सम्मिलित संख्या से अधिक है। अनुसंधानकर्ताओं ने यह निश्चित करने का प्रयत्न किया है कि कब मनुष्य सबसे पहले शिकारी या संग्रहकर्ता से पशुपालक या कृषक बना? कई विद्वान् यह मत व्यक्त करते हैं कि मनुष्यों द्वारा पौधों और पशुओं का पालन शुरू किए जाने पर उनके स्वरूप में बदलाव आया और इस परिवर्तन से यह संकेत मिलता है कि कोई पशु या पौधा भूतकाल में किस विशिष्ट समय पर घरेलू बनाया गया? इस साक्ष्य के आधार पर कुछ विद्वानों ने कल्पना की है कि व्यापक अन्न-संग्रहण का प्रारंभिक चरण मध्य-पूर्व और एशिया में 6,000 वर्षों से भी पहले शुरू हुआ, जबकि मनुष्य आखेट और संग्रहण की अवस्था को पारकर अन्न उत्पादन या कृषि की अवस्था में आया। इस काल में संभवतः पशु भी पालतू बनाए गए और इससे थोड़ा पहले, जंगली बैल (*बॉस टॉरस,* ऊंचाई में 1.8 से 2.1 मीटर कन्धों की हड्डियों के बीच) को पालतू बनाया गया था।

सब्जियाँ उगाने हेतु मृदा का चुनाव

भारत की अधिकांश जनता प्रत्यक्ष या अप्रत्यक्ष रूप से कृषि कार्य में संलग्न है। इस प्रकार से देखा जाए तो देश की अर्थव्यवस्था का आधार भी कृषि ही है। कृषि ही किसी देश की सम्पन्नता का प्रतीक है। अच्छी फसल लेने के लिए उपयुक्त स्थान का चुनाव करना जरूरी है। भारत एक बड़ा देश है। हमारे यहाँ भिन्न-भिन्न प्रान्तों में भिन्न-भिन्न प्रकार की मिट्टी पाई जाती है। कुछ मुख्य मिट्टियों का वर्णन निम्न प्रकार किया गया है–

1. चिकनी मिट्टी–यह भूमि कठोर होती है तथा इनमें दरार पड़ जाती है।

2. रेतीली मिट्टी–जिस भूमि में 3/4 या इससे अधिक रेत की मात्रा हो, वह रेतीली मिट्टी कहलाती है। यह राजस्थान में ज्यादा पाई जाती है। कृषि के लिए यह मिट्टी उपयुक्त नहीं है।

3. काली मिट्टी–यह मिट्टी काले रंग की होती है इसलिए इसे काली मिट्टी कहते हैं। काली होने के कारण इसमें जीवाणु की मात्रा अधिक पाई जाती है तथा कपास की उपज के लिए बहुत ही उपयुक्त होती है।

4. दोमट मिट्टी–कृषि की दृष्टि से यह मिट्टी बहुत ही उपयोगी है। यह मिट्टी भुरभुरी होती है। इस मिट्टी में रेत तथा चिकनी मिट्टी की मात्रा बराबर होती है। इस मिट्टी में सभी फसलें आसानी से उग सकती हैं तथा कृषि के लिए यह मिट्टी अति उपयुक्त है। यह मिट्टी पंजाब, हरियाणा, उत्तर प्रदेश एवं तटीय प्रदेश में मिलती है।

मृदा चुनाव करते समय ध्यान देने योग्य तथ्य

कृषि हेतु उपयुक्त भूमि का चुनाव काफी महत्व रखता है। जिस भूमि में अच्छी पैदावार होती है, वह भूमि की उपजाऊ शक्ति कहलाती है। नाइट्रोजन, फास्फोरस, पोटैशियम आदि तत्त्व इस भूमि से अधिक मात्रा में उपलब्ध होते हैं। भूमि के चुनाव में निम्न बातों पर ध्यान देना जरूरी होता है।

1. सिंचाई की व्यवस्था–कृषि हेतु पानी एक मूल आवश्यकता है क्योंकि पौधे अपना भोजन-तरल के रूप में लेते हैं। यदि पानी की मात्रा कम होगी तो भूमि की उपजाऊ शक्ति भी कम हो जायेगी इसलिए पानी की पूर्ण व्यवस्था होनी चाहिए। पानी भूमि के ताप को बनाए रखता है तथा सर्दी एवं गर्मी से पौधों की रक्षा करता है। भूमि में उपलब्ध बैक्टीरिया को भी पानी की जरूरत होती है।

2. बैक्टीरिया का कार्य—खेती की सफलता में बैक्टीरिया भी विशेष महत्व रखते हैं। खाद तथा जैविद पदार्थों को बैक्टीरिया सरल रूप में बदल देते हैं। यह तभी संभव है जब उनके लिए उचित तापमान, वायु तथा स्वच्छ जल मिलता रहे।

3. मृदा की जुताई—जुताई के बिना किसी भी फसल की खेती सम्भव नहीं है। जुताई करने से मिट्टी के कण भारी हो जाते हैं तथा वायु का आना-जाना भली प्रकार होने लगता है। जुताई करने से हानिकारक कीड़े मर जाते हैं तथा लाभदायक बैक्टीरिया अपना कार्य भली प्रकार से करने लगते हैं। जड़ों को ताजी हवा मिलने से भी जुताई लाभदायक हो जाती है।

4. फसल चक्र—यदि फसलों से अच्छा उपभूमि में निरन्तर एक ही प्रकार की फसल बोने से कुछ खास तत्त्वों की कमी हो जाती है। इसलिए भूमि की उपजाऊ शक्ति बनाये रखने के लिए फसल को बदल-बदल कर बोना जरूरी है। फसल चक्र साल में दो या तीन हो सकते हैं।

5. मृदा का स्वरूप—खेती की उपयुक्तता काफी हद तक भूमि के चुनाव पर निर्भर है। जिस भूमि के कण जितने बारीक होंगे, भूमि उतनी ही अधिक उपजाऊ होती है। खेतों को बार-बार जोतना चाहिए ताकि कण बारीक हो जायें तथा भूमि की उत्पादन शक्ति बढ़ जाए।

6. भूमि में आवश्यक तत्त्व—एक महत्वपूर्ण बात यह है कि जिस भूमि में पौधे के लिए आवश्यक तत्त्व जितनी मात्रा में उपलब्ध होंगे वह भूमि उतनी ही उपजाऊ कहलायेगी। प्राकृतिक तथा कृत्रिम खाद के द्वारा भूमि के उपजाऊपन को बढ़ाया जा सकता है।

अतः भूमि चयन के दौरान सब्जी हेतु उपयुक्त तत्वों की पर्याप्त मात्रा का निर्धारण कर लेना चाहिए। यदि उन तत्त्वों की मात्रा कम है तो हमें खाद आदि डालकर उस कमी को पूरा करना चाहिए।

मृदा अपरदन

नदियों के आस-पास के क्षेत्रों में नदियों की बाढ़ आदि से जो भूमि कट जाती है, भूमि क्षरण कृषि क्षेत्र के लिए एक समस्या मानी जा सकती है क्योंकि इसमें कृषि कार्य पर बुरा असर पड़ता है, उसे भूमि क्षरण कहते हैं मुख्यतः भूमि कटाव तीन प्रकार से होता है जिसके बारे में संक्षिप्त जानकारी निम्न प्रकार है—

1. परत क्षरण—वर्षा के पानी से भूमि की ऊपरी सतह भर जाने से जो कटाव होता है, यद्यपि वह प्रत्यक्ष दिखाई नहीं देता किन्तु इसके फलस्वरूप भूमि की उर्वरा

शक्ति बहुत कुछ नष्ट हो जाती है। पहले नालियों जैसी दरारें पड़ती हैं। आगे चलकर भूमि की ऊपरी सतह खण्ड-खण्ड हो जाती है।

2. नदियों की बाढ़ द्वारा भूमि क्षरण—नदियों में प्रति वर्ष भयंकर बाढ़ आ जाती है, जिससे करोड़ों बेघरबार हो जाते हैं और अपार जन-धन की हानि होती है। भारत की गंगा, यमुना, ब्रह्मपुत्र, चम्बल, कावेरी, गोदावरी तथा महानदी आदि नदियों में बाढ़ आ जाती हैं, जिससे प्रतिवर्ष हजारों एकड़ भूमि का कटाव होता है।

3. हवा द्वारा—वनस्पति पैदा न होने और पानी की सतह नीची हो जाने के कारण हवा द्वारा भूमि का कटाव प्रारम्भ हो जाता है। इससे जमीन सूख जाती है और उसकी नमी समाप्त हो जाती है। फलस्वरूप भूमि की उर्वरा शक्ति नष्ट हो जाती है।

मृदा अपरदन प्रमुख कारण

भूमि क्षरण के निम्नलिखित कारण हैं—

(1) भूमि की ऊपरी सतह कट जाने से,

(2) भूमि क्षय के कारण,

(3) जंगलों के नष्ट होने से,

(4) नदियों की बाढ़ से,

(5) बरसात के दिनों में खेत की मेड़बन्दी न करने से।

मृदा अपरदन रोकने के उपाय

भूमि क्षरण को रोकने के लिए निम्नलिखित उपायों को अपनाया जा सकता है—

(1) सहकारी संस्थाओं द्वारा कृषकों को भूमि कटाव के बारे में जानकारी देना।

(2) सरकारी कृषि अनुसन्धानशालाओं में भूमि कटाव रोकने के लिए नवीन तरीकों को अपनाया जाय।

(3) भूगि उगगोग तथा भूमि संरक्षण के निमित्त राज्य स्तर पर एक केन्द्रीय बोर्ड स्थापित किया जाय, जो सम्बन्धित क्षेत्रों की देखभाल करता रहे।

(4) कृषि योग्य, बेकार पड़ी भूमि का भली-भाँति उपयोग किया जाय।

(5) वन लगाकर भूगि को मरुस्थल होने से बचाया जाय।

(6) बड़ी-बड़ी नदियों पर बाँध बनाकर बाढ़ द्वारा होने वाले भूमि कटाव से भूमि की रक्षा की जाय।

(7) हवा से भूमि के कटाव को रोकने के लिए खेत में हरी खाद या कम्पोस्ट खाद डाली जाय।

(8) गन्ना जैसी फसलें उगाई जायें।

(9) नवीन वैज्ञानिक ढंग से वृक्ष लगाए जायें और जंगलों की रक्षा की जाय।

(10) नदियों के आस-पास के क्षत्रों में भूमि रक्षा के सम्बन्ध में उपाय, जल सम्बन्धी साधनों तथा बाँध और जलाशयों के निर्माण की ही भाँति आवश्यक है।

(11) कृषि के तरीकों में सुधार किया जाय। फसल चक्र के अनुसार बोई जाय।

(12) ट्रैक्टर से जोतकर कांस, झाड़ आदि का उन्मूलन और बाँध निर्माण तथा फालतू पानी के निकास के लिए नालियाँ आदि बनवाना।

खाद

उर्वरक का आशय उस खाद से है जिसका निर्माण मनुष्य स्वयं करता है। उर्वरक रासायनिक खाद है। मोटे तौर पर उर्वरक के अन्तर्गत वे सभी वस्तुएँ आती हैं, जो पौधों की वृद्धि करती हैं या उपज बढ़ाती हैं, किन्तु कृषि साहित्य में उर्वरक का अर्थ कृत्रिम रूप से तैयार की गयी बाजार में उपलब्ध उन वस्तुओं से है, जो पौधों के भोजन तत्त्व—विशेषकर नाइट्रोजन, फास्फोरस और पोटेशियम की पूर्ति करती हैं। उर्वरक या बनावटी खाद का प्रभाव फसलों पर बहुत जल्दी होता है। यह अत्यधिक और तुरन्त फल देने वाली शक्ति होती है।

स्रोत—पौधों के भोज्य तत्त्वों के मुख्य भण्डार भूमि और वायुमण्डल से कार्बन, ऑक्सीजन, हाइड्रोजन और नाइट्रोजन अधिक मात्रा में लिए जाते हैं। वायुमण्डल में लगभग 78 प्रतिशत नाइट्रोजन होती है। यह नाइट्रोजन वर्षा के साथ अप्रत्यक्ष रूप में भूमि में आ जाती है। फलीदार पौधे जिनमें एक प्रकार के बैक्टीरिया पाये हैं, नाइट्रोजन का अंश ग्रहण कर लेते हैं। कार्बन की सम्पूर्ण मात्रा वायुमण्डल से ही ली जाती है। ऑक्सीजन को पौधे जल से भी ग्रहण करते हैं, किन्तु इसकी कुछ मात्रा वायु से भी ली जाती है। **फोटो-सिन्थेसिस** क्रिया द्वारा कार्बन-डाइ-ऑक्साइड ग्रहण की जाती है, जिसका मुख्य स्रोत वायुमण्डल ही है। हाइड्रोजन की कुछ मात्रा वायुमण्डल से और कुछ जल द्वारा ली जाती है। शेष अन्य पदार्थ भूमि में विद्यमान होते हैं।

विशेषताएँ—कृषि कार्य में उर्वरकों का विशेष महत्त्व है। साधारणतया उर्वरक कृत्रिम खाद को कहते हैं। उर्वरक रासायनिक खाद है। कृषि में उर्वरक का अर्थ कृत्रिम रूप से तैयार की गयी बाजार में उपलब्ध उन खादों से है, जो पौधे के भोजन तत्त्व--विशेषकर नाइट्रोजन, फास्फोरस और पोटैशियम की पूर्ति करती है। उर्वरक में अत्यधिक और तुरन्त फल देने वाली शक्ति होती है।

खाद के स्वरूप

लोगों की इस पुरानी धारणा को कि पौधे अपनी वृद्धि के लिए भूमि से एक प्रकार का रस खींचते हैं, जो उनके जीवन का आधार है, वैज्ञानिकों ने गलत साबित कर दिया है। कुछ वैज्ञानिकों ने पौधों का सर्वेक्षण करके यह पता लगाया कि पौधे अपना भोजन वायुमण्डल और भूमि दोनों से ग्रहण करते हैं। कालान्तर में यह भी सिद्ध हो गया कि पौधे का निर्माण अधिकाशंतः कार्बन, हाइड्रोजन और ऑक्सीजन से हुआ है तथा ये तत्त्व वायुमण्डल और जल से पौधों में आये हैं। कुछ विद्वानों ने यह भी सिद्ध कर दिया है कि फसलों के मुख्य अंश खनिज हैं और ये भूमि अथवा उर्वरक से आते हैं। इसी आधार पर उर्वरकों को मुख्यतया निम्न श्रेणियों में विभाजित किया गया है जो निम्न प्रकार वर्णित हैं–

1. नाइट्रोजन देने वाले उर्वरक–इस श्रेणी में सोडियम नाइट्रेट, अमोनियम सल्फेट, कैल्शियम सियनामाइड, पोटैशियम नाइट्रेट, अमोनियम नाइट्रेट, यूरिया आदि आते हैं।

2. फॉस्फोरस देने वाले उर्वरक–द्वितीय श्रेणी में रखे गये उर्वरकों में हड्डी का चूर्ण, खनिज फास्फेट, सुपर फॉस्फेट, बेसिक स्लेग आदि मुख्य हैं।

3. पोटाश देने वाले उर्वरक–इस श्रेणी में आने वाले उर्वरकों में पोटैशियम सल्फेट, पोटैशियम क्लोराइड, काइनाइट आदि आते हैं।

नाइट्रोजन खाद

कृषि कार्य में नाइट्रोजन उर्वरक का विशेष महत्त्व होता है इसका प्रयोग फसलों के विकास हेतु आवश्यक होता है। उपयोगिता की दृष्टि से नाइट्रोजन उर्वरकों को मुख्यतया चार श्रेणियों में विभाजित किया जा सकता है।

1. नाइट्रिक नाइट्रोजन $[NO_3]$ **वाले नाइट्रेट**–सोडियम नाइट्रेट $[Na\,NO_3]$ कैल्शियम नाइट्रेट $Ca\,[NO_3]_2$।

2. अमोनिक नाइट्रोजन वाले अमोनियम नमक–अमोनियम सल्फेट $[NaSO_4$ NH_4NO_3।

3. दोनों नाइट्रिक और अमोनियम नाइट्रेट वाले कम्पाउण्ड–अमोनियम नाइट्रेट $[NH_4\,NO_3]$।

4. नाइट्रोजन को दूसरे रूप में रखने वाले कम्पाउण्ड–जो विघटन पर अमोनियम आयन देते हैं–सियनामाइड $[CaNC_2]$ और यूरिया $[CO\,(NH_2)]_2$।

नाइट्रोजन का प्रतिशत

नाइट्रोजन के प्रतिशत निम्न प्रकार स्पष्ट किया गया है–

1. कैल्शियम सियनामाइड–नाइट्रोजन में इसका भी कुछ अंश शामिल होता है। इस खाद का आविष्कार सन् 1985 ई. में **फ्रेंक और कैरो** द्वारा नाइट्रोजन की उपस्थिति में कैल्शियम कार्बाइट के गर्म करने से हुआ था, किन्तु यह उर्वरक खाद के रूप में सन् 1909 ई. में प्रयोग में आने लगी है। यह खाद सोडियम नाइट्रेट और अमोनियम सल्फेट दोनों से भिन्न है। कार्बन की मात्रा अधिक होने से इसका रंग काला दानेदार होता है। कैल्शियम सियनामाइड, नाइट्रोजन और कैल्शियम कार्बाइड के मिश्रण से बिजली के जोर से बनाई जाती है, इसमें लगभग 20 प्रतिशत नाइट्रोजन होता है। यह खुली छोड़ देने पर वायुमण्डल सियनामाइड 45.95%, कैल्शियम-डाई आक्साइड 26.6%, कार्बन 13-14%, 35%, कैल्शियम डाइ-आक्साइड 26.6%, कार्बन 13-14%, नमी 35% पायी जाती है। यह खाद धान, गन्ना कपास, गेहूँ, मूँगफली आदि में अधिक लाभप्रद सिद्ध हुई है।

2. पोटैशियम नाइट्रेट–यह खाद अधिकतर जर्मनी और चिली में बनायी जाती है। उत्तरी अमेरिका, हंगरी, चीन, पेरू, रूस, फ्रांस तथा भारतवर्ष आदि इसको तैयार करने के प्रमुख केन्द्र हैं। इसके तहत नाइट्रोजन व पोटाश दोनों तत्त्व शामिल होते हैं इसलिए इसका प्रयोग कर अधिक लाभ प्राप्त किया जा सकता है लेकिन यह महंगी ज्यादा है। भारतवर्ष में इसका प्रयोग मक्का, गन्ना, धान, ज्वार, कपास, मिर्च और जूट आदि की फसलों में बड़ी सफलतापूर्वक किया गया है। पोटैशियम नाइट्रेट तम्बाकू के लिए विशेष लाभप्रद खाद है। इसमें नाइट्रोजन और पोटाश की मात्रा अधिक पायी जाती है। पोट्रेशियम नाइट्रेट में लगभग 12 प्रतिशत नाइट्रोजन और 45 प्रतिशत पोटाश होता है।

3. यूरिया–यूरिया का निर्माण अमोनिया और कार्बन-डाइ-ऑक्साइड द्वारा किया जाता है। अमोनिया और कैल्शियम सियनामाइड द्वारा भी इसे बनाया जा सकता है इसमें 46 प्रतिशत नाइट्रोजन होती है, जिसके कारण यह नाइट्रोजन से घनीभूत है।

4. सोडियम नाइट्रेट–नाइट्रोजन उर्वरकों में इसे विशेष रूप से शामिल किया जाता है। यह चिली, पेरू, बोलीविया आदि देशों के शुष्क स्थानों में भूमि की सतह पर अपरिपक्व अवस्था में बिखरा हुआ पाया जाता है। वहाँ खुरच कर इसे शुद्ध किया जाता है। खेती के लिए जो सोडियम नाइट्रेट खाद के रूप में प्रयोग किया जाता है, वह सफेद भूरे रंग का दानेदार चूर्ण होता है। यह बड़ा उपयोगी रासायनिक पदार्थ है। कहा जाता है कि इसका श्रीगणेश सर्वप्रथम इंग्लैण्ड में लगभग 1800 ई. में हुआ।

सोडियम नाइट्रेट में कई तत्त्व मिले होते हैं। जिसमें 96.75% सोडियम नाइट्रेट, 0.3% सल्फेट, 0.75% नमक, 0.1% घुलनशील पदार्थ और 2.1% पानी होता है। यह बड़ी उपयोगी रासायनिक खाद है। इसका प्रभाव प्रयोग किये जाने के दो से तीन दिन बाद ही देखा जा सकता है। सोडियम नाइट्रेट में 15%-16% नाइट्रोजन होता है।

5. अमोनियम सल्फेट–आज किसान इस खाद को ज्यादा महत्त्व देने लगे हैं। पहले यह कोयला आदि की गैसों से तैयार किया जाता था। एक टन कोयले से 25 पौण्ड नाइट्रोजन उपलब्ध होती है, किन्तु आजकल अमोनियम सल्फेट वायु की नाइट्रोजन को संस्थापन करके तैयार किया जाता है। अमोनियम सल्फेट भूरे रंग की दानेदार खाद है और इसमें लगभग 20% नाइट्रोजन होती है। इसमें अन्य तत्त्व अमोनियम सल्फेट 91.84%, खनिज 14.7% और जल 6.59% पाए जाते हैं। यह सोडियम नाइट्रेट की अपेक्षा कम घुलनशील होती है। धान की फसल में इस उर्वरक का प्रयोग कर अच्छा उत्पादन प्राप्त किया जा सकता है।

उपरोक्त खादों के अलावा कुछ अन्य खादों का भी प्रयोग कर नाइट्रोजन की कमी को पूरा किया जा सकता है। इन खादों में खून की खादें, चमड़े की खादें, बालों की खादें, हड्डियों की सींग या खुर की खादें आदि विशेष उल्लेखनीय हैं। खून या माँस-मज्जा की खाद में नाइट्रोजन 13.35% पायी जाती है। चमड़े की खाद में 6% से 12% तक नाइट्रोजन रहती है। इसी प्रकार बालों, हड्डियों और सींगों या खुरों की खादों में भी नाइट्रोजन की मात्रा अधिक पायी जाती है। फसलों के ऊपर नाइट्रोजन का बहुत प्रभाव पड़ता है। यह उत्तम उर्वरक है।

कम्पोस्ट खाद

भूमि को उपजाऊ बनाने में कम्पोस्ट खाद बहुत ही उपयोगी है। इसलिए इसे सर्वोत्कृष्ट खाद माना गया है। कम्पोस्ट खाद का प्रयोग सर्वप्रथम **हचिन्सन** और **निचर्डस** द्वारा रोथेमस्टेड (इंग्लैण्ड) फार्म के प्रयोगों के आधार पर सन् 1920 ई. में किया गया। उन्होंने 'कम्पोस्ट' शब्द का प्रयोग घास-फूस से प्राप्त उन पदार्थों के लिए किया जो फार्म यार्ड मैन्योर के समान गुण सम्पन्न हैं। उन्होंने कुछ क्रियाओं द्वारा पुआल की ऐसी खाद बनायी जो बहुत कुछ गोबर की खाद के समान शक्तिशाली और उपयोगी निकली। इसके पश्चात् उन्होंने इस पर और भी बहुत से प्रयोग किए। अन्त में वे इस निष्कर्ष पर पहुँचे कि घास-फूस, पुआल, वृक्षों की पत्तियों आदि से नाइट्रोजन की आवश्यक मात्रा उपलब्ध की जा सकती है। यह खाद बहुत सस्ती होती

है और इसमें घास-फूस, पुआल, वृक्षों की पत्तियाँ, राख, मिट्टी, कूड़ा-करकट को सड़ाया जाता है।

कम्पोस्ट तैयार करने के लिए आवश्यक पदार्थ—कम्पोस्ट खाद तैयार करने के लिए निम्नलिखित पदार्थों का होना आवश्यक है—

1. क्रियाशील पदार्थ—इसके तहत पशुओं के गोबर, मूत्र, नावदान का पानी, राख, विष्ठा आदि सम्मिलित हैं। जिस प्रकार दूध जमाने के लिए थोड़ा-सा दही उसमें डाला जाता है। उसी प्रकार कम्पोस्ट को सड़ाने के लिए उसमें थोड़ी-सी गोबर की मरी खाद अथवा मूत्र स्थान की मिट्टी और राख डालनी चाहिए, क्योंकि इनमें खाद सड़ाने वाले कीटाणु अधिक मात्रा में रहते हैं। खाद में सड़ान पैदा करने के लिए विष्ठा अद्वितीय पदार्थ है।

2. नमी—कम्पोस्ट खाद बनाने में नमी का विशेष योगदान है। नमी स्थिर रखने के लिए खाद में पानी रहना आवश्यक है। नमी विद्यमान रहने का कम्पोस्ट के सड़ाव पर अधिक प्रभाव पड़ता है। नमी अधिक होने पर सड़ाव मन्द गति से होता है और नमी के अभाव में सड़ाव की गति तीव्र नहीं हो सकती है। अतः आवश्यक मात्रा में ही नमी का रहना उपादेय है।

3. वायु—कम्पोस्ट खाद बनाने में वायु के योगदान को भी नजरअन्दाज नहीं किया जा सकता है विशेषकर उस समय जब कि खाद में सड़ाव प्रारम्भ हो, वायु का आवागमन बहुत आवश्यक है। वायु की उपस्थिति में कार्य करने वाले बैक्टीरिया वायु के रहने पर ही कार्य कर सकती है। वायु के न रहने पर सड़ाव बहुत धीरे-धीरे होता है। इसलिए वायु का प्रवेश उचित मात्रा में होता रहना चाहिए। कीटाणुओं को सुचारु रूप से कार्य करने के लिए यथेष्ट मात्रा में पानी एवं वायु की आवश्यकता पड़ती है।

4. जैविक पदार्थ—इसके तहत बेकार पौधे-पत्तियाँ, घास-फूस, गन्ने के अन्गोले, ज्वार-मक्का के डण्ठल, पशुशाला के बिछावन, बचा हुआ चारा, बाग की सूखी पत्तियाँ, पुराने टूटे छप्पर, जलकुम्भी, गलियों के झाड़न, घर का कूड़ा-करकट, राख, पुआल आदि आते हैं। ये समस्त पदार्थ जीवांश युक्त होते हैं, इसलिए इन्हें जैविक-पदार्थ कहते हैं। इसमें कई प्रकार के उपयोगी तत्त्व पाये जाते हैं।

कम्पोस्ट खाद बनाने की पद्धति

कम्पोस्ट खाद बनाने की विधि इंग्लैण्ड से शुरू होकर आज पूरे विश्व में फैल गयी है। इसकी उपयोगिता को देखते हुए संसार भर में इसका प्रचलन बढ़ रहा है।

इस समय में इस पर अनेकों प्रकार से अन्वेषण हो रहे हैं और लोग यह समझ रहे हैं कि कृषि हेतु कम्पोस्ट खाद ही महत्त्वपूर्ण है अन्य देशों की देखा-देखी भारत में भी कम्पोस्ट का प्रचार बढ़ रहा है। हमारे यहाँ कम्पोस्ट का सर्वप्रथम प्रयोग इन्दौर में हुआ, इसलिए इस विधि को 'इन्दौर विधि' कहते हैं। इन्दौर के अतिरिक्त बंगलौर और पूना में भी कम्पोस्ट के अन्वेषण केन्द्र हैं। कम्पोस्ट खाद बनाने की तीन विधियों का ज्यादा प्रयोग किया जाता है जो निम्न प्रकार वर्णित हैं–

1. इन्दौर विधि–इस विधि का प्रतिपादन हावर्ड व वेड ने भारत के इन्दौर में किया था अतः इसे इन्दौर विधि के नाम से जाना जाता है। इन दोनों कृषि विशेषज्ञों ने जिन्होंने इसे इन्दौर की प्लान इण्डस्ट्री में प्रारम्भ किया था। इसके लिए इन्दौर में 33 गड्डे बनाए गए, जिनकी लम्बाई 30 फुट, चौड़ाई 30 फुट और गहराई 20 फुट थी। कम्पोस्ट के गड्डों की गहराई ढालू रूप में रखी जाती है। जिससे सड़ने के पश्चात् खाद निकालने में असुविधा न हो। कम्पोस्ट के गड्डे जोड़े में बनाये जाते हैं। एक जोड़े की दूसरे से दूरी 12 फीट रखी जाती है।

इन्दौर विधि में **हर्वड** और **वेड** ने गोबर की खाद को चालू पदार्थ के रूप में प्रयोग किया था। इसके पश्चात् उन्होंने वहाँ साधारणतया उपलब्ध घास-फूस, पुआल और वृक्षों की पत्तियों को गड्ढों में डलवाया था। इस विधि के अन्तर्गत काम में लाये जाने वाले पदार्थों के गोबर और मूत्र से सनी हुयी मिट्टी पौधों के अवशेष भाग, राख और पानी विशेष उल्लेखनीय हैं।

गड्ढे भरने की विधि–कम्पोस्ट के गड्ढे भरने के लिए सबसे नीचे 3 इंच की ऊँचाई तक घास-फूस, पत्तियों आदि की तह लगाई जाती है। इसमें मूत्र से सनी हुयी मिट्टी और राख आदि भी मिला देते हैं। इसके ऊपर 3 इंच गोबर डालते हैं। इस सतह को पानी से खूब भिगो देते हैं जिससे नमी का अभाव न रहे। इस प्रकार गड्ढे को 30 इंच की ऊँचाई तक भर देते हैं। पानी का छिड़काव अवश्य किया जाना चाहिए जिससे गड्ढों में बराबर नमी बनी रहे। सप्ताह में कम से कम एक बार पानी अवश्य छिड़का जाता है। यह छिड़काव प्रातः या सायंकाल करना चाहिए–दोपहर का छिड़काव अनुपयुक्त है। जब खाद को सड़ने में शीघ्रता की आवश्यकता हो, तब उसे गड्ढे से निकालकर पृथ्वी की सतह पर रख देते हैं जिससे उसमें धूप और वायु के प्रभाव से बैक्टीरिया उत्पन्न होकर सड़ाव क्रिया होने लगती है। इस क्रिया में निचली सतह 10 फुट × 10 फुट और ऊपरी सतह 9 फुट × 9 फुट बनायी जाती है। ऊँचाई $3\frac{1}{2}$ फुट होती है। इसे रखने के 1 माह पश्चात् खेत में डाला जा सकता है। बरसात के दिनों में जहाँ पानी धीरे-धीरे बरसता है, वहाँ यह एक अन्य विधि द्वारा भी तैयार

की जा सकती है। इसके लिए खेत में कोई ऊँचा स्थान चुनकर 8 फुट ×8 फुट की धरातल पर 2 फुट ऊँचा ढेर लगा दिया जाता है। ऊपरी सिरे का ढेर स्तूप के जैसा हो जाता है। जिस स्थान पर वर्षा तेज होती है, वहाँ खाद के ढेर को मिट्टी की तह से ढक देते हैं। खाद को भली-भाँति सड़ाने के लिए उसे समय-समय पर पलट दिया जाता है। यह क्रिया खाद तैयार होने तक तीन बार की जाती है। प्रथम पलटाई गड्ढे भरने के दस-पन्द्रह दिन बाद की जाती है। दूसरी पलटाई प्रथम पलटाई के दो सप्ताह बीतने पर और तीसरी पलटाई दो माह पश्चात् की जाती है। इस प्रकार तीन महीने की प्रक्रिया के बाद खाद प्रयोग करने योग्य बन जाती है।

उपर्युक्त ढंग से तैयार की गयी खाद में नाइट्रोजन 1%, पोटाश 3% और फास्फोरस 5% पाया जाता है। किन्तु ट्रावनकोर में तैयार की गयी इन्दौर विधि में नाइट्रोजन की मात्रा 13% तक पायी जाती है।

2. बंगलौर विधि—इस विधि का प्रयोग श्रीगणेश बंगलौर के इण्डियन इंस्टीट्यूट ऑफ साइंस के आचार्य ने किया था इसीलिये इसे आचार्य विधि के नाम से भी जाना जाता है। इसमें खाद की पलटाई नहीं की जाती है। पलटाई न करने से पलटाई करने के श्रम तथा व्यय की बचत हो जाती है। इस विधि में खाद रखने के लिए खाइयाँ बनायी जाती हैं। जिनका आकार पदार्थों की मात्रा पर निर्भर करता है। शुष्क ऋतु में खाइयाँ 20 फुट × 6 फुट × $3\frac{1}{2}$ फुट से लेकर 40 फुट × 9 फुट × $\frac{1}{2}$ फुट तक क्षेत्रफल की होती हैं। बरसात के दिनों में इस विधि का प्रयोग खाइयों में न कर साधारण धरातल पर ढेर रूप में करते हैं। इन ढेरों की लम्बाई 10 फुट × चौड़ाई 10 फुट रखी जाती है। ऊँचाई 4 फुट से अधिक नहीं होनी चाहिए। तीव्र वर्षा से ढेर की रक्षा के लिए उसका आधार अर्द्धगोल रूप में कर देते हैं। जब ढेर पूरा हो जाता है तो उसे 1 इंच या 2 इंच मोटी मिट्टी की तह से ढक दिया जाता है। यदि ढेर में डण्ठल आदि रहे तो उसे दो माह के पश्चात एक बार पलट दिया जाता है, अन्यथा पलटने की कोई आवश्यकता नहीं पड़ती। वर्षा ऋतु में खाद बहुत जल्दी तैयार हो जाती है।

खाइयाँ भरने की विधि—कम्पोस्ट की खाइयाँ यदि शुष्क ऋतु में भरती हैं तो सर्वप्रथम सबसे नीचे गड्ढे की पेंदी में घास-पात या कूड़े-करकट की 6 इंच से 9 इंच तक मोटी तह बिछाकर पानी से तर कर दी जाय। उसके बाद 3 इंच मोटी विष्ठा की तह तथा उसके ऊपर गोबर या पेशाब की मिट्टी की 2 इंच मोटी तह बिछानी चाहिए। इसी क्रम से गड्ढा भरा जाता है। गोबर या विष्ठा की हर तह के बाद आधा

इंच या 1 इंच मिट्टी की तह देनी चाहिए। जब गड्ढा पूरा भर जाता है, तो खाद की नमी और नाइट्रोजन की रक्षा के लिये मिट्टी की एक मोटी तह ऊपर से डाल देते हैं। इसी क्रम से गड्ढे को उस समय तक भरा जाए, जब तक कूड़े-करकट की ऊँचाई पृथ्वी के धरातल से $1\frac{1}{2}$-2 फुट ऊँची न हो जाय, तब तक ढेर को मिट्टी की 1 इंच मोटी तह से ढँक दिया जाए। इस विधि में कूड़े को उलटने-पलटने की आवश्यकता नहीं। कभी-कभी इसमें बनावटी खादें (उर्वरक) मिला दी जाती हैं। यह खाद 8-9 महीने में पूर्ण रूप से तैयार हो जाती है, किन्तु जब खाद को सड़ाने की शीघ्रता होती है तो उसे गड्ढे से निकाल कर भूमि की सतह पर रख देते हैं—अर्द्ध गोलाकार रूप में यह क्रिया खाद रखने के तीन महीने बाद की जाती है और गोला बनाने के एक या दो महीने के पश्चात् खाद प्रयोग में लाने योगय हो जाती है।

3. एडको विधि—इस विधि का प्रतिपादन **हचिन्सन** और **रिचर्ड्स** ने इंग्लैण्ड में की थी। यह सबसे पुरानी विधि मानी जाती है, हमारे देश में इसका प्रयोग नहीं होता है। इस कम्पोस्ट में एक प्रकार का एडको पाउडर काम में लाया जाता है। इसी आधार पर इसे एडको विधि कहा जाता है। इसका प्रयोग ढेर के रूप में होता है, जिसे हीप सिस्टम भी कहते हैं।

कम्पोस्ट खाद से लाभ

जैसे कि अभी हमने कम्पोस्ट खाद के बारे में विभिन्न प्रकार की जानकारी प्राप्त की। इससे यह स्पष्ट होता है कि कम्पोस्ट खाद कृषि कार्य बहुत ही उपयोगी है। इसके लाभ को निम्न प्रकार समझा जा सकता है—

(1) यह बहुत थोड़े परिमाण में दी जाती है। इसलिए समय और श्रम की बचत होती है तथा इसका फल तुरन्त मिलता है।

(2) नत्रजन संस्थापन के लिए कम्पोस्ट खाद परमोपयोगी है। भूमि के जो जीवांश फसल द्वारा निकल जाते हैं, उनको पुन: स्थापित करने के लिए यह खाद लाभप्रद सिद्ध हुई है।

(3) प्रतिवर्ष अमोनियम सल्फेट आदि नोषजनीय विशेष खाद देते रहने से मिट्टी में हानिकारक लवण आदि की मात्रा बढ़ जाती है, जिससे कुछ वर्षों के बाद उपज कम हो जाती है, किन्तु कम्पोस्ट खाद से किसी प्रकार की हानि होने की सम्भावना नहीं, अपितु भूमि की दशा सुधार कर प्रति वर्ष उपज बढ़ जाती है—कम नहीं होती।

(4) जिस वस्तु के लिये कम्पोस्ट खाद दी गयी है, उसकी उपज साधारण, खाद देने की अपेक्षा अधिक होगी।

(5) कम्पोस्ट खाद के प्रयोग से फसल की रोगों से रक्षा होती है। रोग बढ़ते नहीं और हानिकारक कीड़े भी मर जाते हैं।

(6) उपर्युक्त माप का गड्ढा भरने के लिए लगभग 10 गाड़ी कूड़ा-कचरा आवश्यक होता है। यह गड्ढा स्वयं परिश्रम द्वारा भरना ही अधिक लाभदायक हो सकेगा। मजदूरों से यह कार्य कराने में एक तो कार्य ठीक नहीं होगा और दूसरे व्यय भी अधिक बढ़ जाएगा, अतः यह कार्य अपने ही हाथ से करना अधिक श्रेयस्कर है। इस खाद से खेती की उर्वरा शक्ति कृत्रिम खाद की अपेक्षा अधिक बढ़ेगी और किसी वर्ष खाद न डालने पर भी फसल कम नहीं होगी।

(7) जो वनस्पतियों की बाढ़ के लिए पोषक होते हैं, नहीं मरते हैं, खाद में सुरक्षित रहते हैं। उक्त माप के गड्ढे में 5 गाड़ी उत्कृष्ट खाद तैयार होती है, जो एक एकड़ में बोई गयी चावल की फसल के लिये पर्याप्त है। यह केले और गन्ने की आधी एकड़ के लिए भी पर्याप्त होगी। इस खाद का प्रयोग उतना ही किया जाता है जितनी आवश्यकता होती है। आवश्यकतानुसार प्रयोग करने से, इससे भूमि की उर्वरा शक्ति बढ़ जाती है।

हरी खाद का महत्व

हरी खाद कृषि कार्य के लिये बहुत ही उपयोगी है। इसकी उपयोगिता को निम्न प्रकार समझ सकते हैं–

(1) हरी खाद समस्त खेत में एक-सा गुण करती है, क्योंकि वह कहीं अधिक व कहीं कम मात्रा में नहीं करती है।

(2) हरी खाद से सजीव अंश की वृद्धि होती है। भूमि खुल जाती है, जिससे भूमि की उर्वरा शक्ति बढ़ जाती है और उपजाऊ बन जाती है।

(3) हरी खाद में किसी प्रकार की हानि होने की सम्भावना नहीं, अपितु भूमि की दशा सुधरकर प्रति वर्ष उपज बढ़ ही जाती है, कम नहीं होती है।

(4) हरी खाद का फल तुरन्त प्राप्त होता है। यदि किसी वर्ष खाद न भी डाली जाय, तब भी फसल कम नहीं होगी।

(5) हरी खाद के प्रयोग से फसल की रोगों से रक्षा होती है। रोग बढ़ते नहीं और हानिकारक कीड़े मर जाते हैं।

(6) हरी खाद के उपयोग से भूमि की उर्वरा शक्ति बढ़ जाती है और पैदावार खूब होने लगती है।

(7) जिस वस्तु के लिए हरी खाद दी गयी है, उसकी उपज साधारण खाद देने की अपेक्षा अधिक होगी।

(8) नत्रजन संस्थापन के लिए हरी खाद परमपयोगी है। भूमि जो जीवांश फसल द्वारा निकल जाते हैं, उनको पुनः स्थापित करने के लिए यह खाद लाभदायक सिद्ध हुयी है।

(9) मिट्टी में हानिकारक लवण आदि की मात्रा बढ़ जाने पर हरी खाद का उपयोग अवश्य करना चाहिए। ऐसी दशा में हरी खाद अनावश्यक और हानिकारक तत्त्वों को नष्ट कर भूमि को उपजाऊ बनाती है।

(10) एक एकड़ भूमि में हरी खाद गोबर की दो-तीन सौ गाड़ी खाद के बराबर काम करती है अर्थात् खाद की बचत होती है।

पौधों के आवश्यक तत्त्व

प्राचीन काल के दौरान लोगों को पौधों के पोषक तत्त्व व इन तत्त्वों के आवागमन के बारे में कोई जानकारी नहीं थी। प्राचीन समय में लोगों का ज्ञान इस क्षेत्र में कम था, किन्तु आजकल कृषि विशेषज्ञों ने पौधों की वृद्धि के आवश्यक तत्त्व नये-नये प्रयोगों और अन्वेषणों द्वारा ढूँढ़ निकाले हैं। इन तत्त्वों की संख्या 30 है, जिनमें नाइट्रोजन, फास्फोरस, पोटाश, कार्बन, हाइड्रोजन, आक्सीजन, गन्धक, कैल्शियम, लोहा, और मैगनीज प्रमुख हैं। इन तत्त्वों को आवश्यक तत्त्वों के नाम से पुकारा जाता है। इन तत्त्वों की विशेष आवश्यकता होती है।

प्रमुख साधन

पौधों द्वारा ग्रहण किये जाने वाले भोजन के तत्त्व निम्नलिखित साधनों से मिलते हैं–

1. वर्षा जल–वर्षा का जल अपने भीतर वायुमण्डल के तत्त्वों को घोल लेता है और भूमि पर अपने साथ उन्हें लाकर मिट्टी में मिला देता है। नाइट्रोजन और ऑक्सीजन भी वर्षा के जल में मिलकर भूमि में प्रवेश कर जाती हैं। यह पौधों का मुख्य भोज्य पदार्थ है।

2. लम्बी जड़ों वाली फसलें–लम्बी जड़ों वाली फसलें भूमि की सबसे निचली सतह पर पहुँचकर भूमि के भीतर पाया जाने वाला जल ग्रहण करती रहती हैं। इस

जल में भी पौधों के कुछ आवश्यक तत्त्व घुले हुए रूप में मिलते हैं, जिन्हें ये खींचती रहती हैं। जल में घुले तत्त्व भी पौधों की वृद्धि में पर्याप्त सहायक हैं। इन तत्त्वों से ही पौधे फलते-फूलते हैं।

3. खाद—खाद द्वारा पौधों की प्रत्येक आवश्यकता को पूरा किया जाता है। भोजन तत्त्वों की मात्रा खाद पर निर्भर करती है। जिस भूमि में जितनी अधिक खाद दी जाएगी उसी अनुपात से उसमें उतने ही भोज्य तत्त्वों की अधिकता व न्यूनता होगी। पौधे इन्हीं तत्त्वों को अपनी आवश्यकतानुसार भूमि से ग्रहण करते हैं।

4. नाइट्रोजन संस्थापन—फलीदार फसलों में वायुमण्डल से नाइट्रोजन खींचने की शक्ति होती है। ये फसल प्रतिवर्ष प्रति एकड़ 40-50 पौण्ड तक नाइट्रोजन ले लेती है। कभी-कभी यह मात्रा 100 पौण्ड तक पहुँच जाती है। नाइट्रोजन संस्थापन भूमि की स्थिति पर निर्भर है।

सिंचाई

जल प्रकृति की देन है जो जीवन हेतु बहुत ही आवश्यक है कृषि कार्य में भी जल का विशेष महत्त्व है। जल का प्रमुख स्रोत वर्षा है। कृषि कार्य में सिंचाई समय पर आवश्यक होती है अतः वर्षा पर ही निर्भर रहना बुद्धिमानी नहीं है। इसलिये सिंचाई हेतु कृत्रिम साधनों का प्रयोग किया जाता है। कृत्रिम साधनों में कुएँ, तालाब, सोते या झरने, नहरें इत्यादि प्रमुख हैं। हमारे देश की प्राकृतिक संरचना सर्वत्र एक-सी नहीं है, अतः सब प्रदेशों में सिंचाई के साधन एक से नहीं हैं। उत्तर प्रदेश में वर्ष भर बहने वाली नदियाँ हैं, अतः यहाँ नहरों से सिंचाई होती है, मध्य प्रदेश में कुओं का प्रयोग होता है तथा मद्रास में तालाबों द्वारा सिंचाई होती है। सिंचाई के कृत्रिम साधनों के बारे में संक्षिप्त जानकारी निम्न प्रकार दी गयी है—

1. नल-कूपों—कुएँ और तालाबों की अपेक्षा लोग अब नलकूपों को ज्यादा महत्त्व देते हैं। आज लगभग हर गाँव में सरकारी व गैर सरकारी नलकूप देखे जा सकते हैं, जो बिजली या डीजल इंजनों द्वारा चलते हैं। इससे सिंचाई करने में शीघ्रता होती है। उ.प्र. में बदायूँ, मुरादाबाद, मेरठ, बुलन्दशहर, मुजफ्फरनगर, बिजनौर आदि स्थानों पर सरकारी नलकूप लगे हैं। आगरा, मथुरा, एटा, अलीगढ़ तथा मैनपुरी में किसानों को ट्यूबवैल के कनेक्शन दिये गए हैं, जो कि लाखों की संख्या में हैं।

2. नहरें—नहरें सिंचाई का प्रमुख साधन हैं। भारत जैसे कृषि प्रधान देश में नहरों का विशेष महत्त्व है। नहरें तीन प्रकार की होती हैं, जो निम्नलिखित हैं—

3. कुएँ—पानी हेतु उचित गहराई पर स्थान के अनुरूप कुआँ खोद लेते हैं। पथरीले क्षेत्र-में कुआँ खुदवाने में धन अधिक व्यय होता है। राजस्थान तथा दक्षिणी

पठार के प्रदेशों में कुओं द्वारा सिंचाई नहीं होती है। कुओं द्वारा अधिक सिंचाई गंगा यमुना के क्षेत्र में होती है। बिहार तथा असम में भी कुओं से अधिक सिंचाई होती है। कुओं द्वारा सिंचाई चरस, मोट या रहट द्वारा की जाती है। मध्य प्रदेश में मोट का प्रयोग किया जाता है, जो कुएँ बहुत कम गहरे होते हैं, वहाँ ढेंकुली द्वारा पानी बाहर निकाला जाता है।

4. तालाब—तालाबों के जल का भी सिंचाई के लिये प्रयोग किया जाता है। ये दो प्रकार के होते हैं—प्राकृतिक तथा कृत्रिम। जिन गड्ढों में चारों ओर से आकर पानी जमा हो जाता है, वे प्राकृतिक तालाब कहलाते हैं। कृत्रिम तालाब मानव द्वारा निर्मित होते हैं। तालाबों से अधिक सिंचाई मद्रास में होती है। आन्ध्र प्रदेश तथा मैसूर में तालाबों की संख्या पर्याप्त है। ग्वालियर, अलवर भरतपुर तथा उदयपुर में भी बड़े-बड़े तालाब हैं। उ.प्र. में तालाबों द्वारा सिंचाई नहीं होती।

(क) बरसाती नहरें—बरसाती नहरों में वर्षा ऋतु में ही पानी आता है।

(ख) बाँध की नहरें—कुछ स्थानों पर तालाब आदि बनाकर पानी एकत्र कर लिया जाता है और फिर नहरें निकाल ली जाती हैं। मध्य प्रदेश और दक्षिणी भारत में ऐसी नहरें अधिक हैं

(ग) स्थायी नहरें—स्थायी नहरों में वर्ष भर पानी भरा रहता है तथा इसका उपयोग भी वर्ष भर होता है। इन नहरों के स्रोत वे नदियाँ हैं, जो वर्ष भर पानी से भरी रहती हैं।

सिंचाई का महत्त्व एवं आवश्यकता

सिंचाई की आवश्यकता के महत्त्व को निम्न प्रकार समझा जा सकता है—

1. भूमि में रहने वाले कीटाणुओं से फसल की रक्षा हेतु पानी की आवश्यकता होती है। पानी के द्वारा खेतों के बिलों में रहने वाले कीड़े एवं जन्तु दीमक, छछूँदर, चूहे आदि खेत से बाहर चले जाते हैं।

2. ठण्डे मौसम में जलवायु का ताप बहुत कम हो जाता है, तब पाला पड़ने का डर रहता है। अतएव ऐसी स्थिति में खेतों में सिंचाई कर देने से पाले का भय दूर हो जाता है।

3. भूमि में आवश्यक नमी की पूर्ति सिंचाई द्वारा की जाती है।

4. सिंचाई द्वारा अनावश्यक लवणों को बाहर निकाला जा सकता है।

5. पौधों को खाद्य पदार्थ एवं खनिज लवण पानी के द्वारा ही पहुँचते हैं।

6. पौधों में होने वाली क्रियाओं, जैसे प्रकाश संश्लेषण, श्वसन, वाष्पोत्सर्जन आदि में जल का होना बहुत आवश्यक है।

7. पौधों में 90% जल पाया जाता है, इसलिए इसका विशेष महत्त्व है।

8. जिन स्थानों पर वर्षा अपर्याप्त होती है या उन मृदाओं में जहाँ वर्षा का सारा जल रिसकर भूमि की निचली सतह में चला जाता है, उन स्थानों पर पौधों की सिंचाई की आवश्यकता होती है।

9. वर्षा का असमान वितरण होने से कहीं पर बाढ़ आ जाती है, लेकिन रबी व जायद की फसल में विभिन्न फसलें लेने के लिए पानी की माँग सिंचाई द्वारा ही पूर्ण होती है।

10. खरीफ की फसल में पानी की आवश्यकता की पूर्ति वर्षा के जल से हो जाती है, लेकिन रबी व जायद की फसल में विभिन्न फसलें लेने के लिए पानी की पूर्ति सिंचाई द्वारा की जाती है।

11. भूमि पर पड़े हुए मृत पौधों एवं जन्तु पानी के अभाव में सड़ नहीं पाते, अतः इन्हें सड़ाने के लिए सिंचाई द्वारा जल की माँग की पूर्ति की जाती है।

सिंचाई की विधि

सिंचाई की विभिन्न विधियाँ को स्पष्ट किया जा सकता है–

धरातलीय सिंचाई–इस विधि में पानी भूमि की ऊपरी सतह पर दिया जाता है। नहर तथा बाँध के पानी की सिंचाई इसी प्रकार से की जाती है। इसकी अग्रलिखित विधियाँ हैं–

बौछारी या छिड़काव विधि–इस विधि द्वारा सिंचाई उन क्षेत्रों में की जाती है, जहाँ की भूमि ढालू व रेतीली होती है। मृदा क्षरण वाले क्षेत्र में भी इसी प्रकार की सिंचाई की जाती है। बाग-बगीचों व छोटे क्षेत्रों में हजारा नामक यन्त्र से पानी छिड़का जाता है जिससे भूमि में नमी बनी रहती है। यह कोमल तथा मूल्यवान पौधों के लिए उपयोगी है। शोभाकारी उद्यानों एवं शाक-भाजी के पौधों के लिए उपयोगी है। बड़े क्षेत्रों में छिड़काव विधि द्वारा सिंचाई हेतु लोहे के या रबर के पाइप भूमि के अन्दर नीचे दबा दिये जाते हैं। सहायक पाइप एक दूसरे के समानान्तर रखते हुए उनमें आवश्यकतानुसार दूरियों पर नोजित लगा इनका सम्बन्ध नल और नल का सम्बन्ध जल स्रोत से कर दिया जाता है। इन नलों में पानी दबाव द्वारा प्रभावित किया जाता है। यह विधि रेगिस्तानी क्षेत्रों के लिए उपयोगी होती है।

बीज

यदि बीज अच्छा होता है तो फसल का उत्पादन भी अच्छा होगा। उत्पादन

मात्रा इस बात पर निर्भर करती है कि बीज स्वस्थ तथा उगने योग्य हों। बीजों का चुनाव करते समय हमें कुछ बातों का ध्यान रखना चाहिए—

1. बीज मिलावटी नहीं होने चाहिएँ।
2. बीजों की किस्म अच्छी होनी चाहिए।
3. कटे, कीड़े लगे तथा हल्के बीजों का प्रयोग नहीं करना चाहिए।
4. कोशिश की जानी चाहिए कि बीज सरकारी एजेंसियों से खरीदे जायें।
5. बीज खरीदते समय एग्रीकल्चर सेन्टर के बीज अधिकारी से सलाह कर लेने चाहिएँ।

हल के प्रकार

उत्तर प्रदेश में विभिन्न स्थानों पर विभिन्न प्रकार के हल देखने को मिलते हैं। इसमें लोहे की फार होती हैं जो भूमि को फाड़ती है पर ऊपर-नीचे नहीं करतीं। यही कारण है कि इसे लोग हल न कहकर हो कहना उपयुक्त समझते हैं। मेस्टन हल, विक्ट्री हल तथा टनेंस्ट हल ऐसे होते हैं, जो धरती को चीरते हैं और मिट्टी पलटने वाले हलों में मेस्टन, विक्ट्री तथा टनेंस्ट हल प्रयोग में लाये जाते हैं। देशी हल विक्ट्री हल पंजाब हल के समान होता है, किन्तु यह पंजाब हल की अपेक्षा अधिक मजबूत होता है और काम भी अच्छा करता है। यह हल मटियार भूमि के लिए उपयोगी होता है। भूमि को जोतते समय बड़े-बड़े ढेले पड़ जाया करते हैं, उन ढेलों को तोड़ने के लिए एक चाकू भी इस हल में लगा रहता है। विक्ट्री हल 12 सेमी. गहरा और 15 सेमी. चौड़ा कूँड बनाता है। इससे देशी हल की अपेक्षा समय और श्रम की बचत होती है। देशी हल में एक मुठिया होती हैं, जबकि विक्ट्री हल में दो मुठिया होती है। इसे चलाने के लिए दो आदमियों की आवश्यकता होती है। एक व्यक्ति बैल के हाँकने के लिए दूसरा मुठिया पकड़ने के लिए चाहिए।

जुताई की विधि

जुताई की प्रमुखतः तीन विधियाँ बतलाई गयी हैं जिनका विवरण निम्न प्रकार है—

(1) जुताई की पहली विधि में खेत को भीतर से जोतते हुए बाहर की ओर जोतते हैं। अतः इसे भीतर से बाहर की ओर जुताई कहा जाता है। इस ढंग से खेत की मिट्टी बाहर की ओर पलटती रहती है, जिसके कारण खेत मध्य में नीचा और किनारों पर ऊँचा हो जाता है। यह विधि उस खेत में प्रयोग की जाती है जिसमें किनारे नीचे और मध्य भाग ऊँचा हो।

(2) दूसरी विधि का समतल खेत जोतने में प्रयोग किया जाता है। यह विधि सबसे उत्तम है। बड़े, लम्बे खेतों को जोतते समय छोटे-छोटे भागों में विभक्त कर लेना चाहिए। इससे जुताई सीधी होती है तथा खेत का कोई भाग जुते बिना नहीं रहता है।

(3) जुताई की तीसरी विधि में खेत को बाहर से जोतते हुए अन्दर की जोतते है अतः इसे बाहर से भीतर की ओर जुताई कहा जाता है। इसमें मिट्टी भीतर की और पलटती है। इस कारण खेत का मध्य भाग ऊँचा हो जाता है। यह विधि वहाँ प्रयोग की जाती है, जहाँ कि खेत का मध्य भाग नीचा होता है।

इस खेत को फसलोत्पादन के उपयुक्त बनाने हेतु कई बार जोतना पड़ता है। अच्छी जुताई कम-से-कम 10 बार जोतने पर प्राप्त होती है। गेहूँ के लिए अच्छी जुताई की आवश्यकता पड़ती है। गेहूँ के लिए खेत की मिट्टी भुरभुरी बनाने के लिए 15 बार तक जोता जा सकता है।

जुताई के प्रमुख उद्देश्य

जुताई के प्रमुख दो उद्देश्य होते हैं–प्रथम उद्देश्य, भूमि को मुलायम करना है जिससे उसमें वायु, गर्मी और सर्दी का भली-भांति आवागमन हो सके और वह पानी सोख तथा एकत्रित कर सके। हल चलाना, खोदना, पाटा देना और जोत के अन्य यन्त्रों से भूमि को बनाना आदि भी इसी के अन्तर्गत आते हैं। दूसरा उद्देश्य मिट्टी को भुरभुरा बनाना तथा गहराई तक जोतकर मिट्टी को वायु के सम्पर्क में लाना।

जुताई से लाभ–जुताई से होने वाले प्रमुख लाभों को निम्न प्रकार स्पष्ट किया गया है–

(1) खेत में खाद डालने के पश्चात् जुताई करने से वह मिट्टी में भली-भाँति मिल जाती है। जिस पर जलवायु का प्रभाव पड़ता है। इससे भूमि उपजाऊ बनती है।

(2) बेकार भूमि की जुताई करके हम भूमि को सुधार कर पानी, बीज और खाद हेतु उपयुक्त बनाते हैं।

(3) गहरी जुताई से खेत उर्वर बना रहता है।

(4) जुताई से भूमि नरम हो जाती है, जिससे जड़ें अधिक गहराई तक फैलती हैं और पौधा मजबूत होता है। नरम भूमि में पानी शीघ्र और अधिक प्रवेश करता है।

(5) जुताई से पहला लाभ यह है कि खेत के खरपतवार आदि सभी नष्ट हो जाते हैं और वह नष्ट होकर खाद का काम करते हैं।

(6) जुताई से भूमि नरम हो जाती है, जिससे भूमि में वायु का प्रवेश सुगमता से हो जाता है। जिसके फलस्वरूप अनेकों रासायनिक क्रियायें होती हैं और लाभदायक जीव-जन्तु अपना कार्य भली-भाँति कर सकते हैं।

(7) खेत के हानिकारक कीड़ों के अण्डे तथा जाले आदि नष्ट हो जाते हैं और जो बचते हैं उन्हें चिड़ियाँ और कौवे आदि बीनकर खा जाते हैं।

(8) खेत जोतने से मिट्टी ढीली हो जाती है, जो बरसात के पानी को भली-भाँति सोख लेती है। ढीली मिट्टी में पानी सोखने की क्षमता अधिक होती है।

गेहूँ की कृषि

भारत के सभी कृषि प्रधान राज्यों में पंजाब सर्वाधिक गेहूँ उत्पादन करने वाला राज्य है। गेहूँ की अनेक जातियाँ हैं, मैक्सिकन बौनी जातियों में सोनालिका, कल्याण, सोना, शरबती सोनार आदि अनेक जातियाँ हैं। जो जाति जिस क्षेत्र में अधिक हो उसी का प्रयोग करना चाहिए। दोमट मिट्‌टी वाले क्षेत्र में गेहूँ का उत्पादन अधिक होता है। बलुई दोमट मिट्टी से भी अच्छी उपज ली जा सकती है। खेत समतल और पानी का निकास अच्छा होना चाहिए। रबी की फसल के कटने के बाद किसी मिट्टी पलटने वाले हल से खेत को जोतकर खुला छोड़ दिया जाता है। भूमि भली-भाँति ताप लेती है और कीड़े-मकोड़े, खरपतवार नष्ट हो जाते हैं। वर्षा के आरम्भ में खेत की मेड़ बाँध दी जाती है, जिससे भूमि पानी सोख लेती है। वर्षा ऋतु में एक बार खेत को 3-4 बार देशी हल से जोत देते हैं। इन जुताइयों के बाद पटेला देना जरूरी होता है। इसमें भूमि समतल हो जाती है, ढेले टूट जाते हैं, भूमि में नमी बनी रहती है। जिन खेतों में हरी खाद दी जाती है, उन खेतों में वर्षा होते ही सनई बो दी जाती है। जब पौधे लगभग दो महीने के हो जाते हैं, तब पाटे से पौधों को गिराकर खेत की घनी जुताई से हरी खाद को मिट्टी से दबा दिया जाता है। 20-21 दिन बाद फिर खेत की जुताई रात्रि के समय से सवेरे तक की जाती है और पटेला घुमा दिया जाता है। इस प्रकार 5-6 जुताइयों में खेत इस योग्य हो जाता है कि इसमें फसल का बुआई कर दी जाय।

गेहूँ की बुवाई 25 अक्टूबर से 31 दिसम्बर तक की जाती है। बुवाई करते समय खेत में काफी नमी होनी चाहिए। यदि नमी न रहे तो पलेवा करके एक जुताई करने के बाद बीज बोया जाता है। उन्नत किस्म की मैक्सिकन जाति की फसलें प्रायः पलेवा देकर ही बोई जाती हैं। बीज की बुवाई कुंड़ों में, सीड्ड्रिल रो या डिबलर से की जाती है। बीज के साथ ही खाद दी जाती है।

गेहूँ की बुआई किये जब 30 से 40 दिन हो जाएँ तब उसकी पहली सिंचाई करनी चाहिए । पहली सिंचाई समय पर करनी आवश्यक है। सिंचाई दीमक को नष्ट कर देती है और पौधों में व्यांत अधिक होता है। दूसरी सिंचाई एक-डेढ़ महीने बाद की जाती है। तीसरी सिंचाई फरवरी में की जाती है। इस समय गेहूँ में बाले पड़ती हैं, दानों में दूध आने लगता है। महावट हो जाने पर दूसरी या तीसरी सिंचाई की जाती है।

गेहूँ के खेत से खरपतवार नष्ट करने के लिए प्रति हैक्टर 2, 4 D सोडियम साल्ट की 1:75 किग्रा मात्रा 550 लीटर पानी में डालकर स्प्रे कर दिया जाता है। यदि खेत में अन्य जाति के पौधे दिखाई दें तो उनको सावधानी से उखाड़कर फेंक देना चाहिए। जिन पौधों में कण्डुआ रोग लगा हो उन्हें जलाकर नष्ट कर देना चाहिए। 4-5 महीने में गेहूँ पक जाता है। देर से बोई गयी फसल मार्च के अन्त तक तैयार हो जाती है। खेत की कटाई फसल काटने की मशीन या हाथ से की जाती है। लॉक जब 8-10 दिन तक पड़ा रहकर खूब सूख लेता है, तब उसको बैलों की दाँय चलाकर या ट्रेक्टर से मड़ाई की जाती है। थ्रेसर से भी इसकी मड़ाई की जाती है और वही दाने को निकालने के काम आता है।

गेहूँ का भण्डारण सावधानीपूर्वक करना चाहिए। बीज को गोदामों में भरने से पहले खूब सुखा लेना चाहिए। बोरियों में बन्द करके उन पर गेमेक्सीन छिड़क देनी चाहिए। ताकि सुरहरी न पड़ जायें। बोरियों के चारों ओर गेहूँ का भूसा डाल देना चाहिए ताकि उनमें नमी न आ जाए। अक्टूबर से पहले गोदामों को खोलना नहीं चाहिए। यदि गेहूँ का उत्पादन अधिक करना है तो फसल को खेत में अन्य फसलों के हेर-फेर से बोना चाहिए। ऐसा करने से खेत की उर्वरता पर प्रतिकूल प्रभाव नहीं पड़ेगा और उपज भी अधिकतम मिलती रहेगी। सिंचाई की अच्छी सुविधा होने पर एक खेत से किसान तीन-तीन फसलें ले सकता है, लेकिन सिंचाई और खाद की समुचित व्यवस्था न होने पर वह एक से अधिक फसल नहीं ले पाता। जहाँ गेहूँ के लिए सिंचाई की सुविधा होती है, वहाँ खेत से चार-चार फसलें भी ली जा सकती हैं। कुछ एकवर्षीय फसल चक्र को निम्न प्रकार समझा जा सकता है–

(अ) मूँग अगेती धान आलू गेहूँ, (ब) अगेती मक्का हरी खाद गेहूँ, (स) हरी खाद अगेती धान गेहूँ।

गेहूँ में निम्नलिखित रोग लग जाते हैं। किसान को उन रोगों का उपचार करना जरूरी होता है। जैसे–(1) गेरुई या किट्ट, (2) गेहूँ का कण्डुवा रोग, (3) वन्ट रोग, (4) सेहूँ रोग। दीमक, गुझिया और चूहे फसल को नष्ट कर देते हैं।

उद्यान में प्रयोग आने वाले उपकरण

उद्यान के अन्दर वृक्षारोपण के उपरान्त उद्यान की उचित देखभाल न की जाय तो वह वीरान हो जाएगा। यह कई क्रियाओं द्वारा पूर्ण होता है। इन क्रियाओं में कई यन्त्र प्रयोग किए जाते हैं। उद्यान के अन्दर प्रयोग किये जाने वाले विभिन्न प्रकार के यन्त्रों के बारे में संक्षिप्त जानकारी निम्न प्रकार दी गयी है–

1. डिबलर–यह खूँटी के आकार का लकड़ी का बना हुआ होता है, जो पौधा लगाने के काम आता है।

2. गार्डन फोर्क–इसमें एक हैन्डिल में चार काँटे होते हैं। यह भी घास-फूँस निकालने के काम आता है।

3. घास की कैंची–इस्पात के दो तेजधार वाले फल होते हैं, जिनसे घास काटी जाती है।

4. हजारा–यह चद्दर का बना हुआ पीपे की शक्ल का होता है, इसमें एक लम्बी टोंटी लगी रहती हैं, जिसमें छिद्रित ढक्कन लगा रहता है जिससे सिंचाई की जाती है।

5. गाड़ियाँ–ये उद्यान के अन्दर आवश्यक सामग्री को एक स्थान से दूसरे स्थान तक ले जाने के काम आती हैं। इनमें प्रमुख पहिये हैं। यह पहिये वाली गाड़ी कहलाती है।

6. लान मोवर–यह लोहे की बनी हुई हल्की मशीन है, जो बगीचे की घास काटने के काम आती है।

7. गार्डन रेक–यह भी लोहे की बना हुआ यन्त्र है, जो घास-फूँस निकालने के काम आता है।

8. हो-रेक मिश्रिम–इस यन्त्र द्वारा हो तथा रेक दोनों के ही कार्य किए जा सकते हैं।

9. खुरपी–यह भी लोहे की बनी होती है जिसमें लकड़ी का एक छोटा सा हत्था लगा होता है। इसका धार वाला सिरा चौड़ा होता है। इसके द्वारा यह घास छीलने तथा गड़ाई आदि करने का कार्ग किया जाता।

10. पैबन्द लगाने वाला चाकू–इस चाकू की बनावट साधारण चाकू की तरह ही होती है। एक सुन्दर आकर्षक लकड़ी का हत्था होता है, जिसमें इस्पात की फाल लगी रहती है।

11. सिकेटियर–इसका प्रयोग भी पैबन्द लगाते समय स्टोक शाखा काटने

के लिये किया जाता। इसकी रचना साधारण कैंची के सामान ही होती है। इसमें एक फाल स्प्रिगदार बोल्ट से जुड़ा रहता है, जिसे Value Springs कहते हैं। इसका उपयोग शाखा काटने तथा पैबन्द लगाने में किया जाता है।

12. काँट-छाँट के औजार–इसमें एक हुक बल्ली में कीलों द्वारा जुड़ा होता है, जिसके पिछले सिरे पर एक लम्बी रस्सी बँधी रहती है। जिसकी सहायता से फाल में अटका दिया जाता है। झटके के साथ ही यह फाल शाखा को काट देती है। इसका प्रयोग ऊँचे पेड़ों की काट-छाँट में किया जाता है।

13. प्रूनिंग शियर–यह एक प्रकार की कैंची है जो आकार से सामान्य कैंची से काफी बड़ी होती है। इसका प्रयोग झाड़ियों के काटने में किया जाता है तथा पौधों को विभिन्न आकृतियाँ प्रदान की जाती हैं।

14. काँट-छाँट की आरी–यह मध्यम आकार की सादा आरी होती है जो लगभग 1 सेमी. मोटी शाखा को काटने के काम आती है। यह चद्दर की बनी होती है। दाँतेदार भाग त्रिभुजाकार होता है तथा सिरे पर लकड़ी का हत्था होता है।

15. काँट-छाँट का चाकू–यह साधारण चाकू की तरह काम करता है। इसकी बेंटी में इस्पात का धरातल तथा हुकदार फाल लगे होते हैं।

16. चश्मा तथा पैबन्द लगाने वाला चाकू–यह एक छोटा चाकू होता है, जिसके दोनों सिरों पर इस्पात की फाल लगी रहती है। एक पैबन्द लगाने का काम आती है तथा दूसरी पतली ढालू तथा नुकीली होती है।

17. हैण्ड कल्टीवेटर–यह एक ऐसा यन्त्र है, जिसमें लकड़ी के हत्थे के साथ-साथ 3 हुकदार काँटे लगे रहते हैं। इसके द्वारा सामान्य पपड़ियों को तोड़ने का कार्य किया जाता है। यह क्यारियों में पपड़ी तोड़ने तथा निकाई गुड़ाई करने में ढालू तथा नुकीली होती है।

17. ट्रान्सप्लाण्टिंग ट्रावल–यह चम्मचाकार होता है, हत्था लकड़ी का होता है। यह पौधा लगाने के काम आता है, इससे थापी बड़ी आसानी से ली जा सकती है।

19. कुदाली–इसके द्वारा यह गड्ढा खोदने तथा नालियाँ बनाने का कार्य किया जाता है। इसके मध्य लकड़ी का हत्था लगा होता है।

20. हँसिया–यह वक्राकार आकृति का लोहे का बना होता है, जिसका हत्था लकड़ी का होता है। इसके द्वारा कटाई का कार्य किया जाता है।

21. फावड़ा–इसमें लोहे का तेजधार वाला आयताकार चौकोर टुकड़ा लगा होता है, हत्था लकड़ी का होता है, इसके द्वारा गड्ढा खोदने तथा मिट्टी इधर-उधर डालने का कार्य किया जाता है।

22. कुल्हाड़ी—यह लोहे का तेज धार वाला औजार है, जो लकड़ी काटने के काम आता है। इसमें काफी लम्बा तथा गोलाकार हत्था लगा रहता है।

23. वका—यह हत्थेदार लोहे का तेज धार वाला वजनी औजार है। इसके द्वारा लकड़ी की मोटी शाखाओं को काटने के काम आता है।

24. हो—यह भी पपड़ी तोड़ने तथा निकाई-गुड़ाई करने तथा घास-फूँस निकालने के काम आता है। ये तीन प्रकार के होते हैं—हैण्ड हो, उच हो, शर्मा हो।

25. शावल—इसके द्वारा मिट्टी चढ़ाने तथा नाली बनाने का कार्य किया जाता है।

26. मोटी शाखा काटने वाला यन्त्र—इसकी बनावट साधारण संड़ासी जैसी होती है, इसमें दो फल इस्पात के काफी मजबूत तथा दो हैन्डिल होते हैं। यह शाखाओं को काटने के काम आता है।

उद्यान में सिंचाई की व्यवस्था

सिंचाई उद्यान के लिए बहुत ही जरूरी है, बिना सिंचाई के उद्यान को हरा भरा नहीं बनाया जा सकता। उद्यानों में वैज्ञानिक विधि से सिंचाई की व्यवस्था की गई है, इसकी कुछ उत्तम विधियाँ निम्न प्रकार हैं—

1. क्यारी द्वारा सिंचाई करना—उद्यान की सिंचाई हेतु यह एक आसान विधि है। यह विधि अत्यन्त सरल तथा आसान है। इस विधि में खेत के अन्दर क्यारियाँ बना लेते हैं। क्यारियों की दो पंक्तियों के मध्य में सिंचाई की नाली रहती है। इसी क्रम से पूरे खेत में क्यारियाँ बना ली जाती हैं और उन्हीं के द्वारा सिंचाई की जाती है।

2. थाल विधि—इस विधि में पेड़ के चारों ओर बगैर किसी आकार के गड्ढा बना लिया जाता है। इस विधि से कम समय में अधिक क्षेत्र कम पानी द्वारा सींचा जा सकता है। छोटे पेड़ों की सिंचाई में यह विधि उत्तम मानी गई है।

3. वलयाकार विधि—इस विधि में दो पंक्तियों के मध्य एक सिंचाई की नाली बना लेते हैं। इस नाली से छोटी-छोटी नलिकायें बनाकर पेड़ के थालों से जोड़ देते हैं। इस विधि में पौधों के चारों ओर कुछ मिट्टी चढ़ा देते हैं। इस तरह से यह मिट्टी एक गोलाकार चबूतरे जैसी हो जाती है। पेड़ के चारों ओर फैली हुयी जड़ें पानी को आसानी से प्राप्त कर लेती हैं। यह विधि सबसे अधिक अपनायी जाती है।

4. कटा पानी देने की विधि—पानी की पर्याप्तता वाले स्थानों पर इस विधि का प्रयोग किया जाता है। लेकिन इस विधि में कुछ हानियाँ भी देखी गयी हैं, वह

है पानी के साथ खरपतवार का बहकर आना, जिसके फलस्वरूप पानी बहने में बाधा उत्पन्न होती है।

5. नालीदार विधि—उद्यान की सिंचाई की जाने वाली इस विधि में नालियाँ हमेशा 60, से 75 सेमी. चौड़ी होनी चाहिएँ। इन नालियों में पानी का बहाव कम होना चाहिए। यह विधि चिकनी तथा दोमट भूमियों के लिए उत्तम है।

मानव जीवन में सब्जियों की उपयोगिता

मानव जीवन में सब्जियों का विशेष महत्त्व है। ये स्वास्थ्यवर्धक होती हैं। हमारे देश में अधिकांश व्यक्ति शाकाहारी हैं। वे भोजन में तरकारी तथा फल लेते हैं। फल तथा साग-सब्जी शरीर में विटामिनों की कमी को पूरा करते हैं तथा इस प्रकार पोषक तत्त्वों की कमी पूर्ण होती है। विटामिन, लवण तथा कार्बोहाइड्रेट आदि की कमी के कारण शरीर में अनेक रोग उत्पन्न हो जाया करते हैं, तरकारियाँ इन रोगों से मुक्ति दिलाने में सहायक हैं।

टमाटर, गाजर, पालक तथा बथुआ आदि में प्रायः समस्त विटामिन पाये जाते हैं। साथ ही इनके प्रयोग से पेट कोमल सरलता से साफ हो जाता है।

लाभ—सब्जियों से होने वाले निम्नलिखित लाभों का अध्ययन कर हम इसके महत्त्व को समझ सकते हैं—

(1) सब्जियों का प्रयोग सन्तुलित आहार के रूप में भी किया जाता है, फलस्वरूप व्यक्ति स्वस्थ रहता है एवं उसे किसी प्रकार का रोग नहीं होता।

(2) इनके प्रयोग से अम्ल-क्षार का सन्तुलन बना रहता है।

(3) गरीब कृषक सब्जियों का व्यवसाय करके अपनी जीविका चलाते हैं।

(4) सब्जियाँ स्वास्थ्यवर्धक होने के साथ-साथ पोषक तत्त्वों की कमी की भी पूर्ति करती हैं, ताकि कोई रोग नहीं पनप सके।

(5) इनके प्रयोग से विटामिनों की पूर्ति होती है।

(6) इनके उपयोग से पाचक रसों के स्राव में वृद्धि होती है।

(7) हरे साग-सब्जी के उपयोग से पेट साफ रहता है।

गर्मी में पैदा की जाने वाली सब्जियाँ

1. कद्दू—दोमट और बलुआ दोमट भूमि में बुआई करने से इस फसल का उत्पादन अच्छा होता है। जुताई पांच-छः इंच की ही पर्याप्त होती है। खेत की तैयारी भली-भांति करनी चाहिए। लगभग डेढ़ सौ मन प्रति एकड़ खाद डालकर उसे मिट्टी के साथ खूब मिला देना चाहिए। इससे भूमि के उपजाऊपन में वृद्धि होती है।

यद्यपि इसके बीज मई से जुलाई तक बोये जाते हैं, किन्तु बहुत से लोग इससे जनवरी में भी बोते हैं। वर्षाकाल से पूर्व इसे छप्परों या मकानों के आस-पास बोकर बेल ऐसे ऊंचे स्थान पर चढ़ा देनी चाहिएँ जहाँ से फल नीचे न लटकें।

वर्षा के मौसम में इसके पौधों का विकास तीव्र गति से होता है। अतः उस समय बीज खेत में आधा सेर प्रति एकड़ा के अनुपात से डालना चाहिए और आवश्यकतानुसार पानी देते रहना चाहिए।

निराई के समय इसके बेलों को काट देनी चाहिए तथा बेलों का संरक्षण करना चाहिए। ऐसा करने से फल अच्छे लगते हैं। खेतों में यदि बांस की मचानें बना दी जायें तथा बेलों को उन मचानों पर चढ़ाया जाये, तो इसका विस्तार सही रूप में होता है।

यह जरा अनुभव और पहचान की बात है कि लौकी यौवन पर कब आती है। यौवन पर आते ही इसे तोड़ लेनी चाहिए जिससे कि इसका बीज पक न जाये, बीज के पक जाने पर इसकी कोमलता नष्ट हो जाती है, साथ ही स्वाद भी प्रभावित होता है।

2. करेला—यह एक हरी सब्जी है। इसकी खेती वर्षाकाल में तथा ग्रीष्मकाल में की जाती है। जो करेला वर्षा ऋतु में बोया जाता है, इसकी मोटाई कम होती है तथा जो करेला ग्रीष्म ऋतु में बोया जाता है, वह मोटा अधिक तथा लम्बा कम होता है। इसका रंग गहरा हरा होता है। यह हर प्रकार की भूमि में आसानी से पैदा किया जा सकता है। खाद डेढ़ सौ मन प्रति एकड़ के अनुपात से डालनी चाहिए तथा उसे भली प्रकार मिट्टी में मिला देनी चाहिए।

इस फसल की बुआई जनवरी व जून में की जाती है। जो फसल जून में बोयी जाती है उसे लगभग पांच इंच के अन्दर पर बोना चाहिए तथा जो फसल जनवरी में बोई जाये उसके बीजों को नालियों में बोना चाहिए। नाली को कम से कम डेड़-दो फुट चौड़ी हों।

सिंचाई— करेले की सिंचाई पर काफी ध्यान देना पड़ता है इसकी सिंचाई भी मिट्टी, मौसम, हवा, स्थान पर निर्भर है, इसलिए सिंचाई आवश्यतानुसार करनी चाहिए। निराई के समय निर्बल लताओं को निकाल देना चाहिए, ऐसा करने से उत्पादन सही होता है।

3. भिण्डी—भिण्डी हरी सब्जियों की श्रेणी में आती है। इसकी पूसा सावनी किस्में अच्छी मानी गयी हैं। इस सब्जी की खेती हेतु दोमट मिट्टी सर्वाधिक उपयुक्त है। बसन्त ऋतु की फसल के लिए 20 से 25 किलो और बरसात की फसल

के लिए 10 से 15 किलो बीज प्रति हेक्टर काफी है। बीज को कोने से पहले 24 घण्टे तक भिगोकर रखना चाहिए। तीन-चार बार हल जोतकर मिट्टी को समतल बनाना चाहिए। पौधों की दूरी 50 सेटीमीटर व लाइनों की दूरी 45 सेमी. रखना चाहिए।

खाद—भिण्डी की खेती हेतु गोबर की खाद का प्रयोग करें। औसत उपजाऊ भूमि के लिए 100 किलो नाइट्रोजन व 50 किलो फास्फोरस डालें। पोटाश मिट्टी की जांच के आधार पर डालें।

कीड़ों का प्रभाव —भिण्डी की खेती कीड़े के प्रभाव से अक्सर नष्ट हो जाती है। हरा तेला और टिड्डे की चित्तीदार सूंडी, जैसे कीड़े फसल को मई से सितम्बर तक नुकसान पहुँचाते हैं। इसके प्रभाव से पत्ते पीले पड़ जाते हैं, व मुड़ जाते हैं। हर 15 दिन के अन्तर पर 10 छिड़काव 700 ग्राम डी.टी.टी. 50 प्रतिशत और 500 मिलीमीटर मैलाथियान 50 सी.सी. को 350 लीटर पाने में मिलाकर बार-बार करें। यदि फली लगी हो तो छिड़काव करने से पहले उसे तोड़ लेना चाहिए।

बीमारियाँ—भिण्डी की खेती विभिन्न प्रकार की बीमारियों से भी प्रभावित होती रहती है। पीलिया रोग (वायरस) पत्तों की नाड़ियाँ पीली पड़ जाती हैं व बाद में सारा पत्ता पीला पड़ जाता है, फल कम लगते हैं। पूसा सावनी की फसल को रोग कम लगता है। जिस पौधे में रोग के लक्षण दिखाई दें। उसे नष्ट कर देना चाहिए।

4. बैंगन—बैंगन की खेती देश के कई हिस्सों में की जाती है। इसकी किस्मों में पूसा परमल, राउड़ और परमलिंग प्रमुख हैं। इसकी खेती कई सीजनों में की जाती है। जैसे—सर्दियों वाली फसल जून, गर्मियों वाली फसल मध्य अक्टूबर, बरसात वाली फसल मार्च, बसन्त वाली फसल शुरू अक्टूबर इसकी बुआई हेतु पहले नर्सरी डाली जाती है फिर पौधों को उखाड़ कर अन्यत्र लगाया जाता है। पौधे से पौधे और लाईन से लाईन का फासला 60 सेमी. रखना चाहिए। बीज की मात्रा 375 से 500 ग्राम प्रति हेक्टर है।

जातियाँ—बैंगन की कई प्रजातियाँ। बारह मासे बैंगन की आयुर्वेद में बड़ी प्रशंसा की गई है और उसे वायु, कफ, पित्त इन तीनों दोषों को शान्त करने वाला बताया गया है। इसकी कई जातियाँ हैं—कुछ बैंगन गोल, कुछ लड्डू की भाँति, कुछ बहुत बड़े आकार के होते हैं। कुछ बैंगन अधिक मोटे तो नहीं, पर लम्बे होते हैं और कुछ बैंगन सफेद तथा मंझोले आकार के होते हैं। लखनऊ और पटना के बैंगन बहुत प्रसिद्ध हैं। विलायती बैंगन भी बाजारों में बिकते हैं, किन्तु वे देशी के समान स्वादिष्ट नहीं होते।

भूमि, जुताई व खाद—बैंगन की खेती हेतु दोमट मिट्टी सर्वाधिक उपयुक्त मानी जाती है। खेतों को भली-भाँति जोतकर तैयार कर लेना चाहिए। दो-तीन बार जोतने के बाद खेत की मिट्टी के साथ खाद मिलानी चाहिए। जुताई गहरी और कम-से-कम 5-6 बार करनी चाहिए। प्रति एकड़ 4-6 गाड़ी गोबर की खाद, 10-12 मन तक कण्डे या उपलों की राख, 8-10 किग्रा नौसादर और 6-8 मन तक खली की खाद बैंगन के खेत में डालने से पैदावार खूब होती है।

बुवाई व सिंचाई—बैंगन की बुआई सामान्य रूप से भी जाती है और नर्सरी डालकर पौधे का क्षेपण किया जाता है। बड़े अंकुरदानों के जब पौधों में 5-6 पत्तियाँ निकल आवें, तब उन्हें खेत में खिंची हुई लकीरों पर 2-3 हाथ के अन्तर से लगा देना चाहिए। बोते समय यदि उनकी जड़ों में थोड़ी-थोड़ी आँवे या ईंट के पिंजावे की पकी हुई मिट्टी का चूरा छोड़ते जायें तो अच्छा है। बोने का समय समतल प्रदेशों में कार्तिक से वैशाख और आधे ज्येष्ठ से आषाढ़ तक है तथा पहाड़ी प्रदेशों में वैसाख-ज्येष्ठ में बोया जाता है। प्रति एकड़ के लिए आध पाव बीज पर्याप्त है। पौध को पंक्ति में लगाना चाहिए। बैंगन की फसल में 5-6 पानी अवश्य देने पड़ते हैं। बरसाती बैंगन की भी यदि ठीक समय पर वर्षा न हो तो सिंचाई करनी चाहिए। नए लगाए हुए पौधों को आरम्भ में सप्ताह में दो बार थोड़ा-थोड़ा सींचना पड़ता है।

निराई-गुड़ाई व उपज—बैंगन के लिए समय-समय पर सिंचाई-गुड़ाई करते रहना आवश्यक है। बैंगन की फसल की निराई पतली खुरपी से 5-6 बार करनी चाहिए तथा गुड़ाई करना भी अत्यन्त आवश्यक है। कमजोर पौधों की जड़ों के चारों ओर गोड़ते समय खुरपी से पोटाश, शोरा और सड़े गोबर की खाद डालकर मिट्टी में मिलाकर सिंचाई करने से पौधे मजबूत हो जाते हैं। बैंगन तीन-चार महीने में फल देने लगता है। और प्रायः तीन-चार महीनों तक लगातार इसके फल मिलते रहते हैं। बैंगन एक बार में ही नहीं तोड़े जाते, जो बैंगन बढ़ता जाता है, उसे ही तोड़ते जायें। प्रत्येक तोड़ पर सिंचाई अवश्य करते रहना चाहिए, जिससे फल पुनः शीघ्र आते जायें। पैदावार प्रति एकड़ में 200 मन से भी अधिक हो जाती है। खेती अच्छी होने पर एक पौधे से दो-दो से भी अधिक फल मिल जाते हैं। कभी-कभी बैंगन की फसल विभिन्न प्रकार की बीमारियों से प्रभावित हो जाती है। भयानक बीमारी होने पर कभी-कभी फसल प्रारम्भिक अवस्था में ही नष्ट हो जाती है। बैंगन काना होने पर उसकी जड़ों को खुरचकर सिंचाई कर देनी चाहिये। सूँड़ी लगने पर गरम-गरम राख पौधों पर छिड़ककर सिंचाई कर दी जाती है तथा उड़ने वाले कीड़े से बीमार पौधों की पत्तियों पर पानी में नमक मिलाकर उसे छिड़क कर पौधों की रक्षा करनी चाहिये।

बैंगन की बीज तैयार करने के लिए स्वस्थ बैंगनों को छाँटकर पेड़ों में ही छोड़ देते हैं। भली-भाँति धोकर उन्हें सुखा लेते हैं और बन्द शीशियों में भरकर रख देते हैं। अन्य सब्जियों की अपेक्षा बैंगन के बीज सुगमता से तैयार हो जाते हैं।

खाद—25 टन गोबर की खाद, 100 किलो नाइट्रोजन, 50 किलो फास्फोरस व 25 किलो पोटाश प्रति हेक्टर डालनी चाहिए।

हानिकारक कीड़े—बैंगन की फसल को विभिन्न प्रकार के कीड़े प्रभावित करते हैं जैसे—हरा, तेला और बैंगन के फल और छेदक कीड़े-इन सभी कीड़ों को मारने के लिए 15-15 दिन के पश्चात् 8 छिड़काव करने चाहिएँ। पहला और दूसरा छिड़काव 500 ग्राम डी.टी.टी. 50 प्रतिशत, तीसरा, पांचवाँ व सातवाँ छिड़काव 400 मिली लीटर मैलाथियान 50 सी. सी., चौथा, छठा और आठवाँ 500 ग्राम सोविन 50 प्रतिशत या 50 मिलीमीटर 25 सी. सी. को 250 लीटर पानी में मिलाकर करने से अच्छा परिणाम मिलता है।

बीमारियाँ—इस फसल में प्रमुख रूप से फल गलने का रोग लगता है, बीजाई से पहले बीज का उपचार थीरस या कैप्टन (1:300) से करें। फल बनने के बाद 2 किलो जाईरम 75 प्रतिशत या जाइनेव 65 प्रतिशत को एक हेक्टर भूमि में हर सप्ताह छिड़कें।

वायरस—इससे पत्ते छोटे व पीले हो जाते हैं तथा पौधे बौने रह जाते हैं। फल कम लगता है। बीमार पौधों को निकाल देना चाहिए।

5. प्याज—प्याज गर्मी की एक प्रमुख फसल है जिसके लिए पानी की पर्याप्त आवश्यकता होती है। इसकी किस्मों में पंजाब सिलैक्सन और हिसार सिलैक्सन प्रमुख हैं। ब्याज की बुआई अक्टूबर से मध्य नवम्बर तक की जाती है, एक एकड़ भूमि के लिए चार से पांच किलोग्राम बीज पर्याप्त होता है। इसके पौधों के बीच 15 सेमी. कतार तथा 8 सेमी. पौधों की दूरी होनी चाहिए।

खाद—20 टन गोबर की खाद, 60 किलो नाइट्रोजन, 20 किलो फास्फोरस और 10 किलो पोटाश खाद प्रति एकड़ देनी चाहिए।

कीड़े—प्रिय कीड़ा : रोकथाम के लिए 250 मिली. मैलाथियान, 50 सी.सी. को 250 लीटर पानी में घोलकर प्रति एकड़ के हिसाब से छिड़काव करें।

रोग—प्याज की फसल प्रमुखतः **परयल** ब्लोज नामक बीमारी से ज्यादा प्रभावित होती है। इसकी रोकथाम के लिए फसल के ऊपर जोनेव कापर आक्सीक्लोराइड 800 ग्राम प्रति एकड़ के हिसाब से या फाईरोलेन 600 ग्राम प्रति एकड़ 7 से 10 दिनों के अन्तर पर छिड़कें।

सर्दी के मौसम की सब्जियाँ

ऐसा नहीं है कि सब्जियाँ सिर्फ गर्मी के मौसम में ही उगाई जाती हों, सर्दी के मौसम में भी कई सब्जियों की खेती की जाती है। ऐसी ही कुछ प्रमुख सब्जियाँ निम्न प्रकार वर्णित हैं–

1. शलजम–इसकी खेती भी मूली और गाजर की तरह की जाती है। यह भी काफी उपयोगी फसल है।

2. गाजर–गाजर को स्वास्थ्यवर्धक माना गया है। इसमें विटामिन A पाया जाता है। इसकी तीन किस्में ज्यादा अच्छी हैं–291, पूसा केसरा और नैनटीस।

3. मूली–मूली की खेती सर्दी के मौसम में बहुत अच्छी होती है हालांकि गर्मी में भी इसकी बुआई होती है लेकिन उत्पादन कम मिलता है। इसकी किस्मों में व्हाइट, जापानीज व्हाईट प्रमुख हैं।

बीजाई–देशी किस्म की गाजर, मूली, शलजम अगस्त-सितम्बर में लगाई जाती हैं। अंग्रेजी किस्में नवम्बर तक लगाई जाती हैं।

बीज मात्रा– गाजर का 4.5 किलो, मूली व शलजम का 2.3 किलो बीज एक एकड़ लिए पर्याप्त है।

दूरी–कतारों के बीच का फासला 225 सेमी. व पौधों का परस्पर फासला 8 से.मी. होना चाहिए।

उर्वरक–20 टन गोबर की खाद तथा 24 किलो नाइट्रोजन और 12 किलो फास्फोरस मूली व शलजम के लिए पर्याप्त है लेकिन गाजर के लिए 30 किलो पोटाश और देनी चाहिए। इन सभी खादों का प्रयोग बुआई के समय ही करना चाहिए।

रोग–बीजाई से पहले बीज को कैपतन (1.500) या बैसाकोल (1.300) उपचारित कर लें। बीज बोने के तीसरे व दसवें दिन 0.21 कैपटन मिट्टी पर छिड़कें।

4. आलू (Potato)— किस्में–आलू को सब्जियों का राजा माना गया है इसकी किस्मों में कुफरी सिन्दूरी, कुफरी चन्द्रमुखी, कुफरी अलंकार, कुफरी चमत्कार आदि प्रमुख हैं।

बुआई–इस फसल की बुआई दो ऋतुओं में की जाती है। सितम्बर के अन्तिम सप्ताह से लेकर अक्टूबर के दूसरे सप्ताह तक शरद ऋतु के लिए तथा जनवरी का प्रथम सप्ताह बसन्त ऋतु की बीजाई के लिए सबसे अच्छा है। सितम्बर महीने की बीजाई तापमान पर निर्भर करती है।

हमेशा अच्छी किस्म तथा बीमारी रहित बीज बोना चाहिए। अच्छी फसल लेने के लिए भूमि को गहरा खोदना चाहिए।

बीज की मात्रा—सर्दी में की जाने वाली बुआई हेतु 3.75 सेमी. मोटाई के 10-12 क्विंटल आलू प्रति एकड़ तथा 2.5 सेमी. मोटाई के 6.8 क्विंटल प्रति एकड़ की बुआई करनी चाहिए।

मिट्टी चढ़ाना—इस फसल की एक प्रमुख प्रक्रिया है। आलू के पौधे जब 15 से 25 सेमी. के हो जायें तो उन पर मिट्टी चढ़ाई जानी चाहिए। मेढ़ों पर एक बार समतल कर दो बार मिट्टी चढ़ानी चाहिए।

सिंचाई—समय-समय पर उपयुक्त मात्रा में सिंचाई जरूरी है। नम वाले खेत में अंकुरण के बाद सिंचाई करनी चाहिए। नाइट्रोजन की खाद देने से पैदावार अधिक होती है। पानी 8-10 दिन के अन्तर पर देना चाहिए।

बीमारियाँ—इस फसल में लगने वाली प्रमुख बीमारी को आलू का तेला कहा जाता है। इसके आक्रमण के प्रभाव से पत्तियाँ मुड़ जाती हैं और पीली तांबे के रंग की हो जाती हैं।

इस बीमारी पर नियन्त्रण हेतु 10 प्रतिशत डी.टी.टी. 0.5 प्रतिशत बी.एच. सी. के घोल का छिड़काव करना चाहिए।

5. टमाटर (Tomato)—यह एक ऐसी फसल है जिसका प्रयोग कई सब्जियों में किया जाता है साथ ही यह सलाद के लिए भी उपयुक्त है। पूसा, रूबी और एस 131 आदि इसकी प्रमुख किस्में हैं।

बीजाई— जुलाई और फरवरी के मौसम में लगाई जाने वाली फसल के लिए 75 सेमी. चौड़ी डोली पर 60 सेंटीमीटर की दूरी पर पौधों को लगाना चाहिए।

उर्वरक—इस फसल में खाद का प्रयोग सोच-समझकर करना चाहिए। बीजाई से पहले 25 टन गोबर की खाद 50 किलो फास्फोरस प्रति हैक्टर डालनी चाहिए। जहाँ पोटाश की कमी हो, उन क्षेत्रों में 50 किग्रा. प्रति हेक्टर पोटाश का प्रयोग करना चाहिए।

कीड़े—टमाटर की फसल को हरा, तेला और सफेद मक्खी आदि कीड़े काफी हानि पहुँचाते हैं। यह टमाटर को बड़ी हानि पहुँचाते हैं। रोकथाम के लिए 500 जी. टी. 50 प्रतिशत या 400 मिलीमीटर मैलाथियान 50 ई. सी. को 250 लीटर पानी में मिलाकर 15 दिन के अन्तर पर छिड़काव करना चाहिए।

टमाटर का ज्यादा नुकसान फल गलन रोग से होता है। इसकी रोकथाम हेतु फल को पेटियों में बन्द करने और स्टोर करने से पहले एक भाग एरिण्ड तेल और 2 भाग साबुन के घोल का छिड़काव करना चाहिए।

वायरस—इससे पौधों की छोटी पत्तियाँ बारीक, मुड़ी हुई व पीली हो जाती हैं। ऐसे पौधों को खेतों से निकालना या नष्ट कर देना उचित रहता है।

फूलों की कृषि

फूल हमारे जीवन में काफी महत्व रखते हैं। फूलों को प्रकृति का प्रतीक माना जाता है। यह खुशबू के साथ-साथ सुन्दरता के लिए भी महत्वपूर्ण है। चिरकाल से फूलों की अपनी महत्ता रही है। हर युग हर समय फूलों को महत्त्व दिया जाता है। इस वैज्ञानिक युग में भी फूलों की अति विशिष्ट स्थान है। फूलों की महक से ही सारा वातावरण महक उठता है तथा यह मानव जीवन में नये जीवन का संचार करता है। अनेक फूलदार पौधों को केवल सजावट के प्रयोग में लाया जाता है। फूल शांति, सुन्दरता, सुगन्ध एवं स्वच्छ वातावरण का प्रतीक है। घर के बगीचे में लगी फूल वाटिका सबका मन मोह लेती है। गुलाब तो फूलों का राजा कहलाता है। नेहरू जी का प्रिय फूल भी गुलाब था। गुलाब के बिना फूल अधूरे दिखाई देते हैं। फूलों की खेती सब्जियों की खेती से काफी मिलती-जुलती है। भिन्न-भिन्न फूल भिन्न-भिन्न ऋतुओं में उगाए जाते हैं। कुछ फूलों का समय 6 महीने तक का ही होता है। कुछ मुख्य फूल निम्न मौसम में उगाए जाते हैं।

(1) गर्मी, वर्षा में फूल की कृषि

इन मौसमों में गुलमेंहदी, स्वीट, पीज, हाली हाक्स, कारनेशन व पैंजी आदि की खेती की जाती है।

कुछ फूल पूरा साल लगे रहते हैं। जैसे—देशी गुलाब, कनेर चांदनी, चमेली, केना, मोतिया, आदि।

गुलाब का खिना (Budding of roses)— गुलाब अपनी सुन्दरता व सुगन्ध के कारण इसे प्रेम का प्रतीक माना जाता है। वास्तव में गुलाब के फूल की विशेषता यही है कि यह जितना अधिक सुन्दर होता है उतना ही अधिक सुगन्धित भी होता है। बहुत से लोग कमल को गुलाब से बड़ा मानते हैं। वास्तव में यदि देखा जाए तो कमल में केवल सौन्दर्य होता है परन्तु गुलाब में सौन्दर्य और सुगन्ध दोनों होती है। गुलाब का पौधा खुले स्थान पर लगाना चाहिए ताकि पौधों को काफी प्रकाश मिलता रहे। इससे इसकी सुग वाली ग्रन्थियों की कार्यक्षमता बढ़ जाती है।

गुलाब किसी भी किस्म की जमीन में बोया जा सकता है परन्तु गिट्टी में ज्यादा मात्रा में क्षार का होना लाभकारी नहीं है। अम्लयुक्त जमीन गुलाब के लिए

अधिक उपयुक्त पड़ती है। हल्के किस्म की जमीन में लगाए गए पौधे कमजोर होते हैं, जिन पर छोटे आकार के फूल भी कम मात्रा में ही लगते हैं। जलयुक्त भूमि में गुलाब की खेती नहीं करनी चाहिए। गुलाब की बुआई हेतु हल्के किस्म की या भारी जमीन उपयोगी है। तीन फुट लम्बे और तीन फुट गहरे गड्डे खोद दिये जायें या तीन फुट गहरी नालियाँ खोदकर मिट्टी निकाल कर पाली के दोनों ओर डाल दें। भारी किस्म की जमीन होने पर नाली की तली में हल्की किस्म की मिट्टी की दो-तीन इंच मोटी तह फैला दें। इस पर लगभग चार इंच मोटी तह गोबर की खाद या कम्पोस्ट खाद दी जाये। खाद की तरह एक फुट मोटी तह नदी-नाले की तली में जमी हुई मिट्टी डालकर गाढ़ा या नाली भर दें। यदि जमीन भारी किस्म की हो तो नाली की तली में पहले दो इंच मिट्टी की तहरी बिछाकर उन्हें छोटे-छोटे कंकर, ईंट, खपरैल के छोटे-छोटे टुकड़े आदि की लगभग डेढ़ इंच मोटी तक ढक दें। इनके ऊपर गोबर की खाद या कम्पोस्ट और जुताई हुई मिट्टी डालें, ऐसा करने से अतिरिक्त जल निकल जाएगा। इसके ऊपर नदी-नाले की तली में जमी हुई मिट्टी, कलई की मिट्टी, हड्डी का महीन चूर्ण और खेत की मिट्टी को मिलाकर नाली भर दें। चिकनी मिट्टी वाली जमीन में तली में हड्डी के बड़े-बड़े टुकड़े, ईंट, खपरैल के टुकड़े आदि फैला कर उन्हें गोबर की खाद या कम्पोस्ट से ढक दें और खेत की मिट्टी और कलई मिट्टी सम भाग में मिलाकर नाली भर दें। दिसम्बर महीने में दो-दो इंच के फासले पर गुलाब की कलमें लगा दें।

फूलों के भाग– एक फूल के सामान्य चार भाग होते हैं–हरी पत्तिया, पंखुड़ियाँ, पुंकेसर, स्त्री केसर।

1. पंखुड़ियाँ–यह भी गुलाब के फूल का एक प्रमुख भाग है। बाह्य दल पुंज के एक या अनेक आवहान होते हैं। पंखुड़ियाँ आम तौर पर भड़कीले रंगों की होती हैं। यह अनेक रंगों की होती हैं तथा कीट-पतंगों को अपनी तरफ आकर्षित करती हैं।

2. हरी पत्तियां–फूल हरी पत्तियों से घिरा रहता है जो संयुक्त रूप से दल पुंज कहलाता है। एक हरी पत्ती को हम Sepal कहते हैं। कली की अवस्था में यह फूल के अन्य भागों की रक्षा करती है। हरी होने के कारण यह भोजन बनाने का भी कार्य करती है। पत्तियों की संख्या अलग-अलग फूलों में अलग-अलग होती है। लेकिन ज्यादातर फूलों में ये चार होते हैं।

3. पुंकेसर–दलों से घिरा हुआ भाग पुंकेसर कहलाता है। इसका मुख्य काम नरजनन कोशिकायें उत्पन्न करना है। इसके तीन भाग परतन्तु, पराग-कोष और संजोयी। इसको संक्षेप में निम्न प्रकार स्पष्ट किया गया है–

(i) परतन्तु– डोरे के समान उस पतले भाग को जो परागकोष की ऊपर उठाये रखता है, परतन्तु कहते हैं।

(ii) परागकोष–परागतन्तु के सिरे पर एक टोपी-सी होती है जिसे परागकोष कहते हैं। इसमें परागकण बनते हैं।

(iii) संयोजी– परागकोष में उपस्थित दो लावों की परस्पर जोड़ने वाली जन्तु को संयोजी कहते हैं। प्रत्येक लैब में दो थैलियाँ होती हैं। जिन्हें पराग कक्ष कहते हैं। इन पराग कोषों में लाखों परागकण होते हैं।

4. स्त्री केसर– यह पुंकेसर के बीच में स्थित होता है। नारी जननेन्द्रियों को स्त्री केसर या जायांग कहा जाता है। स्त्री केसर के ऊपर एक आवरण के समान विद्यमान होता है।

(i) वर्तिकाग्र–यह स्त्रीकेसर के ऊपर एक आवरण के समान विद्यमान होता है इसमें से एक लसदार पदार्थ निकलता है जिसमें परागकण आकर चिपक जाते हैं।

(ii) वर्तिका–इसका स्वरूप एक नली के समान होता है, जो लम्बी होती है। यह वर्तिकाग्र को ऊपर उठाए रखती है। परागकण इस नली के द्वारा अण्डाशय में पहुँचते हैं।

(iii) अण्डाशय– स्त्री केसर में सबसे नीचे प्रायः फूला सा भाग होता है, जिसे अण्डाशय कहते हैं। अण्डाशय में छोटे-छोटे अण्डाणु होते हैं। परागकण अण्डाशय में जाकर बीजाण्ड से मिलकर बीज बनाते हैं।

गमला भरना–

सहायक सामग्री–गमला भरने के लिए प्रमुखतः एक गमला, मिट्टी के टूटे बर्तन के कुछ टुकड़े, सूखी-सूखी पत्तियाँ, रेत, उपजाऊ मिट्टी, गोबर की खाद आदि सामग्रियों की जरूरत पड़ती है।

विधि– गमले में लगने वाले पौधे की बढ़ोत्तरी इस बात पर निर्भर करती है कि गमला किस प्रकार से भरा गया है। गमले को भरने से पहले अच्छी तरह से धोना चाहिए। गमले के नीचे वाले भाग में एक छोटा-सा सुराख होता है, उसे अच्छी तरह से साफ कर लेना चाहिए। गमले को भरते समय इस सुराख पर एक छोटा-सा टूटे मिट्टी के बर्तन का टुकड़ा रख देना चाहिए, जिससे जल का निष्कासन होता रहे। फिर इसके ऊपर सूखी पत्तियाँ डाल देनी चाहिएँ। इसके पश्चात् थोड़ी रेत डालकर उपजाऊ मिट्टी व खाद डाल देनी चाहिए। गमले का ऊपरी भाग दो इंच छोड़ देना

चाहिए ताकि पानी के लिए जगह रहे। तीन भाग गोबर की खाद, एक भाग उपजाऊ मिट्टी व एक भाग रेत डालनी चाहिए।

सावधानियाँ—गमला पौधों का आधार होता है इसलिए निम्न बातों को ध्यान में रखकर ही गमला भरना चाहिए—

1. गमले को भरते समय अच्छी तरह से धो लेना चाहिए।

2. गले के निचले भाग में बने छेद को अच्छी तरह से खोल लेना चाहिए व उसके ऊपर मिट्टी के बर्तन का टुकड़ा रख देना चाहिए।

3. गमले में मिट्टी को अच्छी प्रकार से मिलाकर भरना चाहिए।

4. इस बात का ध्यान रखना चाहिए कि गमले का ऊपर का भाग दो इंच तक खाली रहे ताकि पानी दिया जा सके।

प्रयोगात्मक कार्य—गर्मी के मौसम में पांच फूलों के बारे में संक्षिप्त जानकारी निम्न प्रकार दी गयी है—

1. Marigold (गेंदा)
2. Zinnia (जिनिया)
3. Cosmos (कासमास)
4. Sunflower (सूरजमुखी)
5. Kochia (कोचिया)
6. Balsam (बालसम)।

1. जिनिया—इस फूल को अंग्रेजी गेंदा के नाम से जाना जाता है। वर्षा में जल्दी फूल पाने के लिए मई के महीने में ही नर्सरी में बीज बो दिये जाते हैं। इनकी ऊंचाई दो फुट तक होती है तथा दो माह के भीतर ही यह सफेद, पीले, लाल या, बैंगनी फूल देते हैं। पौधे से पौधा तथा कतार से कतार का अन्तर कम से कम दो फुट होना चाहिए। ज्यादा फसल पाने के लिए शुरू-शुरू में कलियों को तोड़ देना चाहिए।

2. कासमास—इस फूल का रंग पीला, गुलाबी तथा सफेद होता है जिसकी खेती सितम्बर-अक्टूबर में की जाती है। पौधे से पौधे की दूरी 35 सेमी. रखनी चाहिए। इसके पौधे की ऊंचाई 120 सेमी. तक होती है। इसको तैयार करके लगाया जाता है।

3. गेंदा (Marigold)— हमारे देश के कुछ क्षेत्रों में गर्मियों और वर्षाकाल में लगाए गए पौधों की खेती की जाती है। वर्षा में लगाई गई पौध दिवाली के आसपास फसल देती है। इन दिनों इनकी मांग भी काफी रहती है।

मृदा एवं उर्वरक—इसकी खेती हेतु मध्यम किस्म की उपजाऊ मिट्टी उपयुक्त मानी गयी है। जैसे खरीफ की फसल बोने के लिए जमीन की तैयारी करते हैं। उसी

प्रकार इसके लिए भी तैयारी करनी चाहिए। एक एकड़ भूमि में 20 गाड़ी गोबर की खाद या कम्पोस्ट खाद डालनी चाहिए।

पौधे तैयार करना—पौधे की तैयारी एक महत्वपूर्ण प्रक्रिया है। इस प्रक्रिया के तहत पांच फुट चौड़ी और दस फुट लम्बी क्यारी खोद कर तथा उसमें बारह कट्टे खाद मिलाकर पक्के तथा सूखे फूलों के बीजों को निकालकर बो दें। बीजों पर पतली मिट्टी की परत चढ़ा दें। बीज शाम को डाले जायें तो अच्छा है तथा सिंचाई कर दें। प्रतिदिन थोड़ा-थोड़ा पानी देते रहें। 3-4 दिन में बीज अंकुरित हो जाते हैं। जब शिशु पौधे 5-6 इंच के हो जायें तो उन्हें खेतों में स्थानान्तरित कर दिया जाए। पौधे से पौधे तथा लाईन से लाईन का अन्तर अढ़ाई से तीन फुट होने चाहिएँ। हल्की बारिश में पौधा रोपना अच्छा होता है। अगर बारिश न हो रही हो तो पौधे लगाने के बाद पानी दे देना चाहिए, जिससे उन्हें पर्याप्त नमी मिल जाए।

प्रजाति—इसकी प्रमुख किस्में निम्न प्रकार हैं—(1) औरेंज—पौधे की ऊंचाई ढ़ाई फुट तक होती है तथा यह नारंगी फूल देती है। (2) ड्राविध औरेंज (3) जायंट औरेंज (4) लेमन आदि।

4. सूर्यमुखी—वैसे तो यह तिलहन की फसल है लेकिन इसका फूल बहुत ही सुंदर होता है। इसे सूर्यकमल भी कहते हैं। चीन, भारत, रूस आदि देशों गें इसकी खेती की जाती है। वर्षा ऋतु में इसके बीच क्यारी में बो दिये जाते हैं। जब पौधे 4-6 इंच के हो जाएँ तो वहाँ से उखाड़ कर खेतों में लगाना चाहिए। दो पौधों में कम से कम 2 फुट का अन्तर रखना चाहिए। निराई, गुड़ाई की तरफ पूरा ध्यान रखना चाहिए। इसकी सिंचाई आवश्यकतानुसार ही करनी चाहिए।

5. कोचिया— इन दोनों प्रकार के फूलों को बरसात में लगाया जाता है। पहले इनकी क्यारी में पौध तैयार कर ली जाती है। कोचिया के पौधे 120 सेमी. तक ऊंचे होते हैं तथा पौधे से पौधे की दूरी 40 सेमी. रखनी चाहिए।

6. बालसम—बालसम को भी क्यारी में पौध उगाकर तैयार किया जाता है। बालसम सफेद, पीले व लाल रंग के होते हैं। पौधे की ऊंचाई 40 सेमी. तक होती है। पौधे से पौधे का अन्तर 20 से 25 सेमी. रखना चाहिए।

3

ग्रामीण महिलाओं के लिए पशुपालन के क्षेत्र में अवसर

भारत में पशुपालन एक प्रमुख व्यवसाय है। इस व्यवसाय में ग्रामीण महिलाओं के व्यवसाय की अत्यधिक संभावना रहती है। पशुपालन के व्यवसाय से विभिन्न प्रकार के काम होते हैं जैसे कृषि कार्य में पशुओं का प्रयोग, ईंधन प्राप्ति के लाभ आदि। ग्रामीण महिलाओं द्वारा पशुपालन संबंधी विभिन्न कार्य किये जाते हैं जिसमें से कुछ प्रमुख कार्यों पर संक्षिप्त प्रकाश नीचे डाला गया है–

(1) मत्स्य पालन–ग्रामीणों के जीविकोपार्जन का यह प्रमुख साधन है। जिन क्षेत्रों में नदी या तालाब पास होता है वहाँ यह कार्य किया जाता है। स्त्रियाँ कभी-कभी मछली पकड़ने में पुरुषों की मदद करती हैं किन्तु मछलियों को नमक लगाकर सुखाने का कार्य ज्यादातर स्त्रियों के जिम्मे ही होता है। जहाँ मछली उद्योग के तहत उनकी डिब्बाबन्दी कार्य होता है वहाँ स्त्रियाँ ही मछली काटने, साफ करने, उसमें मसाले मिलाकर डिब्बाबन्दी के लिए तैयार करती हैं। हमारे देश की डिब्बाबन्द मछलियाँ विदेशों में भी निर्यात की जाती हैं। इस प्रकार मछली उद्योग को चलाने में स्त्रियों की महत्त्वपूर्ण भूमिका होती है। विश्व में सर्वाधिक मछलियों का उत्पादन भोजन के रूप में प्रयोग जापान में होता है।

(2) मधुमक्खी पालन–ग्रामों में शहद की प्राप्ति हेतु मधुमक्खी पालन किया जाता है। स्त्रियाँ भी इस कार्य में अपना सहयोग देती हैं। खादी ग्रामोद्योग भी यह कार्य करता है। कई स्थानों पर सरकार द्वारा मधुमक्खी पालन के लिए पचास प्रतिशत

राशि अनुदान के रूप में एवं पचास प्रतिशत राशि ऋण के रूप में प्रदान की जाती है। इस उद्योग से शहर के व्यापार को बढ़ावा मिलता है एवं मधुमक्खियों द्वारा परागण की क्रिया से उपज में सत्तर प्रतिशत तक वृद्धि होती है। कई प्रदेशों में परागण में वृद्धि करने हेतु मधुमक्खियाँ खरीदनी पड़ती हैं किन्तु मधुमक्खी पालन से दोहरा फायदा होता हैं, मधु भी प्राप्त होता है तथा स्वतः परागण हो जाता है। यह कार्य आसान होता है, इसमें अधिक श्रम की आवश्यकता नहीं पड़ती।

(3) दुधारू पशु-पालन—पशुपालन द्वारा दुग्ध के साथ-साथ चमड़ा व गोबर की भी प्राप्ति होती है। दूध की प्राप्ति हेतु गाय, भैंस, बकरी, भेड़ इत्यादि पशुओं को घरेलू पशु के रूप में पाला जाता है। इन घरेलू पशुओं को चारा देना, सानी तथा पानी देना, दूध दुहना, उनके बच्चों की देखभाल करने का काम ज्यादातर स्त्रियाँ ही करती हैं। इन पशुओं को बाँधने के स्थान की सफाई करना एवं गोबर से गोइठा (कण्डे) बनाने का कार्य स्त्रियाँ करती हैं।

भेड़ एवं विशेष किस्म की (अंगोरा) बकरियाँ दूध के साथ-साथ ऊन की प्राप्ति हेतु पहाड़ी प्रदेशों में पाली जाती हैं। इन्हें चराने एवं इनकी देखभाल का कार्य स्त्रियाँ एवं किशोरी लड़कियाँ भी करती हैं। ग्रागीण क्षेत्रों में यह भी एक प्रमुख व्यवसाय है। आज भी यह कार्य किया जा रहा है।

(4) मुर्गी-पालन—ग्रामों में मुर्गियाँ दो उद्देश्यों से पाली जाती हैं—एक, माँस की प्राप्ति हेतु तथा दूसरे, अंडों की प्राप्ति के लिए। मुर्गियों के निमित्त रहने के स्थान का निर्माण एवं चारे का प्रबन्ध तो पुरुष करते हैं किन्तु दाना-पानी देने का कार्य स्त्रियाँ करती हैं। स्त्रियाँ ही मुर्गी के अण्डों को एकत्र करके गिनती, सहेजती एवं बेचने का कार्य भी करती हैं।

(5) रेशम के जीव-जन्तु का पालन-पोषण—रेशम के कीड़ों को शहतूत के वृक्ष पर पाला जाता है। इस कीड़े की तितलियाँ शहतूत के पेड़ों पर अण्डे देती हैं। इन अण्डों से इल्लियाँ निकलकर भरपेट पत्तियाँ खाती है एवं अपनी लार को शरीर पर लपेटती हैं। यही लार सूखकर रेशम का तार बन जाता है एवं रेशमी तारों में लिपटी इल्ली 'ककून' कहलाती है। इल्ली से तितली बनने से पहले ककून एकत्रित कर लिए जाते हैं। इन्हें उबालकर, साफ कर रेशम प्राप्त किया जाता है।

महिलाएँ बहुत से कार्य करती हैं जैसे रेशम के कीड़े पालने, कूनाकून इकट्ठे और रेशम के काम भी सही ढंग से करती हैं।

इस प्रकार यह स्पष्ट होता है कि ग्रामीण स्त्रियाँ विभिन्न जीव-जन्तुओं के पालन का कार्य करके दूध, माँस, मछली, अण्डे जैसे प्रोटीन बहुल आहार की प्राप्ति

में सहायक होकर पोषण स्तर उन्नत करती हैं। भेड़-पालन तथा रेशमी कीड़ों के पालन द्वारा ऊन तथा रेशम उद्योग का भी विकास करती हैं। ग्रामीण क्षेत्रों में महिलाएं इसे भी व्यवसाय के रूप में अपनाती हैं।

भारत में प्रमुख पशुपालन प्रदेश

भारत में शुष्क व अर्द्ध शुष्क जलवायु प्रदेशों में पशुओं की संख्या अधिक पायी जाती है। भारत की प्रमुख पशु मेखला भारतीय मरुस्थल के चारों ओर उत्तर-पश्चिमी भारत में (जहाँ वर्षा की मात्रा में अपेक्षतया कमी होती है) फैली हुई है। भारत में पशुपालन के क्षेत्र अन्य शीतोष्ण देशों के समान ही हैं। भारत का प्रधान पशु-पालन क्षेत्र पंजाब, हरियाणा, राजस्थान, मध्य प्रदेश, गुजरात और उत्तर प्रदेश हैं। इन क्षेत्रों में वर्षा की कमी के कारण कृषि कार्य के प्रति लोग कम ध्यान देते हैं और पशुपालन पर अधिक। भारत के आर्द्र प्रदेशों के पशु दुबले-पतले, रोगी और कम दूध देने वाले होते हैं। यही कारण है कि अधिक आर्द्र भागों में अर्द्ध शुष्क प्रदेशों की अपेक्षा उतना ही दूध प्राप्त करने के लिए अपेक्षाकृत अधिक पशु पालने पड़ते हैं। जलवायु के आधार पर भारत के प्रमुख प्रदेशों को निम्न प्रकार विभाजित किया जा सकता है–

1. मध्यम वर्षा वाले क्षेत्र–भारत के मध्यम वर्षा वाले क्षेत्रों में मध्य प्रदेश, आन्ध्र प्रदेश के पश्चिमी भाग, कर्नाटक, पूर्वी महाराष्ट्र, पश्चिमी तमिलनाडु और दक्षिण उत्तर प्रदेश सम्मिलित हैं। यहाँ वर्षा 125 सेंटीमीटर से कम होती है। इन क्षेत्रों में प्रमुख रूप से ज्वार, बाजरा, रागी आदि फसलों की खेती की जाती है। भारत के अन्य क्षेत्रों की अपेक्षा इस क्षेत्र में भेड़ पालन अत्यधिक किया जाता है, किन्तु इनका ऊन अच्छी किस्म का नहीं होता। अब यहाँ संकर नस्ल की डेयरी गायें एवं नगरों के निकट दूध के लिये भैंसें भी अधिक संख्या में पाली जाती हैं।

2. पूर्वी और पश्चिमी क्षेत्र–भारत के पूर्वी एवं पश्चिमी क्षेत्रों में बिहार, पश्चिमी बंगाल, उड़ीसा, असम, पूर्वी, उत्तर प्रदेश, पूर्वी तमिलनाडु, केरल, पश्चिमी समुद्रतटीय पट्टी तथा आन्ध्र प्रदेश सम्मिलित किए जाते हैं। इन भागों में वर्षा 125 सेण्टीमीटर से अधिक होती है, अतः चारे की फसल बहुत ही कम भूमि पर उगाई जाती है। इस क्षेत्र की सबसे प्रमुख फसल चावल है। इसी के डण्ठल पशुओं को खिलाये जाते हैं। इसमें पोषक तत्व अधिक नहीं होते अतः इन भागों की गायें भी छोटी, दुबली पतली और कम दूध देने वाली होती हैं। भैंस व गाय दोनों ही अधिक पाले जाते हैं जिनसे दूध देने और खेती में काम करने को प्रयुक्त किया जाता है।

3. उत्तरी शुष्क जलवायु क्षेत्र–भारत के उत्तरी शुष्क जलवायु क्षेत्रों में

जैसे—पंजाब, हरियाणा, दिल्ली, राजस्थान, पश्चिमी उत्तर प्रदेश, पश्चिमी मध्य प्रदेश सम्मिलित हैं। यहाँ मुख्यतः गाय, ऊँट, घोड़े, खच्चर व गदहे अधिक मिलते हैं। शुष्क भाग होने के कारण यहाँ गेहूं का उत्पादन सिंचाई के सहारे किया जाता है। इस भाग में दूध देने वाले पशु भैंस व गाय की उन्नत नस्लें भी पायी जाती हैं जिनके लिए अब कई प्रकार की हरी चरी भी पैदा की जाती है।

सम्पूर्ण विश्व के अन्य राष्ट्रों की अपेक्षा भारत में सबसे अधिक (प्रतिशत में) पशुपालन किया जाता है। गायों का 5% और भैंसों का 57% भाग भारत में मिलता है, किन्तु संख्या का लगभग आधा भाग निम्न कोटि का एवं दुर्बल होता है। यहाँ अन्य देशों की तुलना में प्रति 100 हेक्टेयर भूमि पर पशुओं का घनत्व लगभग 130 है, जबकि डेनमार्क में यह 110, न्यूजीलैण्ड में 46, ऑस्ट्रेलिया में 4 और अमेरिका में 22 है। पशुओं की तुलना में भारत में चरागाह क्षेत्र भी बहुत ही कम हैं, अर्थात् कुल क्षेत्र के 4 प्रतिशत पर स्थायी चरागाह पाये जाते हैं।

उत्तर प्रदेश में देश के अन्य राज्यों की अपेक्षा सबसे ज्यादा (15%) गाय, बैल पाये जाते हैं। इसके बाद अन्य प्रदेशों में जैसे—मध्य प्रदेश में यह प्रतिशत 14, बिहार में 9.2, महाराष्ट्र में 8.8, राजस्थान में 7.2, आन्ध्र प्रदेश में 7.3, पश्चिम बंगाल में 6.5, तमिलनाडु में 6.2 है। शेष कर्नाटक गुजरात, असम, पंजाब और हिमाचल प्रदेश में पाये जाते हैं। स्पष्ट है कि गाय और बैल प्रमुख रूप से अल्प वर्षा वाले क्षेत्रों में अधिक मिलते हैं, जहाँ अनुकूल जलवायु के कारण पौष्टिक चारा उत्पन्न होता है। अतः मध्य प्रदेश के मालवा पठार, सौराष्ट्र एवं गुजरात, पंजाब और हरियाणा के हिसार, रोहतक, करनाल और गुड़गांव जिलों में गायें विशेष रूप से पायी जाती हैं। महाराष्ट्र, केरल, कर्नाटक और आन्ध्र प्रदेश में भी गाय-बैल पाले जाते हैं। राजस्थान के पश्चिमी जिले बाड़मेर, जैसलमेर, जोधपुर, नागौर आदि प्रमुख रूप से गाय-बैलों के लिए प्रसिद्ध हैं।

भारत के प्रमुख भैंसपालक राज्यों में उत्तर प्रदेश, हरियाणा, पंजाब, राजस्थान, महाराष्ट्र, गुजरात, पूर्वी और पश्चिमी बिहार, झारखण्ड, आन्ध्र प्रदेश तथा मध्य प्रदेश आदि हैं, अन्य पशुओं में जैसे—भेड़ें, बकरियाँ, घोड़े, टट्टू और खच्चर सम्मिलित किए गए हैं। कुल भेड़ों का 60 प्रतिशत राजस्थान, आन्ध्र प्रदेश एवं तमिलनाडु में पाया जाता है। शेष महाराष्ट्र, कर्नाटक, उत्तर प्रदेश और हरियाणा में मिलते हैं। कुल बकरियों का 50 प्रतिशत राजस्थान, महाराष्ट्र, बिहार और तमिलनाडु में मिलता है। 65 प्रतिशत घोड़े और खच्चर उत्तर प्रदेश, मध्य प्रदेश और महाराष्ट्र में तथा अन्य राज्यों में पाये जाते हैं।

4. हिमालय प्रदेशीय क्षेत्र—इस क्षेत्र में भूटान, नेपाल, उत्तराखण्ड के कुमायूं तथा गढ़वाल जिले, हिमाचल प्रदेश का शिमला जिला, कांगड़ा एवं कुल्लू की घाटी और जम्मू तथा कश्मीर सम्मिलित किये जाते हैं। इस प्रदेश में भेड़-बकरियाँ ही मुख्य पालतू पशु हैं और इनसे अच्छी किस्म की ऊन प्राप्त की जाती है। अतः ऊन एकत्रित करना एवं भेड़-बकरी पालना ही यहाँ का मुख्य उद्योग है। इन भागों का ऊन श्वेत और उत्तम किस्म की होती है। शहद की मक्खियाँ पालने का कार्य भी किया जाता है। निचली घाटियों में रेशम के कीड़े पालना एवं दुधारू पशुपालन भी सहायक उद्यम के रूप में विकसित होते जा रहे हैं।

भारत में प्रमुख पालतू पशु

निम्नलिखित पालतू पशु हमारे देश में पाले जाते हैं—

गाय

हमारे देश में सर्वाधिक दूध देने वाली गाय की कुल 14 प्रजातियाँ और उत्तम बैल पैदा करने वाली 12 तथा भैंसों की कुल सात प्रकार की नस्लें पायी जाती हैं।

गाय का वर्गीकरण

भारतीय गायों की प्रमुख नस्लों को तीन श्रेणियों में विभाजित किया गया है जैसे—

(i) दूध देने वाली प्रजातियाँ—इस श्रेणी की गायों से दूध अधिक उपलब्ध होता है तथा बैलों से साधारणतया बोझा ढोने का काम लिया जाता है। इस नस्ल वाले पशु हृष्ट-पुष्ट होते हैं। इस प्रकार की नस्ल वाली मुख्य गायें गिर, साहीवाल, थारपारकर, सिंधी और देवनी हैं। पंजाब की हांसी, हरियाणा, गिर (1,670 लीटर), सिंधी (1,135 से 1,725 लीटर), साहीवाल (2,635 से 3,175 लीटर) नस्लों से 1,500 से 2,250 लीटर तक दूध प्राप्त होता है। दिल्ली की मुर्रा (360 से 2,720 लीटर), सौराष्ट्र की जाफराबादी, गुजरात की महसाना (1,360 से 1,825 लीटर) और हरियाणा की रोहतक भैंसें अधिक दूध देती हैं। पंजाब, हरियाणा एवं उत्तर-पूर्वी राजस्थान के पर्याप्त पानी वाले क्षेत्रों की व उन्नत नस्ल की कई मुर्रा भैंसें अब प्रतिदिन 20 से 28 किग्रा दूध 7 से 8 माह तक दे देती हैं।

आधुनिक तकनीक—आनन्द (गुजरात) में अब कृत्रिम गर्भाधान विधि एवं लम्बे शोध द्वारा अब ऐसी विधि विकसित की जा चुकी है जिसके आधार पर गाय

या भैंस 30 माह की अवस्था प्राप्त करने के पश्चात् ही दूध देना प्रारम्भ कर देंगी। गाय प्रति वर्ष 4,500 लीटर दूध देगी एवं प्रति 14/15 महीने पश्चात् उससे कृत्रिम गर्भाधान द्वारा एक बछिया जन्म देगी। इस विधि को Embryo Transfer कहते हैं। इस विधि द्वारा भैंसें 2,500 लीटर प्रति वर्ष दूध देंगी। भारत सरकार के डेयरी विकास बोर्ड की नवीन योजना के अनुसार देश में ऐसे कुल 325 केन्द्र (प्रत्येक राज्य में कम-से कम एक) खोले जायेंगे।

(ii) सामान्य उपयोग वाली प्रजातियाँ—इस श्रेणी की गायें अच्छा दूध देने वाली और बैल बोझा ढोने योग्य होते हैं। हरियाणा, ओंगोल, धोआलो, कृष्णा घाटी, थारपारकर और कंकरेज प्रजाति की गायें बहुत प्रसिद्ध हैं।

(iii) बोझा ढोने वाली प्रजातियाँ—भारत में कुछ गाय की प्रजातियाँ दूध देने में अत्यधिक दुर्बल होती हैं, परन्तु उनसे उत्पन्न बछड़े बोझा ढोने में बहुत ही शक्तिशाली एवं प्रभावशाली होते हैं। इनमें मुख्य नागौरी, सांचौरी, कनकथा, मालवी, खैरागढ़ी, हल्लीकर, कंयाम, अमृतमहल, खिलारी, पंवार और सीरी गायों की जातियाँ हैं।

भारतीय गायों की कुछ प्रमुख प्रजातियों पर प्रकाश डाला गया है जो निम्नवत् हैं—

1. देवनी—देवनी प्रजाति की गायें हैदराबाद के समीपवर्ती क्षेत्रों में पायी जाती हैं। इसकी पीठ सीधी, पुट्ठे और पैर मजबूत, कान छोटे और लटके हुए तथा सींग मुड़े हुए और शरीर धब्बेदार होता है। इसकी उन्नत नस्ल 1,200 से 1,800 लीटर तक दूध दे देती है। इस नस्ल के बैल कृषि कार्य के लिए उपयुक्त होते हैं।

2. खेरागढ़ी—इस प्रजाति की गायें प्रमुख रूप से उत्तर प्रदेश के खेरागढ़ में मिलती हैं। इस नस्ल की गाय से दूध की मात्रा कम ही मिलती है, औसतन प्रति दुग्ध काल में 750 से 900 लीटर तक दूध मिलता है।

3. मेवाती—मेवाती प्रजाति की गायें उत्तर प्रदेश के पश्चिमी क्षेत्र एवं पूर्वी राजस्थान में मिलती हैं। इसका वितरण राजस्थान के अलवर, भरतापुर और उत्तर प्रदेश के मथुरा जिले में विशेष रूप से पाया जाता है। इसकी दुग्ध उत्पादन क्षमता 1,000 से 1,200 लीटर है एवं बैल भारी काम के लिए उपयुक्त हैं। इसका रंग सफेद, सिर, गला और कन्धा कुछ भूरे, सींग मुड़े हुए और टांगें लम्बी होती हैं।

4. निमाड़ी—निमाड़ी प्रजाति की गायें प्रमुख रूप से मध्य प्रदेश के निमाड़ जिले में मिलती हैं। इससे प्रति दुग्ध काल में 600 से 900 लीटर तक दूध मिलता है।

5. गिर--गिर प्रजाति की गाय अत्यधिक दूध देती है। इसका शरीर हृष्ट-पुष्ट, बलिष्ठ, ललाट चौड़ा और उठा हुआ, कान लम्बे, तथा ऐंठे हुए सींग, टेढ़े और पीछे को मुड़े हुएं, चेहरा धंसा हुआ और आंखें छोटी होती हैं। गिर बैलों की पूंछ लम्बी, शरीर भारी और पुष्ट, रंग लाल अथवा सफेद धब्बों वाला होता है। इसका मूल स्थान गुजरात में गिर वन प्रदेश है। यह गुजरात, महाराष्ट्र और राजस्थान में मिलती है। इससे प्रति दुग्ध काल (वर्ष में 325 दिन) में 2,000 लीटर तक दूध मिलता है।

6. कंग्याम—ऐसी प्रजाति की गायें तमिलनाडु के कोयम्बटूर जिले में अधिक पायी जाती हैं। इस नस्ल के बैल बोझा ढोने के लिए अधिक उपयुक्त हैं।

7. थारपारकर—थारपारकर प्रजाति की गायें पाकिस्तान के सिन्ध क्षेत्र में पायी जाती हैं।

8. साहीवाल—साहीवाल प्रजाति की गायों का मुख्य क्षेत्र पाकिस्तान में माण्टगोमरी जिला है। भारत में यह पंजाब के करनाल जिले, उत्तर प्रदेश, मध्य प्रदेश, बिहार तथा दिल्ली राज्य में मिलती है। गायें सामान्यतः भारी भरकम, लाल बादामी रंग की, छोटे सींगों वाली तथा दुधारू होती हैं। प्रति दुग्ध काल में 1,350 लीटर तक दूध मिलता है, किन्तु उत्तम अवस्थाओं में यह 2,700 से 3,200 लीटर तक दूध मिलता है। इस नस्ल के बैल बोझा ढोने में दुर्बल होते हैं।

9. सिंधी—सिंधी प्रजाति की गायों का मूल निवास पाकिस्तान माना जाता है, किन्तु भारत में यह नस्ल सौराष्ट्र, कर्नाटक, तमिलनाडु, केरल, उड़ीसा और पंजाब में मिलती है। बैल छोटे और कम बोझा ढोने वाले होते हैं, किन्तु गायों के प्रति दुग्ध काल में 1800 से 2,000 लीटर दूध मिल जाता है। उत्तम व्यवस्था होने पर यह मात्र 5,400 लीटर तक होता है।

10. कंकरेज—इस प्रजाति की गाय प्रमुख रूप से भारत के पश्चिमी क्षेत्रों में पायी जाती है। इसका मूल स्थान कच्छ की खाड़ी का तटीय प्रदेश है जो दीसा से धोलका तक विस्तृत है तथा बनास और सरस्वती नदियों के निकटवर्ती क्षेत्रों में विशेष रूप से मिलती है। इस नस्ल का शरीर भारी, सींग मोटे और बड़े होते हैं। इससे औसतन प्रति दुग्ध काल में 1,800 लीटर तक दूध मिलता है। कंकरेज नस्ल के बैल बोझा ढोने और खेती के लिए उपयुक्त होते हैं।

भैंस

भारत में गायों के अलावा भैंस पालन भी बड़े पैमाने पर किया जाता है गाय के दूध की अपेक्षा भैंस का दूध काफी मीठा, पौष्टिक तथा चिकना होता है। उत्तर

प्रदेश, महाराष्ट्र और आन्ध्र प्रदेश में सर्वाधिक भैंस पालन किया जाता है। इसके अलावा बिहार, तमिलनाडु, राजस्थान और मध्य प्रदेश में भी भैंसे पाली जाती हैं।

भैंस की प्रजातियां

भारत में विभिन्न प्रजाति की भैंसे पायी जाती हैं जिनमें से कुछ प्रमुख प्रजाति की भैंसों का उल्लेख निम्नवत है–

(i) भदावरी–भदावरी प्रजाति की भैंसें प्रमुख रूप से उत्तर प्रदेश में आगरा जनपद के समीपवर्ती क्षेत्रों में पायी जाती हैं। उत्तर प्रदेश के इटावा और मध्य प्रदेश के ग्वालियर जिले में यह विशेष रूप से मिलती है। इस नस्ल से 1,500 से 2,500 किलोग्राम तक दूध मिलता है।

(ii) जाफराबादी–इस प्रजाति के भैंसें सौराष्ट्र के गिरि वन प्रदेश में पायी जाती हैं। इसका रंग काला, सींग बड़े और झुके हुए और सिर बड़े होते हैं। इस नस्ल से दूध प्रतिवर्ष 1,800 से 5,000 लीटर तक मिलता है।

(iii) मुर्रा–मुर्रा प्रजाति की भैंसे प्रमुख रूप से उत्तर प्रदेश में पायी जाती है। दक्षिणी पंजाब, हरियाणा, उत्तरी व दक्षिण-पूर्वी राजस्थान और दिल्ली में भी यह नस्ल अधिकता से मिलती है। इसका रंग काला, शरीर भारी और सुगठित एवं सिर छोटा होता है। प्रति दुग्ध काल में इससे औसतन 1,800 से 6,000 लीटर तक दुग्ध मिलता है।

डेयरी विकास कार्यक्रम

दुग्ध उत्पादन में भारत को विश्व में प्रथम स्थान प्राप्त है। यहाँ सहकारी आधार पर डेयरी विकास शुरू होने एवं गुजरात की भांति सारे देश में पशुपालकों की भागीदारी के आधार पर तेजी से डेयरी का विकास होने से इसके कई अनुकूल कारण निरन्तर विकास के बनते गये। इसी कारण देश में पिछले 20-25 वर्षों में दुग्ध उत्पादन में बहुत तेजी से बढ़ोत्तरी होती रही है। अब भारतीय गायें Tea cup cows' नहीं हैं। अब तो भारत की बकरियाँ भी इससे अधिक दुग्ध देती हैं। यही नहीं देश में डेयरी व्यवसाय से प्राप्त पशु उत्पादों एवं पशु सम्पदा से आज सर्वाधिक आमदनी मिलने लगी है। 1994-95 में कुल कृषि व्यवसाय से जितनी आय हुई उसका एक-चौथाई (25 प्रतिशत) आय पशु सम्पदा एवं उत्पादों से प्राप्त हुआ। कुल पशु उत्पादों से 1992-93 में 58,800 करोड़ रुपये की आय हुई। वर्ष 2000-01 में पशुधन क्षेत्र के सकल उत्पादन का मूल्य 1,67,205 करोड़ रुपये था।

डेयरी विकास कार्यक्रम की राष्ट्रीय स्तर पर सफलता से ही **तीसरी स्टेज** में

(National Dairy Development Programme III stage) इसे चलाया जा रहा है। भारत में 1950-51 में 170 लाख टन एवं 2001-02 में 849 लाख टन दुग्ध का उत्पादन हुआ। आज सम्पूर्ण भारत में डेयरी विकास कार्यक्रम ने अपनी बुनियाद मजबूत कर ली है। यह ग्रामीण स्तर तक सुविकसित है एवं सभी राज्यों में सहकारिता के आधार पर विकसित है। कृषक व पशुपालकों को डेयरी सहकारी समिति से अपने दुग्ध का चिकनाई के अनुसार निश्चित समय पर भुगतान हो जाता है। इसमें गांवों से दूध वाहनों में एकत्रित कर उसे नगरों के शीत केन्द्रों व डेयरी प्लाण्ट तक पहुंचाकर दुग्ध, पनीर, मक्खन, घी, पाउडर, खोआ, ताजा व गाढ़ा दुग्ध आदि की नियमित मांग की पूर्ति निश्चित स्थलों से निरन्तर की जाती है। वर्तमान समय में भारत की हजारों की संख्या में सहकारी समितियों के द्वारा 90 लाख पशुपालक अपना दुग्ध डेयरी बोर्ड की शाखाओं को रोजाना विक्रय करते हैं।

भारत में दुग्ध का उत्पादन एवं प्रति व्यक्ति उपलब्धता

	(मिलि. टन)	(ग्राम/दिन)
1950-51	17.0	124
1960-61	20.2	124
1970-71	22.0	112
1980-81	31.6	128
1990-91	53.9	176
1996-97	69.1	202
1997-98	70.8	204
2000-01	80.7	223
2001-02	84.9	226

सन् 1980-81 के बाद भारत में दूध उत्पाद में भारी बढ़ोत्तरी हुई। जहाँ 1990-91 में दुग्ध उत्पादन 540 लाख टन था वहीं 2001-02 में बढ़कर 849 लाख टन हो गया। भारत में सम्पूर्ण दूध उत्पाद का 40% पीने में 9% दही, 85% घी व क्रीम 6. 5% मक्खन, खोआ व पनीर एवं बाकी अन्य पदार्थों के रूप में प्रयोग किया जाता है।

देश में सबसे अधिक दूध का उत्पादन उत्तर प्रदेश, पंजाब, हरियाणा, बिहार, आन्ध्र प्रदेश, राजस्थान, गुजरात और मध्य प्रदेश राज्य में होता है। बड़े पैमाने पर काम करने वाली डेयरी उद्योग केन्द्र अभी बहुत ही सीमित है। अलीगढ़ की **कैवेण्डर्स** आगरा की **राधास्वामी संस्था**, मुम्बई की **आरे**, आनन्द की **अमूल,** दिल्ली की मदर **डेयरी** और मैसूर की **रायकेरा** प्रमुख डेयरी उद्योग केन्द्र है। इसके बावजूद सन् 1970 के बाद राष्ट्रीय डेयरी विकास बोर्ड के प्रयास से सहकारिता क्षेत्र में प्रत्येक 50,000 से एक लाख या अधिक जनसंख्या वाले सभी नगरों में उत्तर-पश्चिमी भारत में विशाल शीतायन एवं डेयरी केन्द्र स्थापित किये जा चुके हैं। यहाँ से प्रतिदिन लाखों लीटर दूध को वैज्ञानिक विधि से संगृहीत व ठण्डा कर नगरों एवं अन्य महानगरों को भेजा जाता है।

भारत में डेयरी विकास संघ के डेयरी उद्योग के प्रमुख केन्द्र

राज्य	केन्द्र
1. (छत्तीसगढ़ सहित)	बिलासपुर, भोपाल, ग्वालियर, इन्दौर, जबलपुर, मन्दसौर, छिन्दवाड़ा, सतना।
2. उड़ीसा	कटक, बरहामपुर
3. पश्चिम बंगाल	कोलकाता (हरिघंटा, बेलगाछिया), दुर्गापुर सिलीगुड़ी, बर्दमान, कृष्णानगर।
4. राजस्थान	जयपुर, जोधपुर, उदयपुर, अलवर, बीकानेर, भरतपुर, पाली, जालौर, भीलवाड़ा, अजमेर, कोटा, सवाई माधोपुर, श्रीगंगानगर , ब्यावर, बांसवाड़ा, बूंदी, जालौर, सीकर, चुरु, नागौर, बाड़मेर, आबूरोड, झुंझनू।
5. महाराष्ट्र	मुम्बई (आरे, बरली, कुरला), धारवाड़ औरंगाबाद, नागपुर, अकोला, अमरावती, धूले, नासिक, कोल्हापुर, पुणे, मीराज, शोलापुर।
6. कर्नाटक	बंगलौर, बेलगांव, गुलबर्गा, हुबली, धारवाड़ मैसूर देवनगर, मंगलौर, भद्रावती, कुडीगी।
7. बिहार (झारखण्ड सहित)	बरौनी, रांची, भागलपुर, गया, पटना, दरभंगा, धनबाद, बोकारो, जमशेदपुर, हजारीबाग।
8. हिमाचल प्रदेश	कांगड़ा, शिमला, मण्डी, नाहन।

9. असम	गुवाहाटी, शिलांग, जोरहाट, डिब्रूगढ़, तेजपुर, बरौनी।
10. पंजाब/ हरियाणा	अमृतसर, गुरूदासपुर, जालन्धर, संगरूर, जींद, हिसार, गोहना, लुधियाना, दयूसा, भिवानी, अम्बाला, फरीदाबाद।
11. चण्डीगढ़	यह एक केन्द्रशासित प्रदेश व हरियाणा एवं पंजाब की राजधानी है जिस कारण यहाँ स्थापित डेयरी उद्योग का काफी विकास हुआ है।
12. उत्तर प्रदेश (उत्तराखण्ड सहित)	आगरा, अलीगढ़, इलाहाबाद, अल्मोड़ा, हल्द्वानी, कानपुर, मथुरा, फैजाबाद, आजमगढ़, उन्नाव, वाराणसी, लखनऊ, बरेली, देहरादून, मुरादाबाद, गोरखपुर, सीतापुर, बिजनौर, शाहजहाँपुर।
13. तमिलनाडु	श्रीरंगम, उटकमंड, कन्याकुमारी, कोयम्बटूर, कोडाइकैना, तिरुचिरापल्ली, चिदम्बरम्, थंजावूर, मदुरै, ईरोड, चेन्नई (माधवराम, अम्बट्टूर)।
14. गुजरात	वड़ोदरा, महसाना, आनन्द, राजकोट, अहमदाबाद, भावनगर, जामनगर, भरूंच, जूनागढ़ सूरत, सुरेन्द्र नगर, पंचमहल, बनासकांठा, साबरकांठा।
15. आन्ध्र प्रदेश	हैदराबाद, विजयवाड़ा, विशाखापट्टनम, वारंगल, राजमुन्द्री, गंतूर, नैलोर, खम्माम, कुर्नूल, चित्तूर, करीमनगर, अनन्तपुर, निजामाबाद।
16. केरल	तिरुवनन्तपुरम, कालीकट, कोट्टायम, कन्नानूर, आलप्पी, एर्नाकुलम, पालाघाट, क्विलोन, त्रिचूर।
17. मध्य प्रदेश	खंडवा, कटनी, रायपुर, रतलाम, सागर, रीवा, उज्जैन,

---

वर्तमान में राष्ट्रीय डेयरी विकास बोर्ड दूध को सुरक्षित रखना, उससे विभिन्न पदार्थ बनाना एवं शुद्ध दुग्ध वितरण की सबसे बड़ी राष्ट्रीय इकाई है। इसमें करीबन 84,407 दुग्ध सहकारी समितियाँ, 979 लाख सदस्य एवं 170 दुग्ध शेड़ हैं। बर्तमान में इसके द्वारा प्रतिदिन 535 कस्बों को 85 लाख लीटर दूध दिया जाता है। इन दुग्ध केन्द्रों की 172 लाख लीटर दूध एवं 727 टन दुग्ध पाउडर प्रतिदिन परिष्करण की क्षमता है।

दुग्ध का चूर्ण तैयार करने वाली फैक्टरियाँ विजयवाड़ा, आनन्द, अमृतसर, दिल्ली, महसाना, राजकोट, जींद, मोराज रोहतक, वरणानगर और मुरादाबाद में हैं। इसके अलावा अधिकतर डेयरी बोर्ड की बड़ी इकाइयों में भी यह सुविधा उपलब्ध है।

इस समय राज्य के विभिन्न डेयरी केन्द्र अनेक प्रकार की खाने वाली वस्तुएं तैयार करने लगे हैं। जैसे–क्रीम, घी, मक्खन, पनीर, रसगुल्ले आदि। इन्हें दुग्ध बिक्री केन्द्रों व स्टालों द्वारा सम्पूर्ण देश में बेचा जाता है।

घी बनाने वाले प्रमुख राज्यों में जैसे–उत्तर प्रदेश, राजस्थान, आन्ध्र प्रदेश, गुजरात, पंजाब और बिहार हैं। अनुमानतः समस्त घी की उत्पत्ति का 30 प्रतिशत उत्तरी और पश्चिमी भारत में तथा 50 प्रतिशत दक्षिणी व मध्य भारत में होता है। कुल उत्पादन का 30 प्रतिशत गांवों में ही खप जाता है, केवल 70 प्रतिशत घी नगरों के लिए प्राप्त होता है। घी का निर्यात म्यांमार, मलेशिया, पूर्वी अफ्रीका, हांगकांग, मॉरीशस, आदि देशों को किया जाता है।

क्रीम बनाने वाली कम्पनियाँ अलीगढ़, बरौनी और जूनागढ़ में हैं। इनके अतिरिक्त आनन्द, कोलकाता, दिल्ली, अमृतसर, महसाना और राजकोट के संयंत्रों में प्रतिदिन औसतन 40 टन मक्खन और घी तैयार किया जाता है। भारत में घी के प्रमुख केन्द्र बिहार में दरभंगा; उत्तर प्रदेश में खुर्जा, कायमगंज, इटावा, अलीगढ़, बलिया और शिकोहाबाद में हैं। अन्य केन्द्र चेन्नई और गंतूर हैं। डेयरी विकास कार्यक्रम के अन्तर्गत Operation Flood I और Operation Flood II व III का उल्लेख करना आवश्यक है। पहली परियोजना 1970 में 10 राज्यों में प्रारम्भ होकर 1981 में पूर्ण हुई। इसके अन्तर्गत दूध उत्पादन सम्बन्धी कार्यों के विकास के लिए 116.6 करोड़ रुपये खर्च हुआ मुम्बई, दिल्ली, चेन्नई और कोलकाता में Moher Dairies स्थापित की गई तथा 7,730 गांवों में दुग्ध उत्पादनों में वृद्धि सम्बन्धी अनेक तकनीकी सहयोगी कार्य किए गये।

फरवरी, 1979 से Operation Flood II योजना को सात वर्षों के लिए जिस पर लगभग 486 करोड़ रुपये व्यय किए जाने का प्रावधान है जिससे ग्रामीण दुग्ध उत्पादन एक करोड़ ग्रामीण परिवारों को लाभ पहुंच सकेगा। इस दौरान 1.5 करोड़ मिश्रित नस्ल की अधिक दूध देने वाली गायों और भैंसों का विकास किया गया है। विश्व बैंक के सहयोग से राजस्थान, मध्य प्रदेश और कर्नाटक में तीन एकीकृत पशु एवं दुग्ध विकास परियोजना कार्यान्वित है। आज भारत के विभिन्न क्षेत्रों में Operation Flood III Stage परियोजना 1996 से कार्यरत है। इसमें सारे देश में सहकारी आधार पर त्रिस्तरीय राज्य वार डेयरी विकास बोर्डों का संगठन कर ग्रामीण स्तर तक डेयरी विकास कार्यक्रमों को उन्नतिशील किया जा रहा है। अब महिलाओं की एवं अनुसूचित जाति व अनुसूचित जनजाति एवं पिछड़े वर्ग की महिलाओं की भी इसमें भागीदारी रखी गई है।

पशु-धन सुधार के लिए उपाय

पशुधन सुधार के लिए विभिन्न उपाय किये जाने चाहिए जैसे–पशुओं के देखभाल की अच्छी व्यवस्था और चारे के उत्पादन को बढ़ाना। पशुओं को स्वस्थ रखने के लिए अच्छी व्यवस्था करके उनके खान-पान, स्वास्थ्य एवं बीमारियों पर तत्काल नियन्त्रण हेतु समुचित डॉक्टरी सहायता ग्रामीण स्तर तक शीर्घ उपलब्ध की जानी चाहिए। उनके बाड़ों को भी साफ-सुथरा एवं सूखा रखा जाये। पशु सुधार के लिए सबसे महत्त्वपूर्ण उपाय यह है कि चारे के उत्पादन में यथाशक्ति वृद्धि की जाये। बरसीम, हरा चारा एवं पशु आहार तथा अन्य पौष्टिक चारे को वैज्ञानिक विधि से सुरक्षित कर अधिक पौष्टिक चारा प्राप्त किया जाये। चारे के उत्पादन सम्बन्धी समस्या को विभिन्न प्रकार से दूर किया जा सकता है–

(i) भारतीय पशु चिकित्सा अनुसन्धानशाला के प्रयोगों से सिद्ध हुआ है कि आम की गुठली की गिरी, मूंज, कांस, जामुन की गुठली, बबूल की फली, मूंगफली के छिलके, आदि में पोषक तत्व अच्छी मात्रा में होते हैं और उन्हें पशुओं को खिलाया जा सकता है।

(ii) यदि मिली-जुली खेती की जा सके तो पशुओं के चारे का प्रबन्ध किया जा सकता है।

(iii) ऐसे वृक्षों को उगाया जाये जिनकी पत्तियाँ एवं छाल पशुओं को खिलायी जा सकें।

(iv) देश में मछली पालन उद्योग का विकास किया जाये, ताकि पशुओं को मछली से तैयार किया हुआ पोषक खाद्य दिया जा सके।

(v) वर्षा काल में उत्पन्न होने वाली हरी घास व हरी चरी की फसल से **साइलेज** एवं सूखी घास के उचित भण्डारण का काम किया जाये।

(vi) ऐसी फसलें बोयी जायें जिनमें केवल पोषक तत्व वाला चारा ही न मिले अपितु बोयी जाने वाली भूमि की उर्वरा शक्ति भी बढ़े।

(vii) पशुओं को कुट्टी, हरी घास, बरसीम, हड्डी का चूरा, मछली का पोषक आहार, जौ का दलिया, चुरी, बांटा व पशु आहार उचित मात्रा में खिलाया जाये।

प्रजाति में सुधार

वैज्ञानिक प्रविधियों को अपनाकर पशुओं में सुधार किया जा सकता है।

कितने ही सरकारी फार्मों पर विभिन्न नस्ल के सांड तैयार किये जाते हैं और फिर उन्हें नस्ल सुधारने के लिए विभिन्न क्षेत्रों में वितरित कर दिया जाता है। प्रजनन के लिए प्रतिवर्ष लगभग 10 लाख साड़ उपलब्ध होते हैं। परन्तु यह संख्या देश की आवश्यकता का थोड़ा भाग ही पूरा करती है। इसलिए नस्ल सुधार के लिए निम्नांकित उपाय किये जा सकते हैं—

(i) ऐसी नस्लों का विकास करने का प्रयत्न किया जाये जिससे दुधारू गायों के साथ सबल बैल भी प्राप्त हो सकें।

(ii) फार्म से प्राप्त सांडों को एक विशेष क्षेत्र में इकट्ठा किया जाये।

(iii) कृत्रिम ढंग से गर्भाधान करने की पद्धति को सुदूर ग्रामीण क्षेत्रों तक विकसित किया जाये। अब निजी व सरकारी संस्थाएँ इसे तेजी से क्रियान्वित कर रही हैं।

योजना कार्यक्रम

पशु-धन की स्थिति को सुधारने के लिए भारतीय प्रशासन के द्वारा विभिन्न योजनाएं संचालित की गयीं जिनमें कुछ प्रमुख योजनाओं को निम्न शीर्षकों के अन्तर्गत स्पष्ट किया गया है—

ग्राम-केन्द्र योजना—प्रत्येक ग्राम-केन्द्र के अन्तर्गत तीन या चार गांवों की तीन साल से अधिक अवस्था वाली लगभग 500 गायें सम्मिलित की जाती हैं। इस योजना का मुख्य उद्देश्य नस्ल सुधार करना है। इस योजना के द्वारा निर्धारित ग्रामों में नस्ल का कार्य चुने हुए सांडों द्वारा कृत्रिम गर्भाधान केन्द्रों द्वारा किया जाता है। अन्य बैलों को बधिया कर दिया जाता है या हटा दिया जाता है। नस्ल सुधारने के अतिरिक्त ग्राम केन्द्र योजना बछड़ों के पालने, चारे की व्यवस्था तथा पशुओं से मिलने वाले पदार्थों की बिक्री का सहकारी ढंग से व्यवस्था करती है।

पशु रोग का नियंत्रण –प्रथम योजना काल में पशुओं की बीमारियों को रोकने के लिए पशु चिकित्सालयों की संख्या 2,000 थी जो सन् 1956 में 4,000 हो गयी। विकास खण्ड में एक पशु चिकित्सालय खोला जाता था। 1965-66 तक यह संख्या 8,000 हो गयी। सन् 1979-80 में देश में 12,017 पशु चिकित्सालय थे। छठीं योजना में उनकी संख्या 14,088 कर दिये जाने का प्रावधान था। सन् 1983-84 में वस्तुतः 14,849 पशु-चिकित्सालय कार्यरत थे जो लक्ष्य से अधिक थे। वर्तमान में 18,845 पशु चिकित्सालय एवं चल पशु चिकित्सालयों की संख्या 28,195 हो गई है।

उत्तम सांड केन्द्र—उत्तम सांडों की प्राप्ति के लिए अभी 125 सरकारी फार्म हैं जहाँ प्रतिवर्ष लगभग 5,000 बैल (सांड़) उत्पन्न किये जाते हैं।

गौ-सदन—बूढ़े, अशक्त, दुर्बल और बेकार ढोरों को अच्छी नस्ल के पशुओं से अलग रखने की योजना है जिसका उद्देश्य एक ओर भारतीय जनता की इस मांग पर ध्यान देना है कि कसाईघर बन्द किये जायें और दूसरी ओर व्यर्थ पशुओं के द्वारा चारे और कृषि तथा नस्ल की हानि को रोकना।

गौशालाएँ—भारत की लगभग 1,000 गौशालाओं में से लगभग 425 गौशालाएँ चुनी गयीं जहाँ पशुओं की दशा सुधारी गई है। इन गौशालाओं के व्यर्थ और अनुत्पादक मवेशियों को गौ-सदनों में भेज दिया जाता है। सरकार इन गौशालाओं में अच्छी नस्ल के पशु भी रखती है।

पशुओं की स्थिति में सुधार लाने के लिए विगत वर्षों में निम्न योजनाएं संचालित की गयीं—

1 **विस्तृत पशु विकास परियोजनाओं** के अन्तर्गत 1964-65 से ही मुख्य दुग्ध उत्पादन क्षेत्र में दुग्ध का उत्पादन बढ़ाने के लिए 127 परियोजनाएँ कार्य कर रही हैं।

2 **केन्द्रीय पशु प्रजनन फार्म** के तहत पशुओं की नस्ल में सुधार करने के लिए किया गया है जो सूरतगढ़ (राजस्थान), चिपलिमा और कोरापुट (उड़ीसा), धमरोद (गुजरात) तथा अलामघी (तमिलनाडु) में स्थापित हैं।

3 **अच्छे वर्णसंकर नस्लों का आयात** योजना के अन्तर्गत ऑस्ट्रेलिया और न्यूजीलैण्ड से जर्सी (Jersey) और **हॉल्स्टीन फ्रीजियन** नस्लों का आयात कर उन्हें विभिन्न राज्यों में बांटा जाता है।

4 विदेशों के सहयोग से प्राप्त आर्थिक सहायता से हिसार, वरपेट (असम), हिसारघट्टा (कर्नाटक), ऊपरी शिलांग, मटूपट्टी (केरल) और पटियाला में पशुओं के विकास सम्बन्धी याजनाएँ चल रही हैं।

5 **चारे और पशु खाद्यान्नों के लिए** धमरोद, अलामघी, शेहमा (जम्मू-कश्मीर), कल्याणी (पश्चिम बंगाल), सूरतगढ़, हिसारघट्टा, हिसार और ममीदीपल्ली (आन्ध्र) के चारा उत्पन्न करने में फार्म स्थापित किये गये हैं।

6 आज भी भारत में लगभग 3500 बूचड़खाना स्थापित हैं जिनसे प्रतिवर्ष लगभग **दस लाख टन** मांस उपलब्ध होता है। पंजिग, बंगलौर,

कोलकाता, दुर्गापुर, दिल्ली चेन्नई और हैदराबाद के कसाईघरों का आधुनिकीकरण किया गया है तथा 7 मांस विकास निगमों की स्थापना की गयी है।

दूध देने वाले चौपायों की प्रजाति सुधार में **राष्ट्रीय डेयरी विकास बोर्ड** (NDDB) **आनन्द गुजरात** एवं खेड़ा डेयरी विकास **आनन्द** द्वारा विस्तारित योजना एवं शोध तथा सहयोग एवं अनुदान तथा सहकारिता के माध्यम से प्रशंसनीय सेवा की जा रही है, इसी से राष्ट्रीय दुधारू पशुओं की गांव-गांव में नस्ल सुधार व पशु आहार सुधार हो सकता है। दुग्ध उत्पादन में चमत्कारिक रूप से तेजी आई है। NDDB आनन्द (गुजरात) के मुख्य वैज्ञानिक के मुख्य वैज्ञानिक डॉ. वर्गीज कुरियन जो ऑपरेशन फ्लड (Operation Flood) अर्थात् दुग्ध क्रान्ति (White Revolution) के सचेतक रहे हैं, द्वारा I, II व III चरण 1996 में पूरे हो चुके हैं।

बकरियाँ

भारतीय अर्थव्यवस्था में बकरियों का योगदान महत्त्वपूर्ण है। क्योंकि हमें बकरियों से भी दूध, मांस, चमड़ा, बाल तथा जैविक खाद उपलब्ध होती है। दूध देने वाले अन्य पशुओं की अपेक्षा बकरियों का दूध सेहत के लिए अति लाभदायक है। भारत में 11.53 करोड़ बकरियाँ पायी जाती हैं जिनसे लगभग 2.5 लाख टन मांस की प्राप्त हाती है। इनसे प्रतिवर्ष लगभग 2.6 करोड़ खालें और 30 लाख किग्रा. बाल प्राप्त हाते हैं जिनका मूल्य 30 करोड़ रुपये अनुमानित की गयी है। 20 प्रतिशत बकरियां दूध के लिए और शेष मांस के लिए पाली जाती हैं।

भारत के विभिन्न क्षेत्रों में बकरियाँ पाली जाती हैं किन्तु दो क्षेत्रों में इनका व्यवसाय अथवा पालन प्रमुख रूप से किया जाता है–

(i) सौराष्ट्र और गुजरात से आरम्भ होकर पूर्वी राजस्थान होता हुआ पंजाब तक फैला है। पूर्वी राजस्थान से यही क्षेत्र पूर्वी उत्तर प्रदेश और उत्तरी बिहार होता हुआ पश्चिमी बंगाल तक चला गया है।

(ii) **दूसरा क्षेत्र** महाराष्ट्र, आन्ध्र प्रदेश, कर्नाटक और तमिलनाडु राज्यों में फैला है।

भारत में विभिन्न प्रजाति की बकरियाँ पायी जाती हैं जिनमें से कुछ प्रमुख प्रजाति की बकरियाँ इस प्रकार हैं–

1. बंगाली—ऐसी बकरियाँ बंगाल के अधिक वर्षा वाले भागों में पाली जाती हैं। इनसे दूध कम प्राप्त होता है, किन्तु इनका मांस बड़ा स्वादिष्ट होता है।

2. सूरती—इस प्रजाति की बकरियाँ गुजरात और महाराष्ट्र राज्यों में पाली जाती हैं। ये सफेद रंग की होती हैं। इनसे दूध प्राप्त किया जाता है।

3. पश्मीना—इस प्रजाति की बकरियाँ हिमालय क्षेत्र में 3,500 मीटर की ऊँचाई तक पाली जाती है। इनसे केवल मुलायम ऊन प्राप्त होता है। औसतन एक बकरी से 24 से 60 किलोग्राम ऊन प्रति वर्ष प्राप्त होता है। इसका उपयोग कश्मीर और कुल्लू घाटी में तैयार किए जाने वाले कपड़े में किया जाता है।

4. हिमालयी बकरी—इस प्रकार की बकरी मुख्यतः पश्चिमी क्षेत्र में हिमाचल प्रदेश, पंजाब और कश्मीर के राज्यों में भार-वहन करने और दूध के लिए पाली जाती हैं। हल्की किस्म का पश्मीना ऊन इन्हीं से प्राप्त होता है। विभिन्न स्थानीय भागों में इन्हें **चम्बा, गद्दी** और **कश्मीरी** नामों से पुकारते हैं। इन बकरियों पर बाल अधिक और मुलायम होते हैं। औसतन एक बकरी से 3/4 औंस तक बाल मिल जाते हैं। हिमलाय से दूर पश्चिमी मैदान में अन्य नस्लों की बकरियाँ मिलती हैं जिनमें मुख्य मारवाड़ी और महसाना नस्ल हैं।

5. जमुनापारी—इन प्रजाति की बकरियों का मुख्य आवास क्षेत्र यमुना, गंगा और चम्बल नदियों के बीच की भूमि है। इनसे भी भार ढोने और मांस तथा दूध प्राप्त किया जाता है। इनका रंग सफेद तथा भूरा होता है और इनके कान साधारणतः 10 से 12 इंच तक लम्बे होते हैं। इनके सींग छोटे और चपटे, बाल लम्बे और पीछे की ओर फैले हुए और थन लम्बे होते हैं। शरीर पर काले तथा भूरे-धब्बे होते हैं और सिर काला होता है। इनसे दुग्धकाल में साधारणतः 800 से 1,250 किलोग्राम तक दूध मिलता है। एक बकरी से प्रतिदिन औसतन 5 किलोग्राम दूध प्राप्त होता है।

6. बरबरी—इस प्रजाति की बकरियों के बाल छोटे और सफेद या ललाई लिये हुऐ होते हैं। इनके सींग सीधे तथा रंग भूरा होता है। शरीर पर लाल या गहरे भूरे रंग की चित्तियाँ मिलती हैं। ये मुख्यतः दिल्ली, हरियाणा के गुड़गांव और करनाल जिलों तथा उत्तर प्रदेश के इटावा, मथुरा और आगरा जिलों में पायी जाती हैं। अनुकूल परिस्थितियों में इनसे 1 से 1½ किलोग्राम दूध प्रतिदिन मिल जाता है।

भेड़ें

भारत के पर्वतीय क्षेत्रों में भेड़ों की संख्या ज्यादा पायी जाती है क्योंकि इन क्षेत्रों में चरागाह उचित मात्रा में उपलब्ध हो जाता है। हमारे देश में लगभग कुल भेड़ों की

संख्या 5.8 करोड़ है। ये अधिकतर शीतल और सूखे क्षेत्रों में मिलती हैं। गरम और आर्द्र भागों में इनकी संख्या बहुत ही कम है क्योंकि इस जलवायु में इनको खुर का रोग हो जाता है और यद्यपि इनकी ऊन अच्छी होती है किन्तु मांस की दृष्टि से इनका कोई स्थान नहीं होता। भेड़ों को दो दृष्टि से पाला जाता है—

1. भेडें मांस के लिए भी पाली जाती हैं, किन्तु इनकी मात्रा बहुत ही कम होती हे। भेड़ों के मांस की वार्षिक प्राप्ति 1.8 लाख टन ही है।
2. इनसे बढ़िया किस्म का ऊन प्राप्त किया जाता है। औसतन एक भेड़ से 1 से 1.5 किलोग्राम ऊन प्रतिवर्ष मिल जाता है। 1961 में ऊन का उत्पादन 325.5 लाख किलोग्राम था, 1966 में 356.2 लाख किलोग्राम व 2002.03 में 518 लाख किलोग्राम हो गया। किन्तु इसमें से अधिकांश ऊन मोटा और खुरदरा तथा रंगीन अर्थात् निम्न श्रेणी का होता है। इसमें से 40 प्रतिशत विदेशों को निर्यात कर दिया जाता है।

भेड़ पालन क्षेत्र

भारत के लगभग सभी क्षेत्रों में भेड़ पाये जाते हैं परन्तु भेड़ पालन के प्रमुख तीन क्षेत्र हैं जो निम्नलिखित हैं—

(i) भारत के उत्तरी क्षेत्र—उत्तरी भारत की भेड़ें दक्षिण भारत की भेड़ों की अपेक्षा अधिक अच्छी और सफेद बालों वाली होती हैं। दक्षिण की भेड़ों का रंग गहरा होता है। दोनों ही क्षेत्रों की ऊन छोटे रेशे वाली होती है। भेड़ें पालने वाले मुख्य क्षेत्र **पंजाब** में लुधियाना, अमृतसर, पटियाला; **हरियाणा** में हिसार और अम्बाला जिले; **उत्तराखण्ड** में गढ़वाल, अल्मोड़ा और नैनीताल जिले एवं **जम्मू-कश्मीर** का पर्वतीय भाग आता है।

हिमालय प्रदेश में विभिन्न प्रजाति की भेड़ें पायी जाती हैं जिनमें कुछ प्रमुख प्रजाति की भेड़ें निम्नवत हैं।

(ii) गिद्दी या भद्दरवाह—नस्ल की बिना सींग की भेड़ें जम्मू की भद्दरवाह और किश्तवार तहसीलों में पाली जाती हैं। इनके मुंह पर काले या भूरे धब्बे होते हैं। इनसे वर्ष में तीन बार ऊन काटी जाती है। इनसे कम्बल और शालें बनाने के लिए अच्छी किस्म की ऊन प्राप्त होती है। **गुरेज** कश्मीर के गुरेज तहसील में पायी जाती है ये बिना सींग वाली होती हैं। इनसे सफेद ऊन वर्ष में दो बार में 6 से 9 किलोग्राम प्राप्त होती है।

करणा कश्मीर में करणा तहसील के पहाड़ी ढालों पर ऊन प्राप्ति हेतु पाली

जाती है। **भक्खरवाल** कश्मीर के निचले ढालों पर तथा पीर-पंजाल के ऊँचे ढालों पर, श्रीनगर की घाटी में और पहलगांव तहसील में पाली जाती हैं। इनकी ऊन मोटी और महीन दोनों ही प्रकार की होती है।

सिक्किम नस्ल की भेड़ें सिक्किम में तथा हिमालय के पूर्वी क्षेत्रों में पायी जाती हैं जो काफी हृष्ट-पुष्ट तथा काले रंग की होती है। प्रमुख रूप से उन्हें मांस के लिए ही पाला जाता है।

(iii) शुष्क उत्तरी पश्चिमी क्षेत्र—इन क्षेत्रों में वे भेड़ें अत्यधिक मात्रा में पाली जाती हैं जिनके बालों से ज्यादातर गलीचे बनाये जाते हैं। राजस्थान, गुजरात और मध्य प्रदेश की भेड़ें अधिक गर्मी और कठोर शीत को सह सकती हैं तथा ये छोटी घास पर ही निर्भर रह जाती हैं।

पश्चिमी भारत में विभिन्न प्रकार की भेड़ें पायी जाती हैं जिनमें से कुछ प्रजाति की भेड़ें इस प्रकार हैं—

बीकानेरी—राजस्थान व हरियाणा के सूखे भागों और पंजाब के फिरोजपुर जिले में पायी जाती हैं। ऊन प्राप्ति के लिए ये सर्वोत्तम मैदानी भेड़ें मानी जाती हैं। इन भेड़ों का कद मध्यम तथा नर भेड़ का भार लगभग 50 किलोग्राम और मादा भेड़ का भार 40 किलोग्राम के लगभग होता है। इसका मुंह लाल, पीला या सफेद होता है। इसके कान छोटे और सींग नहीं होते। प्रति भेड़ से 4 से 8 किलोग्राम तक ऊन मिलता है। यह ऊन अधिकतर गलीचे बनाने के काम में आता है। यह ऊन बड़ी मात्रा में इंग्लैण्ड व उत्तरी अमेरिका को भेज दिया जाता है।

मारवाड़ी—राजस्थान के जोधपुर, पाल और बाड़मेर जिलों में पाली जाती हैं। इनका मुंह काला व बाल सफेद होते हैं। प्रति भेड़ के पीछे 1.5 से 2.5 किलोग्राम हल्के किस्म का ऊन मिलता है।

कच्छी—नस्ल कच्छ और उत्तरी गुजरात में मिलती है। इससे मांस, ऊन और दूध तीनों ही पदार्थ मिलते हैं। ये बोझा ढोने में अच्छी होती हैं।

लोही—ऐसी भेड़ें राजस्थान के दक्षिणी जिलों और पंजाब के अमृतसर जिले में पाली जाती हैं। इनके ऊन से मोटे कपड़े और कम्बल बनाये जाते हैं। जिनका प्रयोग अधिकतर किसान लोग करते हैं। ये भेड़ें गोश्त और दूध दोनों ही देती हैं, किन्तु इनका ऊन खुरदरा होता है।

(iv) अर्द्ध-शुष्क दक्षिणी क्षेत्र—इस क्षेत्र में प्रमुख रूप से दो प्रजाति की भेड़ें पायी जाती हैं। प्रथम प्रजाति की भेड़ें जिनसे मात्र ऊन ही उपलब्ध होता है तथा दूसरी

प्रजाति में वे भेड़ें सम्मिलित हैं जिनसे मांस उपलब्ध होता है। शेष निम्न प्रजाति की भेड़ें पायी जाती जो निम्नलिखित हैं–

नेलोरी–नस्ल तमिलनाडु और कर्नाटक में पायी जाती है। इनसे सफेद, गहरा भूरा, पीला या सिन्दूरिया रंग की ऊन प्राप्त होती है। नर के सींग होते हैं, किन्तु मादा बिना सींगों वाली होती है। यह भारतीय भेड़ों में सबसे लम्बी नस्ल होती है।

दकनी भेड़ें–दक्षिणी महाराष्ट्र और कर्नाटक राज्य में मिलती हैं। इससे ऊन की अपेक्षा गोश्त अधिक मिलता है। प्रति भेड़ से 1.5 किलोग्राम ऊन वर्ष भर में प्राप्त होता है।

भारत के राजस्थान प्रान्त में देश के कुल उत्पादन का 50% ऊन उत्पादित होता है। बाकी उत्पादन महाराष्ट्र, गुजरात, आन्ध्र प्रदेश, तमिलनाडु, उत्तर प्रदेश और पंजाब से प्राप्त होता है।

ऑस्ट्रेलिया और न्यूजीलैंड का ऊन भारतीय ऊन से काफी अच्छा होता है। भारतीय ऊन को सामान्य रूप से **गलीचा ऊन** (Carpet wool) कहा जाता है। भारत की प्रति भेड़ के पीछे वार्षिक उत्पादन 1.5 से 2.5 किलोग्राम का होता है जबकि ऑस्ट्रेलिया में यह 4.5 किलोग्राम का है। 1970 के पश्चात् राजस्थान, हरियाणा व गुजरात के अर्द्धशुष्क प्रदेशों में निरन्तर मेरीनों व अन्य उत्तम नस्लों द्वारा नस्ल सुधार कार्यक्रम हाथ में लिया गया है। इससे देश में अच्छी किस्म की ऊन के उत्पादन में वृद्धि हुई है।

ईरान, अफगानिस्तान, मध्य एशिया, नेपाल और ऑस्ट्रेलिया से बढ़िया किस्म के ऊनों को मंगवाया जाता है। 1950-51, 1975-76 और 1984-85 में क्रमशः 5.6, 27.5 और 48.8 करोड़ रुपये के मूल्य का ऊन आयात किया गया जबकि 2001-02 में 73 हजार टन 623 करोड़ रुपये मूल्य की ऊन आयात किया गया है।

भेड़ों की नस्ल सुधारने के कार्य के लिए देश में 90 Sheep Breeding Farms और 1,331 विस्तार केन्द्र खोले गये हैं। उन्नत भेड़ प्रजनन के लिए पश्चिमी हिमाचल क्षेत्र तथा दक्षिणी पठार के चुने हुए क्षेत्रों में स्थानीय नस्लों को अच्छी ऊन देने वाली विदेशी नस्लों (Exotic Breeds) से मेल कराया जाता है।

भारत के विभिन्न राज्यों को हिसार में स्थापित केन्द्र आज तक 4,000 उत्तम नस्लों के भेड़ प्रजनन के लिए उपलब्ध कराये हैं। ऊन कटाई के कार्य का प्रशिक्षण भी यहाँ दिया जाता है। ऊन के श्रेणीकरण एवं विपणन के सुधार के लिए 5 Wool Boards/Sheep Corporations स्थापित किये गये हैं। राजस्थान में **अम्बिकानगर** एवं **सूरतगढ़** में केन्द्रीय भेड़ अनुसंधान संस्था स्थापित की गयी है। कुल्लू और

कोड़ाई-कनाल में दो उप-संस्थाएं भी खोली गयी हैं। यहाँ पर प्रति भेड़ अधिक ऊन उत्पादकता एवं ऊन की किस्म सुधार एवं दोगली किस्म की भेड़ों के प्रजनन पर विशेष शोध की जाती रही है।

गधे

भारत में सामान्य रूप से यह पशु उष्ण तथा अर्द्ध-शुष्क प्रदेशों में पाये जाते हैं। उन्हें पशुवाहक भी कहा जाता है इनकी संख्या राजस्थान में अत्यधिक है। उत्तर प्रदेश, पंजाब, गुजरात तथा तमिलनाडु अन्य राज्य हैं जिनमें यह अधिकता से मिलता है। इसकी दो नस्लें मुख्य हैं, भूरी और सफेद रंग वाला। उत्तम गधा सौराष्ट्र में पाया जाता है। यह एक दिन में 25 से 32 किलोमीटर चल सकता है।

सूअर

भारत में सूअर एक ऐसा पशु है जो हर व्यक्ति नहीं पसन्द करते हैं। अधिकांश व्यक्ति इस पशु को अछूत मानते हैं, विशेषकर मुसलमान। अतः इसे निम्न जातियों के लोग ही पालते हैं। इनमें कई गुण पाये जाते हैं। प्रतिवर्ष इसकी संख्या में आश्चर्यजनक तरीके से वृद्धि होती है। 10 मादा और 1 नर मिलकर 160 बच्चे प्रतिवर्ष देती हैं। यह किसी भी वस्तु पर रह सकता है। इसके बाल कड़े होते हैं। जिनका उपयोग ब्रुश बनाने में किया जाता है। अनुमानतः प्रतिवर्ष 3.5 लाख किलोग्राम बालों की प्राप्ति की जाती है जिनका मूल्य 10 करोड़ रुपये के लगभग आंका जाता है। इसका मांस सस्ता प्रोटीनयुक्त व विशेष चर्बीयुक्त होने कारण खाने में काम आता है।

उत्तर प्रदेश, बिहार, आन्ध्र प्रदेश, तमिलनाडु, असम, गुजरात और मध्य प्रदेश, तमिलनाडु, असम, गुजरात और मध्य प्रदेश में सूअर पालन सबसे अधिक होता है। अधिकांशतः यहाँ देशी नस्ल के सूअर ही मिलते हैं, किन्तु विदेशी नस्ल के सूअर (**श्वेत यार्कशायर, मध्यम यार्कशायर** और **बर्कशायर नस्लें**) उत्तम जाति के सूअर पैदा करने के लिए काम में लाये जाते हैं। अब तक 79 सूअर प्रजनन इकाइयां, 300 सूअर विकास खण्ड, 2 क्षेत्रीय सूअर प्रजनन केन्द्र एवं 8 मांस तैयार करने के कारखाने (Bancon Factories) मुख्यतः अलीगढ़, रांची कुथालटुकुलम, गन्नाबरम, बोरीविली और हरिंघाटा में स्थापित किये गये हैं।

मुर्गीपालन

वर्तमान समय में मुर्गी पालन भारत के विभिन्न क्षेत्रों में किया जा रहा है। मुर्गी

पालन से अण्डे, मांस आदि की प्राप्ति होती हैं। मुर्गियां सामान्यतः देश के सभी भागों में बहुत थोड़े अनाज या कूड़े-करकट पर जीवित रह सकती हैं। इनकी विशेष देख-रेख की आवश्यकता नहीं होती। किन्तु अभी तक भारत में इस उद्योग का विकास धार्मिक कारणों से नहीं हुआ है। दूसरे, इस उद्योग में गरीब लोग ही लगे हैं। मुर्गियों को गन्दे स्थान में पाला जाता है। भोजन की व्यवस्था ठीक न होने से अण्डे ठीक नहीं मिलते तथा शीघ्र ही मुर्गियाँ अण्डे देना बन्द कर देती हैं। अधिकांश मुर्गियाँ देशी नस्ल की हैं, जिनमें प्रति मुर्गी पीछे वार्षिक उत्पादन 90 अण्डों तक ही होता है जबकि न्यूजीलैंड में 160, बेल्जियम में 140, जापान में 130, डेनमार्क में 120 और संयुक्त राज्य में 112 अण्डे तक मिलते हैं।

आज लगभग भारत के सभी बड़े-बड़े नगरों के समीपवर्ती क्षेत्रों में वैज्ञानिक विधि से मुर्गीपालन के फार्म हवादार पक्के एवं खुले स्थलों में बनाये गये हैं। यहाँ पर उन्नत नस्ल के चूजों से मुर्गियाँ विकसित की जाती हैं। ऐसे मुर्गीघरों में विशेष पशु आहार, दवा, चूना, पानी आदि की व्यवस्था रहती है। उन्नत नस्ल की प्रति मुर्गी से प्रति वर्ष 180 से 220 अण्डे तक प्राप्त किये जाते हैं। इन मुर्गीखानों में 500 से 5,000 तक मुर्गियाँ पाली जाती हैं। यहाँ से इन्हें निश्चित समय के पश्चात् निरन्तर बेच दिया जाता है। ऐसे ही वैज्ञानिक प्रयासों से ही देश में अण्डों के उत्पादन में निरन्तर वृद्धि होती रही है। जहाँ 1951 में अण्डों का उत्पादन 180 करोड़ था, वहीं 1965 में 410 करोड़ एवं 1985 में 1350 करोड़ हो गया। 2002-03 में कुल अण्डों का उत्पादन तेजी से बढ़कर 3,413 करोड़ हो गया। इसके अतिरिक्त इन मुर्गीघरों से मुर्गियों की खाद व मुर्गियों की भी अच्छी कीमत प्राप्त हो जाती है।

भारत में लगभग 30.8 करोड़ मुर्गियाँ हैं जिनमें सबसे अधिक मुर्गियाँ आन्ध्र प्रदेश में पाली जाती हैं। इसके बाद क्रमशः पश्चिम बंगाल, तमिलनाडु, महाराष्ट्र, असम, केरल, कर्नाटक, उड़ीसा, मध्य प्रदेश, उत्तर प्रदेश और गुजरात का स्थान है। राजस्थान में सबसे कम मुर्गियाँ पाली जाती हैं।

मुर्गियों की मुख्य नस्लें देशी (**असील**—उत्तर प्रदेश में रामपुर और लखनऊ जिलों में तथा आन्ध्र प्रदेश में हैदराबाद जिले में; चिटगांव पश्चिम बंगाल में; और **घगूस** आन्ध्र प्रदेश और कर्नाटक में पाली जाती हैं) के अतिरिक्त **ह्वाइट लैगहोर्न, रोड आइलैण्ड रैंड, ब्लेक मिनोर्का प्लाइमाऊथ रॉक, ऑस्ट्रेलप, लाईट ससैक्स, कार्निश और न्यू हैम्पशायर** जैसी विदेशी नस्लें भी पायी जाती हैं।

मुर्गीपालन विकास हेतु गैर प्रशासनिक व प्रशासन के द्वारा विभिन्न कदम

उठाये जा रहे हैं। डेनमार्क की सहायता से पुणे में 30 लाख रुपये की लागत से एक आधुनिकतम मुर्गी प्रक्रिया संयंत्र (Poultry Dressiong Plant) स्थापित किया गया है जिसमें प्रति घण्टा एक हजार मुर्गियों पर स्वास्थ्यप्रद वातावरण में प्रक्रिया करने की तथा 1 लाख मुर्गी के बच्चे और 10 लाख अण्डों की शीत संग्रह सुविधाएँ हैं।

मुर्गीपालन में प्रशिक्षण देने के लिए एक केन्द्रीय प्रशिक्षण संस्था बगलौर के निकट हसारघट्टा में स्थापित की गई तथा एक बत्तख प्रजनन फार्म भी यहाँ स्थापित किया गया है।

ऊँट

ऊँट का एक रेगिस्तानी पशु कहा माना जाता है। रेगिस्तान मरुस्थलीय प्रदेशों में बोझा ढोने तथा सवारी करने के लिए ऊँटों का प्रयोग किया जाता है। इसकी कूबड़ चरबी युक्त एवं चमड़ी मोटी होती है। अतः वाष्पीकरण कम हो पाता है। इसके पेट की थैली में जल भरा रहता है अतः वह कई दिनों तक बिना खाना खाये व जल पिये रह सकता है। इसका पांव चौड़ा होता है अतः यह बालू मिट्टी में धंसता नहीं और यह शीध्रता से दौड़ सकता है। अपनी विशेष नाक व भौंहों द्वारा तूफानों में भी बालू से इसकी रक्षा हो जाती है। साथ ही यह कंटीली झाड़ियों को सरलता से खा सकता है। इन्हीं सब कारणों से ऊँट को मरुस्थलीय जहाज की संज्ञा प्रदान की गयी है।

ऊँट के बालों से रस्से-रस्सियाँ, कम्बल, दरियां आदि बनायी जाती हैं। चमड़े का उपयोग काठी, थैले और तेल रखने की कुप्पियाँ बनाने में किया जाता है। इसका दूध ऊँट पालक (रेबारियों) द्वारा पीने के काम में आता है।

भारत में अन्य राज्यों की अपेक्षा राजस्थान में अधिक (50%) ऊँट पाए जाते हैं। पंजाब, हरियाणा, गुजरात, उत्तर प्रदेश और मध्य प्रदेश में भी यह मिलता है। भारत में अरब किस्म का एक कूबड़ वाला ऊँट ही पाया जाता है। भारत में तीन किस्म के ऊँट मिलते हैं–मैदानी या नदीतट जो मुख्यतः पंजाब और उत्तर प्रदेश में पाए जाते हैं। मरुस्थली राजस्थान के जैसलमेर तथा बीकानेर जिलों में पाये जाते हैं। ये बड़े मजबूत होते हैं। पहाड़ी ऊँट जो मुख्यतः उत्तरी पंजाब के पर्वतीय क्षेत्रों में मिलते हैं।

राजस्थान में ऊँट की अलवर, बीकानेरी, कच्छी, जैसलमेरी नस्लें सर्वोत्तम मानी जाती हैं। एक ऊँट दिन भर में 50 किलोमीटर तक चल सकता है।

खच्चर

खच्चर भारत के अन्य क्षेत्रों की अपेक्षा उत्तर प्रदेश में सर्वाधिक पाये जाते हैं। इनका प्रयोग समान ढोने के कार्य में किया जाता है। खच्चर प्रमुख रूप से पर्वतीय क्षेत्रों में उपयोग में लाया जाता है। सेनाओं में इसका उपयोग बोझा ढोने के लिए होता है। यह एक दिन में 24 से 32 किलोमीटर चल सकता है।

घोड़े और टट्टू

भारत के कुछ राज्यों में इनकी संख्या बहुत कम पायी जाती है। जैसे—बिहार, उड़ीसा, कर्नाटक, बंगाल तथा तमिलनाडु आदि हैं क्योंकि ये सभी भाग नम हैं, जबकि ये पशु अधिकतर शुष्क घास के मैदानी तथा पठारी भागों पर ही भली प्रकार रहते हैं। अतः ये अधिकतर महाराष्ट्र, उत्तर प्रदेश, राजस्थान, पंजाब, हरियाणा और मध्य प्रदेश में मिलते हैं। इनका उपयोग सवारी करने अथवा माल ढोने में किया जाता है।

भारतीय घोड़ों की उत्तम नस्लें **काठियावाड़ी** (जो सौराष्ट्र में मिलती हैं), **मारवाड़ी** (राजस्थान के पश्चिमी भागों में), भूटिया (हिमाचल प्रदेश और पश्चिम बंगाल के उप-हिमालय प्रदेश में), **मणिपुरी** (मणिपुर में) और **स्पीति** (जो हिमाचल प्रदेश के कुल्लू और कांगड़ा में पायी जाती है) हैं। इनमें सबसे उत्तम नस्लें काठियावाड़ी और मारवाड़ी हैं। पर्वतीय क्षेत्रों में भूटिया, मणिपुरी किस्म सवारी और बोझा ढोने के काम में आती हैं। पाकिस्तानी नस्लें **बशूची, हिरदाई** और **ऊनमोल** भी भारत के कई भागों में पायी जाती हैं।

रेशम कीट पालन

हमारे देश में रेशम कीट का पालन किया जाता है। इसको शहतुत के वृक्ष पर पाये गये कोकूनों से प्राप्त किया जाता है।

भौगोलिक परिस्थितियाँ—जैविक रेशम एक तरह के कीड़े से प्राप्त किया जाता है। जो कुछ प्रमुख पेड़ों की पत्तियों पर निर्भर करता है। जैसे—शहतूत, महू, साल, बेर, अरण्ड, प्लास, कुसुम, आदि। एक बार में एक मादा 500 अण्डे देती है। इन अण्डों को 15 डिग्री सेल्सियस से 35 डिग्री सेल्सियस तापमान वाले उपयुक्त पेड़ों की पत्तियों के बीच विशेष कमरे में रखा जाता है। यहाँ अण्डों से कीड़े निकालकर काफी मात्रा में पत्तियाँ खा लेने पर अपने मुँह से धागा-सा निकालकर अपने ही चारों ओर लपेटने लगता है और अन्ततः यह कीड़ा पूरी तरह धागे से लिपट जाता है। तब इन कोयों (Cocoons) को गरम जल में डालकर रेशम का धागा प्राप्त किया जाता

है। यदि ऐसा नहीं किया जाये तो कीड़ा रेशम के धागे को काटकर उसे नष्ट कर देता है।

भारत के विभिन्न क्षेत्रों में रेशम का कीड़ा पालने के लिए उपयुक्त परिस्थितियाँ पायी जाती हैं। भारत में कीड़ों के लिए शहतूत, आदि के वृक्ष बहुतायत से मिलते हैं। सामान्यतः तापमान भी 18^0C सये 24^0C मिल जाता है। अतः पश्चिम बंगाल, बिहार और उत्तर प्रदेश के कुछ भागों, तमिलनाडु के समुद्रतटीय जिलों, दक्षिण के मुख्य पठार के राज्यों तथा असम में यह वर्ष भर पाले जा सकते हैं। इसके विकास की बहुल सम्भावनाएँ हैं। इनमें कर्नाटक प्रारम्भ से ही अग्रणी रहा है।

उत्पादन—भारत में रेशम प्राप्त करने के प्रमुख दो स्रोत हैं। प्रथम, शहतूत के वृक्षों से तथा अन्य प्रकार के वृक्षों पर पाये गये कोकूनों से। शहतूत से प्राप्त रेशम उद्योग पूर्णतः संगठित है तथा समस्त रेशम का 75 प्रतिशत इसी प्रकार प्राप्त होता है। वर्तमान में 141 लाख किलोग्राम रेशम का उत्पादन होता है। इसका 50 प्रतिशत अकेले कर्नाटक राज्य से प्राप्त होता है।

कच्चे रेशम के स्वरूप

भारत में रेशम के विभिन्न स्वरूप होते हैं। यहाँ कुछ प्रमुख प्रकार के रेशम पर प्रकाश डाला जा रहा है—

मूंगा रेशम—सामान्य रूप से यह रेशम शहतूत के वृक्षों पर पाले गये कीड़ों से प्राप्त किया जाता है। इसका रंग सुनहरा पीला होता है। यह अधिकतर असम की धाटी में उत्तरी असम में **अहोम,** दक्षिणी कामरूप की **गारो, रैंमाश** और **कछारी** तथा नवगांव की **लाहुंग** आदि-जातियों द्वारा पाला जाता है। पश्चिम बंगाल, कर्नाटक, जम्मू-कश्मीर में भी ऐसा रेशम प्राप्त किया जाता है। इसका वार्षिक उत्पादन लगभग 80,000 किलोग्राम होता है।

ईरी रेशम—इसका रंग बादामी खुरदुरा व मुलायम होता है। इसकी प्राप्ति मध्य प्रदेश, असम, बिहार, उड़ीसा, पश्चिम बंगाल, महाराष्ट्र और आन्ध्र प्रदेश में होती है। इसका वार्षिक उत्पादन लगभग 9 लाख किलोग्राम का होता है।

शहतूत का रेशम—यह एक प्राकृतिक रेशम है जो शहतूत नामक वृक्ष के पत्तों पर पलता है। देश के कुल उत्पादन का लगभग 75 प्रतिशत शहतूती रेशम का ही होता है। इसका रंग गहरा पीलापन लिये होता है। यह मुख्यतः कर्नाटक, पश्चिम बंगाल, पंजाब, जम्मू-कश्मीर, असम, मेघालय, उत्तर प्रदेश, तमिलनाडु, आन्ध्र प्रदेश

और बिहार राज्यों से प्राप्त किया जाता है। इसका वार्षिक उत्पादन लगभग 80 लाख किलोग्राम तक होता है।

टसर रेशम—यह भी एक प्राकृतिक रेशम है जो शहतूत पर पाले गये कीड़ों से प्राप्त किया जाता है। टसर के कीड़े एक-प्रजनन, द्वि-प्रजनन और त्रि-प्रजन वाले होते हैं। ये शहतूत के अतिरिक्त ढाक, साल, बेर, आसन, कुसुम और महुआ के वृक्षों पर पाले जाते हैं। रेशम का रंग हल्का पीला होता है और कुछ घटिया किस्म का माना जाता है। इसके मुख्य उत्पादक बिहार, उड़ीसा तथा मध्य प्रदेश हैं। इसका वार्षिक उत्पादन लगभग 10 लाख किलोग्राम का होता है।

(iii) उत्पादक क्षेत्र—रेशम उत्पादन में भारत का विश्व में तीसरा स्थान है जो कुल उत्पादन का 8% रेशम उत्पादित करता है। विश्व में यही एक ऐसा देश है जहाँ चारों प्रकार का रेशम प्राप्त होता है। भारत में शहतूत के अन्तर्गत क्षेत्रफल लगभग एक लाख हेक्टेयर है।

भारत में कच्चे रेशम का उत्पादन 15^0 और 38^0 उत्तरी अक्षांशों के बीच किया जाता है। रेशम उत्पादन में भारत के कुछ प्रमुख राज्यों की स्थिति पर निम्न प्रकार प्रकाश डाला गया है—

1. **कर्नाटक**—इस राज्य से शहतूती रेशम का लगभग 3/4 उत्पादन किया जाता है। **बंगलौर,** धारवाड़, रायचूर, कोलार, मण्डया, मैसूर, तुमकुर, बेलगांव जिलों में शहतूत के वृक्षों पर रेशम के कीड़े पाले जाते हैं। यहाँ लगभग 82 हजार हेक्टेयर भूमि पर शहतूत के वृक्ष पाये जाते हैं। यहाँ लगभग 82 हजार हेक्टेयर भूमि पर शहतूत के वृक्ष पाए जाते हैं। प्रति हेक्टेयर पीछे वर्षा वाले क्षेत्रों में शहतूत की 1,800 किलोग्राम और सिंचित क्षेत्रों में 3,600 किलोग्राम पत्तियाँ प्राप्त की जाती हैं। इन क्षेत्रों में क्रमशः 4 से 5 और 5 से 6 फसलें ली जाती हैं। टसर रेशम का उत्पादन बेलगांव और उत्तरी कनारा जिलों में किया जाता है।

2. **असम**—यहाँ से सबसे अधिक एंडी रेशम प्राप्त होता है। इसकी प्राप्ति गोलपाड़ा, कामरूप और नवगांव जिलों में होती है। शिपरागर जिले में शहतूती रेशम तथा शिवसागर, डिब्रूगढ़ और दक्षिण-पश्चिमी कामरूप जिलों में मूंगा रेशम मिलता है।

3. **झारखण्ड**—इस राज्य में सामान्य रूप से एंडी रेशम प्राप्त होता है। सिंहभूम, संथाल परगना, हजारीबाग रांची और पालामऊ मुख्य उत्पादक जिले हैं। यहाँ रेशम के कीड़े साल, अर्जुन और बेर के वृक्षों पर पाले जाते हैं। यहाँ रेशम की चार फसलें प्राप्त की जाती हैं क्योंकि कीड़े पालने के लिए उत्तम जलवायु और वृक्ष

अधिकता से मिलते हैं। अम्पटिया फसल जुलाई-अगस्त में **बरसाती** सितम्बर-अक्टूबर में, **बुगुई** जनवरी-फरवरी में और **धूरिया** अप्रैल-मई में प्राप्त की जाती है।

4. पंजाब—भारत के इस राज्य में रेशम के कीड़ों को शहतूत के वृक्षों पर पाला जाता है। अमृतसर, फिरोजपुर, पटियाला, रूपड़, लुधियाना, गुरुदासपुर और होशियारपुर प्रमुख उत्पादक जिले हैं।

5. तमिलनाडु—इस राज्य में भी शहतूती रेशम प्राप्त किया जाता है। मुख्य उत्पादक जिले कोयम्बटूर, तिरुनलवैली, उत्तर-दक्षिणी अर्काट, धर्मपुरी, सलेम और नीलगिरि हैं।

6. आन्ध्र प्रदेश—इस प्रदेश में शहतूती, एंडी और टसर तीनों ही प्रकार का रेशम प्राप्त किया जाता है। शहतूती रेशम चित्तूर और अनन्तपुर जिलों से; एंडी रेशम महबूबनगर और कुर्नूल जिलों से तथा टसर रेशम गोदावरी नदी के किनारे वाले करीमनगर, वारंगल, खम्माम और आदिलाबाद जिलों से प्राप्त होता है।

7. उत्तर प्रदेश—भारत के उत्तर प्रदेश राज्य में शहतूती रेशम मुख्यतः गोंडा, इटावा, गोरखपुर, बिजनौर, मुरादाबाद, और सहारनपुर जिलों में, एंडी रेशम रामपुर और देवरिया जिलों में और टसर रेशम मिर्जापुर जिलों से प्राप्त होता है।

8. पश्चिम बंगाल—इस राज्य में भी शहतूती रेशम प्राप्त किया जाता है। बांकुड़ा, वीरभूम, दार्जिलिंग, माल्दा, मुर्शिदाबाद और मिदनापुर जिले मुख्य उत्पादक हैं। टसर रेशम का उत्पादन वीरभूम, पुरुलिया और मिदनापुर जिलों में तथा एंडी रेशम कूच-बिहार और जलपाईगुड़ी से प्राप्त किया जाता है।

9. उत्तराखण्ड इस राज्य में शहतूती रेशम मुख्यतः देहरादून, चमोली, पिथौरागढ़, उत्तरकाशी, टेहरी गढ़वाल, अल्मोड़ा, पौड़ी गढ़वाल नैनीताल जिलों से प्राप्त होता है।

10. हिमाचल प्रदेश सिरमूर और मण्डी तथा कांगड़ा जिले में अब राजस्थान में उदयपुर, डूंगरपुर, चित्तौड़गढ़, कोटा और बांसवाड़ा जिलों में शहतूत के वृक्षों की खेती करने और रेशम के कीड़े पालने के सफल प्रयास किए जा रहे हैं।

11. जम्मू-कश्मीर—इस राज्य में रेशम कीड़े पालने का कार्य मुख्यतः कश्मीर की घाटी में अनन्तनाग, बारामूला, श्रीनगर तथा जम्मू में दोदा, जम्मू रियांसी और ऊधमपुर क्षेत्रों में किया जाता है, जो 25^0 में 38^0 उत्तरी अक्षांशों के बीच स्थित हैं।

12. छत्तीसगढ़—भारत के इस राज्य में टसर रेशम की प्राप्ति बिलासपुर, बस्तर, सरगुजा, रायगढ़, मंडला, अम्बिकापुर और रायपुर जिलों से की जाती है।

13. महाराष्ट्र—इस प्रदेश के अन्तर्गत भण्डारा, चन्द्रपुर और अमरावती जिलों से टसर रेशम प्राप्त होता है। शहतूती रेशम भगवती, कोल्हार और श्रीरामपुर ताल्लुकों से प्राप्त किया जाता है।

व्यापार

भारत में 1997-98 में 14,500 टन शहतूती रेशम तथा 1,800 टन अन्य प्रकार से प्राप्त रेशम के उत्पादन के आधार पर भारत विश्व का तीसरा सबसे बड़ा रेशम उत्पादक देश है। यह मूंगा रेशम का एकमात्र उत्पादक देश है तथा टसर रेशम का विश्व में दूसरा सबसे बड़ा रेशम उत्पादक देश है। विश्व के विभिन्न देशों से भारत कच्चा रेशम मंगवाता है आज के समय में भारत को स्वदेशी बाजार में भी अब चीन से आयातित रेशम से कड़ी प्रतियोगिता करनी पड़ रही है।

4

मत्स्यन के क्षेत्र में रोजगार के अवसर

वर्तमान समय में मत्स्य पालन एक उद्योग के रूप में विकसित हो रहा है। क्योंकि नदी, तालाब, समुद्र, एवं झीलों की संख्या काफी है जिसके कारण की प्रगति में काफी मदद मिल रही है। भारत में समुद्र मत्स्य उद्योग का प्रमुख केंद्र है। जहां पर अधिक मात्रा में मछलियाँ पायी जाती हैं। भारत में मत्स्य उद्योग काफी तीव्र गति से फल-फूल रहा है। यहाँ नदियों, झीलों व तालाबों की अधिक संख्या होने के कारण इस उद्योग के विकास में सहायता मिली है। यहाँ मत्स्य उद्योग का प्रमुख केन्द्र समुद्र है जहाँ पर्याप्त मात्रा में मत्स्य उत्पादन होता है। भारत के विभिन्न भागों में कई प्रकार की मछलियाँ पकड़ी जाती हैं। अब तक भारतीय समुद्रों में 1,800 प्रकार की मछलियाँ ज्ञात हो चुकी हैं, किन्तु कुछ ही किस्मों की मछलियाँ यहाँ पर्याप्त मात्रा में पकड़ी जाती हैं। इनके मुख्य क्षेत्र नदियों के मुहाने, नदियाँ, सिंचाई की नहरें, झीलें आदि हैं। भारत की समुद्रतटीय रेखा लगभग 6,100 किलोमीटर लम्बी है और उस समुद्र का क्षेत्रफल जो 183 मीटर तक गहरा है लगभग 8.75 लाख वर्ग किलोमीटर है, किन्तु इस क्षेत्रफल का बहुत थोड़ा भाग ही काम में आता है।

भारत में तट से 10 से 16 किलोमीटर के क्षेत्र तक ही मछलियाँ पकड़ने के सम्भावित वृहद् क्षेत्रों में से लगभग एक-चौथाई क्षेत्र में ही मछलियाँ पकड़ी जाती हैं। नदियों के मुहाने और झीलों से भी व्यापक मात्रा में मछली प्राप्त होती है। इस समय भारत में मुर्गी व डेयरी उद्योग की भांति मत्स्य पालन भी वैज्ञानिक विधि से विकसित किया जा रहा है। अब मछलियों के अण्डों को विशेष तालाबों में फार्मिंग हेतु छोड़ा

जाता है। फिर वैज्ञानिक विधियों से झींगा एवं अन्य मछलियों को बड़ा होने दिया जाता है। देश के सम्पूर्ण पूर्वी एवं तटीय भाग में जहाँ मछली की खपत एवं निर्यात हेतु मांग बढ़ती रही है वहीं इसकी फार्मिंग का एवं मत्स्य उद्योग का वैज्ञानिक विकास भी होता जा रहा है जो भविष्य में मत्स्य उद्योग के लिए एक शुभ संकेत है।

मत्स्योद्योग का महत्त्व

अन्य उद्योगों की तरह मत्स्य उद्योग का भी महत्व बढ़ गया है। भारत की अर्थव्यवस्था को मत्स्य व्यवसाय अत्यधिक रूप से प्रभावित किया है। भारतीय दृष्टिकोण से मत्स्य उद्योग का निम्न रूप से प्रभाव पड़ता है—

1. भारत में समुद्रीय तट पर मछली पकड़ने में करीबन 150 हजार नावें लगी हैं। इनमें से अब 26,000 नावें यन्त्रचालित हैं। मछली उद्योग में लगे सहकारी संघों की 35 केन्द्रीय मछली उद्योग समितियाँ और 8,600 मत्स्य सहकारी समितियाँ कार्य कर रही हैं। इसके अतिरिक्त दोनों तटों पर 280 ट्रालर (20 मीटर या अधिक लम्बे) कार्यरत हैं। यह अरब सागर, बंगाल की खाड़ी व देश के आर्थिक क्षेत्र से गहरे सागर में मछलियाँ पकड़ते रहे हैं। इनमें शीत भण्डारण की भी व्यवस्था रहती है। इनके सदस्यों की संख्या ही 9.2 लाख तक पहुँच गई है। अतः यह प्रयोग विशेष सफल एवं उत्साहवर्धक रहा है।
2. मछली उद्योग के अन्तर्गत 20 लाख व्यक्ति एवं एक लाख से अधिक नावें एवं 8 लाख परिवार लगे हैं। नई तकनीक द्वारा एवं मोटर लांच व छोटे स्टीमरों द्वारा तट एवं तट से 100 किलोमीटर दूर तक मछली पकड़ने का काम सफलता से किया जा रहा है।
3. अब देश में जापानी पद्धति से झींगा मछली फार्मिंग भी शुरू किया गया है। इससे उत्पादन तेजी से बढ़ेगा, क्योंकि 2 या 3 वर्षों में इसके परिणाम विशेष उत्साहवर्धक रहे हैं।
4. मछली पकड़ने के उद्योग के अतिरिक्त अनेक परिवार अन्य सम्बन्धित सामुद्रिक जीव आहार प्राप्ति एवं अन्य उद्योगों में भी लगे हैं। ये उद्योग नाव बनाना, मछली पकड़ने के फन्दे, औजार, हथियार, रस्से आदि बनाना, पकड़ी हुई मछलियों को सुखाने, डिब्बों में बन्द करने या बर्फ में जमाने, उनका तेल निकालने, खाद बनाने, अन्य जीवों व खाद्य वनस्पति को एकत्रित कर उन्हें तैयार करना आदि कार्यों में लगे हैं। अकेले केरल राज्य में ही मछली उद्योग से सम्बन्धित 28 शीत भण्डारगृह, 28 नावें बनाने के यार्ड्स, 21 जमाने वाली

फैक्ट्रियां तथा 11 दबाने वाली फैक्ट्रियाँ हैं। राष्ट्रीय आय का लगभग 1.5 प्रतिशत मछली उद्योग से प्राप्त होता है।

5. भारतीय आहार को सन्तुलित बनाने के लिए मत्स्योद्योग का विशेष स्थान है। योजना-काल में देश की जनसंख्या में पर्याप्त वृद्धि हुई है तथा सन् 1980 तक देश में खाद्यान्नों की कमी रही है जिसे पूरा करने में मछली के बढ़ते उत्पादन ने सराहनीय योगदान दिया है। अनुमानतः पूर्ण विकास किये जाने पर भारत में सामुद्रिक मछलियों का उत्पादन 1.4 करोड़ टन तक बढ़ाया जा सकता है। इसी आधार पर देश में मछली उत्पादन में आशातीत वृद्धि होती रही है। जहाँ 1980 में इसका, उत्पादन मात्र 23.5 लाख टन था वहीं 1985 में बढ़कर 28.5 टन होगा रहा। किन्तु बाद में निर्यात बढ़ाने व विशिष्ट वैज्ञानिक तन्त्र विकसित करने से 2001-02 में मछली उत्पादन तेजी से बढ़कर 59.56 लाख टन हो गया।

6. देश में मछलियों के निर्यात में लगातार वृद्धि ही हो रही है। जहाँ 1989-90 में 634 करोड़ रुपये की 111 हजर टन मछली का निर्यात किया गया वहीं 2001-02 में देश से 458 हजार टन मछली का निर्यात कर 5.815 करोड़ रुपये की विदेशी मुद्रा प्राप्त की गई।

7. भारत में मछली उत्पादन से भविष्य में अधिक से अधिक उम्मीद की जा रही है। वर्ष 2001-02 में इसका उत्पादन 59-56 लाख टन रहा। इसे सन् 2010 तक दुगना करने का लक्ष्य है। इससे राष्ट्रीय आय में 11,000 करोड़ रुपये की वृद्धि होगी। कुल मछली उत्पादन का 40 प्रतिशत अन्तर्देशीय जल-संस्थानों से प्राप्त होता है।

उत्पादन और उपभोग

भारत में मछली के उत्पादन में सतत विकास हो रहा है। 1951 में यह मात्र 7.5 लाख टन था जो 2001-02 में बढ़कर 59.56 जैसा निम्न तालिका से स्पष्ट है लाख टन हो गया है। अनेक प्रयासों के फलस्वरूप यहाँ का उत्पादन बढ़ने लगा है। भारत में कुल पकड़ी जाने वाली मछलियों का 71% आहार के रूप में प्रयोग किया जाता है। 3% बर्फ जमाकर रखी जाती हैं, 20% सुखाकर रखी जाती हैं, 5% का खाद तथा पशुओं के लिए खाद्य तैयार किये जाते हैं। मछलियाँ धूप में अथवा धुँआ देकर सुखायी जाती हैं। डिब्बों में बन्द करने से पूर्व इन्हें नमक या शराब में डुबोया जाता है। मछलियों से तेल भी बनाया जाता है जिसके अन्तर्गत ए, बी, और डी

विटामिन की मात्रा अधिक से अधिक पायी जाती है। यह तेल अधिकतर कॉड, शार्क तथा सरडीन मछलियों से निकाला जाता है। मुम्बई, चेन्नई, कोंझीकोड में इसके कई कारखाने हैं। इस तेल का उपयोग दवाई के रूप में, चमड़े को मुलायम करने, इस्पात को चमकाने, साबुन बनाने तथा रोगन बनाने में किया जाता है।

भारत में मत्स्य उत्पादन एवं निर्यात

वर्ष	मत्स्य उत्पादन (लाख टन) समुद्री-क्षेत्र	समुद्री उत्पादों का निर्यात अन्तर्देशीय क्षेत्र	कुल उत्पादन	मात्रा (लाख टन)	मूल्य (करोड़ रु.)
1950-1951	5.3	2.2	7.5	0.2	2
1960-1961	8.8	2.8	11.6	0.2	4
1970-1971	10.9	6.7	17.6	0.4	35
1980-1981	15.5	8.9	24.4	0.8	235
1990-1991	23.0	15.4	38.4	1.4	893
1999-2000	28.3	28.2	56.5	3.0	5,056
2000-2001	28.1	28.4	56.5	5.0	6,296
2001-2002	28.3	31.3	59.6	4.6	5,815

देश से **श्रिम्प** मछलियों के निर्यात की अच्छी सम्भावना एवं विदेशों में भारतीय श्रिम्प मछली की बढ़ती मांग को देखते हुए देश के पूर्वी तट के सहारे बंगाल, आन्ध्रप्रदेश व उड़ीसा के तट पर विश्व बैंक की सहायता से विशेष विकास कार्यक्रम चलाया जा रहा है। इसमें निजी क्षेत्र, सहकारी क्षेत्र में नई तकनीक की मछली फार्मिंग को विशेष महत्व दिया गया है। बिहार एवं उत्तर प्रदेश से बड़े-बड़े बांधों से मीठे पानी की मछलियों का उत्पादन भी तेजी से बढ़ाने की योजना निर्यात संवर्द्धन के अन्तर्गत हाथ में ली गई है।

मछलियों की प्रजातियां

विशिष्ट रूप से भारत में मछलियों के कुल उत्पाद का 60% उथले और गहरे समुद्रों से तथा 40% भीतरी भागों के जल क्षेत्रों से प्राप्त किया जाता है। वैसे तो भारत के समीपवर्ती राज्यों में 1800 से भी ज्यादा प्रजाति की मछलियाँ मिलती हैं। लेकिन इनमें से तमाम मछलियाँ आज तक पकड़ में नहीं आयी हैं। मत्स्य विज्ञान के विद्वानों

ने समुद्री मछलियों की 14 और ताजे जल की मछलियों को 9 मुख्य भागों में वर्गीकृत किया है। इनमें से कुछ ही पकड़ी जाती हैं। भारत में दोनों ओर के सागरों में विभिन्न गहराई पर पाई जाने वाली मछलियों का ज्ञान आज भी मछुआरों के पास बहुत ही सीमित है।

ताजे जल की मछलियाँ—ताजे जल की मछलियों में सबसे प्रमुख स्थान कार्प वर्ग की मछली है। कुल पकड़ी जाने वाली मछलियों का एक-तिहाई भाग इन मछलियों का ही होता है। इनके अन्तर्गत रोहू, कतला, कालाबासू, सौर, झींगा, मशीर, बचुवा, चिल्वा, बारिल, मुराल, म्रिंगाल आदि मछलियां मुख्य हैं। इसके अतिरिक्त ताजे जल में कैट फिश, लाइव फिश, प्रॉन, मुलेट्स, फैदर बक, पर्च, लोच, ईल, हेरिंग ओर ऐंकावी मछलियाँ भी खूब पकड़ी जाती हैं। इन मछलियों का उत्पादन नदियों, झीलों, तालाबों, बाँधों नहरों से प्राप्त किया जाता है। अब झींगा मछली की निरन्तर बढ़ती मांग के कारण उसकी फार्मिंग कर तेजी से उत्पादन बढ़ाकर विदेशों को निर्यात किया जा रहा है।

समुद्री मछलियाँ—समुद्र के अन्तर्गत विभिन्न प्रकार की मछलियां पायी जाती हैं जिसमें से कुछ मछलियों का प्रमुख स्थान है जैसे–सारडाइन, हेरिंग, सामन, ऐंकावी, श्रिम्प तथा शेड। मैकरेल हॉर्स, मैशरेल तथा पर्च का द्वितीय स्थान है। 55 प्रतिशत उपर्युक्त दोनों प्रकार की मछलियाँ होती हैं तथा 45 प्रतिशत में ज्यू-फिश, कैट-फिश, भारतीय सैमन, बॉम्बे डक, मुलेट्स, पाम्फेट्स, सिल्वर फिश, रिबन-फिश, शैल मछली, ईल और दोराब आदि हैं। इन मछलियों को पकड़ने के लिए ड्रिफ्ट नेट, कास्ट नेट तथा स्थिर-जाल का प्रयोग किया जाता है। इस प्रकार की मछलियाँ अधिकतर समुद्रतटीय भागों से 40 किलोमीटर के घेरे में ही पकड़ी जाती हैं।

मत्स्य उत्पादन क्षेत्र

भारत के अन्तर्गत मत्स्य क्षेत्र 29,000 किलोमीटर लम्बी नदियों, 30 लाख हेक्टेटर जलाशयों, 15.0 लाख हेक्टेटर तालाबों तथा पोखरों और 14 लाख हेक्टेटर नमकीन जल क्षेत्रों तक विस्तृत है। लेकिन अधिकांशतः मछली पकड़ने का कार्य बड़ी नदियों, झीलों और ताजे तथा नमकीन जल के थोड़े भाग (अर्थात् 61,000 हेक्टेटर) में ही किया जाता है। इसके अलावा समुद्री मछली व्यवसाय क्षेत्र (जो 40 फैदम से अधिकर गहरे हैं) वे महाद्वीपीय मग्न तटों पर 5,500 किलोमीटर की लम्बाई में फैले हैं जिनके अन्तर्गत 2,81,600 वर्ग किलोमीटर क्षेत्र में, जो 200 मीटर की गहराई तक है, मछलियाँ पकड़ी जाती हैं। अभी तक तट से 16 किलोमीटर दूरी तक 20 मीटर

की गहराई में मछली पकड़ने का काम किया जाता है। अब नवीन ट्रालर यानों से अधिक गहराई से बंगाल की खाड़ी से पश्चिमी अरब सागर तक मछलियाँ पकड़ी जाने लगी हैं। यहाँ पूर्ण विकास में कुछ और समय लगेगा।

भारत में मछली पकड़ने वाले क्षेत्रों को विभिन्न क्षेत्रों में विभाजित किया गया है जिसे निम्नलिखित बिन्दुओं के अन्तर्गत स्पष्ट किया जा सकता है–

समुद्री मछलियाँ–समुद्री मछलियों का उत्पादन ताजे जल की मछलियों के उत्पादन से लगभग 2¼ गुना ज्यादा है, किन्तु मूल्य की दृष्टि से ताजे जल की मछलियां अधिक महत्व की हैं। समुद्री मछलियों के मुख्य क्षेत्र तटीय रेखा से 40 किलोमीटर की सीमा तक ही सीमित हैं। गुजरात और महाराष्ट्र में उत्तर-दक्षिणी कनाडा से लगाकर रत्नागिरि और मालाबार तट, गोवा, कर्नाटक एवं केरल राज्यों के तट, मन्नार की खाड़ी और कोरोमण्डल तट समुद्री मछली के प्रमुख क्षेत्र हैं।

समुद्री मछलियां देश के निम्नलिखित क्षेत्रों से मिलती हैं–

1. **कोरोमण्डल तट** : पुलीकट से कुड्डालोर तक।
2. **कोरोमण्डल तट** : कड्डालोर से देवीपट्टनम तक।
3. **पाक एवं मनार की खाड़ी** : देवीपट्टनम के दक्षिण से कुमारी अन्तरीप के उत्तर तक।
4. **केरल और मालाबार तट** : कुमारी अन्तरीप से पोनाई नदी तक।
5. **मालाबार और दक्षिण कनारा** : उत्तरी पोनाई से मंगलौर तक।
6. **कोंकण तट** : उत्तर मंगलौर से रत्नागिरि के दक्षिण तक।
7. **महाराष्ट्र और गुजरात तट** : रत्नागिरि से भड़ौंच तक।
8. **सौराष्ट्र तट** : वेरावल से पोरबन्दर तक।
9. **आन्ध्र प्रदेश तट** : गोपालपुर के दक्षिण से विशाखापट्टनम के उत्तर तक
10. **आन्ध्र प्रदेश तट** : विशागट्टनम से मसूलीपट्टनम के दक्षिण तक।
11. **आन्ध्र प्रदेश तट** : मसूलीपट्टनम दक्षिण से पुलीकट झील तक।

भारत के पश्चिमी तथा पूर्वी छोरों पर पकड़ी जाने वाली मुख्य मछलियाँ प्रॉन, ज्यू मछली, मैकरेल, मुलेट्स, सैमन, पॉमफ्रेट, सीर, सारडाइन, रे, पड़ती मछली, चपटी मली, हैरिंग और शार्क हैं। ये सभी मछलियां खाने के काम आती हैं। ये मछलियाँ सीमित मात्रा में ही पकड़ी जाती हैं क्योंकि ग्रामीण खेत्रों में ऐसी मछलियों की खपत

बहुत कम है।

भारत के सभी क्षेत्रों में मछलियों का उत्पादन एक जैसा नहीं है। पश्चिमी समुद्र तट लगभग 1,850 किलोमीटर लम्बा है, किन्तु यहाँ कुल उत्पादन की 70 प्रतिशत मछलियाँ पकड़ी जाती हैं जबकि बंगाल की खाड़ी का तट जो 2,850 किलोमीटर से भी अधिक लम्बा है, पर सम्पूर्ण भारत की केवल 30 प्रतिशत ही मछलियाँ पकड़ी जाती हैं। पश्चिमी तट पर ही कनारा और मालाबार तट पर कुल भारत की सामुद्रिक मछली की पकड़ का 40 प्रतिशत प्राप्त होता है।

मत्स्य उत्पादन में राज्यों का योगदान (प्रतिशत)

राज्य	भीतरी क्षेत्र	सामुद्रिक क्षेत्र	कुल उत्पादन में योगदान
महाराष्ट्र	2.5	25.0	16.5
तमिलनाडु	16.1	12.5	15.3
केरल	3.5	17.5	12.5
पश्चिमी बंगाल	25.2	5.0	12.4
आन्ध्र प्रदेश	14.2	7.0	9.5
गुजरात	2.5	10.0	4.6
कर्नाटक	5.1	8.4	8.7
उड़ीसा	3.9	3.2	2.8
बिहार	10.3	—	2.4
असम	5.0	—	1.1
उत्त्र प्रदेश	4.0	—	1.0
अन्य राज्य	7.7	11.4	13.7
योग	100.0	100.0	100.0

भारतीय सागरों में मछली पकड़ने का व्यावसाय कभी कम कभी ज्यदा होता रहता है। मानसूनों के दिनों में यह कार्य कम हो जाता है। समुद्र में तेज वायु चक्रवातों और नदियों, तालाबों में जल का तेज-प्रवाह और अधिकता के कारण मानसून के दिनों में मछली पकड़ने में रुकावट उत्पन्न होती है। भारत के समुद्र से मछलियां केवल तट के निकट ही पकड़ी जाती हैं। जब समुद्र का वातावरण शांत होता है तभी मछुआरे अपनी नावें समुद्र में उतारते हैं। पश्चिमी समुद्री तट के सभी

मछली पकड़ने के केन्द्रों पर दक्षिणी-पश्चिमी मानसून के अन्त होने के साथ ही मछली पकड़ने का मौसम आरम्भ हो जाता है। यह मौसम किन्हीं वर्षों में अक्टूबर महीने में और किन्हीं वर्षों में नवम्बर में अपनी पूर्ण अवस्था तक पहुंच जाता है। मार्च के महीने से इसमें कमी आने लगती है। तमिलनाडु के पूर्वी तट पर परिस्थितियाँ थोड़ी भिन्न हैं क्योंकि यहाँ पर लौटते मानसून से दो माह का ही वर्षा काल रह पाता है। अतः यहाँ प्रायः वर्ष भर की थोड़ी-बहुत मछलियाँ पकड़ी जाती हैं। समुद्र के पश्चिमी तट पर मई और जून में मछली पकड़ने के व्यवसाय में गिरावट आ जाती है। तब भी तमिलनाडु में काफी मात्रा में मछलियाँ पकड़ी जाती हैं।

प्रमुख सामुद्रिक मछलियाँ एवं उनके विशेष क्षेत्र

भारत में प्रमुख सामुद्रिक मछलियाँ एवं उनके प्रमुख क्षेत्रों को निम्न बिन्दुओं के अन्तर्गत स्पष्ट किया जा सकता है--

एंकावी यह मछली सामान्यतः मालाबार और महाराष्ट्र तट से प्राप्त की जाती है। हंगारकट्टा, मंगलौर, होसदुर्ग, कोझीकोड़, पारापनांगड़ी पकड़ने के प्रमुख केन्द्र हैं।

शॉर्क—यह पूरे वर्ष सौराष्ट्र, केरल तथा पूर्वी तट के दक्षिणी और उत्तरी भागों में 45 से 55 मीटर की गहराई तक पकड़ी जाती है। **पश्चिमी तट** पर कोडीनार, वैरावल, मुम्बई, कारवाड़, मंगलौर, तैलीचेरी, कोझीकोड़ और तिरुवनन्तपुरम तथा **पूर्वी तट** पर तूतीकोरिन, अदिरापट्टनम, विशाखापट्टनम, नागापट्टनम, काकीनाड़ा, मसूलीपट्टनम में मछलियाँ पकड़ी जाती हैं। शॉर्क मछली से तेल भी निकाला जाता है।

सारडाइन—व्यापारिक दृष्टि से यह भारत की प्रमुख मछली है जिसका उपयोग खाने, तेल और खाद बनाने में किया जाता है। यह मुख्यतः मालाबार और रत्नागिरि तट से दक्षिण तक पकड़ी जाती है।

भारतीय सामन—भारतीय सामन मछली पश्चिमी और पूर्वी दोनों किनारों पर पकड़ी जाती है। इसका उपयोग ताजे रूप में तथा नमक लगाकर सुखाए हुए रूप में किया जाता है। पश्चिमी तट पर यह उत्तरी कनारा, कोझीकोड़ तथा वालपद में पूर्वी तट पर इन्नूर, ट्रैंक्वीबार, मुकूर, पामबन, श्रीकाकुलम कोरोमण्डल तट पर पकड़ी जाती है।

पॉमफ्रेट—यह मुख्यतः बंगाल की खाड़ी के उत्तरी भागों , दक्षिणी उड़ीसा और आन्ध्र प्रदेश के तटीय भागों तथा दक्षिणी कनारा और मालाबार तटों से प्राप्त की जाती

है इसके पकड़ने के मुख्य केन्द्र पश्चिमी तट पर गंगोली, पराबन्ना, वैराबल, पोरबन्दर, द्वारका, बाडगरा तथा पूर्वी तट पर रजियापेट, नैलातुरपलायम और बुलियानगिरि कुप्पम है।

सोल—यह मुख्यतः पश्चिमी तट पर ही अधिक पकड़ी जाती हैं। विशेषतः केरल और दक्षिणी कनारा तट पर उत्कल, कानबंगड, होसदुर्ग, तैलीचेरी, कन्नानोर, क्वीलैंडी, कोझीकोड, पोनाई, नराकल, अलंप्पी इसके पकड़ने के मुख्य केन्द्र हैं।

मैकरैल—यह भी पूर्वी तथा पश्चिमी दोनों ही तट पर पकड़ी जाती है। 95 प्रतिशत पश्चिमी तट पर रत्नागिरि से लगाकर कुमारी अन्तरीप के बीच के क्षेत्रों से पकड़ी जाती है। पश्चिमी तट पर रत्नागिरि, मलवान, करवाड़, गाल्पे, तैलीचेरी, कोझीकोड़, कोच्चि और अलप्पी केन्द्रों से तथा पूर्वी तट पर मण्डापम, नागापट्टनम, चेन्नई, काकीनाड़ा, विशाखपट्टनम और गोपालपुर के निकट पकड़ी जाती है।

भारत में मई-जून के महीने में पश्चिमी तट पर मछली पकड़ने के व्यवसाय में गिरावट आ जाती है। तब भी पूर्वी क्षेत्र के दक्षिणी छोर पर मछली पकड़ने के कार्य में तेजी आ जाती है। मछली पकड़ने का राज्यवार व्यवसाय का उल्लेख निम्नवत है–

(ii) विभिन्न राज्यों में सामुद्रिक मछलियों के क्षेत्र–विभिन्न राज्यों में सामुद्रिक मछलियों के क्षेत्र निम्नलिखित हैं–

तमिलनाडु की तट रेखा लगभग 1,076 किलोमीटर तथा महाद्वीपीय ढाल 41,000 किलोमीटर क्षेत्र में विस्तृत है। इस राज्य में लगभग 591 गांव मछली पकड़ने के व्यवसाय में संलग्न हैं। मछलियां पकड़ने के लिए 30,000 कैटेमरान किस्म की नावें, 82,000 आधुनिक ढंग के जाल काम में लाये जाते हैं। प्रतिवर्ष लगभग 2.5 लाख टन मछलियां 8 से 10 माह तक तटीय भागों से प्राप्त की जाती हैं। मछली पकड़ने के मुख्य केन्द्र तूतीकोरिन, एननूर, कन्याकुमारी, चेन्नई, नागापट्टम, पाण्डिचेरी, मण्डापम एवं कड्डालोर हैं। इन दोनों राज्यों में लगभग 25 शीत भण्डार एवं सुखाने के 40 Curing Yard बने हैं। यहाँ पकड़ी जाने वाली मुख्य किस्में सारडीन, कैट फिश, रिबन फिश, ज्यू फिश और मैकरेल की हाती हैं। मन्नार की खाड़ी में मोती देने वाली मछलियाँ भी पकड़ी जाती हैं।

महाराष्ट्र से की पश्चिमी तट रेखा लगभग 720 किमी. दूरी तक विस्तृत है। यह क्षेत्र सामुद्रिक मछलियों को पकड़ने का प्रमुख स्थान है। इसे थाना, कोलाबा, रत्नागिरि और बृहत् मुम्बई के सामुद्रिक जिले शामिल हैं। यहाँ का समुद्र तट काफी कटा-फटा भी है। यहाँ के मछुए बड़े कुशल, परिश्रमी ओरनिडर होते हैं जो काफी दूर तक जाकर मछलियां पकड़ने में काफी साहस दिखाते हैं। राज्य सरकार व

सहकारी समितियों द्वारा मछुओं को आधुनिक ढंग की नावें और उपकरण क्रय करने हेतु आर्थिक मदद प्रदान की जाती है। अब यहाँ दूर सागर में 20 से 100 किलोमीटर तक जाकर विशेष स्टीमरों द्वारा 4 से 8 सप्ताह तक बाहर रहकर मछलियाँ पकड़ी जाने लगी हैं। कनारा जिले में चोंदिया और रत्नागिरि में मालबन में शीत भण्डारन व्यवस्था पाई जाती है। मछलियों को नमक लगाकर सुखाने के लिए रत्नागिरि में 21 और कोलाबा में एक Curing Yard है। राज्य में मछलियां पकड़ने वाली 16,000 नावें हैं। मछलियों की पकड़ लगभग 2.5 लाख टन की होती है। सारंगा, हल्वा, घोल, दारा, रावस, ट्यूना, सियर फिश, मुलेट्स, बम्बई डक, शार्क, मैकरेल, सारडीन, रिबन फिश, प्रॉन, श्रिम्प और ईल मछलियां विशेष रूप से पकड़ी जाती हैं।

वॉरली, डांडा, बारसोबा, बेसीन, अरनाला भद्रसोल, ऊटन, सतपती, हर्नी, दहानू, उसरावी, नवापुर, उचेली, नवगांव, करंजा, खेडांडा, अलीबाग, श्रीवर्धन, मुरूद, बरोंडी, दयोल, मुरजाला, जयगढ़, रत्नागिरि, विजयदुर्ग, जीतापुर, मलवान, देवबाग, कोलाबा, देवगढ़, बारसोली और बेंगुली में मछली पकड़ने के प्रमुख केन्द्र हैं।

भण्डारा, कोलाबा और पुणे में मछली पालने के फार्म हैं।

आन्ध्र प्रदेश की तट रेखा लगभग 974 किलोमीटर एवं महाद्वीपीय ढाल 33,000 किलोमीटर तक विस्तृत है जिसका कुल क्षेत्रफल 12,000 वर्ग मील है। यहाँ तट पर मछली पकड़ने में 508 गांव के 1.8 लाख मछुए, 25,000 नावें लगी हैं। ये लगभग 3.00 लाख टन मछलियाँ पकड़ते हैं। मछलियों की मुख्य पकड़ ज्यू फिश, रिबन फिश, मैकरेल, कैट फिश और साराडाइन होती है। यहाँ के मुख्य केन्द्र काकीनाडा, मसूलीपट्टम, नेलौर, विमलीपट्टनम, कनांग, गंजाम और विशाखापट्टनम हैं।

इस राज्य के अन्तर्गत मत्स्य पालन करने वाले कुल 13 केन्द्र हैं पाथा, इपूर, मोपद, सकेसुला, कड्डाप्पा, हुसैन सागर, राजेन्द्र नगर, दिंदी, मनेर, कोमल सागर, निजामाबाद, शनीग्राम, व्यारा और वारांगल।

कर्नाटक समुद्रीय तट करीबन 300 किमी0 में विस्तृत है। उस क्षेत्र में लगभग 40 प्रजाति की मछलियाँ पायी जाती हैं जिनमें मुख्यतः सारडीन, मैकरेल, सियर फिश, प्रॉन और शॉर्क आती हैं। अधिकतर मछलियां उत्तरी और दक्षिणी कनारा जिलों में पकड़ी जाती हैं। इसमें 25,000 मछुए लगे हैं जिनके पास 6,80 नावें हैं। मछलियों का उत्पादन लगभग 80 हजार से 1.5 लाख टन का होता है। यहाँ मुख्य केन्द्र **हनोवर, माल्पे, उड़ियावर, भटकल, वकापट्टनम, मंगलौर, कारवाड़ और कुमता** है।

गुजरात तटरेखा उत्तर से लखपत और उसके दक्षिण में उमरगांव तक करीबन 1600 किमी. तक विस्तृत है। गुजरात का यह लम्बा क्षेत्र मछली पकड़ने का प्रमुख स्थान है। मछली पकड़ने के क्षेत्र का क्षेत्रफल 1,64,000 वर्गमील में फैला है। यहाँ मछली पकड़ने के 190 बन्दरगाह हैं। यहाँ प्रतिवर्ष लगभग 2 लाख टन से अधिक मछलियाँ पकड़ी जाती हैं। मुख्य पकड़ बम्बई डक, पम्फ्रेट, प्रॉन, सामन, ज्यू शिफ, पर्च, हिल्सा, श्रिम्प और शैल फिश की होती है। मछुओं के पास 4,800 नावें हैं। गुजरात में 12 शीतभण्डार तथा 2,000 आधुनिक ढंग की नावें हैं। शार्क मछली का तेल निकालने के 4 और खाद बनाने का एक कारखाना है। गुजरात से अधिकतर मछलियों का निर्यात दिल्ली, कोलकाता और मुम्बई, श्रीलंका, म्यांमार, मॉरीशस तथा सिंगापुर को विशेष शीतयानों से किया जाता है।

गुजरात राज्य में सबसे अधिक मछलियाँ सूरत और बेसीन के बीच में पकड़ी जाती हैं। उमरसायी, कोलक, बलसाड, कोलम्बा, भरूंच, भाद्भूत, कावी बाजार, वैराबाल, नबलखी, पोरबन्दर, नयाबन्द, जाफराबाद, धमलेज, जामनगर, सिक्का, ओखा, बेलन, मधबार, सुरबारी, मेद्रेश्वर, लूनी, मुन्दा, बरोई और उड्डन यहाँ के प्रमुख केन्द्र हैं।

पश्चिम बंगाल में मछलियों को पकड़ने का कार्य बंगाल की खाड़ी और चौबीस परगना तक सीमित है। परिवहन के शीघ्रगामी साधनों के अभाव में अधिक मछलियाँ नहीं पकड़ी जातीं। मुख्य पकड़ प्रॉन, तापसी, पामफ्रैट्स, चांदी, मेटकी, रिबन-फिश, मोल, मैकरेल, शार्क, हिल्सा और स्केट मछलियों की है।

उड़ीसा में लगभग 480 मील लम्बे समुद्र तट पर मछलियाँ पकड़ी जाती हैं, किन्तु यातायात तथा शीत भण्डारों और उत्तम पोताश्रयों के अभाव में मछली पकड़ने के उद्योग का भली-भांति विकास नहीं हो पाया है। मछली पकड़ने के ढंग भी पुराने और औजार अक्षम हैं। इस तट पर प्रॉन, मैकरेल, सिल्वर-बार, शार्क, रे, स्केल, ईल, पर्च, हिल्सा, भोला, बम्बई डक पकड़ी जाने वाली मुख्य मछलियाँ हैं।

केरल राज्य का तट 590 किलोमीटर ही लम्बा है, किन्तु भारत से निर्यात की जाने वाली सामुद्रिक मछलियों का 70 प्रतिशत इसी राज्य से प्राप्त होता है। इस क्षेत्र से प्रतिवर्ष लगभग पांच लाख टन मछलियाँ पकड़ी जाती हैं। मछुओं की संख्या 60,000 से भी अधिक है तथा मछली पकड़ी जाने वाली नावें 18,000 से ऊपर हैं। यहाँ की मुख्य पकड़ सारडीन, बटर फीश, श्वेत बेट, सारडीन, प्रॉन, मैकरेल हैं। मछलियों को बर्फ में दबाने के लिए 28 शीतभण्डार बेपुर, कोझीकोड़, एर्नाकुलम, कोच्चि, अलीकोड, विझीनझांम, कयाकुलम, तनूर और मडाई में बनाये गये हैं। केरल

में 226 स्थानों पर मछलियाँ पकड़ी जाती हैं जिनमें मुख्य हैं— क्विलोन, अलप्पी, कोच्चि, कोझीकोड, तिरुवनन्तपुरम्, तैलीचेरी, कासरगोड, मालेश्वरम् और कन्नानोर।

यहाँ पर मुख्य केन्द्र सोनपुर, गोपालपुर, कण्डारपल्ली, गजपतिनगर, आर्यपल्ली, दामोदरपुर, चनदमुहानी, पत्तीसनापुर, मारकण्डी, प्रयागी, अरक्षाकुड़ा, पुरी, कोनार्क, प्रदीप, चांदनीपाल, पेरम, अरूहाबाद चांदीपुर और कीर्तनियाँ हैं।

ताजे जल की मछलियाँ

सामुद्रिक मछलियों की भाँति इस जल की मछलियाँ भी अत्यधिक प्रभावशाली हैं। इस जल के अन्तर्गत पायी जाने वाली मछलियाँ प्रमुख रूप से भारत के आन्तरिक क्षेत्रों में प्रवाहित होने वाली प्रमुख व सहायक नदियों, नहरों, सिंचाई के बांधों, तालाबों तथा पोखरों में पकड़ी जाती हैं। उत्तर प्रदेश व बिहार की गंगा नदी और उसकी सहायक नदियों में असम तथा पश्चिम बंगाल की ब्रह्मपुत्र नदी में, तथा महानदी, तापी, नर्मदा, कृष्णा और कावेरी नदियों में अधिकता से पायी जाती है। इन नदियों में बाढ़ आना बन्द हो जाने पर अक्टूबर से मछली पकड़ने का मौसम आरम्भ हो जाता है। ग्रीष्म ऋतु में पंजाब के कुछ भागों, उत्तर प्रदेश और मध्य प्रदेश में मछली पकड़ने का कार्य हल्का पड़ जाता है। तालाबों में जब जल की सतह नीची हो जाती है उस समय उनमें मछलियाँ अच्छी तरह पकड़ी जाती हैं। तमिलनाडु, आन्ध्र प्रदेश, मध्य प्रदेश और पश्चिम बंगाल में तालाबों डिग्गी, बिल और झीलों से ही अधिकांश मछलियाँ प्राप्त की जाती हैं। अब विशेष फार्मिंग विधि के द्वारा इन सभी राज्यों में नई तकनीक का तेजी से प्रसार कर मीठे जल की मछलियों का उत्पादन तेजी से बढ़ाया जा रहा है। इन भागों में नवम्बर से जुलाई तक मछलियाँ पकड़ी जाती हैं। ताजे जल में पकड़ी जाने वाली मुख्य मछलियां कैट फिश, सॉ फिश, हेरिंग, रोहू, कटला, झींगा, बचुवा, मुराल, लाइवफिश, फैदरबैंक, एंकानी, ईल, बाटा, तोर, हिल्सा, चिताला, कालाबासू थौंगाल, मिल्काफिश, कार्प आदि हैं। मछलियों का राज्यवार वर्णन निम्न प्रकार है—

(i) महाराष्ट्र—इस राज्य के अन्तर्गत करीबन 3,200 किलोमीटर लम्बी नदियाँ और 2.4 लाख एकड़ क्षेत्र में तालाबों और झीलों से मछलियाँ पकड़ी जाती हैं। वारसोवा, बेसीन, मनोरी, बम्बई हारबर, जंजीरी, दबोल, विजयदुर्ग आदि जल क्षेत्रों में लगभग 40,000 टन मछलियाँ पकड़ी जाती हैं। मुरेल, तम्बीर, कटला, रोहू, म्रिंगाल कालाबासू, खावली, पंगत ओर शिवदास मुख्य किस्में हैं।

(ii) गुजरात—गुजरात राज्य में मछली पकड़ने का प्रमुख स्थान वड़ोदरा, खेड़ा,

पंचमहल, महसाना, बनासकांठा, साबरकांठा, सूरत, भरूंच और डांग जिलों तक ही सीमित है। नर्मदा और तापी नदियों में काफी मछलियाँ पकड़ी जाती हैं।

(iii) तमिलनाडु—इस राज्य के अन्तर्गत लगभग 8 लाख एकड़ जल क्षेत्रों में तथा केरल के भीतरी भागों के तालाबों और सामुद्रिक किनारों से लगाकर तिरुवनन्तपुरम् के बीच 48 किलोमीटर लम्बी और 16 किलोमीटर चौड़ी झील में प्रॉन, कटला, मैकरेल आदि मछलियाँ पकड़ी जाती हैं। दोनों राज्यों में अन्तर्देशीय खपत एवं विदेशी निर्यात के लिए मछलियाँ, केकड़े एवं अन्य प्रकार के सामुद्रिक भोजन का भी उत्पादन किया जाता है।

(iv) पश्चिम बंगाल—विश्व में एक ऐसा क्षेत्र है जहाँ ताजे जल की मछलियों को पकड़ने का प्रमुख स्थान है। पश्चिम बंगाल के लगभग सभी परिवारों को भोजन के रूप में प्रयोग किया जाता है। यहाँ नदी नालों व तालाबों की बहुतायत तथा मछली मुख्य भोजन होने के कारण अधिक पकड़ी जाती है। लगभग 12 लाख मछुए इस कार्य में लगे हैं। अधिकतर पकड़ रोहू, कटला, प्रान, म्रिंगाल, फासा, कैट फिश, मैकरेल और हिल्सा की होती है। नदियों के मुहानों और तालाबों से अधिक मछलियाँ पकड़ी जाती हैं। यहाँ लगभग 8,000 वर्गमील क्षेत्र में ताजे जल की मछलियाँ पकड़ी जाती हैं।

(v) उड़ीसा—इस राज्य में नदियों के मुहाने पर मछली पकड़ने का व्यवसाय अधिकाधिक व्यापक है। ब्राह्मणी, स्वर्णरेखा और महानदी में भी मछलियाँ पकड़ी जाती हैं। यहाँ अधिकतर रोहू, म्रिंगाल, कालाबासू, कटला, कार्प महासिट, पर्च, मैकरेल, आदि मछलियाँ पकड़ी जाती हैं।

(vi) कर्नाटक—इस राज्य में करीबन 30,000 छोटे और 2,700 बड़े तालाबों और 17 जलाशयों में मछली पकड़ने का कार्य किया जाता है। लगभग कुल मिलाकर 14 लाख एकड़ जल क्षेत्र में 6 लाख मछुए मछलियाँ पकड़ने का कार्य करते हैं।

(vii) आन्ध्र प्रदेश—इस प्रदेश में गोदावरी और कृष्णा नदियों में तथा उत्तर प्रदेश में यमुना, गंगा, शारदा, घाघरा और बेतवा नदियों में भी मछलियाँ पकड़ी जाती हैं। यहाँ रोहू, कलाबासू, कटला, हिल्सा, मुरेल और महासीर मछलियाँ पकड़ी जाती हैं।

मोती देने वाली मछलियाँ

भारतीय राष्ट्रीय योजना समिति के आधार पर मन्नार की खाड़ी, सौराष्ट्र समुद्री किनारे तथा कच्छ की खाड़ी में **आयस्टर** प्रजाति की मछलियाँ सर्वाधिक पायी

जाती हैं। इन मछलियों से उत्पन्न योती अत्यधिक मूल्यवान होती है। तमिलनाडु में कुमारी द्वीप (पानबन) में **आयस्टर मछलियाँ** पाली जाती हैं। इस प्रकार की कुछ मछलियाँ महाराष्ट्र में कच्छ की खाड़ी तथा सौराष्ट्र के तटीय भागों में भी मिलती हैं। अब जापानी विशेषज्ञों की सहायता से आयस्टर कल्चर का विकास कर व्यावसायिक मोतियों की फार्मिंग का विस्तार कच्छ व सौराष्ट्र के तट पर भी करने का प्रस्ताव है।

नदियों के मुहानों में पकड़ी जाने वाली मछलियाँ

भारत के पश्चिम बंगाल में हुगली नदी के मुहाने से कृष्णा, कावेरी, गोदावरी, महानदी, गंगा और ब्रह्मपुत्र नदियों के चौड़े मुहानों, डेल्टा की धाराओं एवं नर्मदा व तापी के मुहानों से प्रायः 6 से 9 माह तक **कॉक, अप, पर्च, पर्लस्पॉट, हिल्सा, पॉमफ्रैट, कटला, रोहू और कैट फिश** बहुत पकड़ी जाती हैं। पश्चिम बंगाल के डेल्टा क्षेत्र में सबसे अधिक मछलियाँ पायी जाती हैं यहाँ मछली पकड़ने का क्षेत्र 5,800 वर्ग मील में फैला है जिसमें अधिकांश भाग में दलदल, घने वन, नदियों और नालों का प्राचुर्य है, किन्तु परिवहन के साधनों की कमी होने के कारण पकड़ी गई मछलियां ताजे रूप में नहीं पहुंचाई जा सकतीं अतः बहुत-सी मछलियाँ सड़कर नष्ट हो जाती हैं। इसके अलावा मछली पकड़ने वाली नावें प्राचीन ढंग की होती हैं जो खुले समुद्रों में अथवा सुन्दर वन में नहीं जा सकतीं। चिल्का और पुलीकट झीलों के छिछले नमकीन जल में कटला, रोहू, केतकी और मुलेट मछलियाँ पकड़ी जाती हैं।

केरल में झीलों तथा कोच्चि से तिरुवनन्तपुरम के बीच छिछले अनूपों में मछलियाँ पकड़ी जाती हैं, विशेषतः प्रॉन मालाबार के निकट भी चावल के खेतों में प्रॉन, मुलेट और क्रोमाइड मछलियाँ अधिक पकड़ी जाती हैं।

शंख मछलियाँ—सामान्य तौर पर इस प्रकार की मछलियाँ दलदली बलुई धरातल पर 13 मीटर की गहराई तक तिरुनलवेली, रामनाथपुरम, थंजावुर, दक्षिणी अर्काट, चिंगलपुट और नैलोर जिलों में पूर्वी तट पर तथा केरल और सौराष्ट्र में पश्चिमी तट पर पकड़ी जाती हैं, विशेषतः अक्टूबर से मई तक। इनका उपयोग मन्दिरों में पूजा के साथ बजाने में किया जाता है।

मतस्य उद्योग के पिछड़ेपन के कारण

जैसाकि स्पष्ट किया जा चुका है भारत के समुद्रों, नदियों और तालाबों तथा झीलों में लगभग सैंकड़ों प्रजाति की मछलियाँ हैं परन्तु आज भी इन साधनों का केवल 25 प्रतिशत ही उपयोग में लाया जा सका है। इसके लिए उत्तरदायी कारण मुख्यतः

सामाजिक, धार्मिक व परम्परागत कारण, अशिक्षा, यातायात एवं अभिनव तकनीक का एवं परिष्करण व अन्य आधुनिक सुविधाओं का अभाव आदि है।

1. भारत में मछली पकड़ने के क्षेत्रों की उन्नति में सबसे बड़ी कठिनाई यह पड़ती है कि यहाँ ये क्षेत्र शीत कटिबन्धों की भांति एक ही स्थान पर न होकर समुद्र में दूर-दूर तक बिखरे हैं। इससे एक स्थान की मछली मार लेने के बाद दूसरे स्थान तक नावों द्वारा जाने में अधिक समय लग जाता है।
2. भारत की नदियों द्वारा समुद्रों में मछलियों के लिए भोज्य पदार्थ नहीं पहुंच पाते और न ही समुद्र में प्लैंकटन अधिक मात्रा में मिलता है। इसके अतिरिक्त, भारत के समुद्र-तट मछलियों के लिए अधिक उपयुक्त नहीं है। मछलियों के लिए उपयुक्त स्थान उथले, ठण्डे और कटे हुए सुरक्षित तट समझे जाते हैं किन्तु ऐसे स्थानों का यहाँ अभाव है।
3. पशुओं को मछलियां खिलाने तथा मछलियों की खाद का प्रयोग करना, मछलियों से तेल और चमड़ा प्राप्त करने, आदि बातों की ओर अधिक उदासीनता रही है।
4. मछुआरों का अशिक्षित, गरीब, भाग्यवादी एवं कर्जदार बने रहने के साथ-साथ शराब, गलत खर्च व गलत आदतें ही उनके पिछड़ेपन के आधारभूत कारण हैं।
5. मछली उद्योग के पिछड़ेपन के प्रमुख कारणों को निम्नलिखित पंक्तियों के अन्तर्गत स्पष्ट किया जा सकता है। भारत में विभिन्न सम्प्रदाय के लोग निवास करते हैं। हिन्दुओं में कुछ उच्च वर्ग के लोग मछली व्यवसाय से नफरत करते हैं। केवल निम्न श्रेणियों के अशिक्षित एवं गरीब लोग ही मछली पकड़ने का कार्य करते हैं। ये पुराने तरीकों से मछलियाँ पकड़ते हैं। यह छोटी-छोटी नावों में बैठकर मछली पकड़ते हैं जिससे गहरे जल की बड़ी मछलियां नहीं पकड़ी जा सकतीं। 1980 के पश्चात् तट से दूर यन्त्रीकृत नावों एवं गहरे सागर से ट्रालर द्वारा प्रशिक्षित मछुआरे अब विकसित तकनीक द्वारा मछलियाँ पकड़ने लगे हैं। अब इसकी घरेलू मांग एवं निर्यात हेतु मांग दोनों में वृद्धि होती जा रही है।
6. मछुए लोग प्रायः छोटी-छोटी नवजात व अनार्थिक मछलियों को भी पकड़ लेते हैं।
7. कई मछुए तो मछलियाँ पकड़ने के साथ-साथ कृषि भी करते हैं अतः मछली

पकड़ने में वे पूर्ण रुचि नहीं लेते। इसके अतिरिक्त अधिकांश मछुए महाजनों के कर्जदार होते हैं, अतः पकड़ी गई मछलियाँ उन्हीं को सुपुर्द कर देनी पड़ती हैं। इस कारण से मछुए निरन्तर ग़रीब बने रहते हैं।

8. यातायात के माध्यमों का पूर्ण विकास न हो पाना ही मत्स्य उद्योग के पिछड़ेपन का प्रमुख कारण है। अब 1985 के पश्चात् विदेशी व स्वदेशी निजी पूंजीपतियों की सहायता से शीत भण्डार विकास कार्यक्रम को बढ़ावा दिया जा रहा है। इससे मछलियां लम्बे समय तक सुरक्षित व सही रह सकेंगीं।
9. पश्चिम बंगाल की कई नदियों तथा तमिलनाडु के कई तालाबों में रेती भरती जा रही है। इस कारण वहां मछलियों का प्रजनन भी कम होता जा रहा है।
10. कई नालों और तालाबों का जल प्रदूषित कर दिया जाता है जिससे मछलियाँ वहां रहने ही नहीं पातीं। बंगाल के कई तालाबों में जूट धोने के कारण मछलियों के लिए जल विषैला हो जाता है।

उपर्युक्त वर्णित विभिन्न कारणों की वजह से आज की भारत में मछली पकड़ने के उद्योग में सम्पूर्ण रूप से विकास नहीं हो सका है, जिससे देश में मछली उद्योग अन्य उद्योगों से काफी पिछड़ा हुआ है।

मत्स्य उद्योग का विकास

भारत में 8,118 किलोमीटर लम्बी तट रेखा, अनेक सदावाहिनी नदियों तथा 1.6 लाख हेक्टेटर मग्नतट और 100 फैदम की गहराई वाला समुद्र निकट होने तथा सामुद्रिक कटानों और खाड़ियों, लैगूनों दलदली क्षेत्रों एवं नदियों के चौड़े मुहाने में मछलियों के उत्पादन को बढ़ाने की पर्याप्त सम्भावनाएँ मिलती हैं जिनका उपयोग किया जा सकता है। इन भागों में उचित मात्रा में मछलियाँ पकड़ी जा सकती हैं। इसी तरह दामोदर घाटी, भाखड़ा-नंगल, चम्बल, कोसी, हीराकुण्ड, नागार्जुनसागर प्रभृति बहुमुखी परियोजनाओं के अन्तर्गत भी मछलियों का उत्पादन बढ़ाया जा सकता है।

विगत कुछ वर्षों में मछली उद्योग को उन्नतिशील व प्रभावशाली बनाने के लिए केन्द्र और राज्य प्रशासन द्वारा महत्त्वपूर्ण कदम उठाये गये हैं योजनाकाल में भारत को मछली उत्पादन के सम्बन्ध में यान्त्रिक सहायता Indo-U.S.A. Technical Mission Programme; Indo-Norwegian Fisheries community Development Programme और F.A.O. प्रभृति संस्थाओं के अन्तर्गत मिल रही हैं।

प्रशासनिक उपाय

केन्द्र प्रशासन द्वारा इस उद्योग को उन्नतिशील बनाने के लिए विभिन्न प्रकार के विशिष्ट कदम उठाये गये हैं जिसमें कुछ प्रमुख कदमों को निम्न बिन्दुओं के द्वारा समझा जा सकता है—

(1) मछुओं को मछली पकड़ने के आधुनिक तरीकों में प्रशिक्षण देने के लिए **सतपाटी** (महाराष्ट्र), **बेरावबल** (सौराष्ट्र), **कोजन और तुतुकुण्डी** (तमिलनाडु) में प्रशिक्षण केन्द्र स्थापित किये गये हैं। गुजरात के गहरे समुद्र में मछली पकड़ने का प्रशिक्षण देने वाले केन्द्र में इस उद्योग के आधुनिक तरीके सिखाये जाते हैं। कोलकाता एवं मुम्बई में केन्द्रीय मछली गवेषणा केन्द्र में नदियों और झीलों या तालाबों में अधिक से अधिक मछली पकड़ने का प्रशिक्षण दिया जाता है। पंजाब में मछली पकड़ने और उनकी बिक्री के लिए विशेष सहकारी विपणन व्यवस्था का प्रबन्ध किया जाता है। अमृतसर, जालन्धर, लुधियाना, फिरोजपुर, अम्बाला, शिमला, करनाल और पानीपत में मछलियों की बिक्री के लिए सहकारी एवं सरकारी स्तर पर दुकानें खोली गयी हैं।

(2) मछलियों के पकड़ने और उत्पादन बढ़ाने के लिए पूर्वी तट पर **कन्नानूर** और **रोयापुरम** (तमिलनाडु); **धमारा;** (उड़ीसा) और पश्चिमी तट पर **होनावर** माल्पे, तूतीकोरिन, कसारगोड, मल्लीपट्टनम् **कारवाड़** (कर्नाटक); **कांडला, वेरावल** गयारोल, पोरबन्दर (गुजरात); **विशिंजम** कोच्चि, (केरल); **सैसन रॉक्स** रत्नागिरि (महाराष्ट्र) और **पोर्ट ब्लेअर** (अण्डमान-निकोबार) में विशेष मत्स्यखेत पोताश्रय बनाये गये हैं।

(3) दक्षिणी भारत के प्रमुख रेल मार्गों पर द्रुतगामी रेलगाड़ियों में शीत भण्डार चालू किये गये हैं जिनके द्वारा मछलियाँ शीघ्रता से और सुरक्षित दशा में उपभोग के केन्द्रों तक पहुँचायी जा सकती हैं।

(4) केन्द्रीय मछली शिक्षा केन्द्र (Central Institute of Fisheries Education) मुम्बई तथा इसके अन्य केन्द्र बैरकपुर, आगरा तथा हैदराबाद में भी हैं। जहाँ मछुआरों को प्रशिक्षित किया जाता है।

(5) मछलियों को सुरक्षित रखने के लिए शीत भण्डार एवं सुखाने व परिष्करण की इकाइयाँ स्थापित की गई हैं। **महाराष्ट्र** के मालवान, रत्नागिरि, मुम्बई, चौंदिया, पुणे और आकोला में; **तमिलनाडु** के चेन्नई, तुतुकुण्डी, कड्डालोर और नीलकराय में; **केरल** के कोझीकोड, कोच्चि, क्विलोन और तिरुवनन्तपुरम में बर्फ की फैक्टरियाँ भी स्थापित की गयी हैं। रत्नागिरि और कनारा जिलों में मछलियों में मसाला लगाने के लिए उपयक्त स्थान बनाये गये हैं।

(6) भारत सरकार ने मछलियों की नवीन उत्पादनों की खोज हेतु मछली शोध केन्द्र स्थापित की है। ताजे जल की मछलियों के लिए कोलकाता के **बैरकपुर** में, सामुद्रिक मछलियों के लिए तमिलनाडु में **मंडपम** और मुम्बई में अनुसन्धानशालाएँ खोली गई हैं। मुम्बई में एक केन्द्रीय अनुसंधानशाला भी है, इसकी शाखाएँ कोलकाता, कटक और चेन्नई में भी हैं। इनमें मछलियों का उत्पादन बढ़ाने व अच्छी नस्ल की मछलियों को पालने सम्बंधी अनुसंधान किये जाते हैं।

(7) विश्व बैंक के सहयोग से एकीकृत सामुद्रिक मछली विकास परियोजना के अन्तर्गत नये हारबर निजामापट्टनम, भवनापाड़ू, निन्दराकरा, नीलेश्वरम, मुन्नक्काकड़वू, चेरावथूर और विशाखापट्टम (द्वितीय चरण) पूरे किये जा रहे हैं।

(8) मछुओं की दशा सुधारने के लिए महाराष्ट्र, कर्नाटक, केरल, आन्ध्र प्रदेश, तमिलनाडु और उड़ीसा में लगभग 8,600 सहकारी समितियाँ स्थापित की गयी हैं। इनका कार्य अपने सदस्यों की पकड़ी हुई मछलियों को बेचना और मछुओं को ऋण व सहायता देना, यन्त्र चलित नाव, जाल, उन्नत उपकरण एवं परिष्करण के साधन हेतु सहायता, ऋण व अनुदान भी दिया जाता है। नयी यान्त्रिक नावें बनाने के कारखाने गुजरात, महाराष्ट्र, कर्नाटक, केरल, तमिलनाडु और आन्ध्र प्रदेश में स्थापित किये गये हैं।

(9) The Central Institute of Fisheries Nautieal & Engineering Training (CIFNET) द्वारा **कोच्चि** और **विशाखापट्टनम** में मछुआरों को ट्रेनिंग दी जाती है। इस संस्था की क्षमता 350-400 लोगों को प्रशिक्षण देने की है।

(10) Exploratory Fisheries Project के अन्तर्गत गहरे समुद्र में 27 ट्रालरों की सहायता से नये मछली क्षेत्रों का पता लगाया जा रहा है। अभी तक 80 मीटर गहरे समुद्र पश्चिमी तट पर 90% क्षेत्र का सर्वोक्षण किया जा चुका है।

(11) मछली पकड़ने के लिए नये प्रकार की मोटर नौकाओं को लिया गया है। भारत के तटीय भागों में 40 हजार मोटर नौकाओं एवं 280 बड़े मशीनीकृत ट्रालरों का प्रयोग मछली पकड़ने में हो रहा है। गुजरात में देशी नावों में इंजन लगाये गये हैं। बेसीन से सूरत तक ऐसी सुधरी हुई नावें प्रचलित हैं जो बहुत सुन्दर हैं और जिनमें कई दिनों तक मछलियाँ रखी जा सकती हैं। केरल, कर्नाटक और आन्ध्र प्रदेश में भी नयी तरह की नावें बनायी गयी हैं। ऐसी नावें समुद्र गें 24 किलोमीटर दूर तक जा सकती हैं। मुम्बई में 1997 से एक यान्त्रिक नावों की इकाई चालू की गई है।

समुद्र तट के निकट एवं गहरे समुद्र में **मत्स्य सर्वेक्षण** (The Fishery Survey of India) के लिए 10 आधार-केन्द्र बनाये गये हैं जिनसे 25 ट्रालरों के

द्वारा यह कार्य किया जा रहा है। ताजे पानी की मछलियों के विकास के लिए केन्द्रीय कार्यक्रमों के अन्तर्गत 130 मत्स्य विकास एजेंसियों को सहायता प्रदान की जा रही है।

भारत में 6ठवीं पंचवर्षीय योजना अवधि से मछली उद्योग के व्यवसाय पर सरकार के अनुसार ध्यान दिया जा रहा है। इस योजना काल में पहली संसाधन विकास की विविध परियोजनाओं पर खर्चे किए गए।

सातवीं योजना में मत्स्य विकास की अनेक चरणों व प्रोजेक्ट वाली विशेष क्षेत्रवार योजनाएँ बनाई गईं। इसमें केन्द्र सरकार का योगदान 500 करोड़ रुपये था। समुद्र क्षेत्रीय योजना के विकास हेतु भी सम्बन्धित राज्य सरकारों से मिलकर विशेष कार्यक्रम सुविधाएँ श्रिम्प मछली फार्मिंग एवं मछली पकड़ने के उपकरण, नावें एवं मछुओं की बस्तियों के व बन्दरगाहों के विकास के कार्यक्रम इस योजना में पूरे किए गए।

आठवीं योजना (1992-97) के दौरान मत्स्य विकास पर कुल 2,800 करोड़ खर्च किये गये हैं। वर्ष 2000-01 में 36,394 हेक्टेयर नये क्षेत्र में सघन मछली पालन कार्यक्रम चलाया गया। उपर्युक्त सभी प्रयासों से ही 1990 के पश्चात् देश में मछली उत्पादन में तेजी से वृद्धि होती जा रही है। वर्ष 2001-02 में मछली का उत्पादन 59.56 लाख टन को भी पार कर चुका है। यह 1950-51 की तुलना में लगभग आठ गुना से भी अधिक है।

निर्यात—मत्स्य व समुद्री उत्पाद के निर्यात में लगातार बढ़ोत्तरी हो रही है। 2001-02 में भारत में 59.56 लाख टन मछली व समुद्री उत्पाद का निर्यात 5,815 करोड़ रुपये का किया गया। इससे जापान, संयुक्त राज्य, यूरोप के देशों को श्रिम्प (झींगा) मछली के निर्यात में तेजी से वृद्धि हुई है।

थोड़े में यह कहा जा सकता है कि भारत में मतस्य उद्योग तीव्रगति की तीव्र गति से वृद्धि हो रही है। इस उद्योग से अधिक परिवार की रोजी रोटी चल रही है। स्वतंत्रता प्राप्ति के उपरांत निम्न पंचवर्षीय योजनाओं इस उद्योग के विकास पर भी बल दिया जा रहा है।

5

काष्ठशिल्प : प्रशिक्षण एवं रोजगार के अवसर

भारत में काष्ठ कला का अत्यधिक महत्व है। इस कला में विभिन्न प्रकार की लकड़ियों का प्रयोग किया जाता है। काष्ठकला के क्षेत्र में प्रमुख रूप से उन लकड़ियों का अधिक महत्व दिया जा रहा है जो अधिक मजबूत व टिकाऊ होती हैं। नीचे इस प्रकार की कुछ प्रमुख लकड़ियों पर संक्षिप्त प्रकाश डाला गया है—

1. आम—आम एक उपयोगी वृक्ष है। यह लगभग पूरे भारत में पाया जाता है। उष्ण कटिबन्धीय इलाकों में इसकी अधिकता है। इसकी लकड़ी बरसात में फूलती है और गर्मी में सिकुड़ती है। इसके रेशे उलझे हुए होते हैं तथा इस पर पॉलिश सुन्दर नहीं होती। यह लकड़ी सख्त होती है। इससे किवाड़, नाव, पैकिंग केसेज तथा मामूली प्रकार का फर्नीचर बनाया जाता है।

2. शीशम—शीशम की लकड़ी मजबूत व टिकाऊपन के लिये अधिक प्रसिद्ध है इसलिए इसका प्रयोग इमारतों आदि में किया जाता है। शीशम के पेड़ प्रायः 1000 मीटर तक लम्बे पाए जाते हैं। भारत के प्रायः सभी भागों में कुछ न कुछ मात्रा में शीशम के पेड़ देखने को मिलते हैं। नेपाल की तराई का शीशम और स्थानों के शीशम से अच्छा होता है। इनकी कच्चा लकड़ी सफेद और कभी-कभी बादामी रंग की भी होती है। सफेद लकड़ी में कीटाणुओं का आक्रमण शीघ्रता से होता है। पक्की लकड़ी गहरे भूरे रंग की होती है और उसमें हल्की काली धारियाँ होती हैं। शीशम की लकड़ी का प्रमुखतया फर्नीचर, भवन, निर्माण, कृषि यन्त्र व औजारों के दस्ते आदि के कार्य में किया जाता है।

3. रोजवुड—यह लकड़ी बहुत ही मजबूत व रेशेदार होती है। यह गोंडा,

भड़ौंच, हिमालय तथा भारत के पश्चिमी तट पर पायी जाती है। मैसूर में इस लकड़ी से बढ़िया फर्नीचर बनता है। इसका उपयोग खेती के औजार, यन्त्रों के हत्थे, गाड़ी के पहियों की धुरी, छड़ी व अन्य सामान आदि बनाने में किया जाता है।

4. सागौन—सागौन की लकड़ी बहुत ही उपयोग, मजबूत व टिकाऊ होती है। यह एक बार सूखने के बाद फिर नहीं सिकुड़ती। भारत में सागौन के वृक्ष अधिकतर पश्चिमी घाट, नीलगिरि और मध्य प्रदेश में मिलते हैं। सागौन उत्पादन का सबसे महत्त्वपूर्ण स्थान मध्य प्रदेश के होशंगाबाद तथा बम्बई के खानदेश के जिले हैं। यह लकड़ी मूल्यवान होती है, इसलिए इस पेड़ का वृक्षारोपण भारतवर्ष में सबसे अधिक हुआ है। सागौन की गुणवत्ता को देखते हुए इसके वृक्षारोपण पर अधिक बल दिया जाता है।

सागौन की लकड़ी का प्रयोग फर्नीचर, रेल के डिब्बे, पटरी, जहाज व इमारती काम में आता है। इस पर नक्कासी का काम अच्छा होता है तथा पॉलिस बहुत सुन्दर होती है।

5. बबूल—बबूल लकड़ी वजन में भारी, सख्त व टिकाऊ होती है। कच्ची लकड़ी सफेद और पक्की लकड़ी लाल व भूरे रंग की होती है। इसमें लचक भी पायी जाती है। बबूल के पेड़ से हमें गोंद भी प्राप्त होता है। बबूल के वृक्ष उन स्थानों पर अधिक पाये जाते हैं, जहाँ वर्षा कम होती है। इसलिए यह प्रायः गुजरात, राजस्थान, पंजाब, हरियाणा तथा उत्तर प्रदेश के शुष्क भागों में मिलते हैं। इसकी छाल चमड़ा रंगने के काम आती है। इसकी लकड़ी से छत की कड़ियाँ, खेती में काम आने वाले औजार, हल, गाड़ी के पहिये आदि बनाये जाते हैं। बबूल की लकड़ी का प्रयोग जलाने के लिए भी किया जाता है।

6. देवदार—देवदार पठारों पर पाया जाने वाला वृक्ष है। यह पेड़ नुकीली पत्ती वाला होता है। इसकी ऊँचाई 35 मीटर तक होती है। यह हिमालय पर गढ़वाल से लेकर पश्चिम में जौनसार, पंजाब की पहाड़ियों तथा काश्मीर तक और शुष्क कटिबन्धों में पाया जाता है। उत्तरी-पश्चिमी हिमालय में काम आने योग्य देवदार के पेड़ 2 हजार वर्गमील में स्थित हैं। देवदार की लकड़ी पीलापन लिए हुए भूरी, हल्की, तेलयुक्त, अति सुगन्धित व मजबूत होती है। देवदार का वृक्ष तेलयुक्त होता है इसलिए इसमें दीमक नहीं लगती है। इसका प्रयोग पैटर्न, स्लीपर, खेल का सामान बनाने में किया जाता है।

काष्ठ शिल्प में प्रयोग किये जाने वाले कुछ प्रमुख उपकरणों को निम्न प्रकार से स्पष्ट किया जा सकता है।

आरियाँ

आरी एक उपकरण है जो काष्ठकला हेतु बहुत ही महत्त्वपूर्ण है। आरियाँ कई प्रकार की होती हैं, जो कि आवश्यकतानुसार भिन्न-भिन्न प्रकार से लकड़ी काटते या चीरते समय प्रयोग की जाती हैं। कुछ प्रमुख प्रकार की आरियों के बारे में संक्षिप्त जानकारी निम्न प्रकार दी गयी है—

1. बैंक सा या टेनन सा—यह टेनन में चूल काटने व लकड़ी के छोटे-छोटे टुकड़ों को आड़ा व सीधा काटने में काम आती है।

2. सीधी काटने वाली आरी—इस प्रकार की आरियाँ चार प्रकार की होती हैं जो निम्न प्रकार वर्णित हैं—

(अ) साधारण आरी या देशी आरी—इस आरी का प्रयोग अधिकांश देहातों में किया जाता है।

(ब) रिप सा—इसका प्रयोग रेशों के अनुकूल लकड़ी को काटने के लिये किया जाता है—

(स) क्रास कट सा—इसका प्रयोग आड़े, व खड़े रेशों के अनुसार लकड़ी को काटने के लिए किया जाता है।

(द) पैनल सॉ—यह आरी लड़की के पट्टे काटने के काम आती है।

3. गोलाई में काटने वाली आरियाँ—गोलाई में लकड़ी काटने के लिए इन आरियों का प्रयोग किया जाता है। इस आरी से लकड़ी के अन्दर गोलाई काटी जाती है।

(अ) की होल सा या पैड सा—यह कम्पास का छोटा-सा रूप है, किन्तु हत्था गोल व लम्बा होता है। इस आरी से लकड़ी के अन्दर गोलाई काटी जाती है।

(ब) कम्पास सा—यह आरी लकड़ी को गोलाई में काटने के लिए काम आती है। इसका फल आगे की ओर सकराव हत्थे के पास चौड़ा होता है।

(स) धनुषाकारी आरी—यह विशेष रूप रो कम व्यास की गोलाई में लकड़ी काटने के काम आती है।

(द) कोपिंग सा—यह लकड़ी में गोलाई काटने के काम आती है।

(य) फ्रेट सा—प्लाई वुड अथवा पतली व मुलायम लकड़ियों में अधिक गोलाईदार डिजाइन काटने के लिए इसका प्रयोग किया जाता है।

रिप आरी की रचना

रिप आरी या बड़ी आरी की संरचना को निम्न प्रकार समझा जा सकता है—

1. फल—फल अच्छे किस्म के इस्पात का बना होता है। इसकी लम्बाई 70 सेमी. तक होती है तथा हत्थे के पास वाले भाग की अपेक्षा अग्र भाग कम चौड़ा होता है। हत्थे के पास फल की चौड़ाई 15 सेन्टीमीटर तक होती है तथा अग्र भाग 6 सेमी. तक चौड़ा होता है। फल का ऊपर का किनारा सीधा या मुड़ा होता है। सीधे किनारे वाली आरी को स्टेट बैंक सा तथा मुड़े हुए किनारे वाली आरी को स्क्रू या बैंक सा कहते हैं, जो वजन में हल्की होती है। फल के अग्र भाग को टी तथा पिछले भाग को हेल कहते हैं।

2. दाँते—प्रायः एक इंच में 5 खाने होते हैं। अग्र भाग में इन दाँतों की संख्या 1 इंच बढ़ जाती है, जिससे लकड़ी काटने में सुविधा रहती है। आरी के दाँते दो कोण बनाते हैं, एक को पिच और दूसरे को गुलेट कहते हैं। रिप सा में पिच 90^0 का होता है। इस कोण के बढ़ जाने से दाँते लकड़ी को अधिक गहराई तक काट सकते हैं। रिप सा में गुलेट 60^0 का होता है। इस आरी के दाँते चिजलएज्ड होते हैं।

3. हत्था—अच्छे किस्म के हत्थे रोजवुड लकड़ी के बनाए जाते हैं। बीच वुड का प्रयोग भी हत्थे बनाने में किया जाता है। जिससे इन पर लगने वाला दबाव फल के मध्य भाग पर पड़ता है तथा लकड़ी काटने में कार्य सुगमतापूर्वक किया जा सकता है।

4. पेच—ये फल और हत्थे को मजबूती के साथ जोड़े रखते हैं। ये पीतल के होने चाहिएँ, जिससे फल मजबूती के साथ हत्थे से जुड़ा रहता है।

लकड़ी में दोष

लकड़ी में दो प्रकार की खराबियाँ पायी जाती हैं—प्राकृतिक व कृत्रिम। इन दोनों प्रकार की खराबियों को निम्न प्रकार स्पष्ट किया गया है—

(1) कृत्रिम दोष—लकड़ी में प्राकृतिक दोषों के अलावा कुछ कृत्रिम दोष भी पाये जाते हैं जो निम्न प्रकार वर्णित हैं—

(अ) फटान—लकड़ी के असमान रूप से सूखने के कारण वह बीच से फट जाती है, इसको लकड़ी का फटना या चटकना कहते हैं।

(ब) सिकुड़ना—वृक्ष कटने के बाद नमी छोड़ते हैं। लकड़ी नमी छोड़ने पर सिकुड़ती है तथा नमी पाकर फूलती है। इसलिए लकड़ी को नमी से बचाना चाहिए।

(2.) प्राकृतिक दोष—पेड़ में विभिन्न प्रकार के प्राकृतिक दोष पाये जाते हैं। कुछ प्रमुख दोषों का उल्लेख निम्न रूपों में किया गया है—

(अ) ऐंठे हुए रेशे—लकड़ी में रेशे प्रायः सीधे होते हैं, किन्तु कभी-कभी

प्राकृतिक कारणों से ये टेढ़े-मेड़े या तिरछे मुड़ जाते हैं, जिससे लकड़ी चीरने व रन्दा करने में असुविधा होती है। ऐसे रेशों की लकड़ी का धरातल चिकना नहीं होता तथा उसमें सफाई अच्छी नहीं आती है, किन्तु डिजायन के काम में प्रायः इसी लकड़ी का प्रयोग किया जाता है।

(ब) चक्राकार रेशे—लकड़ी में कभी-कभी रेशे गोलाकार रूप में घूमे रहते हैं, जिससे रन्दा करने में बड़ी कठिनाई होती है।

(स) असमान आकार—जब पेड़ का तना वृत्ताकार आकृति में न होकर कहीं पर अधिक दब जाता है तो ऐसे तने को असमान आकार का तना कहते हैं। ऐसे तने से जब चिराई करके तख्ते आदि निकालते हैं तो उसमें से काफी लकड़ी बेकार हो जाती है।

(द) गाँठें—जब लकड़ी के रेशे किसी डाली के निकलने पर घूम जाते हैं तथा जड़ों द्वारा भेजा हुआ भोजन आगे नहीं बढ़ता व वहीं एकत्रित हो जाता है तो इन रेशों का आकार गोलाकार हो जाता है, इसे गाँठ कहते हैं। ये गाँठें तीन प्रकार की होती हैं—**प्रथम जीवित गाँठ**—जो लकड़ी के रेशे के साथ बँधी रहती है। और चोट मारने पर भी लकड़ी से बाहर नहीं निकलती हैं। दूसरा **मृत गाँठ**—जिसका सम्बन्ध लकड़ी के रेशों के साथ बहुत कम रहता है। यह चोट मारने पर लकड़ी से बाहर निकल जाती है। तीसरा **उलझी गाँठ**—जो रेशे के विपरीत होती है व पेड़ पूर्णतः पक जाने के बाद न काटे जाने पर उसमें खोखलापन सा जाता है। सफाई अच्छी नहीं आती तथा काम करने में असुविधा रहती है।

(य) बर—कभी-कभी किसी पेड़ के कुब्बड़ निकल आता है, जो बर कहलाता हैं। इसकी लकड़ी रेडियो केबिनेट आदि बनाने के काम आती है, क्योंकि इसमें डिजायन अच्छी दिखायी देती है। लेकिन इस लकड़ी पर रन्दा करने में अधिक कठिनाई होती है।

लकड़ी में रोग

लकड़ी में विभिन्न प्रकार के रोग भी लगते है जो धीरे-धीरे लकड़ी को नष्ट कर देती हैं। कुछ प्रमुख रोगों के बारे में संक्षिप्त जानकारी निम्न प्रकार दी गयी है—

1. गीली सड़ान—जब किसी लकड़ी को निरन्तर पानी में या नम जगह में रखते हैं तो वह लकड़ी धीरे-धीरे सड़ने और गलने लगती है। इससे लकड़ी धीरे-धीरे नष्ट हो जाती है।

2. सूखी सड़ान—जब पेड़ का तना किसी प्रकार से खोखला हो जाता है तो

उसमें नाना प्रकार के जीव बसेरा करने लगते हैं। उस खोखले स्थान में वर्षा का पानी भर जाता है। इस पानी के सड़ने से खोखलापन बढ़ता है और तने का रंग काला पड़ जाता है।

3. वृद्धावस्था—पेड़ पूर्णतः पक जाने के बाद न काटे जाने पर उसमें खोखलापन आ जाता है। पेड़ से घुले हुए पदार्थ को तने के रास्ते ऊपर पहुँचता है। उस घुले हुए मिश्रण में कुछ ऐसे तत्त्व होते हैं जो उसके मृत भाग पर अपना कुप्रभाव डालते हैं। जिससे वह हिस्सा जल जाता है तथा सड़ने लगता है। इस प्रकार पेड़ खोखला हो जाता है जबकि वह बाहर से अच्छा दिखायी देता है।

4. पथरी—जब पृथ्वी के तत्त्व घुलकर जड़ों द्वारा तने के रास्ते से ऊपर जाते हैं तो जो चूने का घुला हुआ भाग तने में रह जाता है, वह चूना वहीं जमा हो जाता है, इसे पथरी कहते हैं। इससे भोजन पूर्ण रूप से पेड़ में नहीं पहुँचता। तने की चिराई करने पर यह स्पष्ट रूप से दिखायी देता है।

लकड़ी की विधि

लकड़ी की सुरक्षा कर उसका अधिक समय तक प्रयोग किया जा सकता है इसकी सुरक्षा हेतु हम निम्न प्रकार के तरीके अपना सकते हैं—

1. जिंक ऑक्साइड या मरकरी ऑक्साइड—यह एक रासायनिक पदार्थ है जिन्हें पानी में घोलकर लकड़ी पर लगाते हैं। इससे लकड़ी पर कीटाणुओं का हानिकारक प्रभाव नहीं पड़ता है।

2. जातियो—इसे स्प्रिट पॉलिश कहते हैं। जिसका निर्माण मैथेलिटेट स्प्रिट तथा लाख आदि के मिश्रण द्वारा किया जाता है, इससे लकड़ी की प्राकृतिक सुन्दरता बनी रहती है और लकड़ी पर मौसम का असर भी नहीं होता है।

3. वार्निश—इसका प्रयोग सख्त और मुलायम दोनों प्रकार की लकड़ी के लिए किया जाता है। यह पॉलिश से मोटी होती है, इसमें लकड़ी के रेशे दिखायी देते हैं। इसका प्रयोग रंग में मिलाकर भी किया जा सकता है।

4. पम्पिग सिस्टम या क्रिओसॉटिंग विधि—इस विधि में लकड़ी को एक खोखले पम्प में डाल देते हैं तथा उस पम्प की हवा वॉल्व द्वारा बाहर निकाल लेते हैं। इसके बाद दबाव से लोबान का तेल पम्प के अन्दर डाला जाता है जो छिद्रों द्वारा लकड़ी के अन्दर प्रवेश कर जाता है, जिससे लकड़ी पर मौसम का और कीटाणुओं का प्रभाव नहीं पड़ता। इसके अलावा क्री ओसॉट तेल लकड़ी पर ब्रुश द्वारा भी लगाया जाता है।

5. टब द्वारा सुरक्षा–लकड़ी की सुरक्षा हेतु यह एक उपयुक्त विधि है। लोहे के बड़े टब के पानी में कॉपर सल्फेट या जिंक ऑक्साइड मिला देते हैं तथा लट्ठों को इसमें डाल देते हैं। कुछ समय बाद लट्ठे बाहर निकाल लिये जाते हैं। इस प्रकार लट्ठों पर यह घोल अच्छी तरह अपना असर करता है।

6. जलाकर–यह विधि उस लकड़ी पर प्रयोग की जाती है जिसे जमीन के अन्दर गाड़ना हो। जब लकड़ी के किसी लट्ठे को पृथ्वी में गाढ़ते हैं तो उसका सम्पर्क धरातल में विद्यमान पदार्थों से होता है। धरातल में कुछ ऐसे तत्त्व हैं जो विसर्जन का कार्य करते हैं। उनसे बचाने के लिए हम लकड़ी के उस भाग की 4 इंच मोटी सतह को जो जमीन में गाढ़ी जाती है, चारों ओर से जला देते हैं। जिससे लकड़ी व धरातल तत्त्वों के बीच कोयले की एक इंच मोटी परत आ जाती है। इससे धरातल के विनाशकारी तत्त्व लकड़ी पर अपना प्रभाव नहीं डाल पाते।

7. तारकोल लगाकर–इस विधि का प्रयोग भी लकड़ी को जमीन या दीवार के अन्दर गाड़ने हेतु किया जाता है। तारकोल में यह विशेषता होती है कि उस पर पानी या सील का कोई प्रभाव नहीं पड़ता। इसके अतिरिक्त यह विषैला भी होता है, जिससे इस पर कीटाणु आदि का असर नहीं पड़ता है।

8. नीलाथोथा लगाकर–नीलाथोथा जहरीला होता है। इसको पानी में घोलकर ब्रुश द्वारा लकड़ी पर लगाते हैं। नीलाथोथा को प्रयोग में लाने से 12 घण्टे पूर्व ही पानी में डाल देते हैं। लकड़ी के जिन भागों पर पॉलिश की आवश्यकता नहीं होती, उन भागों पर नीले थोथे का घोल लगाते हैं।

उपरोक्त विधियों का प्रयोग कर लकड़ी की सुरक्षा की जाती है जिससे लकड़ी की उम्र बढ़ जाती है। उसके प्राकृतिक गुणों की रक्षा होती है तथा उसकी उपयोगिता बनी रहती है।

रन्दे की धार

लकड़ी को सही तरह से रन्दा किया जा सके इसलिये रन्दे की धार का तेज होना जरूरी है साथ ही उनका स्टॉक में ठीक ढंग से लगे रहना भी जरूरी है। कार्य करते समय यदि रन्दे की धार टूट जाती है या मोटी हो जाती है तब धार लगाने के लिए रन्दे की तेग को स्टॉक से अलग कर लेना चाहिए। रन्दे की तेग पर धार रखने के लिए निम्न विधि से धार तेज करते हैं–

1. यदि हम धार को तेज करने की कोशिश करेंगे तो तेग का अधिकांश भाग घिसकर नष्ट हो जाएगा।

2. साण लगाते समय तेग को बराबर खिसकाते रहना चाहिए, जिससे रन्दे की टूटी धार का साण द्वारा तेग का ढलवाँ धरातल तैयार किया जाता है।

3. ढलवें धरातल के लिए लगभग 30^0 का कोण बनाने के लिए ढलवाँ धरातल की चौड़ाई तेग की मोटाई से दुगनी रहनी चाहिए।

4. साण पत्थर की चकरी तथा एमरी ह्वील द्वारा लगाई जाती है।

5. साण लगाते समय धार को बहुत तेज नहीं करना चाहिए, क्योंकि इससे सही व तेज धार नहीं हो सकती। इससे तेग की धार बनी रहे।

धार लगाते समय सावधानियाँ

(अ) सिल्ली करना—सिल्ली करते समय निम्नलिखित बातों पर ध्यान देना चाहिए—

1. फेस साइड को सिल्ली की सतह के अनुकूल अर्थात् सिल्ली की साइड के साथ 90^0 के कोण पर रखना चाहिए।

2. ढलवाँ धरातल को, सिल्ली पर घिसते समय उसकी सतह से 30^0 के कोण पर रखना चाहिए।

(ब) साण लगाना—रन्दे पर साण लगाते समय प्रमुख रूप से निम्नलिखित बातों पर ध्यान देना चाहिए—

(1) ढलवाँ धरातल के कोण का ध्यान रखना चाहिए।

(2) पत्थर की चकरी पर साण लगाते समय उस पर पानी डालते रहना चाहिए।

(3) चकरी को फल की तरफ घुमाना चाहिए।

(4) रन्दे पर साण लगाते समय फल पर अधिक जोर नहीं देना चाहिए।

(5) फल के गर्म होने पर वह नर्म पड़ जाता है तथा उसका पानी उतर जाता है, इसलिए बीच-बीच में फल को पानी में ठण्डा करते रहना चाहिए।

(6) फल को एक ही स्थान पर नहीं रखना चाहिए।

रन्दा चलाते समय सावधानियाँ

रन्दा चलाते समय बहुत सी सावधानियाँ की जरूरत होती है। अतः निम्नलिखित बातों को ध्यान में रखकर ही रन्दा चलाना चाहिए।

(1) रन्दा चलाते समय बायाँ पैर आगे तथा दाहिना पैर पीछे रहना चाहिए, इससे रन्दे पर ताकत लगती है तथा रन्दा चलाने में सुविधा रहती है।

(2) रन्दा जब लकड़ी छीलना प्रारम्भ करे तब शुरू में दबाव बाएँ हाथ पर रखना चाहिए तथा जब समाप्ति पर हो तब दबाव दाहिने हाथ पर होना चाहिए, जिससे लकड़ी बराबर छिलती रहे अन्यथा उसका धरातल गोल हो जाएगा।

(3) जहाँ तक हो सके लकड़ी पर पूरी लम्बाई पर रन्दा चलाना चाहिए। इससे लकड़ी बराबर चिकनी होगी।

(4) लकड़ी का रन्दा होने पर यह ध्यान रखना चाहिए कि उसका तल समतल है या नहीं।

(5) रन्दे का अग्र भाग तेज होना चाहिए तथा पृष्ठ पोषक व पच्चर या फननी अच्छी तरह लगी होनी चाहिए।

(6) पच्चर के ढीले होने पर तेग निकलकर नीचे गिरने का भय रहता है अथवा वह अन्दर की ओर खिसक जाती है।

(7) कार्य करने के बाद रन्दे को तले के बल नहीं रखना चाहिए।

(8) तेग रन्दे के मुँह से अधिक बाहर नहीं होना चाहिए। तेग के अधिक बाहर होने से रन्दा चलाने में अधिक श्रम लगाना पड़ता है तथा सफाई अच्छी नहीं आती।

(9) तेग रन्दे के धरातल से ऊपर नहीं होनी चाहिए।

(10) रन्दे का पिछला भाग या हत्था दाहिने हाथ से तथा अग्र भाग बाएँ हाथ से पकड़ना चाहिए।

(11) रन्दा चलाते समय समय-समय पर रन्दे के मुँह को साफ करते रहना चाहिए।

(12) पच्चर के दोनों तरफ समान दबाव न होने के कारण रन्दा धड़-धड़ की आवाज करता है। अतः रन्दा चलाने से पहले अच्छी तरह उसकी देखभाल कर लेनी चाहिए।

मार्टिस तथा टेनन जोड़ इस जोड़ में दो

चूल तथा साल, इसमें दो जोड़ होते हैं जिस वजह से इन्हें मार्टिस तथा टेनन जोड़ कहते हैं। यह जोड़ बहुत ही प्रचलित है तथा प्रायः सभी कामों में इसका प्रयोग किया जाता है, क्योंकि इस जोड़ को लगाने की विधि व क्रिया सरल है तथा यह जोड़ मजबूत भी रहता है। मार्टिस व टेनन जोड़ के भी कई उपभाग होते हैं जिनका संक्षिप्त विवरण निम्न प्रकार है—

1. हौच्ड मार्टिस एण्ड टेनन जोड़—इस प्रकार का जोड़ लकड़ी के किनारे पर लगाया जाता है। इसमें चूल की चौड़ाई चूल की लकड़ी की चौड़ाई से कम रखी जाती

है। आवश्यकतानुसार चूल की चौड़ाई का थोड़ा-सा भाग काट कर उस चूल को साल में फिट कर देते हैं। इसका प्रयोग इमारती काम व सभी प्रकार के फर्नीचर आदि में किया जाता है।

2. डबल टेनन मार्टिस जोड़—इस प्रकार से जोड़ में एक लकड़ी में बराबर एक साथ दो चूल तथा दूसरी लकड़ी में दो साल होते हैं। इसलिए इसका नाम डबल टेनन मार्टिस जोड़ पड़ा है। जानकारी बड़ी चौखट आदि बनाना हो तो उसमें इसी प्रकार के जोड़ का प्रयोग किया जाता है।

3. ब्रिडिल जोड़ या लगामदार जोड़—यह जोड़ अन्य मार्टिस एण्ड टेनन जोड़ों से अलग हैं। इस जोड़ में सबसे पहले लकड़ी की मोटाई को तीन बराबर भागों में बाँटते हैं, फिर एक लकड़ी जिसमें चूल के स्थान पर गड्ढा बनाते हैं और दूसरी लकड़ी में आस-पास की लकड़ी हटाकर बीच का हिस्सा चूल की तरह रखते हैं। उस हिस्से को पहली लकड़ी में बने गड्ढे में फिट करने पर जोड़ तैयार हो जाता है।

4. कॉर्नर माइटर टेनन मार्टिस जोड़—इस जोड़ में ऊपर के हिस्से में माइटर के साथ-साथ टेनन मार्टिस भी होता है। यदि टेबल टॉप तथा बाजोट बनाने में होती तो उसमें इसी प्रकार का जोड़ लगाया जाता है।

5. थ्रू मार्टिस एण्ड टेनन जोड़—इस जोड़ में एक लकड़ी में चूल होता है तथा दूसरी लकड़ी में उसी नाम का साल आर-पार खोदकर उसमें वह चूल फिट कर दिया जाता है।

6. स्टब या ब्लाइंड मार्टिस एण्ड टेनन जोड़—यह जोड़ थ्रू मार्टिस एण्ड टेनन जोड़ से काफी मिलता जुलता है, परन्तु इसमें लकड़ी में जो छेद किया जाता है, वह आर-पार नहीं होता है और उसी के मुताबिक चूल भी छोटी होती है। इसका प्रयोग बढ़िया किस्म के फर्नीचर तथा इमारती काम में किया जाता है।

7. बेयर फेसेड मार्टिस एण्ड टेनन जोड़—इस जोड़ में चूल वाली लकड़ी पतली होती है तथा उसमें एक तरफ कन्धा होता है और दूसरी तरफ समतल भाग।

काष्ठ कला में ठोंकने व निकालने वाला यन्त्र

काष्ठ कला में विभिन्न प्रकार के यन्त्र प्रयोग किये जाते हैं। लकड़ी के नमूने बनाते, लकड़ी के एक भाग को दूसरे भाग से जोड़ने, कील, पेच आदि लगाने व निकालने के लिए कुछ यन्त्रों का प्रयोग आवश्यक है। इन कार्यों में काम आने वाले प्रमुख यन्त्र निम्न प्रकार हैं—

हथौड़ी—हथौड़ी कार्य की प्रकृति के अनुसार कई तरह की होती है। साधारण हथौड़ी कील ठोंकने व रिबेट करने के काम आती है। हथौड़ी के ऊपर का भाग पक्के लोहे का बना होता है। इसके विभिन्न भागों को अलग-अलग नाम से पुकारते हैं। जैसे—मत्था, फेस, पीन, चीक, आँख, हत्था, पच्चर आदि। इसकी आँख में लकड़ी का हत्था लगाया जाता है। हत्थे को मजबूत रखने के लिए आँख में एक पच्चर भी लगाई जाती है, जिससे हत्था निकल नहीं पाता है।

हथौड़ियों का आकार व माप कई तरह का होता है, जिन्हें अलग-अलग नामों से पुकारते हैं। लकड़ी के काम में पंजेदार हथौड़ी का प्रयोग अधिकतर होता है। इसके दो भाग होते हैं—एक मत्था और दूसरा हत्था। मत्थे का एक सिरा ठोंकने के काम आता है दूसरा सिरा चपटा व मुड़ा हुआ होता है, जिससे कील निकाली जा सके।

बसूला—बसूला एक औजार है जिसका प्रयोग लकड़ी को छीलने व काटने के लिए किया जाता है। फल की धार हत्थे के समकोण होती है। यह हत्थे की तरफ झुका रहता है और इसका ढलवाँ धरातल अन्दर की ओर रहता है। यह भारी होता है, अतः भारी काम व लकड़ी को अधिक छीलने के लिए इसका प्रयोग किया जाता है। यह नाव, खेती-बाड़ी के औजार तथा बैलगाड़ी के पहिये तथा कुएँ के भूण आदि बनाने के काम आता है। इस पर साण लगाते समय इसका हत्था अलग कर दिया जाता है, जिससे धार करने में सुविधा रहती है। भारी होने के कारण इससे चोट मारने का कार्य भी किया जाता है।

गुनिया—गुनिया द्वारा लकड़ी को वर्गाकार रूप में मापा जाता है। इसके निम्नलिखित दो भाग होते हैं—स्टॉक और फल। ये दोनों एक-दूसरे से 90^0 के कोण पर रिबिट्स द्वारा मजबूती से जुड़े रहते हैं। स्टॉक फल की अपेक्षा मोटे लोहे व लकड़ी का बना होता है। आधार से सही हिस्से पर लगाकर इससे लकड़ी के कोण के चौकोर होने की जाँच की जाती है। यह फल की अपेक्षा लम्बाई में छोटा होता है।

इसका फल पतले लोहे का बना होता है। इस पर इंच व इंचों के भाग के निशान लगे रहते हैं। इसकी लम्बाई 4 इंच से 12 इंच तक होती है, जो स्टॉक के फल के दूसरे किनारे तक नापी जाती है।

रूखानी के प्रयोग में सावधानियाँ

रूखानी का प्रयोग करते समय निम्नलिखित बातों का ध्यान रखना चाहिए—

(1) जहाँ रन्दे का प्रयोग सम्भव है, वहाँ रूखानी का प्रयोग नहीं करना चाहिए।

(2) रूखानी का प्रयोग करते समय हाथ धार से दूर रखना चाहिए।

(3) लकड़ी में रेशों का ध्यान रखते हुए रूखानी का प्रयोग करना चाहिए।

(4) रूखानी को लकड़ी में अधिक गहराई तक नहीं डालना चाहिए, क्योंकि इसमें श्रम अधिक लगता है तथा फल के टूटने का भय रहता है।

(5) रूखानी का प्रयोग भारी लकड़ी में गड्ढा करने में नहीं करना चाहिए।

(6) इसकी धारें तेज होनी चाहिएँ। धार की सुरक्षा के लिए रूखानी को कभी लोटे व पत्थर पर नहीं चलाना चाहिए।

वार्निश

वार्निश एक प्रकार की पॉलिश है जिसका प्रयोग लकड़ियों पर किया जाता है। साधारण तथा घटिया किस्म के फर्नीचर पर रंग या पॉलिश करने की अपेक्षा वार्निश का प्रयोग किया जाता है। लकड़ी की फिनिसिंग के पश्चात् सरेस में रामरज मिलाकर उस पर कोटिंग कर देते हैं। सूखने पर हल्के हाथ से रेगमाल करके उसे वार्निश के लिए तैयार किया जाता है। वार्निश रंग की भाँति बाजार में तैयार मिलता है। काष्ठ की बनी वस्तु पर ब्रुश से वार्निश का कोट कर देते हैं। यह सस्ता व श्रम बचाने वाला होता है।

सावधानियाँ

वार्निश करते समय निम्नलिखित बातों का ध्यान रखना आवश्यक है—

(3) ब्रुश में अधिक वार्निश नहीं होनी चाहिए। यदि ब्रुश में अधिक वार्निश आ गयी हो तो उसे वार्निश के डिब्बे में निचोड़ देना चाहिए। ब्रुश में अधिक वार्निश होने से वस्तु पर सफाई नहीं आती है।

(2) ब्रुश को सदैव सीधा चलाना चाहिए। वार्निश करते समय ब्रुश को लम्बवत् अर्थात् ऊपर से नीचे तथा फिर बायें से दाहिने चलाना उपयुक्त रहता है।

(3) वार्निश करने से पहले ऊपर बताये अनुसार लकड़ी की फिनिशिंग करके उसकी सतह को चिकना बना लेना चाहिए।

(4) वार्निश अच्छे किस्म के ब्रुश द्वारा करनी चाहिए।

लकड़ी सुखाना

काष्ठ उद्योग में सर्वाधिक महत्त्व पक्की लकड़ी को दिया जाता है। सेव वुड के बाद जो गहरे रंग की सख्त लकड़ी दिखाई देती है, वह पक्की लकड़ी कहलाती

है। पक्की लकड़ी का रंग भिन्न-भिन्न पाया जाता है। यह लकड़ी मजबूत व सख्त होती है तथा इसमें कच्ची लकड़ी की अपेक्षा कम नमी पायी जाती है। गीली लकड़ी में नमी होती है तथा उसमें एक प्रकार का रस होता है, जिसे Hygscopic Water कहते हैं। इस नमी या पानी को लकड़ी से निकालने की क्रिया को लकड़ी सुखाना कहते हैं। लकड़ी को सुखाने के बाद ही काम में लेते हैं। यदि पेड़ से काटते ही अथवा लकड़ी के पूरे सूखने से पहले उसका प्रयोग करते हैं तो हमें निम्न प्रकार की समस्याओं का सामना करना पड़ सकता है।

(1) लकड़ी का यह गुण है कि सूखने पर वह सिकुड़ती व ऐंठती है। इसलिए गीली लकड़ी से बना हुआ सामान सूखने पर सिकुड़ जाता है अथवा उसकी आकृति बिगड़ जाती है। उस वस्तु के जोड़ ढीले पड़ जाते हैं।

(2) गीली लकड़ी पर औजारों का प्रयोग होने से उसके रेशे उचड़ जाते हैं, जिससे तैयार माल पर सफाई नहीं आती व लकड़ी का धरातल चिकना नहीं होता।

(3) गीली लकड़ी से बने सामान पर रंग व पॉलिश ठीक ढंग से नहीं हो पाती। उनकी चमक खत्म हो जाती है, अतः लकड़ी को काम में लेने से पहले उसे अच्छी तरह से सुखा लेना चाहिए।

(4) गीली लकड़ी से बना हुआ सामान बहुत भारी होता है तथा औजारों का उस पर प्रयोग सुगमता से नहीं हो सकता।

(5) गीली लकड़ी में स्टार्च की अधिकता होने के कारण उसमें दीमक जल्दी लगती है।

लकड़ी सुखाने की विधि

लकड़ी को सुखाना एक महत्त्वपूर्ण प्रक्रिया है। यदि यह कार्य किसी विशेष तरीके द्वारा किया जाए तो लकड़ी सही तरह से सूखती है। हवा द्वारा लकड़ी सुखाने की सुगम विधि है। इस विधि में पहले जमीन पर 5 सेमी. की राख की परत बिछा दी जाती है। इसके बाद एक या डेढ़ फुट ऊँचा ईंटों का एक चबूतरा बनाकर इस पर तख्तों को रख देते हैं। तख्ते लगाते समय हमें इस बात का ध्यान रखना चाहिए कि उनके बीच में थोड़ी-थोड़ी जगह रहे ताकि हवा आर-पार जा सके। इस प्रकार जमाये हुए तख्तों को चट्टा लगाना कहते हैं। प्रायः चट्टा तख्तों की लम्बाई के अनुसार चौड़ा तथा 10 फुट के लगभग ऊँचा होता है। तख्तों को धूप व वर्षा से बचाने के लिए चट्टे पर एक छप्पर या टीन का भी प्रबन्ध करना चाहिए।

यदि समय कम है और लकड़ी को शीघ्र सुखाना है तो किल्न विधि का प्रयोग किया जाना चाहिए।

लकड़ी के रेशे भरना

लकड़ियों में रेशे भरने की आवश्यकता तब होती है जब उसमें छिद्र या दरारें पड़ जायें। पॉलिश करने से पहिले इनको भरना बहुत ही आवश्यक है। ऐसा न करने से लकड़ी पर सफाई व चिकनाहट नहीं आती। 'वुड फिलर', प्लास्टर ऑफ पेरिस व सूखा सफेदा बराबर मात्रा में तथा थोड़ा विनेटिन पाउडर को तेल में घोलकर तैयार किया जाता है। इसमें लकड़ी के रंग के अनुसार रंग भी मिलाया जाता है। हमेशा इसे लकड़ी के रंग के अनुसार ही तैयार किया जाता है, जिससे लकड़ी के रंग के साथ 'फिलर' का मेल हो जाय। 'फिलर' लकड़ी पर रेशों के विपरीत लगाया जाता है। खड़िया मिट्टी, रामरज आदि को तारपीन अथवा अलसी के तेल में मिला कर भी रेशे भरे जाते हैं। यह सबसे सुगम तरीका है। जब 'फिलर' सूख जाय तो लकड़ी पर हल्के हाथ से रेगमाल से घिस लेना चाहिए।

कब्जे का प्रयोग

कब्जे का प्रयोग दरवाजे, खिड़कियों, सन्दूकों और इसी प्रकार की अन्य वस्तुओं को, जिन्हें बार-बार खोलना और बन्द करना पड़ता है, को जोड़ने के लिए किया जाता है। कब्जे लोहे व पीतल के बने होते हैं। साधारणतया इनका नाप लम्बाई पर निर्भर करता है।

कब्जे के प्रकार

कब्जे कई प्रकार के होते हैं जिनका संक्षिप्त विवरण निम्न प्रकार है–

1. करवट कब्जा–इसके दोनों भाग एक साथ बन्द होने पर मिल जाते हैं। इनका प्रयोग दरवाजों तथा खिड़कियों में किया जाता है।

2. हेलिस्कोप कब्जा–इसका प्रयोग ज्यादातर कार्यालयों तथा सरकारी दफ्तरों की इमारतों में किया जाता है, जहाँ पर हर समय आने-जाने का काम रहता है। इसमें डबल सिस्टम एरेंजमेंट होता है, जिससे दरवाजा बाहर तथा अन्दर दोनों ओर खुल सकता है तथा खुलकर स्वतः ही अपनी पूर्व स्थिति में आ जाता है।

3. स्प्रिंग कब्जा–यह दुहरा धातु का बना होता है। इसमें लगी स्प्रिंग के

कारण दरवाजा सदा बन्द रहता है। दरवाजा खोलने के पश्चात् स्वतः ही बन्द हो जाता है। अधिकतर इसका प्रयोग जाली के दरवाजों में किया जाता है।

4. टी कब्जा—यह आकृति में अंग्रेजी के 'टी' अक्षर के समान होता है। इसका प्रयोग दरवाजों, सन्दूक तथा अन्य सुन्दर फर्नीचरों में किया जाता है।

5. बट कब्जा—यह बहुत ही साधारण कब्जा होता है, इसका प्रयोग सबसे अधिक होता है। ये अलमारी, दरवाजों व सन्दूकों आदि में काम आते हैं।

6. पार्लियामेन्ट कब्जा—यह आकार में बड़ा सुन्दर और मजबूत होता है, किन्तु यह एक करवट खुलता है। इसका प्रयोग विशेष रूप से बड़ी इमारतों के दरवाजों वगैरह में किया जाता है।

फोटो फ्रेम बनाना

लकड़ी द्वारा विभिन्न प्रकार के फोटोफ्रेम बनाये जाते हैं। फोटो फ्रेम बनाने के लिए बाजार में विभिन्न डिजायन एवं मोटाई की रीपें उपलब्ध हो जाती हैं। फोटो के साइज एवं पसन्द की डिजायन की रीपें लाकर माइटर बाक्स की सहायता से 45^0 के कोण में रीपों का मुँह काट कर उन्हें छोटी कीलों से जड़ दिया जाता है। इसके बाद भीतरी सतह पर शीशा, फोटो, गत्ता या प्लाईवुड लगा दिया जाता है। रिपेट लेन द्वारा झिरी बना ली जाती है। इस प्रकार फ्रेम तैयार करके बाद में लम्बाई के मध्य में दोनों ओर या चौड़ाई में ऊपर की ओर बराबर दूरी पर दो हुक फोटो टाँगने के लिए लगाये जाते हैं। इस प्रकार फ्रेम तैयार हो जाता है।

नेम प्लेट बनाना

नेमप्लेट बनाने के लिये सबसे पहले 11" × 4" × 1/2" के आकार की शीशम की लकड़ी का टुकड़ा काटकर रन्दे से उसे साफ कर लेना चाहिए। इसके पश्चात् लकड़ी की मोटाई के बराबर बाँधकर लकड़ी को ऊपरी सतह पर लगे चारों तरफ घुमायें। नेम प्लेट से आधी मोटाई तक ऊपरी सतह पर लगे खतकस के निशान तक लकड़ी को रन्दे द्वारा गोल कर लेना चाहिए। ऊपर की तरफ दो स्पाई हुक लगा देने के बाद नेम प्लेट तैयार हो जाएगी। इसके पश्चात् इस पर नाम लिखा जाता है।

साधारण ट्रे बनाना

लकड़ी की ट्रे भी बनाई जाती है। देवदार की लकड़ी के दो टुकड़े 45 × 10 × 1.4 सेमी. के एवं दो टुकड़े 30 × 10 × 1.4 सेमी. के लेकर रन्दे से अच्छी तरह

साफ कर लें। इसके पश्चात् चौड़ाई वाली दोनों लकड़ी की पट्टियों में पकड़ने के लिए खाँचे काट लेने चाहिए। इसके लिए पहले हैंड ड्रिल मशीन से सुराख करके, उनको रेती से साफ कर लेना चाहिएँ, जिससे ट्रे को उठाते समय उँगलियों में तकलीफ न हो। फिर रिबटें जोड़ आमने-सामने की लकड़ियों को सरेस तथा कीलों से जोड़ देना चाहिए। इस प्रकार ट्रे का फ्रेम तैयार हो जाएगा। इसके बाद चौखटे के नीचे के हिस्से में 6 मि.मी. मोटी या 47 × 32 सेमी. लम्बाई का प्लाईवुड का टुकड़ा, कीलों के द्वारा ठोंक दिया जाता है। इसके बाद स्प्रिट पालिस कर दी जाती है.इस प्रकार एक आकर्षक ट्रे बनकर तैयार हो जाती है।

6

ग्रन्थशिल्प : प्रशिक्षण एवं रोजगार के अवसर

ग्रन्थशिल्प एक कला है। इस शिल्प का प्रमुख उद्देश्य कला के प्रति जाग्रत करना। ग्रन्थशिल्प का कार्य करने से आत्मनिर्भरता, सहयोग की भावना समय का सदुपयोग आदि होता है। इस शिल्प के कार्य में कागज, दफ्ती आदि से निर्मित वस्तुओं का ज्ञान होना अति आवश्यक है। छात्रों के भावी जीवन के लिए यह बड़ी उपयोगी शिल्प है। खाली समय में पुस्तकों को जिल्द बाँधकर, लिफाफे, फाइल आदि बनाकर समय का सदुपयोग किया जा सकता है और धन भी पैदा किया जा सकता है।

ग्रन्थशिल्प का महत्व

ग्रन्थ शिल्प की कुछ प्रमुख विशेषताएँ इस प्रकार हैं—

1. मितव्ययी बनता है—छात्र बेकार वस्तुओं को न फेंककर उपयोग में लाता है, अतः आरम्भ से ही छात्र के अन्दर कम खर्च करने की भावना उत्पन्न हो जाती है।

2. विभिन्न यन्त्रों का ज्ञान हो जाता है—जब छात्र छोटे-बड़े सभी प्रकार के मॉडलों को बनाता है, तो से उसे सम्बन्धित यन्त्रों को चलाना व उनसे लाभ का ज्ञान हो जाता है।

3. समय का सदुपयोग होता है—छात्र अपने अवकाश के दिन तथा फालतू समय में शिल्प से सम्बन्धित वस्तुओं को बनाकर बेच सकते हैं। इस प्रकार समय के सदुपयोग के साथ-साथ धन भी पैदा हो जाता है।

4. कला के प्रति रुचि उत्पन्न होती है—ग्रन्थ शिल्प का प्रमुख उद्देश्य कला के प्रति रुचि जाग्रत करना होता है। छात्र कला के माध्यम से मॉडल में सजावट करता है अतः उसमें कला के प्रति रुचि उत्पन्न होती है।

5. आत्म-निर्भर बनता है—छात्र स्वयं निर्मित वस्तुओं को बेचकर आत्म-निर्भर बन सकता है।

6. स्वच्छतापूर्वक कार्य करने की आदत पड़ जाती है—ग्रन्थ शिल्प के अन्तर्गत किसी भी वस्तु को सुन्दर और आकर्षक बनाने के लिए सफाई की आवश्यकता होती है। इससे छात्र के अन्दर स्वच्छतापूर्वक कार्य करने की आदत पड़ जाती है।

7. सहयोग की भावना का विकास होता है—जब छात्र अपने अन्य साथियों की मदद से कार्य करते हैं और मिल-जुलकर मॉडल बनाते हैं तो उनके अन्दर सहयोग की भावना का विकास होता है।

8. परिश्रम करने की आदत पड़ती है—विशेषकर छात्र ग्रन्थ शिल्प का कार्य बड़ी लगन से करता है। इस प्रकार उसे प्रारम्भ से ही परिश्रम करने की आदत पड़ जाती है।

9. बुद्धि का विकास होता है—ग्रन्थ शिल्प बुद्धि के विकास में मदद करता है। विद्यार्थी स्वयं निर्मित्त वस्तु को देखकर प्रसन्न होता है और उसके बारे में मनन करता है। इस प्रकार उसकी बुद्धि का विकास होता है।

10. शरीर के विभिन्न अंगों का विकास होता है—जब छात्र किसी वस्तु को स्वयं बनाता है, तो शरीर के विभिन्न अंग कार्य करने के अभ्यस्त हो जाते हैं। इस प्रकार छात्र के सभी अंगों का विकास होता है।

11. सजावट करने की भावना उत्पन्न होती है—जब छात्र स्वयं अपने हाथ से विभिन्न प्रकार की वस्तुएँ बनाकर घर व विद्यालय को सजाते हैं और स्वयं अपने कार्य को देखकर प्रसन्न होते हैं। इस प्रकार उनके अन्दर सजावट की भावना उत्पन्न होती है।

इस प्रकार कहा जा सकता है कि ग्रन्थ शिल्प के अध्ययन से छात्र आत्म-निर्भर बनकर अच्छा नागरिक बनता है।

ग्रन्थशिल्प में प्रयुक्त सामग्री

ग्रन्थ शिल्प से सम्बन्धित कुछ प्रमुख उपकरण इस प्रकार हैं—

1. आरी—यह सिलाई की जुजों में घाट काटने के प्रयोग में आती है। यह लोहे की चद्दर की बनी होती है। एक किनारा लकड़ी के हत्थे पर लगा होता है दूसरा किनारा कम चौड़ा होता है इसमें दाँते तेज और नुकीले होते हैं।

2. विभाजक—इस यंत्र का उपयोग दूरी नापने और बराबर दूरी ज्ञात करने

कि लिए किया जाता है यह लोहे या पीतल का बना होता है। इसकी दो टाँगें एक पेंच द्वारा जुड़ी होती हैं और किनारे नुकीले होते हैं।

3. आइलेट क्लोजर—यह आइलेट जड़ने के काम आता है। बनावट में यह लोहे की कील होती है। निचले भाग की फूलदार रचना होती है, जिसमें खाँचे बने होते हैं।

4. गुनिया—इसका उपयोग दूरी नापने और कोने ठीक करने के लिए किया जाता है। यह अंग्रेजी के एल अक्षर की तरह होती है। यह लोहे या लकड़ी की बनी होती है। इसमें इंच और सेमी. के निशान बने होते हैं।

5. तानी की मशीन—यह पुस्तकों की सिलाई करने के काम में आती है। यह लकड़ी की बनी होती है जो प्रायः 11 इंच × 8 इंच के आकार की होती है। एक तख्ते के किनारे पर दो डण्डे लगे रहते हैं। ऊपर की ओर एक पतला पटरा इन डण्डों में फँसा होता है। नीचे पटरे के किनारे पर 4 या 5 कीलें लगी होती हैं, इन्हीं कीलों से तनी बँधी रहती है।

6. सुरक्षित पटरी—यह किनारी को काटने में मदद करता है। यह लकड़ी की बनी होती है, इसके किनारे पर लोहे या पीतल की पत्ती जड़ी रहती है। यह वजनदार होती है। पत्ती 1/4 सेमी. बाहर की ओर निकली रहती है।

7. सूजा—यह छेद करने के काम आता है, अगला भाग नुकीला होता है। पीछे लकड़ी की एक मूठ लगी होती है।

8. हथौड़ा—ये कई प्रकार के होते हैं। यह चौड़े मत्थे वाले होते हैं तथा ठोंकने के काम आते हैं। ये लोहे तथा लकड़ी के बने होते हैं। एक भाग को मत्था तथा दूसरे भाग को मूठ कहते हैं।

9. शिकंजा—इसका प्रयोग घाट काटने, सरेस लगाने व पीठ गोल करने में किया जाता है। इसमें लकड़ी के दो चौखटे पेंचदार हैंडिल से जुड़े होते हैं। इन हैंडिलों को सुगमता से घुमाया जाता है।

10. पंच प्सायर—इस यंत्र का प्रयोग विभिन्न मोटाई के छेद करने में किया जाता है। यह पंच के आकार का लोहे का यन्त्र होता है। इसमें छः कीलें होती हैं जो गोल चक्र में लगी होती हैं।

11. चाकू—चाकू ग्रन्थ शिल्प में दो प्रकार के काम आते हैं—एक धार वाला तथा दो धार वाला। दोनों प्रकार के चाकू कागज, दफ्ती व जिल्दसाजी का कपड़ा काटने के काम आते हैं। चाकू में दो भाग होते हैं—प्रथम भाग फल तथा दूसरा भाग मुठिया कहलाता है। फल अच्छे लोहे का बना तथा नुकीला होता है। मूठ अच्छी लकड़ी या शीशम की बनी होती है। फल मूठ में कील से जुड़ा रहता है।

12. स्टेन्सिल चाकू—स्टेन्सिल चाकू कागज, दफ्ती तथा स्टेन्सिल काटने के लिए प्रयोग किया जाता है। इसके अलावा दफ्ती में हाफ कट के लिए भी प्रयोग किया जाता है। इस चाकू में भी दो भाग होते हैं, प्रथम भाग को फलक तथा दूसरे भाग को दस्ता कहते हैं। फलक प्रायः 5 सेमी. तथा दस्ता 15 सेमी. लम्बा होता है। फलक की बनावट कलम की तरह तिरछी होती है।

13. पंच स्टिर—इसका उपयोग छेद करने के लिए किया जाता है। यह एक साधारण कील के समान होता है। निचला भाग धार वाला तथा खोखला होता है। ऊपरी भाग मत्था कहलाता है और बीच में कटा हुआ कागज होने के लिए छेद होता है।

14. कैंची—कैंची का प्रयोग कागज या दफ्ती की गोलाई काटने तथा जिल्दसाजी। कपड़ा काटने में किया जाता है। सम्पूर्ण कैंची लोहे की बनी होती है। इसमें दो भाग होते हैं, एक भाग उल्टा तथा दूसरा सीधा कहलाता है, जो एक पेंच द्वारा जुड़े रहते हैं।

15. फोल्डर—कागज को मोड़ने के लिए इस उपकरण का उपयोग किया जाता है। यह शीशम अथवा मजबूत लकड़ी का होता है। इसे सलेस भी कहते हैं। किसी में एक किनारा नुकीला होता है और किसी में दोनों किनारे नुकीले होते हैं। बीच का भाग मोटा होता है।

16. लोहे की पटरी—इसका प्रयोग रेखा खींचने, हाफकट लगाने तथा दूरी नापने के काम में किया जाता है। यह मजबूत लोहे की पत्ती होती है। इसमें इंच और सेमी. के निशान लगे रहते हैं।

ग्रन्थशिल्प में दफ्ती का महत्व

दफ्ती को गत्ता एवं पुट्ठा भी कहा जाता है। इसका ग्रन्थ शिल्प में विशेष महत्त्व है। ग्रन्थ शिल्प के प्रत्येक कार्य में दफ्ती का प्रयोग प्रायः अनिवार्य-सा ही है, अतः हम कह सकते हैं कि दफ्ती के बिना ग्रन्थ शिल्प अधूरा है। दफ्ती की सीट का भार जितना होता है, वह उसी वजन के नाम से पुकारी जाती है। ग्रन्थ शिल्प में दफ्ती के कई प्रकारों का इस्तेमाल किया जाता है, जो निम्न प्रकार हैं—

1. कार्ड बोर्ड—यह बोर्ड शादी, बधाई-पत्र आदि के काम आती है। यह दोनों तरफ चिकना होती है तथा महँगा होनी है।

2. फैन्सी बोर्ड—यह उत्तम प्रकार का बोर्ड होता है। यह हरे, भूरे, पीले, नीले रंग का होता है। यह ग्राउन्ड के काम भी आता है।

3. हार्ड बोर्ड—यह सभी रंगों में मिलता है। यह एक तरफ चिकना तथा दूसरी तरफ खुरदरा होता है। यह डिब्बा आदि बनाने के काम आता है।

4. स्ट्रा बोर्ड—यह मिट्टी, खल आदि से बनाया जाता है। यह मटियाले रंग की होती है। यह कड़ा व मजबूत होता है।

5. मिल बोर्ड—यह घास-फूँस आदि से बनाई जाती है। इसका रंग पीला व बादामी होता है। यह हल्की व चमकदार होती है।

6. मैनीला बोर्ड—यह ब्लाटिंग पैड की भाँति होती है। यह जिल्दों के अन्दर भरने के काम आती है।

लेही

लेही चिपकाने वाला एक पदार्थ है। ग्रन्थ शिल्प में इसका महत्त्वपूर्ण स्थान है। लेही अनेक वस्तु से बनाई जाती है। लेही में चिपक अधिक होती है, इसलिए इसका प्रयोग अधिक होता है। यह अरारोट, आटा, मैदा, इमली के बीज, अरबी आदि से बनाई जाती है। सबसे महँगी लेही अरारोट से तैयार होती है। ग्रन्थ शिल्प में लेही निम्नलिखित प्रकार से प्रयोग की जाती है—

1. मैदा की लेही—इस प्रकार की लेही में चिपक अधिक होती है और मॉडल भी गन्दे नहीं होते तथा यह जल्दी जमती भी नहीं है। शिल्प कला में इसका प्रयोग अधिक होता है। इसके प्रयोग से कागजों में सिकुड़न नहीं पड़ती है।

2. अरारोट की लेही—यह महँगी तथा अच्छी प्रकार की लेही होती है। ग्रन्थशिल्प में अधिकतर इस लेही का प्रयोग किया जाता है। इसमें गाँठें कम तथा चिपक अच्छी होती है। यह कई दिन तक रखी जा सकती है।

3. आटा की लेही—यह सस्ता एवं आसानी से प्राप्त किया जाने वाले पदार्थ है। इसमें चिपक कम होती है, लेकिन इसके बावजूद भी यह महत्त्वपूर्ण होती है। आजकल इसका इस्तेमाल कुछ खास कामों के लिए ही किया जाता है, क्योंकि—इसके प्रयोग से मॉडल गन्दे हो जाते हैं। ग्रन्थ शिल्प में इसका प्रयोग कम ही होता है।

लेही बनाना

लेही कोई भी व्यक्ति बना सकता है। इसके लिए सबसे पहले मैदा और पानी को 1 : 4 में लेकर अच्छी तरह घोल लिया जाता है। फिर इस घोल को हल्की मध्यम आग पर गर्म किया जाता है। गर्म करते समय लकड़ी की सहायता से चलाते रहना चाहिए, अन्यथा उसमें गाँठें तथा तली में मैदा लगने का भय रहता है। जब घोल गाढ़ा

होने लगे तब नीलाथोथा पीसकर डाल देना चाहिए ताकि उस लेही से बने मॉडलों को चूहों आदि से भय न रहे।

अच्छी लेही के लक्षण

नीचे अच्छी लेही के कुछ प्रमुख लक्षण बतलाये गये हैं–

(1) लेही में गुठले न हों।

(2) पपड़ी व जलन न हो।

(3) अच्छी लेही में चिपक ज्यादा होती है।

(4) भूसी, कंकड़ आदि न हों।

लेही लगाने की विधि

लेही लगाने के दौरान कुछ निम्नलिखित बातों पर अवश्य ध्यान देना चाहिए–

(1) लेही में से गुठले आदि निकाल देने चाहिएँ।

(2) लेही लगाते समय शीघ्रता करनी चाहिए।

(3) लेही लगाने से पहले काट-छाँट कर लेनी चाहिए।

(4) चिपकते समय कागज और दफ्ती के बीच की हवा दबा-दबा कर निकाल देनी चाहिए।

(5) लेही लगाते समय मेज पर रद्दी कागज रख लेना चाहिए।

(6) लेही हमेशा चौरस स्थान पर रखकर लगानी चाहिए।

(7) एक सिरे से दूसरे सिरे की ओर लगानी चाहिए।

(8) हमेशा लेही कागज पर ही लगानी चाहिए।

(9) लेही पतली ही प्रयोग करनी चाहिए।

सरेस

सरेस एक चिपकाने वाला पदार्थ है, जिसका प्रयोग खासकर वर्षा के दिनों में किया जाता है ग्रन्थ शिल्प में इसकी विशेष उपयोगिता है। यह जानवरों के खुर, चमड़े की झिल्ली या सींग से तैयार किया जाता है। यह अत्यन्त बदबूदार पदार्थ है। ठण्डा होने पर यह जम जाता है। इसलिए उसे ग्रन्थ शिल्प में प्रयोग किया जाता है। आज बाजार में निम्न प्रकार के सरेस मिलते हैं–

1. पट्टी वाला सरेस–ग्रन्थ शिल्प में पट्टी वाले सरेस का प्रयोग अधिक होता है। इसका रंग भूरा तथा चिपक अधिक होती है। भाव में भी यह महँगा होता है।

2. घुला हुआ सरेस–इस सरेस में चिपक कम होती है।

3. पिसा हुआ सरेस–यह कम बदबूदार होता है। भाव में महँगा तथा अधिक चिपकने वाला होता है।

4. डेली वाला सरेस–यह भाव में सस्ता तथा बदबूदार होता है। इसका रंग काला होता है।

सरेस पकाना

सरेस को पकाने के लिए एक विशेष प्रकार की विधि अपनायी जाती है। यह एक विशेष प्रकार के बर्तन में पकाया जाता है। इस बर्तन को ग्लू पोट में पानी भर सरेस रखकर हल्की आँच पर रख दिया जाता है। आँच पर रखने के बाद इसे डण्डे से चलाते रहना चाहिए। जब पानी खौलने लगता है, तब समझना चाहिए कि सरेस तैयार है। यदि सरेस छूने से महीन तार की रेखा नहीं बनती है, तो पानी थोड़ी देर और खौलाते रहना चाहिए।

सरेस लगाने की विधि

सरेस लगाने के दौरान कुछ प्रमुख बातों पर ध्यान देना अति आवश्यक है–

(1) सरेस लगाते समय मेज पर रद्दी कागज रख लेना चाहिए।

(2) कागज में सलवटें नहीं होनी चाहिएँ।

(3) सरेस चौरस स्थान पर रखकर लगाना चाहिए।

(4) चिपकाते समय कागज और दफ्ती के बीच की हवा दबा-दबाकर निकाल देनी चाहिए।

(5) सरेस हमेशा गर्म ही प्रयोग करना चाहिए।

(6) सरेस सदैव कागज पर ही लगाना चाहिए।

(7) सरेस लगाने से पहले काट-छाँट कर लेनी चाहिए।

अबरी

ग्रन्थ शिल्प में अबरी का महत्त्वपूर्ण स्थान है। यह मॉडलों को मढ़ने के काम आती है। अबरी में नियन्त्रित अबरी और अनियन्त्रित अबरी प्रमुख दो किस्में हैं। जिन आकृतियों को इच्छानुसार बनाया जाय, वह नियन्त्रित अबरी कहलाती है। जैसे–आलू के ठप्पों द्वारा, स्प्रे द्वारा, स्टेन्सिल द्वारा। जिन डिजायनों को कागज पर इच्छानुसार न बनाया जा सके, वह अनियन्त्रित अबरी कहलाती है। इस प्रकार की अबरी तेल के रंगों द्वारा बनायी जाती है।

अबरी बनाने की विधि

अधिक जुज होने पर तानी की सिलाई अपरिहार्य हो जाती है। इस वजह से इसे सिलाई को जुजबन्दी की सिलाई भी कहते हैं। पानी भरकर तेल के रंगों को छिड़क दिया जाता है, फिर उसमें किसी लकड़ी की सहायता से लहरें उत्पन्न कर दी जाती हैं और कागज को पानी के सतह पर छोड़ दिया जाता है। इस प्रकार पानी पर उत्पन्न लहरें कागज पर छप जाती हैं। इस छपे कागज को छाया में धागे पर लटका कर सुखा लिया जाता है और बाद में कागज को घोंटकर चिकना कर दिया जाता है। इस प्रकार अबरी तैयार हो जाती है।

तानी की सिलाई

ग्रन्थ शिल्प में रंगों की संगति विशेष महत्त्व रखती है। तानी की सिलाई जुजबन्दी की सिलाई कहलाती है। अधिक जुज होने पर तानी की सिलाई की आवश्यकता पड़ती है। तानी की सिलाई करने के लिए सबसे पहले सभी जुजों को एक-सा कर लिया जाता है तथा उनकी पीठ भी एक-सी कर ली जाती है। तानियों की संख्या से दो अधिक निशान लगाये जाते हैं। किनारे के निशान दूर-दूर तथा मध्य के निशान पास-पास लगाये जाते हैं। इसके बाद तानी की मशीन में तानियों को ठीक-ठीक कस लेते हैं। प्रत्येक जुज को मशीन में तानियों पर मिलाकर रखते हुए सिलाई कर दी जाती है।

रंगों की संगति

चित्रों में रंगों का इस प्रकार प्रयोग करना चाहिए कि जिससे वह अधिक सुन्दर और आकर्षक प्रतीत हों, रंगों की संगति यही कहलाती है।

रंगों की संगति की उपयोगिता

रंग को इसलिए भी महत्त्वपूर्ण माना जाता है क्योंकि वस्तुओं की पहचान रंगों की सहायता से ही की जाती है। किसी भी मॉडल को आकर्षक रंगों द्वारा ही बनाया जा सकता है। रंगों की संगतियों के कारण तथा उनके प्रभाव से मॉडल सुन्दर तथा उपयोगी प्रतीत होते हैं। अतः हमें रंगों की जानकारी होना आवश्यक है।

रंगों की संगति का स्वरूप

रंगों की संगति के प्रकारों का वर्णन निम्नलिखित शीर्षकों के माध्यम से किया जा रहा है—

1. विरोधी रंगों की संगति—ग्रन्थ शिल्प में विरोधी रंगों की संगति की भी विशेष उपयोगिता होती है। जब कोई विरोधी रंग किसी डिजायन में भरे जाते हैं, तो विरोधी रंगों की संगति कहलाते हैं, जैसे पीले का विरोधी नील रंग।

2. समान रंगों की संगति—जब किसी चित्र में तीन सहयोगी रंग भरे जायें तो उन अनुकूल रंगों के साथ, चौथा रंग अनुकूल रंगों के बीच वाले रंग का विरोधी रंग लेते हैं।

3. उन्नत रंगों की संगति—जब बहुत से रंग किसी चित्र को रंगने में प्रयोग करते हैं, तो इस संगति को उन्नत रंगों की संगति कहते हैं।

4. एकाकी रंगों की संगति—इस संगति में रंग भरने से डिजायन सुन्दर प्रतीत होते हैं। इसमें काले तथा सफेद रंग मिलाकर हल्के तथा गहरे रंग तैयार किये जाते हैं और उनके द्वारा डिजायन तैयार किये जाते हैं।

5. मध्यवर्ती रंगों की संगति—यह संगति चित्रों को सुन्दर एवं आकर्षक बनाती है। इस संगति में चित्र सुन्दर लगते हैं। इस संगति में अनुकूल रंगों के साथ चौथा अनुकूल रंगों के बीच वाले का विरोधी रंग लेते हैं। इस प्रकार चार रंगों के प्रयोग से मध्यवर्ती रंगों की प्राप्ति होती है।

6. मंदभूत रंगों की संगति—जब एक से अधिक आदर्श रंग को तटस्थ या उदासीन रंगों में मिलाते हैं, तो उसे मन्दभूत रंगों की संगति कहते हैं।

लाल, पीला, और नीला मौलिक रंगों की श्रेणी में आता है। नारंगी, बैंगनी, आसमानी और धानी द्वितीयक रंग कहे जाते हैं। काला, सफेद, खाकी, तटस्थ रंग कहे जाते हैं।

1. शेड—जब किसी रंग में काला रंग मिलाया जाता है, तो उसे शेड कहते हैं।

2. गर्म रंग—जिन रंगों में लाल रंग का प्रभाव रहता है, वे गर्म रंग कहलाते हैं। जैसे—लाल, नारंगी।

3. ठण्डे रंग—जिन रंगों में नीले रंग का प्रभाव होता है, वह ठण्डे रंग कहलाते हैं। जैसे —नीला, समुद्री हरा।

4. विरोधी रंग—आस्टवाल्ड के गोले के रंग एक दूसरे के विरोधी रंग कहलाते हैं। जैसे नीला का विरोधी रंग पीला।

5. टिंट—जब सफेद रंग को किसी रंग में मिलाया जाता है तो उसे टिंट कहा जाता है।

6. प्राथमिक रंग—प्राथमिक रंगों में किसी का मिश्रण प्राप्त नहीं होता है। यह रंग पूर्ण रूप से शुद्ध होते हैं। जैसे—लाल, नीला, पीला।

7. मध्यवर्ती रंग—इन्हें सेकेण्डरी रंग भी कहते हैं। जब प्राथमिक रंगों को मिलाया जाता है, तब इस प्रकार के रंग बन जाते हैं। जैसे— नीला + पीला = नारंगी।

8. उदासीन रंग—यह तटस्थ रंग माने जाते हैं। जो रंग एक दूसरे को हल्का या गहरा कर देते हैं, वे तटस्थ रंग कहलाते हैं। जैसे काला, सफेद।

आदर्श रंग

आदर्श रंग किसी चित्र को बहुत आकर्षक एवं सुन्दर बनाते हैं। इन्हें चार मौलिक एवं द्वितीयक रंगों को मिलाकर बनाया जाता है। जिन रंगों को विशेष क्रम में चक्र में दिखाया जाता है उस चक्र को आहत वाल्ड चक्र कहा जाता है।

जिल्दसाजी

प्रायः ऐसा माना जाता है कि दैनिक उपयोग में लाये जाने वाले कापियों एवं पुस्तक के कवर एवं पन्ने फट जाते हैं। इसी वजह से इनकी सुरक्षा के लिए जिल्दसाजी की आवश्यकता होती है। छात्र-छात्राओं के लिए इसका सर्वाधिक महत्त्व है। अतः हर विद्यार्थी को जिल्दसाज़ी का ज्ञान होना लाभदायक है। इसके लिए गत्ता, ब्राउन पेपर, अबरी, बाइण्डिंग क्लाथ, लेही, सूआ, मजबूत धागा और रद्दी कपड़े की आवश्यकता होती है। जिल्दसाजी करने हेतु पुस्तक के सभी कटे-फटे पृष्ठों को सीधा करके एक सीध में कर लें। इसी समय कटे-फटे-पृष्ठों को लेही से चिपका लेना चाहिए और यह भी देख लेना चाहिए कि सभी पृष्ठ सही और क्रमवार लगे हैं या नहीं। अतः पुस्तक की साइज से दुगने दो ब्राउन कागज के टुकड़े लेकर और इन टुकड़ों को दोहरा करके बन्द भाग की ओर से सिलाई से कुछ दूर स्थान छोड़कर दोनों ओर एक-एक कागज चिपका दें। ब्राउन पेपर का खुरदरा भाग सिलाई की तरफ रहना चाहिए। इसके बाद पुस्तक पर बाइण्डिग क्लाथ चिपका दें। इसके बाद पुस्तक के बाइण्डिग क्लाथ में पट्टी पर किनारे की ओर सूए से बराबर दूरी पर तीन छेद करें जो आर-पार हों।

ध्यान रहे कि छेद ज्यादा बड़े न हों क्योंकि इससे पृष्ठ के कुछ हिस्से दब जाते हैं। धागे से इसकी सिलाई करने के बाद अबरी या कागज के दो छोटे टुकड़े काटकर उन्हें पुस्तक की सिलाई के ऊपर से ब्राउन पेपर को छूता हुआ चिपका दें। फिर पुस्तक की नाप से चौड़ाई की ओर से सिलाई के भाग को छोड़ते हुए गत्ते के दो टुकड़े काट लें। गत्तों को पुस्तक के खुलने की तरफ से बराबर करके सिलाई की ओर रखें, फिर बाइण्डिग क्लाथ से लेई से चिपका दें। अगर पुस्तक पर कोने लगाने हों तो

बाइण्डिंग क्लाथ या रेगजीन के छोटे टुकड़े काटकर गत्तों के दोनों ओर दो-दो कोने लगा दें इसके बाद अबरी के दो टुकड़े पुस्तक के आकार से कुछ बड़े काटें। कोनों की अबरी को कैंची की सहायता से काट दो। बाइण्डिंग क्लाथ के किनारों को दबाते हुए लेही लगाकर अबरी को चिपका दें। अबरी के कोनों को अन्दर की ओर मोड़ो, सामने के ब्राउन पेपर पर लेही लगाइये और सावधानीपूर्वक गत्ते से चिपका दो।

जिल्दसाजी में सावधानियाँ

जिल्दसाजी करने के दौरान निम्नलिखित सावधानियाँ बरतनी पड़ती हैं—

(1) सिलाई करने से पहले ही पुस्तक के पन्नों को सम्भाल लेना चाहिए।

(2) जिल्दसाजी करने के दौरान लेही आवश्यकतानुसार ही लगायें।

(3) बाइण्डिंग क्लाथ, अबरी या ब्राउन पेपर चिपकाते समय उसमें सलवटें नहीं पड़नी चाहिए।

(4) जिल्द चढ़ाने के बाद पुस्तक को किसी वजनदार पाटिया के नीचे अवश्य दबा देना चाहिए।

आयताकार लिफाफा

आजकल इस प्रकार के लिफाफे का प्रयोग बहुत ज्यादा किया जा रहा है। प्रत्येक शादी विवाह, जन्मदिन के शुभ अवसर पर आशीर्वाद देने हेतु ऐसे लिफाफे प्रयोग में लाये जाते हैं। इनको बनाने का तरीका बहुत ही सरल है।

आवश्यक सामग्री—सफेद कागज, पेंसिल, कैंची, लेही आदि।

बनाने की विधि—सर्वप्रथम 26 × 17 सेमी, नाप का एक कागज का टुकड़ा काट लेते हैं। लम्बाई में 4 सेमी. तथा चौड़ाई में 7 सेमी की दूरी पर समानान्तर रेखायें खींची, कोनों पर बने हुए आयताकार अनावश्यक भाग को काटकर अलग कर दिया। अब भाग 1 को भाग 2 पर चिपका दिया तथा भाग 3 को ऊपर से चिपका दिया। भाग 4 को मोड़कर खुला छोड़ दिया। इस प्रकार 10 × 8 सेमी. का लिफाफा तैयार हो गया।

ऑफिस लिफाफा

ऐसे लिफाफों का प्रयोग कार्यालयों आदि में किया जाता है। इसका आकार लम्बा होता है। ये लिफाफे निश्चित अनुपात में होते हैं। इन्हें हम निम्न प्रकार बना सकते हैं—

आवश्यक सामग्री—बाँसी कागज, पेंसिल, फुटा, लेही, चाकू, कैंची आदि।

बनाने की विधि—सर्वप्रथम बाँसी कागज का टुकड़ा 38.3 सेमी. × 22 सेमी. का काट लिया। लम्बाई में 4 सेमी. और 1.3 सेमी. पर निशान लगा दिये। अब इन निशानों से मोड़ दिया। अब चौड़ाई में एक-दूसरे पर 1 सेमी. कागज चढ़ाकर दबा दिया जाता है। लम्बाई में बढ़े हुए अनावश्यक भाग को काटकर अलग कर दीजिए। इस प्रकार लिफाफा तैयार हो जाता है।

झण्डियों

झण्डियों का प्रयोग विवाह-शादी, विद्यालय के वार्षिकोत्सव, किसी समारोह पर सजावट के लिए किया जाता है। झण्डियाँ रंगीन, पतंगी कागज की बनाई जाती हैं। त्रिभुजाकार तथा आयताकार झण्डियों का प्रयोग अधिक होता है। यह बहुत ही सरल तरीकों से बनाया जाता है। इसके बनाने की विधि इस प्रकार है—

आवश्यक सामग्री—रंगीन पतंगी कागज, सुतली, कैंची, चाकू, लेही।

बनाने की विधि—सर्वप्रथम पतंगी कागज लेकर 20 × 12 सेमी. आकार के टुकड़े काटकर विभिन्न रंगों के कागजों की गड्ढी बनाते हैं। इसके बाद इन टुकड़ों को एक कोने से दूसरे कोने तक काटकर दो भाग करते हैं। अब त्रिभुजाकार टुकड़ों को सुतली पर फैलाकर चौड़ाई वाले सिरे पर लेही लगाकर सिरे को सुतली से लपेट कर चिपका देते हैं। इस प्रकार 15 सेमी. की दूरी पर पतंगी कागज सुतली पर चिपकाते जाते हैं। इस प्रकार झण्डियाँ तैयार हो जाती हैं। झण्डियाँ कई रंगों की बनानी चाहिएँ और इसे अलग-अलग क्रमों में लगाना चाहिए।

आलू के ठप्पों द्वारा सजावट

आलू के ठप्पों द्वारा सजावट करने के लिए सबसे पहले आलू को दो बराबर हिस्सों में बांट लेते हैं फिर इच्छित डिजाइन को या लेख को उल्टा पेन्सिल से काट लेते हैं। जैसे राम का ठप्पा है तो मार लिखना होगा। फिर आकृति के अन्दर के भाग को कुरेद कर आकृति को साफ कर लेते हैं। इस प्रकार ठप्पा तैयार हो जाता है। छापते समय कागज के नीचे गद्दा या कपड़े की तरह रख ली जाती है, फिर छपाई का कार्य किया जाता है।

कागज के फूलों से सजावट

शिल्प कला के द्वारा कागज के फूल तैयार कर विद्यालय तथा घर को सजाया जाता है।

आवश्यक सामग्री—क्रेप कागज, तार, दियासलाई की तीली, लेही, कैंची, पटरी और चाकू आदि।

बनाने की विधि—फूल जिस रंग का बनाना हो उसी रंग का क्रेप कागज लेते हैं एवं पटरी और चाकू की मदद से उसे कई वर्गाकार टुकड़े में काट लेते हैं। टुकड़े काटने में क्रमशः टुकड़ों की माप कम करते जाते हैं। जैसे यदि पहला टुकड़ा 6 सेमी. का, दूसरा 5 सेमी का होना चाहिए। इस तरह लगभग 8 वर्गाकार टुकड़े काट लेते हैं। इन पंखड़ियों को अलग-अलग तीली में लपेट कर दोनों तरफ से दबा देते हैं। ऐसा करने से पंखुड़ियाँ मुड़ जाती हैं। इसके बाद पतले तार का 8 सेमी. लम्बा टुकड़ा लेकर उसे हरे रंग के पतंगी कागज से ढक देते हैं। ताकि पंखड़ियाँ पीछे की तरफ न खिसकें। इसी तरह कई रंगों के फूल बनाकर गुलदस्ते में घर के किसी कोने में सजा देते हैं।

स्टेंसिल द्वारा सजावट

सामान्यतया किसी वस्तु को अलंकृत करना ही सजावट कहलाता है। किसी कागज पर जब कोई आकृति काट ली जाती है और उसे मॉडल आदि पर रखकर स्प्रे करके डिजायन बना लेते हैं तो इस प्रकार की सजावट को स्टेसिंल द्वारा सजावट कहते हैं। इसे छिप पट्टियाँ भी कहा जाता हैं। जो भी डिजाइन बनानी हो उसे एक बार मोटे ड्राइंग पेपर पर बनाकर काट लिया जाता है। डिजायन में स्थान-स्थान पर टाई (बन्द) छोड़ दिये जाते हैं ताकि डिजायन टूट जाये। इसी डिजायन को चपड़ा तथा स्प्रिट के मिश्रण से बने वार्निश फिरे हुए ड्राइंग पेपर पर भी छाप लिया जाता है। स्टेन्सिल छापने के लिए कड़े बालों का ब्रुश प्रयोग किया जाता है। ब्रुश को रंग लगाकर स्टेन्सिल के ऊपर छिटक देते हैं। छींटे उड़कर सतह पर गिरती हैं, जो भाग कटा हुआ है, छपकर तैयार हो जाता है। क्रमानुसार इसी रीति से छपाई करते चलते हैं।

7

कताई-बुनाई : प्रशिक्षण एवं रोजगार के अवसर

भारत में कताई-बुनाई ने एक व्यवसाय का रूप ग्रहण कर लिया है। इस व्यवसाय में भारत के अधिकांश लोग जुड़े हैं। भारत की महिलाएँ बुनाई के कार्य में काफी कुशल हैं, जो विभिन्न प्रकार की डिजाइन बनाती हैं। यहां के बने कपड़ों का निर्माण विदेशों में भी किया जाता है। अतः भारत की अर्थव्यवस्था में इस व्यवसाय का महत्वपूर्ण स्थान है। प्रकृति ने मानव को वस्त्र निर्माण हेतु अपार भण्डार दिये हैं। वस्त्र का निर्माण साधारण किस्म के रेशे से होता है। ये रेशे पेड़-पौधों, जानवरों एवं कीड़ों से प्राप्त किए जाते हैं। इन रेशों में कुछ गुण ऐसे होते हैं, जिनसे वस्त्र निर्माण की प्रक्रिया सरल एवं आकर्षक हो जाती है। कुछ नवीन प्रकार के रेशे यन्त्रों द्वारा भी बनाए जाते हैं। इन्हें कभी ऊन के समान बनाया जाता है, तो कभी रेशम के समान, तो कभी सूत का रूप दे दिया जाता है। जो प्राकृतिक रेशे होते हैं वे कई छोटे टुकड़ों में होते हैं। इन्हें एक दूसरे के ऊपर रखकर बाँटा जाता है। जैसे-जैसे बाँटने की क्रिया बढ़ती जाती है, धागा तैयार हो जाता है। अपक्व सामग्री में से धागे खींचने, बँटाई एवं धागा कातकर तैयार करने की क्रियाएँ समकालीन रूप से होती हैं। इन क्रियाओं के फलस्वरूप तैयार धागे को ताने एवं बाने के रूप में गूँथकर वस्त्र तैयार करते हैं।

प्राचीन काल में सूत्र की कताई हाथों द्वारा की जाती थी लेकिन आज सूत की कताई के लिए अनेक किस्म के यंत्र उपयोग में लाये जाते हैं। हरी-लम्बी घासों या लताओं को बँटकर कई वस्तुओं से आदिमानव सूत बनाता था और धीरे-धीरे उसी

अनुभव से उसे वस्त्र बुनने की प्रेरणा मिली। अब आवश्यकता इस बात की थी कि बिना परिश्रम के, कम समय में आसान ढंग से लम्बा धागा तैयार करके वस्त्र बुना जाय। तकली का आविष्कार हुआ और कुछ समय बाद चरखे जैसे हस्त-यन्त्रों का निर्माण हुआ, परन्तु अब यह क्रिया बड़े ही सुगम तरीके से यन्त्रों द्वारा की जाती है। लोहे की तकली के दो हिस्से होते हैं—डण्डी और चकती। डण्डी के एक सिरे पर हुक होता है जो कि कताई के समय तकली पर से सूत को उतरने नहीं देता। साथ ही साथ वह धागा निकालने में भी सहायता करता है। डण्डी के दूसरी ओर नुकीला सिरा होता है जिससे तकली अधिक वेग रो घूमती है।

तकली की विशेष उपयोगिता यह है कि इससे कताई के समय धागा निकालने, ऐंठन एवं धागे को लपेटने की क्रियाएँ साथ-साथ होती हैं। सर्वप्रथम तकली के हुक से लगभग एक फुट लम्बा धागा निकाला जाता है। जैसे-जैसे तकली घूमती है, धागे में बँट आने लगते हैं। आवश्यकतानुसार बँट देने से धागा मजबूत हो जाता है, फिर उसे नीचे लगी प्लेट के पास ही लपेट दिया जाता है। इसी प्रकार यही क्रियाएँ दोहराने से अविरल धागा तैयार हो जाता है। सूत की कताई के लिए तकली के अलावा हस्तकरघा केन्द्रों पर चरखों का भी उपयोग किया जाता है। पुरातन काल में अत्यन्त बारीक एवं सूक्ष्म धागे इसी के द्वारा काते जाते थे, जिनसे निर्मित वस्त्र संसार भर में प्रसिद्ध थे। ढाका की मलमल, शबनम, कश्मीर की पश्मीना के सूत चरखे द्वारा काते जाते थे। इस हस्त-यन्त्र द्वारा वस्त्र निर्माण कार्य अति विलम्बपूर्ण ढंग से होता था। आज भी दरी, कालीन आदि के सूत कातने के लिए इसका प्रयोग होता है। वस्त्र उद्योग की विशेष लाक्षणिकता यह है कि इसके क्षेत्र में वृद्धि के साथ-साथ अब कताई के लिए विद्युतचालित मशीनों का प्रयोग अधिक होता है, जिनमें रेशों को सुलझाने, पृथक् करने और व्यवस्थित करने का काम एक साथ होता है।

वस्त्र बनाने के लिए दो सूतों ताना-बाना की जरूरत होती है। यह उस दौरान भी उपयोगी होती है जब सूत मशीन द्वारा तैयार किया जाता है या हाथों द्वारा इन दोनों में अन्तर रखना भी आवश्यक है। ताने का सूत जो वस्त्र की बुनाई का आधार होता है तथा जिस पर बुनाई प्रक्रिया के अन्तर्गत सबसे अधिक दबाव एवं रगड़ पड़ती है, इस कारण वह अधिक बँटा हुआ एवं मजबूत होना चाहिए। बाने के सूतों में अधिक ऐंठन की आवश्यकता नहीं, क्योंकि इसमें वस्त्र बुनते समय बँट नहीं पड़ते तथा वस्त्र की सतह भी चिकनी लगती है। धागे पर डाली गई ऐंठन धागे की शक्ति तो बढ़ाती है, साथ ही धागे की बारीकी को भी निर्धारित करती है।

अगर सूत को मजबूत बनाना हो तो दो या तीन धागों को मिलाकर एक साथ बांट दिया जाता है। बँटा हुआ सूत इकहरे की अपेक्षा अधिक मजबूत होता है। सूत को ताने में उस समय तक प्रयोग नहीं किया जाता, जब तक कि उसको दो या तीन धागों के साथ बँटकर मजबूत न बनाया जाय। सूत की ये ऐंठन किसी वस्त्र के चिरस्थायित्व, उसकी उपयोगिता तथा उसकी आकृति को निर्धारित करती है। बढ़िया सूत में घटिया सूत की अपेक्षा अधिक ऐंठन की आवश्यकता होती है। ऐंठन की मात्रा भी बने जाने वाले वस्त्र की किस्म पर निर्भर करती है। सूत को आड़े पकड़कर बँटने की दिशा देखते हुए सूत को बांटा जाता है। सूत को ताने में उस समय तक प्रयोग नहीं किया जाता, जब कि उसको दो या तीन धागों के साथ बँटकर मजबूत न बनाया जाय। सूत की ये ऐंठन किसी वस्त्र के चिरस्थायित्व, उसकी उपयोगिता तथा उसकी आकृति को निर्धारित करती है। अच्छे सूत में घटिया सूत की अपेक्षा अधिक ऐंठन की आवश्यकता होती हैं। ऐंठन की मात्रा भी बने जाने वाले वस्त्र की किस्म पर निर्भर करती है। यदि चक्र अक्षर के केन्द्रीय भाग की ढलान के अनुरूप हो तो सूत्र में बँटाव होता है। यदि वह अक्षर की ढलान के अनुरूप हो तो सूत्र में बँटाव होता है। ऐंठन देने हेतु तन्तुओं को सीधा, समानान्तर करके रस्सीनुमा रूप में खींचा जाता है और धीधे-धीरे घुमाकर ऐंठन दी जाती है, जिससे वह एक-दूसरे में मिश्रित होकर मजबूत हो जायें। ऐंठन को वजह से सूत एक-दूसरे से अलग नहीं हो जाते हैं। सूत में कितनी ऐंठन दी जाय, उस उसकी लम्बाई, किस तन्तु से उसका निर्माण हुआ है तथा उसका प्रयोग किस हेतु होना है, आदि बातों पर निर्भर करता है। इन्हें कभी ऊन के समान बनाया जाता है तो कभी रेशम के समान तो कभी सूत का रूप दे दिया जाता है।

सूत के प्रकार

कई सूतों को मिलाकर एक सूत तैयार किया जाता है, इससे कई सूत उत्पन्न होते हैं, जिनमें से कुछ प्रमुख सूत इस प्रकार हैं–

1. साधारण सूत–इस तरह के सूत कई रेशों और तन्तुओं से मिलाकर बनाये जाते हैं। अन्य किसी दूसरे रेशे को इसमें मिश्रित नहीं किया जाता। यह सूत अपनी पूरी लम्बाई में एक-सा होता है, व्यास में अन्तर नहीं होता और पूरे धागे में ऐंठन एक समान होती है। साधारण सूत इकहरा एवं दोहरा दो प्रकार का होता है। इकहरे सूत में एक ही धागा कातकर बँटा जाता है। दोहरे सूत्र में ऐसे ही तैयार इकहरे धागे के दो या दो से अधिक धागों को एक साथ बँटकर मिला दिया जाता है। जिस धागे में जितने इकहरे धागे मिले रहते हैं, उसे उसी संख्या की प्लाई के नाम

से जाना जाता है। बुनाई के दौरान दो तैयार धागों को एक साथ मिलाते हैं। ये दोहरा सूत कहलाता है। इस दोहरे सूत को प्लाई सूत नहीं समझना चाहिए, क्योंकि उनमें आपस में बंट नहीं होते हैं। दो धागों को एक साथ ऐंठन नहीं दी जाती है, जिससे वे अधिक मजबूत नहीं होते। ऐसे दोहरे सूतों को सजावट के प्रयोजन के लिए प्रयोग किया जाता है। इन्हें बुनाई से पहले बहुत थोड़ा बँट लिया जाता है, जिससे वस्त्र कुछ मुलायम हो।

2. सम्मिश्रित सूत—यह जटिल रचना वाले ऐसे धागे हैं, जिनमें एक से अधिक वर्ग के धागों का प्रयोग किया जाता है। सूत में विभिन्नता तथा नवीनता लाने के लिए अलग-अलग व्यास तथा आकार के कई रंगों के धागे का इस्तेमाल ग्राहकों को विशेष रूप से आकृष्ट करता है। ऐंठन में विभिन्नता लाकर साधारण सूत को जटिल बनाया जा सकता है। मिश्रित सूत इस कारण बनाया जाता है, जिससे शुद्ध वस्त्र की अपेक्षा उन्हीं गुणों से परिपूर्ण वस्त्र कम मूल्य पर प्राप्त हो सके तथा दोनों प्रकार के रेशों के उत्तम गुण उसमें सम्मिलित हो सकें, जैसे—कपास एवं ऊन को मिलाकर ऑटस वूल वस्त्र प्राप्त हो सके या रेशम एवं कृत्रिम रेशों को मिश्रित करके नया वस्त्र प्राप्त हो सके। इस प्रकार के वस्त्रों को ब्लैण्डड वस्त्र भी कहते हैं।

साधारण धागे की अपेक्षा सम्मिश्रित फैंसी धागे कार्यक्षमता में अधिक टिकाऊपन लिये होते हैं। ये निम्न प्रकार के होते हैं—

(1) थोड़ा बँटा हुआ सूत—ऐसे सूत में निश्चित स्थानों पर धागे को कम ऐंठन के बाद छोड़ दिया जाता है, अन्य स्थानों का ऐंठन को अधिक कर दिया जाता है और, लहरदार घुमाव ऊपर की तरफ दिखाई देते हैं।

(2) स्ट्रेच सूत—अप्राकृतिक रूप से तैयार किए, ये धागे फैल जाते हैं और छोड़ देने पर अपने वास्तविक रूप में आ जाते हैं। इस प्रकार के धागे का आकार एवं आकृति एक निश्चित तापक्रम पर निर्धारित की जाती है। यदि उससे अधिक ताप का इस प्रकार के वस्त्र से सम्पर्क हो तो वे अपनी पूर्व निश्चित आकृति खो देते हैं। ये रासायनिक विधि द्वारा बनते हैं।

(3) गाँठ वाला सूत—ऐसे सूतों को बनाने के लिए दो ऐंठन वाले सूतों का इस्तेमाल करते हैं। ये विभिन्न रंगों के हो सकते हैं। एक सूत आधारीय कार्य करता है तो दूसरा उसके ऊपर गाँठें लगाने का कार्य करता है। इसे आकर्षित करने हेतु ऐसी व्यवस्था की जाती है कि सूत की पूरी लम्बाई में ये गाँठें निश्चित स्थानों पर एक के बाद एक दिखाई दें।

(4) स्पाइरल सूत—ऐसे सूत में एक बिना ऐंठन वाले धागे को अधिक बँटे

हुए धागे पर इतना कसकर लपेटा जाता है कि नीचे वाला धागा दिखाई ही नहीं देता और, लहरदार घुमाव ऊपर की तरफ दिखाई देते हैं।

(5) फ्लेक सूत—यह सूत बंटे हुए सूत से काफी मिलता-जुलता है। अन्तर केवल यह है कि बिना बँटे या कम बँटे धागे से ऊपर बँटा हुआ धागा कसकर लपेटा जाता है। बिना बँटा धागा जल्दी घिस जाने के कारण वस्त्र को टिकाऊ नहीं बनाता।

(6) लूप सूत—इस प्रकार के सूत में उसकी सतह पर दूसरे सूत से विभिन्न आकारों में फन्दे बनाये जाते हैं। निश्चित स्थानों पर इन्हें बनाने से वस्त्र में नयापन आ जाता है।

इन सूतों से जो वस्त्र तैयार किये जाते हैं वे सर्वगुण सम्पन्न होते हैं। पहनने पर ये शरीर के ढाँचे के अनुसार फिट हो जाते हैं और उतारने पर पूर्व स्थिति में आ जाते हैं। ये टिकाऊ एवं मजबूत होते हैं और प्रत्येक प्रकार के शारीरिक अनुपात के व्यक्तियों को फिट बैठते हैं। ये स्ट्रेच धागे तरह-तरह के बनाए जाते हैं, कुछ रस्सी की तरह बँटे हुए, कुछ घुँघराले और कुछ मुड़े हुए। सूत चाहे जिस वर्ग का हो उसकी मजबूती को रेशे की लम्बाई, उसके प्राकृतिक बँट, प्राकृतिक मोम की मात्रा, सूत का अंक, प्रति इंच बँट की संख्या आदि बातें प्रभावित करती हैं।

सूत को मजबूत बनाने की विधि

सूत को प्रमुख दो विधियों के माध्यम ये मजबूत किया जा सकता है—

1. यन्त्र विधि, 2. गणित विधि।

1. यन्त्र विधि—यह घड़ी के आकार का होता है, जिसमें सुई भी लगी होती है। सूत को दो स्थानों पर इस यन्त्र में सीधी रेखा में लगा दिया जाता है। एक दिशा में घिरनी बीच की तरफ खिसकना शुरू करती है और तब तक चलती है, जब तक कि सूत टूट नहीं जाता। सूत के टूटने पर घड़ी की सुई जिस अंक पर रुकती है, वही सूत की मजबूती पौण्ड में प्रकट करता है।

जैसे—18 अंक वाले सूत की मजबूती ज्ञात करने के लिए

36000 18 = 200 तोले

इस 18 अंक वाले सूत को 200 तोले वजन उठाना चाहिए।

सूत के लिए रूई

आमतौर पर कपास लम्बे होते हैं। इनकी लम्बाई लगभग 36 से 144 तक होती है। इसकी एक टहनी में तीन या पाँच कली निकलती हैं। इसके फूल कपास

की किस्म के अनुसार विभिन्न रंगों के होते हैं, जैसे—पीले, लाल, गुलाबी एवं सुनहरे। यह फूल पक कर ढोढ़ कहलाते हैं। इसके बीच में 2/3 भाग में एक बीच होता है, जिसे बिनौला कहते हैं। शेष 1/4 भाग में बीच के चारों ओर रूई के तन्तु होते हैं।

1. गाँठें बाँधना—लगभग 500 पौण्ड रूई को एकत्रित करके बड़े-बड़े टाट के बीच रखकर, दबाकर लोहे की पत्तियों से कस दिया जाता है। इसे ही गाँठें बँधना कहते हैं।

2. कंघी करना—तन्तुओं को समानान्तर रूप में रखकर उन पर कंघी की जाती है, जिससे उत्तम वस्त्र बनाने को लम्बे रेशे अलग और छोटे रेशों को अलग कर दिया जाता है। इस प्रक्रिया के माध्यम से जो पूनियां तैयार की जाती हैं, उन्हें कोल्ड स्लावर कहते हैं।

3. कार्डिंग—इस प्रकार के यन्त्र में कई काँटेदार हुक लगे होते हैं, जिनके घूमने से कपास के तन्तु खिसककर एक दूसरे के पास आ जाते हैं। फिर इनको कीप से निकाल कर मोटी गोलाकार पट्टी के रूप में बना दिया जाता है। इस प्रक्रिया के कपास से अशुद्धियाँ निकल जाती हैं तथा रेशे सुलझकर समानान्तर हो जाते हैं।

4. कोय एकत्र करना—मात्र चार-पाँच महीने में कपास के पौधों में कलियां आने लगती हैं। जैसे ही कलियाँ खिलती हैं वैसे ही कोयों को हाथ या मशीन द्वारा एकत्रित कर लेना चाहिए। उपयुक्त समय पर यदि नहीं चुना जाएगा तो ढोढ़ जमीन पर गिर जाएँगे या अन्य प्रकार की अशुद्धियाँ कपास के तन्तुओं को गन्दा एवं बदरंग कर देंगी।

5. बिनौले निकालना—जब कोयों को एकत्र कर लिया जाता है, इसमें से बीज और तन्तुओं को अलग कर दिया जाता है। इसको अलग करने के लिए निम्नलिखित विधियों का इस्तेमाल करते हैं—

(i) सिलाई ओटनी—यह बेलनाकार 10 से 32 लम्बी से 5 सूत के व्यास की चिकनी पीतल या लोहे की छड़ होती है। शीशम, बबूल या सागौन का लम्बा चौड़ा एवं गोटा एक पटरा होता है, जिसे ओटनी कहते हैं।

(ii) मशीन ओटनी—वर्तमान समय में कारखानों में कई प्रकार की मशीनों का उपयोग बिनौलों और तन्तुओं को अलग करने के लिए किया जाता है।

(iii) हाथ ओटनी—इसमें 1 फुट लम्बे दो बेलन लगे होते हैं, जिसमें ऊपर का लोहे का तथा नीचे लकड़ी का कुछ खुरदरा बेलन होता है। दोनों बेलनों को समानान्तर रूप से चलाने को एक हैण्डिल लगा रहता है। सामने की ओर लगभग

एक फुट जगह रूई एकत्र करने को छोड़ दी जाती है। बिनौले सहित रूई को दोनों बेलनों के मध्य निकालते हैं जिससे तन्तु तथा बिनौले अलग-अलग हो जाते हैं।

6. गाँठें खोलना और मिलाना—रूई की गाँठों को खोलकर ढीला छोड़ दिया जाता है तथा यन्त्रों की सहायता से सुलझाने का कार्य किया जाता हैं। ये यन्त्र है—ब्रेकर, मध्यवर्ती तथा फिनिशर। ये यन्त्र 40 चौड़ी एवं 1 मोटी चादर बना देते हैं।

रेशम के उत्पादन की विधि

रेशम एक जीवन्त तन्तु है, जो शहतूत के वृक्षों पर रहने वाले कीड़ों से प्राप्त किया जाता है। सभी तन्तुओं में रेशम अपनी कोमलता, सुन्दरता एवं आकर्षकता के कारण अपना महत्त्वपूर्ण स्थान रखता है। रेशम की पैदावार के लिए सर्वप्रथम रेशम के कीड़ों को पालने का कार्य किया जाता है। यह प्रोटीनयुक्त तन्तु रेशम के कीड़ों के शरीर में पाई जाने वाली ग्रथियों से निकलने वाले लसदार पदार्थ से प्राप्त किया जाता है। रेशम के कीड़ों को मुख्य आहार शहतूत की पत्तियाँ होने के कारण, यह ज्यादातर शहतूत के वृक्षों पर रहते हैं। इसलिए शहतूत की खेती आवश्यक होती है।

कीड़ों को पालना—रेशम के कीडों का जीवन चक्र लगभग 37 से 73 दिन होता है। इतने दिन में यह चार अवस्थाओं से होकर गुजरता है।—1. अण्डा, 2. लारवा, 3. प्यूपा, 4. कीड़ा।

रेशम हासिल करने के लिए कोकून को प्यूपा की स्थिति में खत्म कर दिया जाता है। कुछ कोकून को कीड़ा बनने को छोड़ दिया जाता है, जिससे भविष्य में वह अण्डे दे सकें। कीड़े के अण्डों को छः सप्ताह तह ठण्डे स्थानों में रखा जाता है। करीब दो सप्ताह बाद अण्डों से लारवा बाहर निकलता है। इस समय इसकी लम्बाई लगभग 3 मिलीमीटर होती है। लारवा को शहतूत की कटी हुई पत्तियाँ खाने को दी जाती हैं। इस समय इसकी लम्बाई 160 से 300 गुना तक बढ़ जाती है। चौथी अवस्था में कीड़ा गोलाकर रूप में 8 की आकृति बनाता हुआ घूमने लगता है। इस बीच इसके सिर के दो ग्रन्थियों से लसदार दो प्रकार के पदार्थ निकलते हैं, रेशम के कोषों का निर्माण करते हैं। कीड़ा धीरे-धीरे इस लसदार पदार्थ से अपने को ढक लेता है। हवा लगने पर उसके शरीर पर यह जम जाता है, कोकून बनने का काम पूरा हो जाता है, तब कीड़ा लगभग 12 दिन तक सोता रहता है, उसके बाद वह प्यूपा में बदल जाता है, यह कीड़े की तीसरी अवस्था है। इसी अवस्था में कोकूनों को एकत्र कर

लिया जाता है, तथा उन कोकूनों को अलग कर दिया जाता है जो कि सूत बनाने को अनुपयोगी होते हैं।

शुद्धिकरण– कोकून जो सूत हासिल करने के लिए सर्वप्रथम इनके अन्दर मौजूद कीड़ों को मारना पड़ता है एवं गोंद जैसे पदार्थ को नर्म करना पड़ता है। इसके लिए कोकूनों को साबुन युक्त गर्म पानी में डालकर या भाप द्वारा गर्म करके सेंका जाता है, इस क्रिया से तन्तुओं में चमक आ जाती है।

ब्रुश करना–अनुपयोगी पदार्थ को कोकून पर से हटाने के लिए यन्त्रों की सहायता से ब्रुश किया जाता है, जिससे लच्छियाँ बनाने में कठिनाई न हो।

लपेटना–कोकून से खींचकर जो धागा निकाला जाता है, उसे फाइबिन कहते हैं। कीड़े की ग्रन्थियों से निकलने वाला गोंदनुमा पदार्थ सिरेसिन धागे को जोड़ने में सहायक होता है।

एक साथ तीन से आठ कोकून के धागों को खींचकर लपेटते हैं। इस प्रकार सूत एक दूसरे पर लिपटते हुए निकलते हैं। लपेटते समय धागा टूट जाने पर मिश्रित सूत द्वारा जोड़कर रीलें तैयार की जाती हैं। रीलों से लच्छियाँ बनाकर पाँच से दस पौण्ड की बुक (गाँठें) बाँधी जाती हैं।

धागे का निर्माण–धागों का निर्माण कई चरणों से होकर होता है। कारीगरों द्वारा गाँठों को खोलकर आकार, रंग, लम्बाई, मात्रा एवं बनावट के अनुसार छाँटा जाता है। लच्छियों का जलांश सूखने के बाद, इन्हें फ्रेम पर चढ़ाकर छोर बॉबिन में लपेट दिये जाते हैं। लपेटते समय इच्छानुसार इनमें ऐंठन भी दी जाती है। लपेटा हुआ रेशम एवं कता हुआ रेशम, रेशम के प्रमुख दो प्रकार हैं, जिनका वर्णन निम्न प्रकार किया गया है–

1. लपेटा हुआ रेशम–कोकून के तन्तुओं को एक साथ खींचकर इस रेशम को निकाला जाता है। इसके तन्तुओं की लम्बाई 300 से 1600 गज तक होती है। तन्तुओं को खींचकर बिना ऐंठन दिए लच्छियाँ बनाई जाती हैं। इस प्रकार के तन्तुओं में अपनी प्राकृतिक चमक तथा लचीलापन होता है।

2. कता हुआ रेशम–जिन कोकूनों के कीड़े प्यूपा की अवस्था में नहीं मरते, वे कीड़ा बनकर तन्तुओं को तोड़कर बाहर निकल आते हैं। तन्तुओं के टूटने के कारण इनको लच्छी पर लपेटना सम्भव नहीं होता है। ऐसे फटे हुए कोकूनों को मसाले में पकाकर तथा सिरेसिन नामक गोंदीय पदार्थ हटाकर रूई के समान धुना जाता है। धुनकने के बाद, इसके तन्तुओं में थोड़ी-सी ऐंठन देकर काता जाता है। जिससे छोटे-छोटे तन्तु आपस में चिपकते जायें। ऐंठन देने से रेशम की चमक नष्ट

नहीं होती है। कते रेशम में ताने की शक्ति एवं लचक कम होती है तथा इसके वस्त्र आकृति में सूती वस्त्रे आकृति में सूती वस्त्रों के समान दिखाई देते हैं।

वस्त्र निर्माण की विधि

सूत से वस्त्र तैयार करने की अवस्था बुनाई की होती है। यद्यपि कपड़ा बनाने की अन्य विधियाँ भी हैं, तथापि सूतों की बुनाई विधि का अत्यधिक प्रयोग किया जाता है। प्राचीन काल में मानव ने पक्षियों के घोंसलों से तिनकों तथा घास, फूँस को अन्तर्ग्रंथित होते देखा होगा, इसी से उसे सूत बुनने की प्रेरणा मिली। प्रारम्भ में बेढंगे करघे बनाये गए जो कि बहुत ही सादा थे और उन्हें हाथ से चलाया जाता था। आज के वस्त्र उद्योग में प्रयुक्त होने वाले शक्तिशाली करघे में भी वही पुराने पुर्जे हैं और यह भी उसी प्रकार कार्य करता है जैसे कि हाथ से चलने वाला करघा करता है। वस्त्र तैयार करने से पहले उसकी एक रूपरेखा अवश्य तैयार कर लेनी चाहिए। बुनाई की क्रिया में लम्बाई के सूत, जो वस्त्र का मूल आधार बनते हैं, कहलाते हैं। वस्त्र में तिरछे या आड़ी काट के सूतों को बाना कहते हैं। कपड़ा ताने और बाने के गुंथाव से बुना जाता है। अतः गुंथाव के क्रम को परिवर्तित करके विभिन्न प्रकार के कपड़ों का निर्माण किया जाता हैं, उसको लूम कहते हैं।

साधारण किस्म के वस्त्र लूम या करघे बनाये जाते हैं। इसमें ताने के सूत को हेंडल के छिद्रों से गुजार कर उनमें खिंचाव उत्पन्न किया जाता है। बुनाई करते समय हार्नेस को उठाया जाता है जिससे एक शेड बन जाता है। शेड में से सटल को गुजारा जाता है, इसके बाद हार्नेस की स्थिति बदल जाती है। इस प्रकार का एक ऐसा रोड बनाया जाता है जिसमें नीचे की हार्नेस ऊपर होती है तथा नीचे की ऊपर साधारण लूम में दो हार्नेस होते हैं। बुनाई की क्रिया में बाना सूतों पर ताना सूतों की अपेक्षा कम दबाव पड़ता है। केवल यह आवश्यक है कि उन्हें निश्चित आकार में काता जाए और निर्मित होने वाले वस्त्र के अनुसार ऐंठन दी जाय। बुनाई योग्य और उचित दबाव सहन करने हेतु ताना के सूतों को चरखी पर लपेटने, ताना बनाने और कातने जैसी क्रियाओं से गुजारा जाता है। सर्वप्रथम फिरकी पर लपेटने की क्रिया में सूत को एक फ्रेम पर जिन शंकुओं पर लपेटा जाता है, कील कहलाता है। असंख्य ताना सूत लम्बाई में एक-दूसरे के समान्तर होते हैं। तत्पश्चात् इन सूतों के बँटों को खोला जाता है, और उन पर माँड़ी लगाई जाती है ताकि वह मजबूत हो जायें और बुनाई की प्रक्रिया में टूटे नहीं। माँड़ी के लगाने से सूत के ऊपर उभरे हुए रेशे सूत से चिपककर उसे मजबूत बना देते हैं। इस प्रकार के सूत में चमक आ जाने पर इसका

वजन बढ़ जाता है तथा कीड़े लगने की सम्भावना कम होती है। इस क्रिया के पश्चात् अन्तिम रूप से ताने को एक गोल और चिकने लकड़ी के बेलन पर कपड़े और चौड़ाई के अनुसार लपेटा जाता है। इस क्रिया को बीमिंग कहते हैं। इससे यह लाभ होता है कि धागे समान खिंचाव के साथ अपने-अपने स्थान पर स्थिर रहते हैं और वे करघे के लिए तैयार हो जाते हैं।

वस्त्र निर्माण चाहे हस्तचालित अथव विद्युतचालित करघे से किया जाय सभी में लगभग एक प्रकार के भाग होते हैं। करघे के फ्रेम पर रेशे से बने आविल धागों को तानकर उन्हें बाने से भरकर वस्त्र का निर्माण होता है। वस्त्र तैयार करते समय करघे में एक साथ कई प्रकार की क्रियाएँ होती हैं एवं हर क्रिया के अलग-अलग हिस्से होते हैं। किसी भी प्रकार की बुनाई में चार मूल क्रियाएँ होती हैं। वे एक-दूसरे के बाद की जाती हैं। उन्हें निरन्तर दोहराया जाता है। इस क्रियाओं को निम्न भागों में बांटा गया है–

1. ताना अलगन–जो पुराने किस्म के करघे होते हैं उनमें, जुलाहे को ताने के सूतों को हाथ की अँगुली से एक-एक करके उठाना पड़ता था, जिससे बाने के सूत उठाए जा सकें। अतएव बुनाई एक बहुत धीमी प्रक्रिया थी। ताने के सूत को उठाने से एक सेट बनता है। इसमें से बाने का सूत शटल द्वारा दाहिनी तरफ ऊन होनी चाहिए। जम्फरों तथा पुल ओवर के लिए मोटी अर्थात् दो या तीन प्लाई की ऊन प्रयोग करनी चाहिए।

सलाई का चुनाव–एक अथवा दो प्लाई वाले ऊनों में 8 अथवा 9 नम्बर की सलाइयाँ इस्तेमाल की जाती हैं। बुनाई चिकनी व जंग रहित सलाइयों से करनी चाहिए। सलाई का चुनाव ऊन के प्रकार के अनुसार उपयुक्त रहता है।

डिजाइन का चुनाव–वस्त्र निर्माण से पहले उसके डिजाइन का चयन कर लेना अति आवश्यक होता है। डिजाइन का चुनाव पहनने वाले के शरीर की बनावट एवं आयु को ध्यान में रखकर करना चाहिए। पतले व लम्बे व्यक्ति के लिए लम्बी धारी के डिजाइन का चुनाव करना चाहिए। ऐसी स्थिति में लम्बा व्यक्ति अधिक लम्बा दिखाई देगा। इसी प्रकार गोल व मोटे व्यक्ति के लिए आड़ी धारी का डिजाइन शोभा नहीं देता। बालकों के वस्त्रों पर छोटे या फूल पत्ती के डिजाइन अधिक उपयुक्त होंगे।

आवश्यक सामग्री–बुनाई के दौरान निम्नलिखित सामग्रियों की जरूरत होती है–

1. फंदे अलग करने के लिए दो स्टीच होल्डर।

2. प्लास्टिक की सलाई।
3. सिर का आँकड़ा का काँटा (फंदे अलग करने के लिए)।
4. मोटी सलाइयों के कई किस्म के जोड़े।
5. पतली सलाइयों के कई किस्म के जोड़े।
6. हाथी दाँत या सींग का क्रोशिया।

इसके बाद उन धागों को नीचे से लेकर दूसरी सलाई पर लपेटेंगे और फिर उसी सलाई को बाहर निकालेंगे तो इस पर धागे का फन्दा बन जाएगा। इसके बाद फिर ऊन को खींचकर लम्बा कर लेंगे। अब ऊन को पहली वाली सलाई के ऊपर डालकर फिर से ऊन खींचकर लम्बा कर लेंगे। अब ऊन को पहली वाली सलाई के ऊपर डालकर फिर से ऊन खींच लेंगे।

उपरोक्त प्रक्रिया पूर्ण करने से पूर्व वाली सलाई पर दो फन्दे बन जायेंगे। इस तरह हर बार यही प्रक्रिया बार-बार करते रहने से फन्दों की संख्या बढ़ती रहेगी और जितने फन्दे डालना चाहो उतने फन्दे गिनकर डाल लेवें।

बॉर्डर, गला व बाँहें बनाने की विधि—स्वेटर में बार्डर, गला और बांहें बनाने की अलग-अलग विधियाँ होती हैं। स्वेटर बनाने से पहले जिस व्यक्ति के लिए स्वेटर बना रहे हैं, उसके अनुसार सलाई से फन्दे डालें तथा दूसरी सलाई से एक उलटा और एक सीधा फन्दा डालते हुए बुनाई करें। फिर दो-दो लाइन छोड़कर एक-एक फन्दा बढ़ाते जायें। आठ या दस सलाई के बाद बॉर्डर बन्द कर दें। बॉर्डर बनाने के बाद एक सलाई सीधी निकालें तथा इच्छानुसार डिजाइन बना लें। सादे स्वेटर के लिए एक सलाई सीधी व एक उल्टी बुनते चलें।

स्वेटर का गला दो विधियों से बनाया जाता है। एक तो उसी में फन्दा उठाकर व दूसरा अलग से पट्टी उठाकर। स्वेटर के साथ बनाये ज़ाने वाले गले के लिए मौजे की तीन सलाइयाँ लेते हैं। उस पर फन्दा डालकर छः सलाइयों द्वारा गला बन्द कर देते हैं। साधारण सलाइयों के द्वारा भी अलग से पट्टी बनाकर स्वेटर के साथ सिल देते हैं।

आस्तीन भी दो प्रकार से बनाते हैं। एक तो स्वेटर में से फन्दे उठाकर अलग से बुनकर या कलाई की तरफ से बुनना शुरू करके। स्वेटर से उठाकर बुनाई करने के लिए जहाँ से आस्तीन की छँटाई की गई है वहाँ किनारी पर फन्दे उठाये जाते हैं तथा कुहनी तक समान बुनते हैं। कुहनी के बाद दो घर घटाये जाते हैं और नीचे बॉर्डर बुन लेते हैं। अलग से आस्तीन बनाने के लिए बॉर्डर बुनकर कोहनी तक बुन लेते हैं।

सावधानियाँ

स्वेटर बनाने के दौरान कुछ निम्नलिखित सावधानियाँ बरतनी आवश्यक हैं।

1. बुनाई के लिए सलाइयाँ अच्छी किस्म की होनी चाहिएँ।
2. वस्त्र की बुनाई उचित नाप के अनुसार करें।
3. आस्तीन पिछले व अगले वाले हिस्से में जुड़ी हुई बनावें।
4. बुनाई के लिए प्रयुक्त ऊन अच्छी प्रकार की होनी चाहिए।
5. बुनाई न अधिक ढीली होनी चाहिए तथा न अधिक कसी हुई।

बुनाई के बाद की सावधानियाँ

बुनाई के बाद विभिन्न अंगों की सिलाई करें एवं सफाई पर विशेष ध्यान दें–

1. ऊन का गोला कसकर या सख्त नहीं बनाया जाये।

2. ऊन के टुकड़ों को जोड़ने के लिये गाँठ नहीं लगानी चाहिये, बल्कि ऊन के सिरों को उधेड़कर आठ या दस अंगुल तक आधे-आधे ऊन के रेशों को निकाल कर ऊन के दोनों सिरों को पुनः मिलाकर बंट देना चाहिये। इस बंटे हुए ऊन से कुछ फन्दे बुनकर आगे बुनना चाहिए।

3. वस्त्र एक से अधिक रंग का बुनने के लिए ऊन पतली होनी चाहिए।

4. महिलाओं के कपड़े थोड़ी ढीली बुनाई के होने चाहिएँ।

5. बुनाई में समानता होनी चाहिए।

6. बुनाई जब पूरी हो जाय तब वस्त्र को सावधानीपूर्वक इस्त्री कर देनी चाहिएँ।

7. आगा-पीछा, आस्तीन, जेब की पट्टी, जेब के नीचे की थैली का हिस्सा, गले और सीने की पट्टियाँ, अलग-अलग बुनकर बाद में टांके लगाकर जोड़ दें।

बुनाई के आवश्यक संकेत

क = सीधा बुनो,

प = पर्ल,

स = घर,

र = साथ-साथ,

इ = और बुनो,

ड = घटाओ (दो घर साथ लेकर)

स:स = एक घर उल्टा, एक सीधा,

म = मुख्य रंग वाली ऊन,
अ = अन्य रंग वाली ऊन,
चे = चेन,
ट्रे = ट्रेबल,
क्ल = कलस्टर,
ङ = क्रो डबल क्रोशिया।

दो रंग का मफलर

ठण्ड ज्यादा होने पर स्कूली छात्रों के लिए मफलर का इस्तेमाल करना जरूरी हो जाता है। अगर मफलर दो रेशों का हो तो वह आकर्षक हो जाता है। ऐसे मफलर की लम्बाई 14 सेमी. तथा चौडाई 22 सेमी. होनी चाहिए। इसे बनाने के लिए 25-25 ग्राम के लाल 5 गोले एवं काले रंग के गोले तथा 10 न. की सलाइयाँ एवं 1 न. के क्रोशिया इस्तेमाल करते हैं।

विधि—10 नं. की सलाई पर लाल ऊन के 56 फन्दे डालकर प्रत्येक सलाई में सभी फन्दे बन्द कर दें। फिर 11 नं. के क्रोशिये द्वारा उल्टी ओर से फंदे पर 1-1 ट्रे बनाकर ऊन वहीं छोड़ दें। फिर हरे रंग का ऊन लगाकर सीधी ओर से नमूना डालना शुरू करें। ध्यान रहे कि 1 पंक्ति सीधी तथा 1 पंक्ति उलटी ओर से प्रारम्भ होगी।

पहली पंक्ति—हरे रंग से 1 ट्रे पर 3 चे., 2 ट्रे छोड़कर 4 ट्रे का क्ल.। उसी स्थान पर पहले क्ल. के समान 1 क्ल. बनायें 3 ट्रे. छोड़कर 1 ट्रे. चिन्ह से चिन्ह तक कुल 5 बार दोहरायें।

दूसरी पंक्ति—हरे रंग के ऊन से चे. बनाकर मोड़ें, फिर 3 चे. बनाएँ। 3 क्ल. के मध्य बिन्दु पर 4 ट्रे. 3 चे., 1 ट्रे चिन्ह से चिन्ह तक कुल 5 बार दोहराकर ऊन वहीं छोड़ दें।

तीसरी पंक्ति—लाल रंग से ऊन की बुनी हुई 2 पंक्ति के ऊपर लाकर 3 चे. बनाएँ। 3 चे. स्पेस में 3 ट्रे., 4 ट्रे. पर 4 ट्रे. 3 चे. स्पेस में 3 ट्रे. 1 ट्रे. पर 1 ट्रे. चिन्ह तक 5 बार दोहरा कर ऊन वहीं छोड़ दे।

उपरोक्त में बनाने गये 3 पंक्तियों को 5 बार दोहरा कर लेते हैं और ऊन को तोड़ देते हैं। अगली पंक्ति में हरे रंग के पहली ट्रे. पर 20 चे. बनायें और उसी ट्रे. पर 1 ड. क्रो. बनायें 4 ट्रे. पर 4 ड. क्रो 20 चे. अगली ट्रे. पर 2 ड. क्रो चिन्ह से चिन्ह तक 11 बार और दोहराकर ऊन तोड़ दें। इसी तरह आरम्भ में डाले गए 56 फन्दे पर दूसरा पल्ला बुन लें।

मोजा बनाना

ठण्ड के मौसम में बच्चे अपने पैरों को ढकने के लिए मोजे पहनते हैं। इनकी लम्बाई 9 सेमी. के करीब होती है। इसे बनाने के लिए एक गोला कोट्स का बुनाई का धागा एवं एक जोड़ा 13 नम्बर की सलाइयाँ और एक मीटर लम्बा एक सेन्टीमीटर चौड़ा रिबन इस्तेमाल करते हैं।

पैर का नाप–9 सेन्टीमीटर।

तनाव–आठ फन्दे अैर 12 पंक्तियों का नाप 2-1/2 सेंटीमीटर होना चाहिये। यदि आपकी बुनाई इससे ढीली या कसी हो तो एक नम्बर पतली या मोटी सलाइयाँ लगाते हुये बुनें।

बुनने की विधि–40 फन्दे डाकर एक पंक्ति पूरी उलटी बुनें।

पहली पंक्ति–सीधी तरफ से एक फन्दा सीधा, एक फन्दा बढ़ाते हुये 18 फन्दे, सीधे, एक फन्दा बढ़ाते हुये दो फन्दे सीधे, एक फन्दा बढ़ाते हुये एक फन्दा सीधा बुनें। इस प्रकार कुल 44 फन्दे बुनें।

दूसरी चौथी, छठी, आठवीं तथा 11 वीं पंक्ति पूरी उलटी बुनें।

तीसरी पंक्ति–दो फन्दे सीधे, एक फन्दा बढ़ाते हुये चार फन्दा सीधे, एक बढ़ाते हुए 18 फन्दा सीधे, एक फन्दा बढ़ाते हुये दो फन्दे सीधे बुनें, इस प्रकार कुल 48 फन्दे बुनें।

पांचवीं पंक्ति–तीन फन्दे सीधे, एक बढ़ाते हुए 18 फन्दे सीधे, एक फन्दा बढ़ाते हुए 6 फन्दे सीधे, एक फन्दा बढ़ाते हुये तीन फन्दे सीधे बुने, इस प्रकार कुल 52 फन्दे बुनें।

सातवीं पंक्ति–इस पंक्ति में मोजे को निश्चित आकार दिया जाता है। इसमें चार फन्दा सीधे, एक फन्दा बढ़ाते हुए 18 फन्दे सीधे, एक फन्दा बढ़ाते हुये आठ फन्दे सीधे, एक फन्दा बढ़ाते हुये 18 फन्दे सीधे, एक फन्दे सीधे बुनाई की जाती है।

नवीं पंक्ति–पांच फन्दे सीधे एक फन्दा बढ़ाते हुये 18 फन्दे सीधे, एक फन्दा बढ़ाते हुये 10 फन्दे सीधे, एक फन्दा बढ़ाते हुए 18 फन्दे सीधे, एक फन्दा बढ़ाते हुये पांच फन्दे सीधे बुनें, इस प्रकार कुल 60 फन्दे बुनें।

विधि–10 नं. की सलाई पर लाल ऊन से 56 फन्दे डालकर प्रत्येक सलाई में सभी फन्दे बन्द कर देने चाहिएँ। फिर 11 नं. के क्रोशिये द्वारा उलटी ओर से फन्दे पर 1-1 ट्रे बनाकर ऊन वहीं छोड़ दें। फिर हरे रंग का ऊन लगाकर सीधी ओर से नमूना डालना शुरू करें। इसमें यह स्थान दिया जाता है कि पंक्ति सीधी और पंक्ति उल्टी ओर से प्रारंभ होनी चाहिए।

पहली पंक्ति—हरे रंग से 1 ट्रे पर 3 चे., 2 ट्रे छोड़कर 4 ट्रे पर 4 ट्रे का क्ल. । उसी स्थान पर पहले क्ल. के समान 1 क्ल. बनायें 3 ट्रे. छोड़कर 1 ट्रे. चिन्ह से चिन्ह तक कुल 5 बार दोहरायें।

दूसरी पंक्ति—हरे रंग के ऊन से चे. बनाकर मोड़ें, फिर 3 चे. बनाएँ। 3 क्ल. के मध्य बिन्दु पर 4 ट्रे. 3 चे., 1 ट्रे. चिन्ह से चिन्ह तक कुल 5 बार दोहराकर ऊन वहीं छोड़ दें।

तीसरी पंक्ति—लाल रंग से ऊन की बुनी हुई 2 पंक्ति के ऊपर लाकर 3 चे. बनाएँ। 3 चे. स्पेश में 3 ट्रे., 4 ट्रे. पर 4 ट्रे. 3 चे. स्पेस मैं, 3 ट्रे. 1 ट्रे. पर 1 ट्रे. चिन्ह तक 5 बार दोहराकर ऊन वहीं छोड़ दें।

उपरोक्त में जो विधियाँ बतलायी गयी हैं उनके माध्यम से 3 पंक्तियों को 5 बार और दोहरा कर लाल ऊन तोड़ दें। अगली पंक्ति में हरे रंग के ऊन से पहली ट्रे. पर 20 चे. बनायें और उसी ट्रे. पर 1 ड. क्रो. बनायें 4 ट्रे. पर 4 ड. क्रो 20 चे. अगली ट्रे. पर 2 ड. क्रो. चिन्ह से चिन्ह से चिन्ह तक 11 बार और दोहरा कर ऊन तोड़ दें। इसी प्रकार शुरुआत में डाले गये 56 फन्दों पर दूसरा पल्ला बुन लेना चाहिए।

स्वेटर

ठण्ड के मौसम में सभी के लिए चाहे वह वृद्ध हो अथवा पुरुष, स्वेटर पहनना आवश्यक हो जाता है। स्वेटर बनाना एक कला है। स्वेटर बुनने के लिए सर्वप्रथम बायें हाथ के अँगूठे के बराबर वाली उँगली में ऊन के सूत को पहनायें फिर दूसरे हाथ से उसके आगे से फेरा लेते हुए पीछे से फेरा डालें और एक के बाद एक फन्दा लेते हुए आगे बढ़ें, आखिरी फन्दे के घेरे में उँगली के घेरेवाला फन्दा डाल दीजिये। ठीक उँगली की तरफ एक फन्दा 1/2 गाँठ का सलाई पर डाल दें। फिर पीछे से घुमाते हुये दूसरा फन्दा डालें। सलाई पर फन्दे लेते हुए चलें और एक फन्दा उल्टा और दूसरा फन्दा सीधा रखें।

नीचे का बार्डर—सलाई में 71 घर डाल दीजिये। आगे बुनते समय 5 फन्दा बढ़ाते जाइये।

बॉर्डर के बाद—अगर सादा बुनें या बेल-बूटों की बुनाई मुड्डों के नीचे तक समान चलती है।

मुड्डे-मुड्डों की बुनाई करते समय पहली पंक्ति में 8 फन्दे घटाइये, दूसरी पंक्ति में 6 और तीसरी पंक्ति में 4, तीसरी से 2, चौथी से एक के हिसाब से आगे घटाते हुए बुनाई चलती है। इस प्रकार गोलाई आ जाती है।

गला—गला बनाने से पहले यह चुनाव कर लेना चाहिए कि कौनसा गला बनाना है और गला गोल बनाना हो तो उसके फन्दे को आधा-आधा कर लेते हैं सबसे पहले बीच में 20 फन्दों को एक साथ घटाते हैं तथा दूसरी सलाई 4,3,2,1 के हिसाब से गले के आकारानुसार बनाते हैं तथा यदि वी आकार का गला बनाना है, तो बीच का एक फन्दा पिन में लगा लेते हैं और जितनी पंक्ति की जाती हैं उसी के अनुसार एक-एक फन्दा घटाया जाता है। उसी ऊन के धागे से दोनों पदों को सावधानी से मिलाकर मोटी सुई से सिलाई करके स्वेटर तैयार किया जा सकता है। इस प्रकार स्वेटर की बुनाई हो जाती है।

आसन बनाना

आसन बनाना एक कला है। जब आसन बनाना हो तो सबसे पहले कच्चे सूत का इस्तेमाल किया जाता है। इसके लिए मुख्यतया कोट्स का सूत काम में लेते हैं। ताना (खड़े धागे जो लम्बाई में होते हैं) बनाने के लिए 4 धागे और बाना (वे धागे जो चौड़ाई में डाले जाते हैं) बनाने के लिए 6 या 8 तार का बंटकर तैयार कर लेते हैं। यदि मिल का सूत काम में लेना हो तो 6/3 या 6/4 का सूत काम में लेते हैं। पट्टी को रंगीन बनाने के लिए ताने के लिए सूत को अपेक्षित रंग में रंग लेते हैं।

जब दरी अथवा आसन बुनना हो तो उसके लिए विशेष प्रकार की लकड़ी के फ्रेम काम में लिए जाते हैं, यदि ये फ्रेम उपलब्ध न हो सकें तो लम्बाई के समानान्तर दो-दो खूँटे गाढ़ दें और अपनी तरफ के दोनों खूँटों के पीछे एक पोल रख दें तथा सामने वाले खूँटों में मोटा रस्सा लेकर 1/2 मीटर के फन्दे बनाकर इन्हीं फन्दों में दूसरे पोल में फँसाकर स्थिर कर दें।

आसन बनाने की विधि—आसन बनाने के लिए सबसे पहले ताना डाला जाता है। ताने के एक सिरे को पोल से गाँठ लगाकर बाँध दें और बाकी सूत को लेकर सामने वाले दूसरे पोल के ऊपर से नीचे निकालते हुए पहले वाले पोल के ऊपर से नीचे निकालें। इस प्रकार चौड़ाई की ओर से आवश्यक स्थान भरते हुए ताना डाल लें।

ताना डालने के बाद दोनों पोलों की ओर बुनाई की जाती है, जिससे कि ताने के धागों को सरलता से ऊपर-नीचे करके बुनाई की जा सकती है। ताने का हर धागा डालने के बाद पंजे से ठोंकना पड़ता है। इस प्रकार से बुनाई पूरी हो जाने पर टाट-पट्टी को पोल से काट कर अलग लेते हैं।

बुनाइयों के प्रकार

वस्त्र बनाने के लिए विभिन्न प्रकार की विधियों को अपनाया जाता है। इससे उनकी उपयोगिता बढ़ जाती है तथा आकृति में भी सुधार हो जाता है। वस्त्र बुनने के लिए 'डिजाइन पेपर' की सहायता ली जाती है। यह चारखानेदार कागज पर बनाया जाता है। इसे हार्नेस नियन्त्रित करेगा और उसकी संख्या भी नमूने पर निर्भर करेगी। किसी भी प्रकार की बुनाई के लिए कम-से-कम दो और अधिक से अधिक चालीस तक हार्नेस लग सकते हैं।

वस्त्र बुनने के लिए 'डिजाइन पेपर' की सहायता ली जाती है। यह चारखानेदार कागज पर बनाया जाता है, उस कागज को 'डिजाइन पेपर' कहते हैं। इस डिजाइन पेपर पर दो खड़ी रेखाओं के बीच वाले भाग को 'बाने का धागा' मान लेते हैं। एक छोटे चौकोर खाने के ताने और बाने का गुँथाव समझते हैं। जिस खाने में कोई निशान () बना होता है, वहाँ ताने का धागा बाने के ऊपर होता है और जो खाना खाली होता है वहाँ बाना ताने के धागे के ऊपर होता है। चाहे कोई भी डिजाइन हो, उसे डिजाइन पेपर पर बनाया जा सकता है।

ज्यादातर वस्त्रों को बनाने के लिए प्रायः प्रयोग आने वाली मूल बुनाइयाँ हैं—सादी बुनाई, ट्वील बुनाई और साटिन। इनके कई भेद एवं रूप हैं—

1. धारीदार बुनाई—यह बुनाई साधारण बुनाई से काफी मिलती-जुलती है। ताने में, बारीक सूतों को मोटे सूतों के साथ या इकहरे सूतों को दोहरे सूतों के साथ बारी-बारी से मिलाकर धारी डाली जा सकती है। ये धारियाँ लम्बाई या चौड़ाई दोनों दिशाओं में पड़ सकती हैं। जब धारियाँ कपड़े की लम्बाई में पड़ती हैं, तो उसे वेफ्ट-रिब कहते हैं और जब चौड़ाई में पड़ती हैं तो वार्प-रिब।

2. ट्वील बुनाई—वर्तमान समय में ज्यादातर लोग इस विधि से बुने गये वस्त्रों को पहनते हैं। ट्वील बुनाई के वस्त्र में तिरछी धारियाँ दौड़ती हुई दिखाई पड़ती हैं—दाहिनी तरफ से बायीं तरफ अथवा बायीं तरफ से दाहिनी तरफ। जब ये धारियाँ वस्त्र के ऊपर बायीं ओर आरम्भ होकर नीचे दायीं ओर को जाती हैं तो वह बायीं हाथ ट्वील कहलाती है और जब वस्त्र के ऊपर दायीं ओर से आरम्भ होकर नीचे बायीं ओर को धारियाँ जाती हैं तो वह दायीं हाथ ट्वील कहलाती है। इस प्रकार की बुनाई में बाने के धागे ताने के ऊपर नीचे तैरते हुए दिखाई देते हैं, जो स्वयं में ही एक आकर्षक डिजाइन-सा लगता है। इस वस्त्र की एक प्रमुख विशेषता यह है कि ये जल्दी गन्दे नहीं होते हैं। ट्वील बुनाई में बाने के सूत ताने से एक से अधिक सूत के साथ अन्तर्ग्रंथित होते हैं, परन्तु वे कभी भी चार से अधिक सूतों के द्वारा

अन्तर्ग्रंथित नहीं होंगे, क्योंकि ऐसा होने से सूतों की मजबूती क्षीण हो जाती है। प्रत्येक पिक में बाने के सूत डिजाइन को दायीं या बायीं ओर एक स्थान आगे ले जाते हैं, जिससे एक तिरछी रेखा बननी प्रारम्भ हो जाती है।

ट्वील की छोटी एवं सादी डिजाइन तीन ताने के धागों और तीन बानों से बनती है। ताने का एक धागा बाने के ऊपर और ताने के दो धागे बाने के नीचे होते हैं, इसको 1/2 ट्वील कहते हैं। इस डिजाइन से बुने हुए कपड़े को जीन कहते हैं।

3. सादी बुनाई—यह साधारण किस्म की बुनाई है। इस डिजाइन से बुना हुआ कपड़ा सबसे अधिक मजबूत इसलिए होता है, क्योंकि इसमें ताने और बाने के धागों का गुँथाव अधिकतम होता है। करघे पर सम धागों को तथा दूसरा हार्नेस विषम को नियन्त्रित करता है। पहली बार पहला हार्नेस समय धागों को ऊपर उठाता है तथा शटल सम धागों के नीचे से तथा विषम धागों के ऊपर से निकलती है। दूसरी बार दूसरा हार्नेस धागों को ऊपर उठाकर शेड बनाता है और इस बार शटल विषम धागों के ऊपर से गुजर जाती है और वस्त्र की एक पंक्ति बुनकर तैयार हो जाती है। दूसरी पंक्ति में क्रम विपरीत हो जाता है अर्थात् धागा पहले ऊपर था, दूसरी बार नीचे हो जाता है और जो पहले नीचे था वह इस बार ऊपर हो जाता है। इस बुनाई में अन्तर करने के लिए सूत की विभिन्न मोटाइयों या ताने और बाने में भिन्न प्रकार के रंगों का प्रयोग किया जा सकता है। ऐसे डिजाइन में मोटे और बारीक सभी तरह के कपड़े बुने जा सकते हैं।

4. बास्केट बुनाई—सादा बुनाई के एक भेद को ही बास्केट बुनाई कहा जाता है। उसमें दोहरे सूत का प्रयोग किया जाता है। ऐंठन या ऐंठन रहित दो या दो से अधिक बाना, सूत उतनी ही संख्या वाले ताना सूतों के साथ अन्तर्ग्रंथित किए जाते हैं। उन्हें सादा बुनाई वाले 1×1 के नमूने के बजाय 2×2, 3×3, 4×4 के नमूने के अनुसार बुना जाता है। इसे अलावा कई भेद हो सकते हैं, जैसे 3×2, 5×3 और इस प्रकार के और भी नमूने हो सकते हैं। परन्तु संयोजित ताना सूतों का आकार या मोटाई अपने बाने के आकार या मोटाई के बराबर होगी। यह वस्त्र को नमूना एवं सन्तुलन प्रदान करता है।

इस विधि द्वारा जो वस्त्र बुना जाता है, वह आकर्षक एवं ढीला होता है। ये आसानी से तनकर अच्छी तरह लटक सकते हैं। अतः इन्हें पर्दो, कवर, खोल आदि बनाने के काम लाया जाता है। ये वस्त्र पहनने योग्य नहीं होते हैं। रंगीन धागों के प्रयोग से, यह आकर्षक बन सकते हैं।

8

मिट्‌टी कार्य : प्रशिक्षण एवं रोजगार के अवसर

मिट्टी प्रकृति की दी हुई मानव को एक अनमोल उपहार है। मिट्टी से विभिन्न प्रकार के खिलौने बनाये जाते हैं। इससे घर, बर्तन, गमले, आदि बनाये जाते हैं। इससे बनायी गयी वस्तुओं में खर्च कम आता है। इस अध्याय में हम मिट्टी से संबंधित विभिन्न प्रकार के बर्तन, खिलौने आदि बनाने के विषय में अध्ययन करेंगे।

मिट्टी के प्रकार

मिट्‌टी के महत्वपूर्ण प्रकार निम्नांकित हैं–

1. काली मिट्टी–इस प्रकार की मिट्‌टी दक्षिण भारत में पायी जाती है। इसका प्रयोग सामान्यतः खिलौने बनाने एवं बर्तनों में होता है।

2. पीली मिट्टी –पीली मिट्टी भी खिलौने एवं बर्तनों के बनाने में उपयोगी सिद्ध हुई है।

3. मुलतानी मिट्टी–यह मिट्टी अधिकतर विद्यालयों में छोटे बच्चे की लकड़ी के पट्टे पर लेप के लिए प्रयोग में लाई जाती है।

4. सफेद चीनी मिट्टी–इस प्रकार की चीनी मिट्‌टी बरेली, गढ़वाल एवं पंजाव में अधिकांशत पायी जाती है। इस मिट्टी का प्रयोग खिलौने एवं बर्तनों में न होकर बर्तनों को रंगने के काम आता है। लखनऊ के क्षेत्र में इस तरह की मिट्टी की रंगाई से बर्तन बनाए जाते हैं।

5. गेरुआ मिट्टी—यह मिट्टी केवल घरों में लेप इत्यादि करने के लिए प्रयोग में लाई जाती है।

मिट्टी प्राप्त होने के स्थान—नदियों एवं झीलों के किनारे अधिकांश मिट्टियाँ पायी जाती हैं और ग्रामीण क्षेत्रों में यह मिट्टी पुराने तालाबों एवं कुओं आदि से निकाली जाती है। सर्वोत्तम भूरे एवं मटमैले रंग की होती है। इस मिट्टी से खिलौने एवं बर्तन उच्च श्रेणी के बनते हैं। यदि इस तरह की मिट्टी भी खराब है तो उसमें आत की छाल, बबूल एवं गोंद आदि मिलाकर उसे उपयोगी बनाया जा सकता है और खिलौनों को उपयोगी एवं अच्छा बनाने के लिए धुनी हुई रूई का प्रयोग उपयोगी होता है।

मिट्टी तैयार करने की विधि

बर्तन निर्माण में सर्वप्रथम सूखी मिट्टी बनाई जाती है। उसके लिए सबसे पहले आवश्यकता के अनुसार मिट्टी इकट्ठी कर लेते हैं और पूरी तरह बारीक करने के पश्चात् एक बर्तन में भिगो लेते हैं और जब वह मिट्टी बाल्टी या बर्तन में पूरी तरह फूल जाए तो उसमें से पानी निकालकर बाहर फेंक दें और गीली मिट्टी को निकालकर एक लकड़ी के तख्ते पर रखकर हाथ से मलते रहें। सूखी मिट्टी को पानी में डालकर रात भर गलने के लिए छोड़ देते हैं। इसे गूँथ कर ठीक कर लिया जाता है। यदि अधिक मिट्टी तैयार करनी हो तो तीन नादों का प्रयोग करते हैं। ऊपर वाली दोनों नाँदों में मिट्टी गला दी जाती है और पानी भर देते हैं। मिट्टी इससे निकल कर नीचे की नाँद में जाती रहती है। कंकड़ ऊपर वाली नाँद में रह जाते हैं। इसी प्रकार दूसरी नाँद से तीसरी नाँद में बिल्कुल साफ मिट्टी छनकर निकल जाती है। इसको धूप में सुखा लिया जाता है। जमीन में गड्ढा खोदकर इस मिट्टी को भर देते हैं, पानी को जमीन सोख लेती है। मिट्टी खुश्क और सख्त होने लगती है। इस तैयार की हुई मिट्टी को काम में लिया जाता है।

मिट्टी तैयार करने के लिए कई विधियों को अपनाया जाता है। उपयुक्त मिट्टी लाकर उसे धूप में सुखा लेते हैं, बाद में उसे डण्डे से कूटकर कंकड़ आदि साफ कर लेते हैं।

अच्छी मिट्टी की पहचान

अच्छी मिट्टी की पहचान निम्नलिखित लक्षणों के आधार पर होती है—

1. तैयार मिट्टी को किसी बतर्न में या गड्ढे में गीले कपड़े में ढककर रखना चाहिए।

2. मिट्टी मोम की तरह मुलायम होनी चाहिए।

3. तैयार मिट्टी को थोड़ा सुखा लिया जाए फिर इसमें से थोड़ा-सा भाग पानी में डालकर देखा जाय, यदि एकदम पानी में नहीं घुलती है तो ठीक है।

4. मिट्टी का गोला बनाकर बार-बार उछालकर देखा जाय, उसमें दरार न पड़े।

5 . तैयार मिट्टी को पट्टी बनाकर उँगली पर लपेट कर देखा जाता है कि मिट्टी चिकनी एवं उपयुक्त है तो उसमें किसी प्रकार की चटख नहीं पड़ेगी और चिकनाहट प्रतीत होगी तथा उँगली से चिपकेगी नहीं।

सावधानियाँ

अच्छी एवं बर्तनों के योग्य बनाई जाने वाली मिट्टी के लिए निम्नलिखित सावधानियों को ध्यान में रखा जाता है—

1. बारीक एवं पूर्णतया छनी हुई राख को भी मिट्टी में मिलाने के लिए प्रयोग में लाया जा सकता है।

2. जब मिट्टी को तैयार कर लिया जाता है तो उसे कपड़े से ढककर रखना चाहिए। कहीं उसमें किसी तरह का कड़ापन न आ जाए।

3. तैयार मिट्टी को सबसे पहले एक लकड़ी के तख्त पर रख लिया जाना चाहिए।

मिट्टी के कार्य में प्रयुक्त सामग्री

मिट्टी के कार्य में कई प्रकार के औजार एवं अन्य सामानों की जरूरत होती है, जिनका वर्णन निम्न प्रकार किया गया है—

1. ब्रुश—मिट्टी के खिलौनों पर रंग करने के लिए ब्रुश का प्रयोग किया जाता है।

2. लोहे का तसला—यह मिट्टी गूँथने के काम आता है।

3. छोटे-छोटे-प्याले—मिट्टी के खिलौनों आदि को रंगते समय इस प्रकार के प्यालों का इस्तेमाल किया जाता है। ऐसे प्यालों में ब्रुश साफ करने के लिए पानी भर कर रखते हैं।

4. घड़ा—मिट्टी का कार्य करने के लिए पानी की आवश्यकता पड़ती है इसलिए घड़े में पानी भरकर अपने पास ही रखा जाता है।

5. चाक—मिट्टी के बर्तन, जैसे; सकोरे आदि चाक पर ही बनाये जा सकते हैं। यह पत्थर का चक्र होता है, जो अपनी कीली पर घूमता है। इसके ऊपर मिट्टी

का लोंदा जमाकर रखा जाता है तथा चाक को डण्डे की सहायता से घुमाया जाता है और उँगलियों की सहायता से बर्तन बनाये जाते हैं।

6. बैलगाड़ी–जब मिट्टी को बाहर से लाया जाना हो तो उसके लिए बैलगाड़ी का इस्तेमाल किया जाता है। भारत में बैलगाड़ी का अत्यधिक इस्तेमाल किया जाता है।

7. लकड़ी की मोगरी–यह मिट्टी महीन करने के काम आती है तथा इससे मिट्टी की पर्त भी बनायी जाती है।

8. तारों की चलनी–तारों की चलनी मिट्टी छानने के काम आती है। इसका फ्रेम लकड़ी का बना होता है तथा निचले हिस्से में तारों की जाली लगी रहती है।

9. पटरा–पटरे पर रख कर मिट्टी को पीटा जाता है जिससे वह एक समतल सतह में हो जाय। यह लकड़ी का बना होता है।

10. मिट्टी की नाँद–मिट्टी की नाँद में मिट्टी सानी जाती है।

साँचे द्वारा मिट्टी के मॉडल बनाना

साधारण बर्तन, घड़े या गमले आदि का आधा हिस्सा लेकर उसको साँचे से बनाते हैं। जिस बर्तन को बनाना हो उस साँचे के अन्दर वाले भाग में राख लगा दी जाती है और उसके ऊपर मिट्टी की पतली तह जमा दी जाती है। बाद में उसे साँचे से पृथक् कर लिया जाता है।

मिट्टी को साँचे में इस प्रकार दबाना चाहिये ताकि मिट्टी की सतह अच्छी तरह चिपक जाय। बर्तन तैयार हो जाने पर निकलती हुई मिट्टी को छीलकर पनी के हाथ से एक-सा कर लिया जाता है।

अँगूठे तथा उँगलियों से बर्तन बनाना

इस विधि का उपयोग 5 सेमी. से छोटे मॉडल के बर्तन तैयार किये जाते हैं। अँगूठे तथा उँगलियों से मिट्टी को एक-सा फैलाकर वस्तु की शक्ल बनानी पड़ती है। यह मिट्टी के काम का मुख्य तरीका है। इससे वस्तु में सौन्दर्य पैदा किया जा सकता है।

ठोरा मिट्टी रो बर्तन बनाना

जो 5 रोमी. रो लेकर 15 सेगी. तक के बर्तन होते हैं उन्हें ठोस विधि के माध्यम से बनाया जाता है। इस प्रणाली से पैंदा तथा गर्दन के अतिरिक्त शेष भाग

पहले से ही ठोस बना लिया जाता है। किसी मुड़े हुए तार या कील आदि से ठोस पिण्ड को पोला कर लेते हैं। इसके बाद उसमें पेंदी, गर्दन, मुँह तथा हैंडिल आदि जोड़ देते हैं। इस प्रणाली से फूलदान, दवात, पेपरवेट, कलमदान आदि बनाये जाते हैं।

उपरोक्त विधियों के अतिरिक्त एक विधि और भी है जिसके प्रयोग में विशेष सावधानी और अभ्यास की आवश्यकता है।

बर्तनों के ऊपर सजावट करना

बर्तनों को ऊपर से सजाने के लिए निम्न विधियों का प्रयोग किया जाता है–

1. भरकर डिजाइन बनाना–बर्तन पर पहले खोदकर डिजाइन बनाते हैं, बाद में दूसरे रंग की मिट्टी पकाने से पहले लगाते हैं और सुनहरी रंग आदि पकाने के पश्चात् लगाते हैं।

2. खोदकर डिजाइन बनाना–बर्तन पर किसी वस्तु से डिजाइन अंकित कर ली जाती है। तेज चाकू या कील से खोदकर डिजाइन निकाली जाती है।

3. उभारदार डिजाइन बनाना–इस प्रकार की डिजाइन विभिन्न प्रकार की होती है जिनमें, नीचे उभारदार, बीच में उभारदार, तथा ऊँचे उभारदार आदि प्रमुख हैं।

इस विधि में कागज पर कॉपिंग पेन्सिल से कोई डिजाइन बनाकर उस कागज को बर्तन पर चिपका दिया जाता है, डिजाइन अंकित हो जाती है। बाद में इन डिजाइनों को कुछ दबाकर या कुछ मिट्टी लगाकर डिजाइन उकेरी (उभरी) जाती है।

बर्तनों पर रंग करना

बर्तनों पर रंग करना एक कला है। रंग करने वाले व्यक्ति को कई प्रकार के रंगों की उपयोगिता से भलीभाँति परिचित होना अति आवश्यक है। पके बर्तनों पर निम्न प्रकार के रंग चढ़ाये जाते हैं–

1. नीला–तूतियों, नील और लाजवर्दी से बनाया जाता है।

2. हरा–सेम की पत्ती पीसकर बनाया जाता है।

3. पीला–रामरज, पेपड़ी और हरताल।

4. लाल–हिरमिच, गेरु, सिन्दूर, टेसू के फूल तथा चूना मिलाकर बनाते हैं।

मिट्टी के बर्तन पकाने तथा टूटे बर्तनों की मरम्मत

विद्यालय के मैदान के किसी कोने में या किसी अन्य उचित स्थान पर गोल आकृति का एक गड्ढा बनाकर उसकी तह को टूटे मिट्टी के बर्तनों के टुकड़ों से ढक

देना चाहिये। इतना कर लेने के बाद सूखे पत्ते या राख को उसके ऊपर बराबर बिछाकर उपलों की तह लगाकर बड़े बर्तन नीचे और छोटे बर्तन ऊपर चुनकर रख दिये जाते हैं। इसके पश्चात् बिना तली के बर्तनों को ऊपर-नीचे करके रख देना चाहिए जिससे अलख जलाने पर चिमनी से धुआँ निकले। जितने बर्तन हैं, उनको चुनकर बीच-बीच में उपले भी लगाये। इस प्रकार से सब बर्तन लगाने के बाद सबसे ऊपर उपलों की पूरी तह लगाकर, सूखी पत्तियाँ आदि बिछाकर गीली मिट्टी से लेप कर देना चाहिए। लेप करते वक्त इधर-उधर कम-से-कम चार छेद छोड़ दिए जाते हैं। इन सुराखों को ईंटों से खोलने और बन्द करने का भी प्रबन्ध होता है। अब चिमनी वाले छेद में लाग लगाकर कम-से-कम 3 दिन के लिए छोड़ दें। इतने समय के बाद पके हुए बर्तनों को निकाल कर काम में लाया जा सकता है।

टूटे हुए बर्तनों की मरम्मत करने की विधियाँ–

टूटे हुए बर्तनों की मरम्मत निम्न विधियों से की जा सकती है–

1. बर्तन के टूटे हुए किनारों को गरम करके अगर चमड़ा या लाख को बर्तन के गर्म किनारों में लगाया जाय एवं किनारों को मिलाकर ठण्डा होने दिया जाय तो बर्तन नहीं टूटता, लेकिन गर्म पानी रखने से बर्तन खुल जाता है।

2. एक भाग सीमेंट और तीन भाग रेत 1:3 में पानी मिला-मिलाकर लुग्दी तैयार कर फिर टूटे बर्तनों को आहिस्ता-आहिस्ता जोड़ लिया जाता है।

3. गोंद, बेलगिरि और मेथी, इन तीनों को बराबर भागों में लेकर अच्छी तरह पीस लेना चाहिए। फिर लगभग 24 घण्टे पानी में भिगो लेने के बाद इस घोल से तिगुनी पकी हुई मिट्टी की बारीक चूरा अच्छी तरह छानकर घोल में डालकर लुग्दी बना लेनी चाहिए। अब बर्तन को जोड़ने के लिये उसके टूटे हुए किनारों को पानी से भिगोकर यह लुग्दी लगा देनी चाहिए एवं किनारों को मिलाकर सूखने के लिए छोड़ देना चाहिए। यह जोड़ मजबूत होता है।

मिट्टी के खिलौने बनाना

मिट्टी के खिलौने बनाने हेतु मिट्टी के बड़े-बड़े क्षेत्रों को पीसकर बारीक कर लिया जाता है और उसे पानी में भिगोकर मिट्टी को गला दिया जाता है। उसमें महीन मिट्टी मिलाकर आटे की तरह गूँथ लेते हैं। इस प्रकार यह मिट्टी खिलौने बनाने के लिए तैयार हो जाती है। खिलौने बनाने के लिए जो मिट्टी तैयार की जाती है, वह अच्छी होनी चाहिए। इसकी जाँच के लिए यदि हम मिट्टी की गोली बनाकर उसे

दबायें तो वह मोम की तरह दब जाएगी, इससे यह समझना चाहिए कि मिट्टी अच्छी है। जब मिट्टी तैयार हो जाती है तब हम अपनी इच्छानुसार जो भी आकृति बनाना चाहें उसे बना सकते हैं। इसके लिए हम किसी पहले बनी हुई आकृति का उपयोग कर सकते हैं या फिर प्रशिक्षण के मार्ग-दर्शन में यह कार्य किया जा सकता है इसके लिए साँचों का भी प्रयोग किया जा सकता है।

एक बार खिलौने तैयार हो जाने पर उन्हें छापादार एवं सुरक्षित स्थान पर रख दिया जाता है। यह ध्यान रखें कि रखते समय खिलौना टेढ़ा न हो जाए और मिट्टी के खिलौनों को सीधे ही धूप में नहीं सुखाना चाहिए। पहले जब वह छाया में थोड़ा सूख जाय तभी धूप में रखना चाहिए अन्यथा खिलौनों के टूटने या फटने का भय रहता है। सूखने के बाद खिलौने पर हल्के हाथ से सफाई करनी चाहिए। सफाई करते समय यह ध्यान रखना चाहिए कि इस समय इसका कोई भाग या अंग टूट न जाय। अब इस पर रंग किया जाता है।

रंग करने की विधि—खिलौने को सुन्दर एवं आकर्षक रूप देने के लिए उन पर रंग किया जाना अति आवश्यक है। खिलौने को रंगने के लिए खड़िया मिट्टी, बबूल का गोंद और पानी मिलाकर घोल तैयार कर लेते हैं। घोल तैयार करने के लिए खड़िया मिट्टी में इतना पानी मिलाइए कि उसे आटे की तरह गूँथा जा सके। अब इस पर पानी के छींटे मारते हुए मोगरी से कूटते जाइये। लगभग डेढ़-दो घण्टे बाद यह बहुत बारीक और गूँथे आटे जैसी हो जाएगी, तब इसमें और पानी मिलाकर सफेदी के घोल जैसा बना लीजिए। फिर एक-एक करके खिलौनों को इस घोल में डुबोकर निकालें। जब घोल की एक परत सूख जाय तब पुनः घोल में से निकालें। दूसरी परत सूखने पर घोल की तीसरी परत चढ़ाइये और धूप में सूखने को रख दीजिए। जब खिलौना सूख जाय तो उसे सरल कपड़े से रगड़ना चाहिए ताकि उनमें चमक आ जाय। अब खिलौने पर यदि एक ही प्रकार का लाल, नीला, पीला, या कोई अन्य रंग करना हो तो उस रंग को घोल में मिला दें और खिलौने को डुबोकर उसमें से निकाल लें, इस प्रकार रंगीन खिलौना तैयार हो जाएगा।

अगर खिलौने के अलग-अलग भागों पर अलग-अलग रंग करना आवश्यक हो तो उसे ब्रुश की सहायता से सावधानीपूर्वक रंगना चाहिए। इससे खिलौना कलात्मक और सुन्दर लगने लगेगा।

मॉडल

अनार का मॉडल—अनार का मॉडल बनाने के लिए उसकी आकृति के

अनुसार मिट्टी लेकर गोला बनाया जाता है। इसे कुछ ऊपर उठाकर एवं कुछ नीचे दबाकर चपटा कर लें और उसे अनार की आकृति दे दें। अब इसके गोल हिस्से को कहीं-कहीं से हल्का-हल्का दबा दें जिससे पका अनार जैसा लगने लगेगा। अब ऊपर एक मिट्टी की पट्टी पानी की सहायता से चिपका दें और चाकू की सहायता से उस पर पंखुड़ियों जैसी आकृति बना दें। ये पंखुड़ियाँ मजबूती से लगायें, नहीं तो जल्दी टूट जायेंगी। इसके बाद इसे रंगना चाहिए।

आम का मॉडल—विद्यालयों में परीक्षा के दौरान छात्रों से आम का मॉडल बनाने के लिए कहा जाता है। आम का मॉडल बनाने के लिए आकार के अनुरूप मिट्टी तोड़कर हाथ, अँगूठा और उँगलियों का सहारा लेकर आम के अनुसार आकृति बनायें। पहले मिट्टी को अण्डे की आकृति प्रदान करनी चाहिए। अब आकृति का नीचे का कुछ भाग अँगूठे से दबा देना चाहिये। मॉडल बनाते समय आवश्यकतानुसार पानी का हाथ लगाना चाहिए। ऊपर एक छोटी-सी वोट का निशान बना दें। इसके बाद मॉडल को सुखाने हेतु छाया में रख दें। सूखने के बाद इसे हरे और पीले रंग से रंगना चाहिए। इस प्रकार आम का मॉडल तैयार हो जाएगा।

बैंगन का मॉडल—मिट्टी के बैंगन बनाने के लिए मिट्टी में से आकृति के अनुसार मिट्टी लेकर उसे गोल कर लेना चाहिए। बैंगन का मॉडल बनाने के लिए उसके आकृति के अनुसार मिट्टी, फिर उस मिट्टी के गोले को हाथों का सहारा देते हुए कुछ लम्बा करें। इसके बाद ऊपरी सिरे पर पत्ते और डण्ठल की आकृति बनाकर चिपका दें। अब बैंगन के मॉडल को सूखने के बाद बैंगन के गोल हिस्से पर ब्रुश से बैंगनी रंग तथा डण्ठल और पत्ते पर हरा रंग रंगना चाहिए। इस प्रकार बैंगन का मॉडल तैयार हो जाएगा।

इसी प्रकार हम अन्य मॉडल या खिलौने भी तैयार कर सकते हैं।

मिट्टी कुट्टी द्वारा सज्जा के लिए कलात्मक खिलौने

बच्चे इस प्रकार के खिलौनों को अत्यधिक पसन्द करते हैं। इन्हें बहुत ही आसान तरीके से बनाया जा सकता है। ये सजावट के काम में भी आते हैं। कुट्टी से बने खिलौने हल्के होने के कारण मिट्टी के खिलौनों की तुलना में अधिक पसन्द किये जाते हैं। इनको बनाने के लिए, रद्दी कागज की छोटी-छोटी कतरनें, बबूल का गोंद, खड़िया मिट्टी, साँचे, पानी तथा मोगरी की आवश्यकता होती है।

ऐसे खिलौनों के बनाने हेतु सर्वप्रथम कागज की लुग्दी तैयार करनी पड़ती है। लुग्दी तैयार करने के लिए कागज की छोटी-छोटी कतरनों को लगभग 24 घण्टे पानी

में भिगोने के बाद मोगरी से पीट-पीट कर लुग्दी बना लेते हैं। फिर थोड़ा-सा गोंद और लुग्दी से चार-पाँच गुनी खड़िया मिट्टी लेकर इसमें मिलाते हैं और पीट-पीटकर आटे की तरह गूँथ लेते हैं। इसके बाद छोटे-छोटे लोए तोड़कर, समतल पत्थर पर बेल लेते हैं। बड़े खिलौनों के लिए तह मोटी और छोटे तथा पतले खिलौनों के लिए पतली रोटी की तरह बेलते हैं।

कुछ खास प्रकार के साँचे आते हैं जो पक्की मिट्टी से बनाये जाते हैं। खिलौने को तैयार करने में इनकी प्रमुख भूमिका होती है। इसके दो भाग होते हैं--साँचे के अन्दर वाले भाग में सोप स्टोन पर पोटली से हल्का छिड़काव कर दिया जाता है। फिर साँचे में लुग्दी भरकर साँचे को दबाते हैं। दबाने पर जो कुट्टी-मिट्टी बाहर निकलती है, उसे चाकू से हटाकर जोड़ को पानी से अच्छी तरह मिला देते हैं। इससे लुग्दी की आकृति साँचे की वस्तु जैसी हो जाती है। फिर इसे धूप में सुखाने के बाद रंग दिया जाता है। जब खिलौने को सुन्दर एवं आकर्षक बनाना हो तो उन्हें रंगना आवश्यक हो जाता है इसके लिए खड़िया, मिट्टी, बबूल का गोंद और पानी मिलाकर घोल तैयार कर लिया जाता है। घोल तैयार करने के लिए एक किलो बढ़िया सफेद खड़िया लेकर उसमें 10-15 किलो गोंद मिलाकर, पानी का छिड़काव कर देते हैं। छिड़काव करने के बाद पानी के छींटे मारते हुए मोगरी से कूटते जायें। लगभग डेढ़-दो घण्टे बाद यह बहुत बारीक और गूँथे हुए आटे जैसा हो जाएगी। तब इसमें और पानी मिलाकर, सफेदी के घोल जैसा बना लेना चाहिए। इसे बर्तन में 24 घण्टे तक रखने के बाद इसमें एक-एक कर खिलौने डुबोकर रख दिये जाते हैं। सतह सूखने के बाद कपड़े से थोड़ा रगड़कर खिलौने को साफ कर दें, तब वह चमकने लगेगा। इसके बाद खिलौने के अलग-अलग भागों पर ब्रुश की सहायता से या गन कम्प्रेशर से जहाँ जैसा रंग आवश्यक हो सावधानीपूर्वक रंग देना चाहिए।

टूटे बर्तनों तथा खिलौनों को जोड़ना

बर्तन पकाने के दौरान आवे में बर्तन टूट भी सकते हैं। ऐसे बर्तनों को बेकार ऐसे छात्र फेंक देते हैं। विद्यार्थियों को ऐसा नहीं करना चाहिए। उनको जोड़कर प्रयोग करना चाहिए। ऐसे बर्तन उतने ही उपयोगी तथा लाभदायक हैं जितने कि नवीन बर्तन तथा खिलौने लाभ पहुँचाते हैं। टूटे बर्तन निम्नलिखित विधियों से जोड़े जा सकते हैं–

1. मशाले से टूटे बर्तनों को जोड़ना–टूटे बर्तनों को जोड़ने के लिए मशाले बने-बनाए बिका करते हैं। इनको खरीदकर बर्तनों को बड़ी होशियारी से जोड़ दें।

2. पानी का पक्का जोड़–टूटे बर्तनों को पानी के पक्के जोड़ से भी जोड़ते

हैं से जोड़ने की विधि सरल है। प्रथम तो टूटे बर्तनों के किनारों को चिकना कर गर्म करो, फिर चमड़ा अथवा लारक द्वारा दो भागों को बड़ी सावधानी से जोड़ो।

3. लुग्दी से टूटे बर्तनों को जोड़ना—टूटे हुए बर्तनों को लुग्दी से जोड़ा जाता है। बहुत दिनों तक काम में लाया जाता है, परन्तु लुगदी बड़ी सावधानी के साथ बनानी चाहिए, नहीं तो जोड़ खुल जाएंगे। गोंद, बेलगिरी, मेथी को बराबर-बराबर मात्रा में लो व अलग-अलग पीस लो। एक रात पानी में भिंगो दो, पक्के बर्तनों का चूर्ण व लुग्दी तैयार कर लो। सबको अलग-अलग पीस लो। जब लुग्दी तैयार हो जाए तो टूटे बर्तनों को बहुत सतर्कता से जोड़ते हैं।

4. सीमेन्ट द्वारा जोड़ना—टूटे बर्तनों को जोड़ने के लिए यह विधि बहुत आसान है। सर्वप्रथम एक भाग सीमेन्ट में तीन भाग रेत मिलाकर पानी में भिगोकर टूटे बर्तनों को जोड़ दो। इस विधि से टूटा बर्तन तथा खिलौना काफी समय तक चलेगा। उसमें किसी भी प्रकार का दोष पैदा नहीं होगा।

इसके रंगने में निम्नलिखित रंगों का प्रयोग करना चाहिए जो निम्न हैं—

(1) टेम्परा रंग—इन रंगों से बर्तनों तथा खिलौनों को रंग दिया जाता है। इस प्रकार के बर्तनों में खुदरापन पैदा नहीं होता है। चमक पैदा करने के लिए इनको साफ-सुथरे कपड़ों को धीरे-धीरे मथा जाता है। तब कहीं उसमें चमक उत्पन्न होती है।

(2) एग टेम्परा—एग टेम्परा भी बर्तनों तथा खिलौनों को रंगने के काम में लाया प्रयोग किया जाता है। ये सूख जाएँ तो फिर इनको कपड़ों से घोंटते हैं। ऐसा करने पर बर्तन तथा खिलौनों में चिकनाहट उत्पन्न हो जाती है। बर्तनों को सुन्दर बनाने के लिए ऑयल पैंट, स्प्रिट, कोपल, पैंट, मोम का पेंट व काँसे के रंगों का प्रयोग करते हैं। इनके प्रयोग से बर्तनों तथा खिलौनों की सुन्दरता बढ़ जाती है। आधुनिक समय में सुसज्जित बर्तन सबको ठीक लगते हैं।

(3) वाटर कलर के रंग—इनको बर्तनों को खिलौनों की सजावट की आकृतियों में भरते हैं। इस प्रकार की सजावट से बर्तनों तथा खिलौनों की सुन्दरता अच्छी हो जाती है।

(4) मोमी कलर—इस प्रकार के रंगों से बर्तनों एवं खिलौनों की सजावट बहुत बढ़ जाती है।

(5) मिट्टी के रंग—खिलौनों व बर्तनों के लिए इन रंगों का प्रयोग होता है।

(6) पोस्टर कलर—बर्तन एवं खिलौनों की सजावट की आकृतियों को बनाने के लिए रंगों का उपयोग होता है। इससे सजावट की सुन्दरता अधिक बढ़ जाती है।

9

गृहशिल्प : प्रशिक्षण एवं रोजगार के अवसर

वर्तमान समय में भारत में गृहशिल्प का महत्वपूर्ण स्थान है। बढ़ते औद्योगीकरण के कारण गृहशिल्प का भी काफी महत्व बढ़ गया है। गृहशिल्प में सिलाई, कपड़े की इस्तरी आदि कार्यों की आवश्यकता पड़ती है। इस अध्याय में हम गृहशिल्प, उसके प्रशिक्षण आदि के बारे में संक्षिप्त जानकारी हासिल करेंगे।

सिलाई

वर्तमान समय में प्रत्येक उद्योग में सिलाई करने की आवश्यकता पड़ती है; विशेषकर वस्त्रोद्योग में अत्यधिक सिलाई कार्य किया जाता है। यहाँ पर सिलाई के कुछ प्रमुख सिद्धान्तों का वर्णन किया जा रहा है।

1. कपड़े को पीछे की ओर खींचना नहीं चाहिए। प्रेशर फुट स्वयं उसे आगे की ओर बढ़ाता रहेगा। उसे केवल दायें-बायें सरकने से रोकिए।

2. वस्त्र के जिन टुकड़ों को सीम करना हो, उन सबको पहले कच्चा कर लेना चाहिए।

3. सिलाई समाप्त होने पर सुई को सबसे ऊपर करके प्रेशर फुट को ऊँचा उठा देना चाहिए और कपड़े के नीचे सिलाई से पहले महीन कागज टाँक लेना चाहिए। सिलाई के समय कपड़ा सुई की ओर रहना चाहिए, बाद में कागज को फाड़ देना चाहिए।

5. कपड़े के मुड़े हुए भाग को सिलाई से पहले उस पर उल्टी ओर से इस्तरी कर लेनी चाहिए।

6. सीम सिलाई करते समय कपड़े को बाईं ओर देखकर दाहिनी ओर का किनारा सिलना चाहिए।

7. सिलाई करने से पहले हमेशा एक पृथक् कपड़े पर उसकी जाँच कर लेनी चाहिए। तब तक सिलाई का अभ्यास न करना चाहिए, जब तक कि सन्तोषप्रद फल प्राप्त न हो।

8. सिलाई के टाँके कपड़े के अनुसार ही होनी चाहिए, आवश्यकतानुसार इसे महीन अथवा मोटा करना चाहिए।

9. सिलाई करने से पहले सभी भागों को कच्चा कर लेना चाहिए।

सिलाई मशीन की देखभाल

सिलाई मशीन की देखभाल करते समय कई सावधानियाँ बरतनी पड़ती हैं। सर्वप्रथम यह देखना आवश्यक है कि मशीन के सभी कल-पुर्जों पर तेल का लेप रहे और वे साफ रहें। सिलाई मशीन में तेल डालने के लिए विभिन्न स्थानों पर छिद्र बने होते हैं। उन छिद्रों में नियमित रूप से मशीन गें तेल डालना चाहिए। तेल डालते समय इसका ध्यान रखना चाहिए कि तेल अधिक न पड़े, अन्यथा कपड़े पर दाग लगने का भय रहेगा। पैर की मशीन के उन सभी स्थलों में भी तेल डालते रहना चाहिए, जो कि घिसते हों, जैसे–पहिए की बेयरिंग, पाँवदान के दोनों वे स्थल जहाँ वे स्टैण्ड से जुड़े होते हैं–पाँवदान और पहिए को जोड़ने वाले रॉड के दोनों सिरे।

मशीन के लिए अच्छी किस्म के तेल का प्रयोग करना चाहिए। अच्छे ल्यूब्रिकेटिंग तेल का व्यवहार उचित है। घटिया तेल काम में लाने से मशीन भारी चलेगी। जब मशीन में तेल डालना हो तो उसके लिए निडिलबार को नीचे कर लें। तेल डालने के बाद मशीन को बिना धागे के, प्रेशर फुट ऊँचा रखकर करीब पाँच मिनट तक चलाना चाहिए। इससे तेल सभी जगह समान रूप से फैल जाएगा। कपड़े पर दाग न लगे, इसके लिए यह उचित है कि तेल डालने के बाद सिलाई किसी रद्दी कपड़े पर की जाए।

इस्तरी करने की विधि

इस्तरी करने पर वस्त्र सुन्दर एवं आकर्षक दिखते हैं। इस्तरी करने की प्रमुख दो विधियाँ इस्तेमाल में लाई जाती हैं।

1. गीली इस्तरी—नीचे अस्तर को कपड़ों अथवा जिनमें कॉलर तथा पेड आदि लगे होते हैं, उन पर भाप की नमी देने के बाद इस्तरी की जाती है। कपड़े के बाहरी तरफ एक गीला कपड़ा बिछाकर ऊपर से इस्तरी करने से जो बनती है, उससे कपड़े को नमी पहुँचती है। कपड़ा जितना गीता होता है, इस्तरी उतनी ही अच्छी होगी।

2. सूखी इस्तरी—सूती, रेयान तथा रेशमी आदि महीन कपड़ों पर इस्तरी करने के लिए गीला कपड़ा बिछाना आवश्यक नहीं होता, परन्तु यदि किसी स्थान पर तह का निशान सूखी इस्तरी से न रह जाय, तो वहाँ गीला कपड़ा रखकर दोबारा इस्तरी करनी चाहिए।

सुई के धागे का टूटना

सिलाई करते समय सुई का धागा निम्नलिखित कारणों से टूटता है—1. यदि ऊपर का धागा ठीक से पिरोया गया हो। 2. यदि ऊपर का धागा बहुत तना हो। 3. यदि धागा के साइज के मुताबिक न होकर अधिक मोटा या पतला हो। 4. यदि सुई मुड़ी हो, उसकी नोंक टूटी हो अथवा वह ठीक से फिट न की गई हो। 5. यदि गलत किस्म का धागा इस्तेमाल किया गया हो। 6. यदि अपर टेन्शन स्प्रिट टूटा हो। 7. यदि घटिया किस्म की सुई का प्रयोग किया गया हो। 8. यदि शटल रेस में कपड़े के रेशे इकट्ठे हो गये हों।

यदि उपरोक्त बातों पर विशेष ध्यान दिया जाय तो सुई का धागा निरन्तर चलेगा, और उसका धागा नहीं टूटेगा।

सूती कपड़े पर पक्के रंग की जाँच

सूती कपड़े पर रंग पक्का है या कच्चा, इसकी जाँच निम्नलिखित प्रकार से कर सकते हैं—

1. कपड़े के एक टुकड़े को दोनों हाथों के बीच इसलिए, यदि हथेली या उँगलियों पर रंग के निशान पड़ जायें, तो वह कच्चा है।

2. तेज रोशनी के सामने कपड़े को खोलकर अपनी ओर ध्यान से देखिए, यदि धागों पर कलफ की चमक दे, तो रंग कच्चा है।

3. जिस कपड़े के रंग की जाँच करनी हो, उसका एक छोटा-सा टुकड़ा काट लें। अब इस टुकड़े के एक भाग को ढका रखकर कुछ दिनों के लिए धूप में रख दें, यदि खुले हुए भाग का रंग फीका पड़ जाय, तो वह कच्चा है।

4. कपड़े के एक टुकड़े को भली-भांति धोएँ, यदि रंग फीका पड़ जाय, तो वह कच्चा है।

पैटर्न का महत्व

कागज का पैटर्न बनाना, नये सीखने वाले तथा अनुभवी व्यक्तियों दोनों के लिए ही समान रूप से आवश्यक है। इससे समय और कपड़े की बचत तो होती है, साथ-ही-साथ वस्त्र की कटाई और सिलाई भी अच्छी होती है। नये सीखने वालों को चाहिए कि प्रारम्भ में साधारण डिजाइनों को भली-भाँति समझकर सफेद अथवा खाकी कागज पर पैटर्न बनाएँ, अतः इन बने पैटर्न में भूल की गुंजाइश नहीं रह सकती है। अच्छे पैटर्न बनाने के लिए डिजाइन बनाने का काफी अभ्यास होना चाहिए। डिजाइन जितना कठिन होगा, पैटर्न बनाना भी उतना ही कठिन होगा।

सिलाई के धागे का चुनाव

जब सिलाई शुरू करना हो तो सर्वप्रथम धागे को कपड़े के साथ मिला लेते हैं। इस सम्बन्ध में यह ध्यान रखना चाहिए कि रील पर चढ़ा हुआ धागा अपने असली रंग से गहरा दिखाई देता है। इसलिए धागे को कपड़े से मिलाने के लिए पूरी रील के बजाय उससे निकाले हुए धागे के एक हिस्से को ही मिलाना चाहिए। छापेदार कपड़ों के लिए कपड़ों के रंग से कुछ गहरे रंग का धारा इस्तेमाल करना चाहिए।

आमतौर पर सिलाई में सिल्क एवं रेशम के धागे का इस्तेमाल करना लाभकारी होता है। सिल्कों रेशम की तरह चमकदार सूती धागे को कहते हैं। ये भी विभिन्न रंगों और साइजों में मिलते हैं, जो महीन कपड़ों के लिए ठीक नहीं रहते हैं। आजकल साटिंक धागा भी प्रयोग में लाया जाता है।

सही नाप का महत्व

प्रत्येक मनुष्य का शरीर एक जैसा नहीं होता है इसलिए किसी कपड़े की सिलाई के लिए उसके विभिन्न अंगों के नाम लिखे जाते हैं। इसके अतिरिक्त श्वास क्रिया के कारण वह हर श्वास के साथ बढ़ता और घटता रहता है। अतः वस्त्र निर्माण के लिए सही नाप की आवश्यकता पड़ती है। वस्त्र शरीर के नाप के अनुसार ही बनाए जाते हैं, इसलिए उसके नाप के सही तरीके की जानकारी आवश्यक है। शरीर के विषम अंगों का नाप कठिन अवश्य है, किन्तु यह कार्य दुष्कर नहीं है।

व्यक्ति के विभिन्न अंगों की नाप एक क्रम में ली जानी चाहिए। पहले लम्बाई और बाद में चौड़ाई नापनी चाहिए। जिस व्यक्ति का नाप लिया जाना हो, उसे दोनों पैर 15 सेमी. की दूरी पर रखकर हाथ ढीले छोड़कर स्वाभाविक अवस्था में खड़ा होना चाहिए। आस्तीन का नाप लेने तक ऐसी ही अवस्था में लिया जाना चाहिए। नापने

के फीते में लगी पीतल की लम्बी पत्ती की तरफ से लम्बाई तथा छोटी पत्ती की तरफ से गोलाई का नाप लिया जाना चाहिए। नाप शरीर के दाहिने भाग से लिया जाना चाहिए। सिलाई करने वाला विभिन्न आकार के व्यक्तियों के नाप लेने में अभ्यस्त हो जाने पर अनुमान के आधार पर सिलाई कर सकता है।

बेबी जाँघिया

इसे चड्ढी भी कहते हैं। इसे बच्चे के निचले भागों में पहनाया जाता है। इसे 1 से 8 वर्ष तक के बच्चे पहनते हैं। इस वस्त्र को तैयार करने के लिए लट्ठा तथा मुलायम पापलीन अच्छी होती है। इसको सिलने के लिए तीन नापें ली जाती है– 1. कमर, 2. सीट, 3. जाँघ। कमर की नाप लेने के लिए कमर के चारों ओर लगाकर इस प्रकार नापना चाहिए कि 2 इंच अन्दर रहे। सीट की नाप भी कमर की तरह ली जाती है तथा जाँघ की नाप पर कमर का प्रभाव पड़ता है। बच्चे की अवस्था के अनुसार कपड़े की आवश्यकता पड़ती है।

कपड़े के बारे में ज्ञान

सिलाई करने वाले व्यक्ति के लिए कपड़े की जानकारी होनी अति आवश्यक है। हर सिलाई करने वाले कपड़े की बुनाई, टेक्सचर, क्वालिटी की पहचान होनी चाहिए। तुलना करने पर मालूम होगा कुछ कपड़े हल्के और महीन होते हैं और कुछ मोटे और भारी। कुछ की बुनाई झीनी होती है कि गफ। इसके अलावा यह जानना भी आवश्यक है कि किस कपड़े की ड्रेप ठीक पड़ती है, कि झालर डलती है, किसमें प्लेट अच्छी पड़ती हैं तथा किसकी सिलाई ठीक होती है। यह जानना भी आवश्यक है कि कपड़ा किस ओर से सीधा कहलाता है और किस ओर उल्टा तथा कौन-सा उसका ताना है और कौन-सा बाना? कपड़े की नैप और पाइल की भी भली-भाँति जानकारी होनी चाहिए। इस प्रकार की जानकारी से वस्त्रों को अधिक सुन्दर बना सकता है। सिलाई करने के लिए सर्वप्रथम कपड़ा काटना पड़ता है। कपड़ा काटने से पहले कपड़े के सम्बन्ध में कुछ प्रमुख जानकारियों का होना आवश्यक है–

1. उरेव–कपड़े के पनहे की ओर से एक किनारे की दूसरी ओर लम्बाई पर रखने से जिस जगह पर मुड़ेगा, वह उरेव कहलाता है।

2. पना–कपड़े की चौड़ाई के दानों किनारों के बीच के भाग को कपड़े का पना कहते हैं।

3. कपड़े का उल्टा रुख–कपड़े को सदैव लम्बाई की ओर से काटना चाहिए, किन्तु विशेष कारण होने पर चौड़ाई की ओर से भी काटा जा सकता है।

4. कपड़े का उल्टा रुख—इस सीधे रुख की दूसरी ओर को उल्टा रुख कहते हैं। यदि दोनों ओर फर्क अधिक न हो, तो सावधानी के लिए उल्टी या सीधी ओर निशान लगा देना चाहिए।

5. किनार—लम्बाई की ओर कपड़े के दोनों सिरों पर कई तागे बड़ी घनी बुनाई के साथ डाले जाते हैं, जिनसे सिरों को मजबूती मिलती है, इन्हें किनार कहते हैं।

6. कपड़े का ताना और बाना—कपड़े की बुनाई में जो तागे लम्बाई की ओर होते हैं, उन्हें ताना कहते हैं और जो तागे चौड़ाई की ओर होते हैं, उन्हें बाना कहते हैं।

7. कपड़े का सीधा रुख—कपड़े पर बने डिजायन जिस ओर साफ-साफ दिखाई देता है, उसे सीधा रुख कहते हैं।

8. ग्रेन लाइन—लम्बाई की ओर से तागे को कपड़ों की ग्रेन लाइन कहते हैं।

वस्त्र को आकर्षक सुन्दर बनाने के लिए कई प्रकार के उपक्रम करने पड़ते हैं जैसे—कपड़े के डिजाइन, टेक्सचर, धुलाई में सिकुड़न, मजबूती, क्वालिटी, रंग का पक्कापन तथा उसकी बुनाई आदि की पूरी जानकारी होनी चाहिए।

सिलाई मशीन के कलपुर्जों के बारे में ज्ञान

सिलाई मशीन में कई कलपुर्जे होते हैं जिनकी जानकारी प्रत्येक सिलाई करने वालों को होना अति आवश्यक है, सिलाई मशीन के कुछ भाग इस प्रकार हैं—

1 टेक-अप लीवर—टेक-अप लीवर मशीन की आर्म में लगा रहता है। यह लीवर फेस प्लेट के पास बाहर की ओर निकला रहता है। मशीन चलने पर यह तेजी के साथ ऊपर-नीचे चलता है। इसके बाहरी सिरे में एक छिद्र होता है जिसमें होकर धागा गुजरता है।

2. प्रेशर बार रेगुलेटिंग स्क्रू—कपड़े की मोटाई के अनुसार प्रेशर फुट का समुचित दबाव बनाने के लिए फुट प्रेशर में एक स्क्रू लगा रहता है। प्रेशर फुट का कपड़े पर इच्छानुसार दबाव बढ़ाने अथवा घटाने के लिए इस स्क्रू का प्रयोग किया जाता है।

3. स्टिच रेगुलेटिंग स्क्रू—सभी कपड़ों पर एक-सी सिलाई नहीं की जाती है, आवश्यकतानुसार उसे मोटा या महीन करना पड़ता है। स्टिच रेगुलेटिंग स्क्रू की सहायता से कपड़े के अनुसार सिलाई के टाँकों की लम्बाई निश्चित की जाती है। इसके लिए स्क्रू के नीचे निशान बने होते हैं।

4. हैण्डिल ड्राइवर—यह हाथ से चलने वाली मशीन में लगा होता है, इसी से मशीन को हाथ द्वारा चलाते हैं।

5. बॉबिन वाइण्डर टेन्शन एंगल—इसकी सहायता से बॉबिन में धागा समान रूप से भर जाता है। धागा इसके बीच से गुजरकर बॉबिन में जाता है, जिसे आवश्यकतानुसार ढीला अथवा कसा जा सकता है।

6. फीड डॉग—यह निडिल प्लेट के नीचे लगा होता है और कपड़े को आगे खिसकाने के काम आता है। डारनिंग तथा एम्ब्रॉयडरी का काम करते समय फीड डॉग को एम्ब्रायडरी प्लेट के साथ सेट करते हैं।

7. थ्रेड गाइड—तार का स्प्रिंगनुमा एक छल्ला होता है, जिससे होकर धागा सुई में जाता है।

8. स्पूल पिन—यह मशीन के ऊपर की ओर लगी होती है। धागे की रील इसमें लगाते हैं।

9. बॉबिन बाइण्डर—इसकी सहायता से बॉबिन पर धागा लपेटा जाता है।

10. फ्लाई ह्वील—यह एक पहिया है जो मशीन के दाहिनी ओर लगा होता है। बुश की सहायता से क्रेक शॉफ्ट में लगा होता है, इसके घुमाने से मशीन चलने लगती है। इसे सदैव सामने की ओर ही घुमाया जाता है।

11. स्लाइड प्लेट—यह निडिल प्लेट की बायीं ओर लगा होता है। यह स्टील का चमकीला भाग होता है। निडिल प्लेट से इस प्रकार सटा रहता है कि दोनों एक ही प्लेट के दो भाग मालूम पड़ते हैं। नया धागा भरने के समय बॉबिन को निकालने के लिए इसे बायीं ओर खिसका दिया जाता है और यह आवश्यक नहीं होता है कि मशीन के हैड को पीछे की ओर झुकाना पड़े।

12. निडिल प्लेट—यह निडिल बार में लगा होता है जो पैर की एड़ी की तरह एक प्रकार का पुर्जा है। इसमें एक छिद्र होता है, जिसमें सुई इसके निचली ओर के धागे से फन्दा बनाने के लिए प्रवेश करता है। इसका कुछ भाग कटा होता है, इसमें से फीड डाग ऊपर को निकलकर कपड़े को आगे खिसकाता है। इसका मुख्य कार्य कपड़े की सिलाई के स्थान पर समतल धरातल प्रदान करना है। यह मशीन के नीचे के भाग में धूल और गन्दगी को जाने से रोकता है।

13. प्रेशर फुट—यह पैर की एड़ी की शक्ल का एक पुर्जा है, जो निडिलबार में लगा रहता है। सिलाई के समय यह कपड़े को यथास्थान दाबे रहता है।

14. बेड टेन्शन डिवाइल—फेस प्लेट पर लगे इस पुर्जे का उपयोग सिलाई के टाँकों की किस्म को ठीक रखने के लिए किया जाता है। ढक्कन की शक्ल को दो चक्र पीठ की ओर आपस में जुड़े होते हैं, जिसके बीच से धागा गुजरता है। बायीं

ओर एक स्प्रिंग और नट लगा होता है। नट के पीछे अथवा सामने की ओर घुमाकर चक्रों पर पड़ने वाले दबाव को बढ़ाया या घटाया जा सकता है।

15. निडिल बार—यह विशेष क्वालिटी के स्टील का बना रॉड होता है, जिससे निचले सिरे पर क्लैम्प की सहायता से सुई फिट की जाती है। इसका मुख्य कार्य सुई को गति प्रदान करना है।

16. प्रेशर फुट लिफ्टर—यह प्रेशर फुट को उठाने और गिराने का कार्य करता है इसे लीवर कहते हैं जो प्रेशर फुट में लगा होता है।

प्रमुख सावधानियाँ

इस्तरी करने के दौरान निम्नलिखित बातों पर ध्यान देना आवश्यक है—

1. लेस अथवा एम्ब्रायडरी युक्त कपड़ों पर इस्तरी करते समय विशेष सावधानी बर्तनी चाहिए।

2. इस्तरी करते समय सिलाई सिकुड़कर इकट्ठा हो जाती है। इस प्रकार के कपड़े पर एक सफेद महीन कपड़ा बिछाकर इस्तरी करनी चाहिए।

3. आजकल अच्छे किस्म की इस्तरियों में एक डायल लगा होता है, जिसकी सहायता से इसकी गर्मी को आवश्यकतानुसार नियन्त्रित किया जा सकता है। किन्तु यदि इस्तरी इस प्रकार की विशेष व्यवस्थायुक्त न हो तो, यह जान लेना आवश्यक है कि कौनसे कपड़े के लिए इस्तरी कितनी गर्म होना आवश्यक है।

4. इस्तरी का वजन तथा गर्मी कपड़े के अनुसार ही होनी चाहिए।

5. कुछ कपड़े जरा-सी नमी से ही सिकुड़ जाते हैं। ऐसे कपड़ों पर सूखी इस्तरी करनी चाहिए।

6. रोएदार कपड़ों पर इस्तरी करने के लिए निडिल बोर्ड की सहायता लेनी चाहिए।

7. गर्म इस्तरी को कपड़े पर नहीं छोड़ना चाहिए।

8. सिलाई पर इस्तरी करते समय उसको इस्तरी के नुकीले भाग से खोलना चाहिए।

9. जहाँ दोहरी सिलाई हो, इस्तरी अच्छी तरह करनी चाहिए।

10. प्लेट पर इस्तरी पहले उल्टी तरफ करके फिर सीधी तरफ करनी चाहिए।

11. इस्तरी बिल्कुल साफ रहनी चाहिए।

12. इस्तरी कपड़े के अनुसार गर्म करनी चाहिए।

13. इस्तरी गर्म हो गयी है या नहीं इसकी जाँच एक कपड़े पर करनी चाहिए।

14. इस्तरी करते समय कपड़े को खींचना नहीं चाहिए

सिलाई करते समय प्रमुख सावधानियाँ

1. पैर की मशीन की बेल्ट बहुत कम कसकर बाँधनी चाहिए, बेल्ट कसी होने पर मशीन भारी चलेगी।

2. मशीन की सुई ठीक तरह फिट कीजिए।

4. बॉबिन में धागा भरते समय मशीन झटके से नहीं चलानी चाहिए।

5. सिलाई करने से पहले स्टिच कपड़े पर सिलाई करनी हो, उसके एक भाग पर पहले थोड़ी सिलाई करके धागों के तनाव की जाँच कर लेनी चाहिए।

5. सही आकार तथा अच्छी किस्म की सुई तथा धागे का प्रयोग करना चाहिए।

6. मशीन में नियमित तेल का प्रयोग करना चाहिए।

7. मशीन में तेल डालते समय इस बात का ध्यान रखना चाहिए कि रबर रिंगों पर तेल न पड़े, पड़ने से रिंगें खराब हो जाती हैं।

सिलाई करने से पूर्व निडिल बार को सबसे ऊपर कर लिया जाता है तथा दोनों धागों के सिरों को पीछे की ओर धकेल दिया जाता है।

1. मशीन के पहिये को सदैव पीछे की ओर से सामने की ओर चलाना चाहिए।
2. कपड़े को मशीन के पीछे लटकने न दीजिए।
3. मशीन के अकुशल व्यक्तियों और बच्चों को न छूने दें।
4. कम रोशनी में कार्य करना चाहिए।
5. सिलाई करने के लिए दिन का प्रकाश उपयुक्त रहता है।
6. बॉबिन को बहुत अधिक नहीं भरना चाहिए।
7. सिलाई करते समय कपड़े को आगे-पीछे की तरफ खींचना नहीं चाहिए।
8. धागा पिरोई हुई सुई की अवस्था में मशीन को खाली नहीं चलाना चाहिए।
9. मशीन के पहिये को उल्टा नहीं घुमाना चाहिए।

सिलाई का क्रियात्मक-शिक्षण

सिलाई एक ऐसी क्रिया है जिसके बार-बार करने पर व्यक्ति लगातार कुछ नया सीखता जाता है यह कार्य अलग-अलग एवं सामूहिक रूप में भी किये जाते हैं। वस्त्र का नाप लेना और ड्राफ्टिंग करना पूरी कक्षा को एक साथ समझाया जा सकता है तथा छोटे-छोटे समूहों में भी करवाया जा सकता है, किन्तु मशीन का चलाया जाना, उसकी स्वच्छता, टाँके लगाना, कढ़ाई का टांका लगाना इत्यादि के लिये छोटे समूह बनाने चाहिएँ। अधिक बालिकाओं में यह सिखाने की विधि उपयुक्त नहीं है।

सिलाई कार्य के सभी कार्यों को व्यवस्था के अनुसार बाँट लेना चाहिए। अध्यापिका द्वारा बालिकाओं के सिलाई कार्य करने में 'आसन' पर अधिक ध्यान देना चाहिए। अनुचित आसन के कारण बालिकाओं को गलत आदत पड़ सकती है। माध्यमिक स्तर पर अध्यापिका को छात्राओं के सिलाई कार्य का अभिलेख रखना चाहिए। इससे छात्राओं को अपने कार्य से प्रोत्साहन तथा प्रेरणा मिलेगी तथा दोषपूर्ण कार्य होने पर उन्हें सुधार के अवसर प्रदान होंगे।

पूर्व प्राथमिक स्तर—इस अवस्था में बालिकाएँ पूर्ण रूप से परिपक्व नहीं होती हैं इसलिए इस आयु में यह कार्य करना सम्भवतः अमनोवैज्ञानिक है। फिर भी, भविष्य की नींव के लिए उनमें प्रेरणा तथा रुचि पैदा हो अतः सिलाई कला के ऐसे कार्य उनसे कराये जा सकते हैं। जिनसे आगामी कक्षाओं में कार्य सीखने तथा करने में सरलता आ जाए। अतः उन्हें कैंची ठीक से पकड़ना तथा उनके कागज काटना, मोती पिरोना, धागा पिरोना, सुई को ढंग से पकड़ना, दफ्ती पर छेदों के साथ चित्रों को ऊन से बनाना तथा रंग का समायोजन सिखाया जा सकता है।

इस स्तर पर बालिकाएँ सिलाई सीखने की ओर अग्रसर होती है। इस अवस्था में उनके लिए सिलाई सीखना कठिन होता है। इस चरण में शिक्षिका यदि दोषपूर्ण पद्धति का प्रयोग करती है तो यह जीवनभर के लिए दोष चलता रहेगा। इसलिए अध्यापिका उनमें व्यवस्थित तथा उचित रीति का उद्भव करे तो यह प्रायोगिक ज्ञान बालिकाओं में स्थायी रूप धारण कर लेगा। बालिकाओं के लिए सिलाई उपकरणों का रख-रखाव भी महत्त्व का बिन्दु है, अतः अध्यापिका द्वारा रख-रखाव का उचित निर्देशन दिया जाना चाहिए। इस अवस्था में अध्यापिकाएँ बालिकाओं को सुगम कार्य सिखाती हैं। जैसे—गुड़ियों के वस्त्र सिलवाने चाहिएँ। इस कार्य के प्रयोग हेतु मेटी का प्रयोग करना चाहिए। इस पर सरलता से सिलाई की जा सकती है, क्योंकि इस कपड़े की बुनाई सीधी होती है। अतः सीधी सिलाई छोटी बालिकाओं को सरल होती है। इसमें प्रयोग किये जाने वाले धागा कपड़े के प्रतिकूल रंग का होना चाहिए तथा मोटा धागा होना चाहिए। इससे सिलाई में सुविधा होती है। बालिकाओं के लिए कपड़े के छोटे-छोटे टुकड़े करना सिखाना चाहिए।

तीसरी कक्षा की बालिकाओं से थोड़े कठिन स्तर जैसे तुरपन, चेनस्टिच, लेडी डेज़ी आदि कार्य कराए जा सकते हैं। पाँचवीं कक्षा की छात्राओं से सरल टाँकों के कार्य, सादा क्रास, स्टिच के कार्य कराए जा सकते हैं, उनसे मेजपोश, रूमाल, थैले, तकिए के गिलाफ, आदि बनवाए जा सकते हैं। यद्यपि अभी उनके हाथ में सफाई नहीं होती है, अतः अध्यापिका को अपने कार्य से उनके कार्य की तुलना नहीं करनी

चाहिए। ऐसी स्थिति में अध्यापिका का मार्ग-दर्शन पूर्णतः सहानुभूति तथा सरलता से युक्त होना चाहिए। इस अवस्था में शिक्षिका बुनाई का कार्य भी करा सकती है। इसके लिए उन्हें मोटी सिलाई तथा मोटी ऊन उपयुक्त होती है। इस आयु में उन्हें फन्दे डालने में कठिनाई होती है, अतः प्रथम बार 15-20 फन्दे डालकर दे देना चाहिए।

पूर्व माध्यमिक स्तर पर सिलाई—इस अवस्था में पहुँची बालिकाओं को सिलाई का सैद्धान्तिक एवं व्यावहारिक ज्ञान देना चाहिए। वे अपेक्षाकृत कठिन कार्य करने को तत्पर रहती हैं, अतः इन छात्राओं को हल्के कपड़े काटने तथा सिलने के लिए दिए जा सकते हैं। उन्हें नापने तथा काटने के तरीके उपयुक्त विधि से समझाने चाहिएँ। इस आयु में सिलने में सफाई, उपयुक्त सिलाई (सीधी) कपड़े की काट आदि पर ध्यान देना आवश्यक है। उनमें वस्त्रों की स्वच्छता, सुन्दरता आदि रखने के लिए उचित मार्ग-दर्शन दिया जाना उपयुक्त होगा।

इस अवस्था में बालिकाओं को वे वस्त्र सिलाई के लिए देने चाहिएँ, जिसमें बहुत ज्यादा टाँके से रंगों का उपयुक्त चुनाव यथास्थान करने से कढ़ाई कार्य और भी सुन्दर हो सकता है। इससे छात्राओं का मनोबल प्रगतिपरक होगा तथा विकास का उद्भव होगा। इन छात्राओं को क्रास स्टिचिंग के लिए मैटी तथा टाँकों की कढ़ाई हेतु केसमेंट का कपड़ा शिक्षण हेतु दिया जा सकता है। बुनाई शिक्षण के लिए छात्राओं से मफलर, मोजे, टोपे आदि, बुनवाए जा सकते हैं। आठवीं कक्षा की छात्राओं को कुछ कठिन बुनाई कार्य दिए जा सकते हैं।

सिलाई कला का महत्त्व

नारी जीवन में सिलाई कला का अत्यधिक महत्त्व है। यह कार्य नारियों को घरेलू कार्य करने के दौरान सिखाया जा सकता है। इस प्रकार प्रत्येक शिक्षित नारी आदर्श गृहिणी बनकर अपने दायित्व का विधिवत् निर्वाह कर सकती है। गृहिणी के लिए अपनी दिनचर्या में भोजन बनाना, गृह-सफाई तथा अन्य कार्यों का यथावत् महत्त्व है। उससे कई गुना सिलाई का ज्ञान होना महत्त्वपूर्ण स्थान रखता है। सिलाई करने वालों के लिए सिलाई करते समय कुछ प्रमुख बातों को जानना आवश्यक है, जैसे—कपड़े की माप अर्थात् जो वस्त्र सिलना है, उसमें कितना कपड़ा लगेगा? इस प्रकार सिलाई करते समय न कपड़ा कम पड़ेगा और न ही कपड़ा खराब होगा, दूसरे कपड़े का अर्ज छोटा है या बड़ा, तीसरे कपड़े का स्वभाव कैसा है? क्योंकि कुछ कपड़े सिलाई करने के बाद पहनने पर छोटे हो जाते हैं और कुछ लटक जाते हैं।

वस्त्र एवं अंगों की नाप—वस्त्र फीता (इन्च टेप) से नापा जाता है। इसके द्वारा वस्त्र की लम्बाई-चौड़ाई मालूम की जाती है। इसी से प्रत्येक अंग का नाप लिया जाता है। इस पर इन्च तथा सेमी, अंकित रहते हैं। शरीर के विभिन्न अंगों के आधार पर वस्त्रों को ऊपरी भाग के वस्त्र एवं निचले भाग के वस्त्र में बांटा गया है—

1. ऊपरी भाग के वस्त्र
2. कमर के निचले भाग के वस्त्र।
3. बुशर्ट, कमीज, कुरता, ब्लाउज, फ्राक, कोट आदि का नाप कमर के ऊपर के हिस्से में लिया जाता है। इसके लिए—सीना, कमर, आस्तीन, गला आदि का नाप लिया जाता है। कमर के नीचे पूर्व निम्नलिखित बातों को ध्यान में रखना चाहिए—

(i) वस्त्र पर सीधी लाइन खींचने के लिए स्क्वायर (समकोण) का प्रयोग करना चाहिए।

(ii) अंगों का अलग-अलग नाप लेकर डायरी में नोट कर लेना चाहिए और पहनने वाले की रुचि का अध्ययन करके ही कपड़ा काटना चाहिए।

(iii) प्रयोग में आने वाले प्रमुख औजारों (उपकरणों) को पास में रखना चाहिए।

(iv) प्रत्येक वस्त्र का नाप चित्रानुसार ही लिया जाय।

(v) रेशमी वस्त्र जो सिलाई करते समय सरकने वाले हों, उन्हें पहले कच्चा, कर लें, तभी मशीन से पक्की करनी चाहिए।

(vi) रेशमी एवं ऊनी वस्त्रों को सिलने के साथ इश्तरी करते जाना चाहिए। वस्त्र के दोनों भागों (ऊपर-नीचे) को मिलाकर ही सिलना चाहिए।

(vii) वस्त्र को कच्चा करने के लिए टाँकों का प्रयोग करना चाहिए, टाँके के धागे कपड़े के विपरीत रंग के होने चाहिएँ।

(viii) वस्त्र के तिरछेपन को ठीक कर लेना चाहिए, जिससे वस्त्र शरीर पर फिट बैठ सकें।

(ix) वस्त्र के आड़े या खड़े का ध्यान रखना आवश्यक होता है, क्योंकि आड़ा वस्त्र सिलने पर फिटिंग अच्छी नहीं आती और कपड़ा देखने में कम सुन्दर और शीघ्र फट जाता है, अतः कपड़ा सदैव खड़ा सिलना चाहिए।

(x) वस्त्र को पानी में भिगोकर बिना निचोड़े सुखा देना चाहिए, और सूखने पर सिलाई करनी चाहिए। धागा मजबूत एवं पक्के रंग का होना चाहिए।

वस्त्रों की ड्राफ्टिंग करते हुए कटिंग फ्रॉक

जन्म लेने से पूर्व ही बालिकाओं को फ्राक पहनाना प्रारम्भ कर दिया जाता है,

परन्तु इसका प्रचलन अधिकतर 5 से 15 वर्ष की लड़कियों में पाया जाता है। प्रत्येक बालिका की रुचि के अनुसार इसके निर्माण में विभिन्न विधियों का उल्लेख किया जाता है। यह अन्तर केवल कलर, बॉडी तथा घेर में किया जाता है। इनको आकर्षक ढंग से दर्शाने पर फ्रॉक सुन्दर एवं सुसज्जित प्रतीत होती है।

उद्देश्य–3 से 5 साल की बालिका के लिए फ्रॉक बनाना।

सामग्री–1 मीटर सादा कपड़ा।

आवश्यक नाप–घेरे की लम्बाई–28 सेमी. 2 सेमी.

नीचे मोड़ने के लिए =46 सेमी.

चाली की लम्बाई=18 सेमी.

आस्तीन की लम्बाई =13 सेमी,

सीना =20 इंच

ड्राफ्टिंग–ड्राफ्टिग के कार्य में घेर की लम्बाई दोगुना कपड़ा निकालना चाहिए। चोली के लिए भी 11 सेमी, कपड़ा लेकर दोहरा कर लेंगे, फिर इस दोहरे भाग को सेमी, चौड़ा लेकर फिर चौड़ाई में मोड़ लेंगे। इस प्रकार चार तय हो जाएगी, निम्नलिखित प्रकार से ड्राफ्टिग कर लें–

संकेत–1 से 2 5 सेमी, नीचे मोड़ने के लिए।

2 से 3 = घेर की कुल चौड़ाई अर्ज के बराबर।

3 से 4 = 2 से 8

2 से 5 = 3 से 6

1 से 7 = 1 फुट = 8 सेमी.

1 से 11 =चेस्ट=1/12=1 सेमी. गले के पिछले भाग की गहराई।

1 से =1 गले की गहराई

1 से 10 =चेस्ट का

11 से 10 तथा 11 गले की गोलाई दो

8 से 2 घेर की लम्बाई

4 से 3 = 8 से 2

5 से 2 और 6 से 3 नीचे के लिए।

4 से 13 और 4 से 14 = 22 सेमी.

13 से 14 चित्र के अनुसार गोलाई दीजिए।

आस्तीन 1 में 2 चेस्ट का 1/2-1 1/2 71/2 सेमी.

1 से 3 चेस्ट का 1/2 71/2 सेमी.

3 से 4 = 1 से 2

2 से 4 = 1 से 3

1 से 5 =चेस्ट 1/-1 सेमी.

2 से 6 = 2 सेमी.

5 से 3 और 5 से 6 को तिरछा मिला दें।

5 से 7 = 5 से 3 का 1/3 भाग

3 से 10 = 5 से 7

5 से 7 = 7 से 3 मुड्डे

5 से 8 और 8 से 9 तथा 9 से 3 मुड्डे के लिए चित्रानुसार गोलाई दीजिये।

नोट—इन्हीं संकेतों के आधार पर कपड़े पर ड्राफ्टिंग देकर तत्पश्चात् काटकर सिल लीजिए।

पायजामा

पायजामा आधुनिक वस्त्रों में गिना जाता है। इसे विभिन्न स्थानों के अनुसार तथा आयु के अनुसार अनेक रूपों में बनाया जाता है। जैसे—सादा पायजामा या कश्मीरी पायजामा, चूड़ीदार, पायजामा, पैण्टनुमा पायजामा, अलीगढ़ी पायजामा आदि। इस सम्बन्ध में कुछ प्रमुख जानकारियाँ इस प्रकार हैं—

1. प्रत्येक पायजामा की नाप पहनने वाले की लम्बाई, कमर की चौड़ाई और उसकी स्वेच्छानुसार बताई गई घेर की गोलाई की नाप रहती है। जैसे—ढीला या चुस्त और मोहरी किस आकार की पसन्द करता है? उसके अनुसार कपड़े का नाप और उसके अर्ज के आधार पर ही कपड़ा लेकर पायजामा काटा जाता है।

2. अलीगढ़ी पायजामे को कुन्देदार पायजामा भी कहते हैं। इसकी मोहरी कम चौड़ी होती है और ऊपर इजारबन्ध के लिए मोड़ होता है।

3. चूड़ीदार पायजामे को अधिकतर शेरवानी के साथ पहना जाता है, इसे थैलेदार पायजामा भी कहते हैं। यह घुटनों तक ढीला रहता है, मोहरी एकदम कसी रहती है।

4. पैण्टनुमा पायजामे का अभिप्राय पैण्ट की भाँति बने पायजामे से है। नीचे का भाग साधारण पायजामे की तरह होता है।

उद्देश्य—18 वर्ष के लड़के के लिए पायजामा तैयार करना—

सामग्री—लगभग 2 मीटर 30 सेमी. कपड़ा।

आवश्यक नाप—लम्बाई= 40 इन्च, सीट=30 इन्च, मोहरी=28 इन्च।

ड्राफ्टिंग—दुगुनी लम्बाई लेकर कपड़े को मोड़ लीजिए और उसके बाद चौथाई में एक बार फिर से मोड़ लीजिए। इस तरह कपड़ा चार तह में आ जाएगा। इसके बाद उसका तह जिस ओर खुलेगा, उसी के अनुसार निशान लगाने चाहिएँ।

1-1/2 इन्च नीचे मोड़ने के लिए = 44 इन्च

से सीट का आधा-1 इंच = 17 इन्च।

से = से

से = से

से= 2 इन्च नेफा

से= से

से = सीट का 1/8 1 1-1/2 इन्च 12-1/2 इन्च

से = 3 इन्च का इच्छानुसार, से = 2 1/2 इन्च

से = 2 इन्च

से = 2 इन्च

से = तिरछी रेखा

से = तिरछी रेखा

से = सीट का 1/6 1 इन्च = 7 इन्च

से = तिरछी रेखा

से = सीधी रेखा

से = 1/2 इन्च

से = मोहरी का आधा = 14

से को मिला दीजिए।

से और से को गोलाई देते हुए मिलाओं।

जब मियानी बनाना हो तो उसके के लिए 38 से 41 सेमी, लम्बा और 21 या 23 सेमी, चौड़ा कपड़ा लेकर मोड़ कर त्रिकोण बनाइये। त्रिकोण ही मियानी का रूप है।

नोट—पायजामा सिलते समय मियानी को जोड़कर फिर दोनों पैरों की सिलाई अलग-अलग कीजिए और पायजामे को नेफा ऊपर की ओर मोड़िये।

ब्लाउज

महिलाएँ वयस्क हो जाने पर ब्लाउज पहनने लगती हैं। इसका निर्माण रुचि

एवं फैशन के अनुसार किया जाता है। अन्तर केवल गला, लम्बाई, आस्तीन में किया जाता है। अपनी-अपनी रुचि के अनुसार आकर्षक ढंग से पहनने के लिए ब्लाउज तैयार किया जाता है।

उद्देश्य—महिलाओं का ब्लाउज तैयार करना।

सामग्री— 70 सेमी. सादा कपड़ा।

नाप—छाती 80 सेमी, कमर 65 सेमी, लम्बाई 45 सेमी, फुट 17 सेमी, बाडी की लम्बाई 35 सेमी।

ड्राफ्टिंग—ब्लाउज की दो लम्बाई लेकर कपड़े को मध्य से मोड़ दीजिए तथा पूरे को एक लम्बाई में मोड़ लें, इस तरह कपड़ा चार पर्तो में बदल जाएगा।

संकेत—0 से 1 पूरी लम्बाई

0 से 2 फुट का नाप

2 से 4 छाती का

1/2 सेमी. और 4 मिली मी.

या 1/2 इंच 0 से 7 छाती का 1/12

0 से 8 छाती का 1/8

5 से 6 छाती का 1/4 4 सेमी.

2 से 21, 1 सेमी. और 4 मिली मी.

7 से 8 गले की गोलाई के लिए शेप।

7 से 12 को तिरछी लाइन से मिलाइए।

6 से 4-21 से पुट्ठे के लिए गोलाई।

1 से 20 बॉडी की लम्बाई

2 से 13 प्लेट की लम्बाई

14 से 15 में प्लेट डालना।

16 से 17 में प्लेट डालिए।

पीछे का भाग—चौड़ाई और लम्बाई एक समान रहती है।

गले की गहराई कम होती है।

1 से 6 छाती का 1/5

एक प्लेट पड़ती है, पुट्ठे में गहराई कम होती है।

आस्तीन—लम्बाई 17 सेमी. 4 मिली मी,

मोहरी = 22 सेमी.

वस्त्र को आस्तीन की 2 लम्बाई लेकर बीच में मोड़ लीजिए।

1 से 2 पूरी लम्बाई 2 सेमी. मोड़ लो।

1 से 3 छोती का 1/4 इंच

1 से 2-3 से 4 के बराबर

1 से 5 छाती का 1/8 इंच

4 से 6 मोहरी का नाप

6 से 9 आगे मोड़ने के लिए

आगे की गोलाई की गहराई में शेप कीजिए।

पेटीकोट

इसकी सिलाई सीधी होती है, लेकिन फैशन के अनुसार इसमें अनेक आकर्षक नमूनों का प्रयोग करके इसे सुन्दर ढंग से बनाया जाता है। आवश्यकता की दृष्टि से यह महिलाओं का अनिवार्य वस्त्र है। इसके अभाव में महिलाएँ वस्त्रहीनता का अनुभव करती हैं।

पेटीकोट का कपड़ा—इसकी सिलाई में लम्बाई से दुगुना कपड़ा लगता है अगर यदि कपड़े का अर्ज बड़ा है तो लगभग 2 मीटर कपड़ा लगता है, परन्तु कपड़े की मात्रा विशेषकर घेर पर आधारित होती है। प्रायः महिलाएँ अधिक घेरदार पेटीकोट पसन्द करती हैं, क्योंकि इसमें उन्हें उठने-बैठने में तथा कार्य करने में सुगमता होती है। इसको बनाते समय पहनने वाली महिला की रुचि का ध्यान भी रखा जाना आवश्यक है।

नाप—लम्बाई 96 सेमी, कमर 71 सेमी, घेर 182 सेमी.।

ड्राफ्टिंग—कपड़े की चौड़ाई में से 10 सेमी. नापकर पटरी उतार लें और कपड़े को लम्बाई से मोड़कर करके समतल स्थान पर फैलाकर निशान लगा दीजिए।

संकेत—1 से पूरी लम्बाई

1 से 3, 71. सेमी. घेर, अधिक रखने के लिए और अधिक कपड़ा लिया जा सकता है।

3 से 4, 1 से 2 के बराबर है।

2 से 4, 1 से 3 के बराबर है।

2 से 4, 1 से 3 के बराबर है।

6 से 4, 1 से 5 के बराबर लेकर तिरछी लाइन खींचकर काट लीजिए। इस प्रकार चार कली तैयार हो जायेगी।

1 से 5 कमर का 1/4 2 सेमी.

अब एक कली का तिरछा भाग दूसरी का सीधा भाग लेकर सिलाई कर दीजिए। इसी क्रम में चारों को जोड़ दीजिए और मोड़कर हाथ से तुरपन कर दीजिए।

निर्देश—कली जोड़ते समय 10 सेमी. लम्बा हिस्सा बिना सिला छोड़ दीजिए। उसमें एक तरफ बढ़वा पट्टी जोड़कर तुरपन कीजिए।

सलवार

स्त्रियों में सलवार पहनने का प्रचलन अत्यधिक है। इसका प्रयोग पंजाब प्रदेश में पुरुष भी अधिकतर करते हैं। सभी धर्मों की अविवाहित लड़कियाँ इसका अधिकतर प्रयोग अनेक आकर्षक ढंगों से इसे पहनने में करती हैं। परन्तु, मुस्लिम, पंजाबी, सिन्धी स्त्रियाँ सलवार का प्रयोग अधिकतर करती हैं। ये लट्ठा, पापलीन, सॉटन, टैरीकॉट तथा समय-समय पर बदलते फैशनेबिल कपड़ों से तैयार की जाती हैं। मोहनी पर कढ़ाई करके इसे और अधिक सुन्दर बनाया जा सकता है।

इसकी नाप में लम्बाई, घेर, मोहरी का ध्यान रखना चाहिए। घेर अपनी स्वेच्छानुसार काटा जा सकता है, पहले पाँयचे बाद में कुन्दे काटे जाते हैं।

1. **नाप**—लम्बाई—41 इन्च, सीट=36 इन्च, मोहरी = 18 इन्च।

2. **संकेत**—1-2

2 इन्च का नेफा

2-3 की पूरी लम्बाई

3-5, 1 इन्च हेम

4-7, सीट का तीसरा भाग

3-8, मोहरी का आधा भाग

इस प्रकार सबसे पहले चारों कुन्दों को दोनों पाँयचे पर जोड़कर मोहरी और नेफा बनाते हैं। मोहरी के नीचे बकरम आदि भी लगा सकते हैं।

टाँके

सिलाई के अनेक कार्यों में टाँके करने की आवश्यकता होती है। सिलाई में जिन प्रगुख टाँकों का इस्तेमाल किया जाता है, उनमें से कुछ ऐसे हैं जिनके उपयोग से पोशाक को चार चाँद लग जाते हैं। यहाँ पर सजावटी सिलाई के प्रमुख टाँकों का विवरण दिया जा रहा है—

1. **साटिन स्टिच**—इस प्रकार की सिलाई फूल-पत्ती, मोनोग्राम एवं अन्य डिजाइनों को भरने के काम आती है। इस प्रकार की सिलाई से डिजाइन कपड़े की सतह से उभरे रहते हैं।

2. क्रास स्टिच—इस प्रकार की सिलाई का अभ्यास चैकदार अथवा स्क्वायर जाली पर करना चाहिए। बटन हील स्टिच लगाना एक विशेष प्रकार की कला है। अब सुई को नीचे वाली भुजा के मध्य में नीचे निकालकर ऊपर की भुजा के नीचे मध्य से सुई ले जाइए।

3. बटन हील स्टिच—सुई को काज के सुराख के बाएँ सिरे पर नीचे की ओर से निकालए, फिर उस पर बायीं ओर से धागे का फन्दा बनाइए, और ऊपर खींच लीजिए। इससे धागा तनकर गाँठ बन जायेगी, इसी प्रकार अन्य गाँठ बनाइए।

4. फ्लाई स्टिच—सुई को दाहिनी तरफ से कपड़े डालकर स्टिच की चौड़ाई भरकर दूसरी बार ऊपर निकाल लें तथा बाएँ हाथ से धागे को कपड़े के ऊपर रखें। अब सुई को थोड़े से फासले पर दाहिनी ओर स्टिच के धागे के ऊपर से ले जाकर बीच में चुभोकर नीचे ले जायें। इसी प्रकार अन्य टाँके लगायें।

5. ओवर कास्टिंग स्टिच—इस प्रकार के टाँके एक ही दिशा में की हुई लगातार सिलाई पर बायें से दाहिने आड़ी सिलाई करके कटे हुए किनारे पर लगाये जाते हैं।

6. चेन स्टिच—यह सबसे आसान टाँका है। धागे को कपड़े के दाहिनी ओर से लाकर अपने बायें हाथ के अगूँठे की सहायता से पकड़िए और उसी छिद्र में से सुई को निकालकर एक फन्दा बनाइये।

7. लेडी डेजी स्टिच—चेन स्टिच की तरह एक फन्दा बनाइए और उसमें सुई डालकर टाँका उठायें, इस प्रकार फन्दा बनाते हुए पत्ती की शक्ल बन जाएगी।

10

चर्म-शिल्प : प्रशिक्षण एवं रोजगार के अवसर

भारतीय अर्थव्यवस्था में चर्म उद्योग का विशिष्ट महत्व है। हालांकि भारत एक कृषि प्रधान देश होने के नाते यहां पर विभिन्न प्रजाति के पशुओं को पाला जाता है। इन पशुओं से मानव को प्रत्यक्ष एवं अप्रत्यक्ष दोनों प्रकार से लाभ होता है। चमड़ा तथा गोबर प्रमुख उदाहरण हैं। गोबर को ईंधन व कृषि में प्रयोग किया जाता है। चर्म का भी प्रयोग विभिन्न क्षेत्रों में किया जाता है। वर्तमान समय में भारत में चर्मकला और चर्मकार्य विकसित अवस्था में है। चमड़ा ऐसी वस्तु है जिसका प्रयोग हम किसी-न-किसी रूप में करते ही रहते हैं। जूते, चप्पल, बटुए, बैग आदि सभी वस्तुएँ चमड़े की बनायी जाती हैं। चर्म उद्योग भारत का अति प्राचीन उद्योग है और एक बड़ी संख्या का पोषण करता है। आधुनिक शिक्षा में चर्मकला को पर्याप्त महत्त्व दिया जाता है। चर्म-कला सीखने वाला छात्र चाहे वह पिछड़ी जाति का हो या उच्च वर्ण का, श्रम के महत्त्व को समझने लगता है। उसके मस्तिष्क से ऊँच-नीच का भाव समाप्त हो जाता है। शिक्षितों में छोटे-बड़े, अमीर-गरीब, ऊँच-नीच की भावना के लोप हो जाने पर सच्चा समाजवाद पनपता है। चर्म कला सीखने वाला छात्र अनेक प्रकार की वस्तुएँ बनाकर अपने को क्रियाशील रखता है। इस तरह उसमें समय का सदुपयोग करने, करके सीखने और सीखते हुए धन कमाने की इच्छा जाग्रत हो जाती है।

चर्मशिल्प की उपयोगिता

भारत में चर्म उद्योग उन्नत अवस्था में है। इस उद्‌देश्य से बड़े पैमाने पर पशु पाले जाते हैं। इसलिए अधिक चमड़ा तैयार किया जाता है। पशुओं का चमड़ा न केवल देश की माँगों को पूरा करता है, वरन्‌ वह विदेशी मुद्रा का भी अर्जन करता है। चर्म-कला एवं चर्म-कार्य भारत का प्रमुख धन्धा है। यह ऐसी वस्तु है जिसका प्रयोग हम किसी-किसी रूप में करते हैं। जूते, चम्पल, बैग तथा अटैची आदि वस्तुएँ चमड़े से बनायी जाती हैं। यह उद्योग भारत का अति प्राचीन है और एक बड़ी जनसंख्या का पोषण करता है। आज की आधुनिक शिक्षा में चर्म कला की शिक्षा का अत्यधिक महत्त्व है। इसे सीखने वाला चाहे छात्र हो, पिछड़ी जाति का हो या उच्च वर्ण का, श्रम के महत्त्व को समझने लगता है। उसके मस्तिष्क में ऊँच-नीच का भेद समाप्त हो जाता है। शिक्षितों में छोटे-बड़े, अमीर गरीब, ऊँच-नीच की भावना के लोप हो जाने पर सच्चा समाजवाद पनपता है। चर्म-कला में समय का सदुपयोग करने, करके सीखने और सीखते हुए धन कमाने की इच्छा जाग्रह हो जाती है। यहाँ चर्म कला के महत्त्व को निम्न प्रकार बतलाया गया है–

1. दस्तकारी द्वारा मानवीय गुणों जैसे–क. आत्म-निर्भरता, ख. आत्म-सम्मान, ग. किसी कार्य को प्रारम्भ करने की शक्ति, घ. शीघ्र निर्णय, ड. अनुशासन की आदत, च. आत्म-विश्वास का विकास होता है।

2. शिल्प या कला मस्तिष्क की शक्तियों से निकट सम्बन्ध रखती है।

3. बालक शिल्प के अभ्यास कार्य में वास्तविक रुचि लेते हैं। क्योंकि यह उनके जीवन से निकट सम्बन्धित होते हैं और शाला में आने से जी नहीं चुराते।

4. अन्वेषण शक्ति का प्रादुर्भाव होता है।

5. हस्त चातुर्य बालकों की बौद्धिक शक्तियों के विकास करने में महत्त्वपूर्ण सहायक का काम करता है। विज्ञान ने सिद्ध कर दिया है कि मस्तिष्क का केन्द्र हाथ के केन्द्र से जुड़ा हुआ होता है। वह हाथ की क्रिया पर नियन्त्रण रखता है। और बदले में अपने विकास के लिए इसी पर निर्भर है। इससे बौद्धिक एवं नैतिक अनुशासन की छात्रों में देखने को मिलता है।

6. चर्म-कला नैतिक शिक्षा का एक सरल साधन है। आचारवान बनने के लिए 'व्यवहार' आवश्यक होता है। बालक अपने कार्य में पूजा का भाव देखते हैं। इस प्रकर जीवन के प्रति सम्मान की भावना को जन्म मिलता है। फलस्वरूप शिक्षा की नीरसता प्रतीत नहीं होती। बालकों का व्यक्तित्व विकसित होता है।

7. यह वह कला है जो मस्तिष्क की शक्तियों से निकट रूप से सम्बन्धित होती है।

8. बालक शिल्प के अभ्यास कार्य में वास्तविक रुचि लेते हैं। क्योंकि यह उनके जीवन से निकट सम्बन्धित होते हैं और शाला में आने से जी नहीं चुराते।

9. चर्म-कला में नमूनों की डिजाइन, रंग, पॉलिश आदि के कार्य बालकों में सौन्दर्य प्रेम की भावना विकसित करते हैं।

10. इससे बालक कार्यशील एवं चुस्त बनते हैं।

11. यह कर्म, ज्ञान तथा आनन्द तीनों ही प्रदान करता है।

12. इससे बालकों में रचनात्मक तथा सृजनात्मक प्रवृत्तियाँ जाग्रत हो जाती हैं।

13. यह हजरत या मजदूर की भावना को मिटाता है।

14. चर्म कला यह नैतिक शिक्षा देता है कि आचारवान बनने के लिए 'व्यवहार' आवश्यक होता है। बालक अपने कार्य में पूजा का भाव देखते हैं। इस प्रकार जीवन के प्रति सम्मान की भावना को जन्म मिलता है। फलस्वरूप शिक्षा की नीरसता प्रतीत नहीं होती। बालकों का व्यक्तित्व विकसित होता है।

15. दस्तकारी द्वारा मानवीय गुणों जैसे—क. आत्म-निर्भरता, ख. आत्म-सम्मान, ग. किसी कार्य को प्रारम्भ करने की शक्ति, घ. शीघ्र निर्णय, ड. अनुशासन की आदत, च. आत्म-विश्वास का विकास होता है।

16. यह शिक्षा उद्योग से प्रत्यक्ष रूप से जुड़ी हुई है। इससे बालकों की मानसिक शक्तियों का विकास होता है और इस प्रकार अच्छे नागरिकों का निर्माण करती हैं।

17. यह विश्व बन्धुत्व की भावना उत्पन्न करके समाज में द्वेष, कपट, ईर्ष्या, शोषण, घृणा तथा बेकारी आदि को मिलाकर सत्य, प्रेम, न्याय और स्वावलम्बी समाज की रचना करना सिखाती है जिसमें कि देश, काल की आवश्यकताओं को पूरा करने की शक्ति है और रूढ़िवादिता को कोई स्थान नहीं है।

18. इस शिल्प द्वारा बालकों में स्वाभाविकता को जन्म मिलता है। जीवन की आवश्यकताओं में उसकी स्वाभाविक अनिवार्य रुचि होती है। वह अपने कार्य में इतना तन्मय हो जाता है कि उसे यह पता नहीं चल पाता कि वह क्या सीख रहा है? वह जो कुछ प्राप्त करता है, अपना प्रयास समझता है, दूसरे का नहीं।

19. छात्र यथार्थ से परिचित होता है, कृत्रिमता अथवा काल्पनिकता का नहीं। मिट्टी या गत्ते से चप्पल आदि बनाने का ज्ञान देता है। असली पदार्थ के द्वारा ज्ञान देना चाहिए। यह आवश्यकता चर्म-कला से पूर्ण होती है।

20. देश के औद्योगिक विकास में बहुत सहयोगी हो सकती है। इसी से एक उच्च एवं धनी समाज की निर्माण होता है।

21. सहयोग एवं सहकारी की भावना विकसित होती है।

22. बालक क्रिया द्वारा सीखते हैं, फलस्वरूप वे क्रियाशील हो जाते हैं। सिलाई करने से लेकर डिजाइन बनाने तक का कार्य वह सीख जाते हैं। यह उपदेश से सम्भव नहीं है।

चमड़े के भेद

पशुओं के शरीर के ह्यय भाग मोटी खाल होती है। इस खाल की दो पर्तें होती हैं—एक ऊपरी तथा दूसरी अन्दरूनी। ऊपरी पर्त उपचर्म कहलाती है, आन्तरिक पर्त अधिचर्म कहलाती है, जो पर्याप्त मात्रा में मोटी होती है। खाल का यह भाग जब कई रासायनिक क्रियाओं से रूपान्तरित कर दिया जाता है तब यह चमड़ा कहलाता है। चमड़ा खाल का वह टिकाऊ रूप है जिसे विशेष रासायनिक विधियों से पकाया जाता है। चमड़े के भेद दो आधारों पर किये जाते हैं—पशुओं और उनके शरीर के भागों के आधार पर विभिन्न पशुओं के चमड़े विभिन्न प्रकार के होते हैं। जैसे—भैंस का चमड़ा, बछड़े का चमड़ा, बकरी का चमड़ा, भेड़ का चमड़ा। एक ही पशु के शरीर के विभिन्न भागों में भिन्न प्रकार का चमड़ा मिलता है। एक ही पशु के पेट मध्य, कन्धे और मोड़ का चमड़ा अलग-अलग विशेषताएँ रखता है।

चमड़े का वर्गीकरण पशुओं की किस्म के आधार पर किया जाता है। वह चमड़ा भी विशेष गुण वाला होता है। जैसे—भैंस का चमड़ा, सख्त, मोटा और टिकाऊ होता है। चरस और जूतों के तले भैंस के चमड़े से ही बनाये जाते हैं। इसके विपरीत बछड़े का चमड़ा टिकाऊ और मजबूत होता है, वह फैल सकता है। उसका ऊपरी भाग मुलायम होता है और सरलता से खुरचा जा सकता है। इसलिए बछड़े का चमड़ा आकर्षक डिजाइन बनाने के काम आता है। बकरी का चमड़ा चमकीला होता है। भेड़ का चमड़ा पतला और मूल्यवान होता है।

पशुओं के विभिन्न भागों में विशेष किस्म का चमड़ा होता है। पशु के पेट की खाल अत्यन्त लचीली होती है इसलिए इसके अस्तर, कली और सल्लू बनाये जाते हैं। बीच के भाग का चमड़ा कड़ा होता है। इसलिंए यह कड़े कामों में आता है, इसे बट्ट कहते हैं। बट्ट की पेटियाँ बनायी जाती हैं। कन्धे पर चमड़ा मुलायम होता है। इससे बटुए बनाये जाते हैं। कुछ पशुओं में हाइड्स पाये जाते हैं जो कि बहुत ही कीमती चमडा है।

चमड़े का प्रयोग

जूतों के लिए जो चमड़ा प्रयोग किया जाता है वह प्रायः कड़ा चमड़ा होता है। कुएँ से पानी खींचने के लिए रहट में जो चमड़ा लगा होता है वह भी कड़ा होता है। लेकिन आभूषणात्मक चर्म कार्य के लिए जो चमड़ा प्रयोग में लाया जाता है, वह मुलायम, चिकना, चमकदार होता है। ऐसा चमड़ा पशुओं के बच्चों, बछड़ों, मेमनों से प्राप्त होता है। इस चमड़े के सुन्दर हल्के, सजावटयुक्त वस्तुएँ बनायी जाती हैं। लड़कियाँ, जिन चमड़े के पर्सों का प्रयोग करती हैं, वे पर्स ऐसे चमड़े के बनते हैं।

उपकरण

चमड़े के उद्योग में ज्यादा धन व्यय नहीं करना होता है। यह कार्य निम्नलिखित उपकारणों से प्रारम्भ किया जा सकता है–

1. गढ़िया–चमड़े पर डिजायन उभारने के लिए।
2. पैमाना एवं गुनिया–नाप आदि के लिए।
3. मशीन–चमड़ा सीने के लिए।
4. हथौड़ा–कील आदि ठोंकने के लिए।
5. लकड़ी की मुगरी–ठप्पे बनाने के लिए।
6. रॉपी–चमड़ा खुरचने के लिए। इसके तीन भाग होते हैं–फल, लामी और हत्था।
7. तवानी–चमड़ा भिगोने के लिए।
8. स्पंज–चमड़े के कुछ भाग को गीला करने के लिए।
9. सिल्ली–विभिन्न यन्त्रों को तेज करने के लिए यह धार का (ग्राइंडिंग) पत्थर होता है।
10. वेधनी–चमड़े में छेद करने या सल्लू की सिलाई करने के लिए।
11. लौन्गा–चमड़े में चुन्नट डालने के लिए।
12. ठप्पे–पीतल, काठ, लोहे के ठप्पे अनेक ब्लाकों या डिजाइनों के लिए।
13. लकडी का तख्ता–चमड़ा काटने के लिए।

चमड़े को आकर्षक डिजाइन देने की विधियाँ

आज चमड़े को आकर्षक डिजाइन देने के लिए कई विधियों को अपनाया जाता है, जिनमें से कुछ प्रमुख विधियाँ इस प्रकार हैं–

1. सादा गठन विधि–स्पंज से चमड़े को नम कर लिया जाता है। किसी

सुन्दर डिजाइन को इस पर ट्रेस कर लेते हैं। चमड़े के किनारों पर उपयुक्त किनारी छोड़ देते हैं। गढ़िया को सीधे हाथ में पकड़कर बायें हाथ की बीच की उँगली से उस पर दबाव डालते हैं। इस तरह सादा डिजायन उभर आता है।

2. गोदना—डिजाइन के बनाने के बाद जो स्थान शेष बचता है और उस पर मोथरी गोदनी से गोद दिया जाता है।

3. ठप्पा विधि—लकड़ी की हत्थे पर ठप्पा जड़ दिया जाता है। उससे चमड़े पर दबाव डाला जाता है। दबाव डालकर अनेक प्रकार की आकर्षक डिजाइनें बनायी जाती हैं।

4. उभार विधि—चमड़े को पानी में भिगो दिया जाता है। किसी डिजाइन को इस पर कार्बन कागज उल्टा करके लगाया जाता है। डिजाइन एवं उस भाग को जिसे उभारना होता है, अन्दर की ओर से गढ़िया से उभरा जाता है।

चमड़े का चुनाव

उपर्युक्त किस्म के चमड़े से निर्मित सामग्री सुन्दर, आकर्षक एवं टिकाऊ होती है। अच्छे किस्म के चमड़े का चयन करना एक कला है जिसके करने के दौरान कई बातों पर विशेष ध्यान देना पड़ता है—

खाल की बनावट—खाल में कई पर्तें होती हैं। जिनमें दो मुख्य हैं—

1. ऊपर की पर्त—यह पतली होती है और शरीर की रक्षा करती है। इसे उपचर्म कहते हैं।

2. नीचे की पर्त—यह मोटी होती है और अधिचर्म कहलाती है। चमड़े का सामान बनाते समय अधिचर्म का ही उपयोग किया जाता है। अधिचर्म रेशे से बनी हुई होती है। ये रेशे कई हजारों रेशे से जुड़े हुए होते हैं। यह माँस के काफी गहराई तक इसका घनत्व बहुत ज्यादा होता है। इस प्रकार हम देखते हैं कि जवान पशु की खाल से निर्मित चमड़ा मजबूत और लचीला होता है। चूँकि इसके रेशे बहुत कोमल होते हैं। इसलिए इसमें बहुत टिकाऊपन नहीं होता जो कि पुराने पशुओं की खाल में होता है। पूरी तरह विकसित जानवर की खाल से बना हुआ चमड़ा अधिक कड़ा तथा टिकाऊ होता है।

चमड़े का महत्व—वास्तव में पशुओं की सुरक्षा उसकी प्राकृतिक खाल पर निर्भर करती है। पशु के जीवित रहते समय की नाशवान रेखा जिससे कि खाल बनती है, मसाले आदि लगाकर अर्थात् रसायन विधि से स्थायी बना दिया जाता है। जिससे इसमें शक्ति, मजबूती, लचीलापन आदि गुण आ जाते हैं। यह पकी हुई खाल होती

है जो टिकाऊ होती है अर्थात् शीघ्र नाश को प्राप्त नहीं होती है। चमड़े को पकाने पर उसके टुकड़े-टुकड़े हो जाते हैं, पाउडर बन जाता है, रेशे अलग-अलग हो जाते हैं। परन्तु यह चमड़े का वास्तविक स्वरूप नहीं होता है।

चमड़े के प्रकार

चमड़े को पशुओं एवं उनके शरीर के भागों के आधार पर बांटा गया है। पशुओं के चमड़े विभिन्न प्रकार के होते हैं। जैसे—भैंस का चमड़ा, बछड़े का चमड़ा, बकरी का चमड़ा, भेड़ का चमड़ा। एक ही पशु के शरीर के विभिन्न भागों से भिन्न प्रकार का चमड़ा मिलता है। एक ही पशु के पेट, मध्य, कन्धे, और मोड़ का चमड़ा अलग-अलग विशेषताएँ रखता है।

चमड़े की परख—सदैव अम्ल रहित चमड़ा चुनना चाहिए क्योंकि अम्ल होने से वह शीघ्र सड़ जाता है। जवान पशु का चमड़ा उत्तम होता है, क्योंकि वह मुलायम तथा निष्कलंक होता है। बड़ा होने पर वह कड़ा होता जाता है। चमड़े के कार्य के लिए मुलायम, चिकना तथा अच्छी किस्म का होना चाहिए। अच्छे चमड़े की पहचान यह है कि उसकी सतह न अधिक कड़ी हो और न अधिक मुलायम।

फैन्सी चीजों को बनाने के लिए हमेशा अच्छे किस्म के चमड़े की आवश्यकता होती है, क्योंकि इस पर बेलबूटे सरलता से काढ़े जा सकते हैं। इसके रंगने में भी सुविधा रहती है और इस पर चमक भी अच्छी आती है किन्तु स्कूल के काम के लिए मद्रासी भेड़ का चमड़ा अच्छा रहता है। चमड़े लचीले, मुलायम तथा मोटे और कड़े होते हैं। इसलिए उन पर कार्य करने के नियम एक से नहीं होते। कार्य करते समय बड़ी सावधानी की आवश्यकता है। यदि एक बार चमड़ बिगड़ गया तो फिर उसे उसके असली रूप में नहीं लाया जा सकता है। कार्य करते समय सफाई का ध्यान रखा जाना चाहिए और चमड़े के लिए अभ्यास की आवश्यकता है। चमड़े के उत्पादन में बढ़ोत्तरी के लिए आवश्यक है कि हाथ तेजी से चलें ही, मस्तिष्क भी।

1. भेड़ का चमड़ा—भारत में बड़े पैमाने पर भेड़ पालन किया जाता है। इनकी खाल से मजबूत किस्म के चमड़े बनते हैं। यह गुंथा हुआ नहीं होता, इसके रेशे ढीले होते हैं, इसका धरातल शीघ्र खुरदरा हो जाता है। गाढ़िया प्रयोग के लिए यह बहुत ही उत्तम रहता है। स्कूली कार्य के लिए भी उत्तम होता है। इसकी एक किस्म से अस्तर तथा सल्लू भी बनाया जाता है। यह पतला तथा स्वस्थ चमड़ा होता है।

2. बछड़े का चमड़ा—इसके चमड़े गढ़िया बनाने के लिए उपयुक्त होते हैं, काफी सीमा तक फैलने की शक्ति होती है। ऊपरी भाग मुलायम होता है और

सरलता से खुरचा जा सकता है। इसमें हर रंग प्रयोग किया जा सकता है। इससे सफरी थैले, हैण्ड बैग तथा कंधाधर जीन, मोटे चमड़े के जूते के तले आदि बनाये जाते हैं।

3. बकरी का चमड़ा—इसके रेशे सघन होते हैं। यह बहुत ही चमकीला चमड़ा होता है और फैन्सी सामान बनाने के काम आता है। यह पतली तथा मूल्यवान होती है। इसके दो गुण हैं—टिकाऊपन तथा लचीलापन। इससे ऊँची किस्म के दस्ताने भी बनाये जाते हैं।

4. कन्धे का मुलायम चमड़ा—इससे बटुआ, सफरी थैला तथा छोटी-छोटी वस्तुएँ बनायी जाती है।

5. मोड़—इसका प्रयोग जूतों के तलों को बनाने के लिए किया जाता है।

6. पेट का लचीला चमड़ा—यह कली, सल्लू तथा अस्तर बनाने के काम आता है।

7.बट्ट (मध्य का कड़ा भाग)—पेटियाँ, जेब, किताब आदि ऐसी वस्तुएँ जो शीघ्र नष्ट हो जाती हैं, बनाने के काम आता है।

चमड़े के कार्य में प्रयोग होने वाली सामग्री

1. मशीन—सिलाई की मशीन चमड़ा सीने के काम आती है।

2. शीश या जस्ता का चपटा टुकड़ा—चमड़े को काटने और खुरचने के समय मजबूत आधार बनानें के काम आता है।

3. कैंची—चमड़ा काटने के लिए प्रयोग की जाती है।

4. जम्बूर—जिस पर चमड़ा रखा जाता है।

5. रंग—चमड़े पर रंग एवं स्प्रिट प्रयोग कर पॉलिश की जाती है।

6. तिरछी धार का चाकू—यह चमड़ा काटने के काम आता है।

7. परकार—ठीक नाप के लिए और गोला खींचने के लिए परकार काम में आती है।

8. पेन्सिल—बहुत तेज पेन्सिलें।

9. बटन जड़ने के यन्त्र—इस यन्त्र में पीतल की दो छड़ और टिकड़ी होती है।

10. झाग फुहारा—यह लघु आकार का दो नलियों से बना एक यंत्र है इसकी एक नली रंग में डुबोई जाती है और दूसरी मुँह में दबाई जाती है। मुँह वाली नली को बीच में सीधे हाथ से पकडते हैं और बाएँ हाथ में रंग की प्याली रहती है। मुँह

वाली नली में फूँक लगाते हैं। इससे उन नलियों के जोड़ से रंग की फुहार किसी तिपाई आदि के सहारे रखे हुए चमड़े पर पड़ती है।

11. सिल्ली—चमड़े को काटने वाले औजार बहुत तेजी से घिसते हैं। इसलिए इनके धारों को तेज करने की जरूरत होती है। इसके लिए सिल्ली का उपयोग किया जाता है। यह काले पत्थर की होनी चाहिए।

12. बेधनी—यह इस्पात की बनी होती है। यह चमड़े में छेद करने या सल्लू की सिलाई करने के काम आती है। यह दो प्रकार की होती है—क. सादा बेधनी तथा ख. घूमने वाली बेधनी। सादा बेधनी को सुम्मी कहा जाता है। यह विभिन्न डिजाइनों के छेद करने के काम आती है। चमड़े को फ़रही पर रखकर इसके सिर पर मुँगरी से चोट लगा दी जाती है और छेद हो जाता है।

13. विभिन्न प्रकार का पट्ठा—किरमिच, बकरम और आइल क्लाथ।

14. मक्खी का मोम—डोरे को मजबूत और चिकना बनाने के लिए।

15. बटन—विभिन्न प्रकार के बटन, छल्ले, गुम्बद कोने तथा बकसुए।

16. कटन्नी—चमड़े में छेद तथा सिलाई करने के काम आती है।

17. शिकंजा—यह कसने के काम आता है।

18. दाँतेदार सुम्मी—यह एक दाँतेदार सुम्मी होती है। इसके द्वारा चमड़े में बेधनी द्वारा किये गये छेदों में पीतल का छल्ला जड़ा जाता है।

19. थोगिन्ज चिसेल—सल्लू की सिलाई के समान दूरी पर छेद करने के काम आती है।

20. स्पंज—चमड़े की सतह को गीला करने के लिए छोटा और साफ स्पंज होना चाहिए। इसके अभाव में कपड़े अथवा रूई की गद्दी भी काम में ले सकते हैं।

21. लोंगा—इसका उपयोग चमड़े की चुन्नट और सलवट डालने में किया जाता है। यह दो प्रकार का होता है। साधारण काम में लकड़ी का और अधिक सलवट डालने के लिए लोहे का लोंग प्रयोग किया जाता है। लोहे के लोंगे को प्रयोग करने से पूर्व गर्म कर लिया जाता है।

22. ठप्पे (ब्लाक्स)—नमूने की पृष्ठ-भूमि को तैयार करने और सजाने में इसका प्रयोग किया जाता है। यह विभिन्न डिजाइनों में मिलते हैं। यह पीतल, काठ, लोहा, आदि के बने होते हैं। पीतल के ठप्पे अच्छे होते हैं। इच्छित स्थान पर ठप्पा सीधा रखकर मुँगरी की चोट मार देते हैं।

23. तवानी—इससे पानी भरने का कार्य किया जाता है। इसमें चमड़े को

भिगोया जाता है। मिट्टी, चीनी मिट्टी, पीतल, नारियल आदि का होना चाहिए। लोहे या टिन का न हो क्योंकि इसमें जंग लगने के कारण पानी गन्दा हो सकता है।

24. लकड़ी का तख्ता—नमूना अक्स करते समय डिजाइन बनाने और चमड़ा नीचे जोड़ने के लिए इसकी आवश्यकता होती है। यह कोमल लकड़ी का बना होना चाहिए, जिससे कि कोई यन्त्र इसमें अटक न जाए। इससे लिए हिंगोट की लकड़ी अच्छी रहती है।

25. सुतारी—इसके द्वारा बेंधनी से किये छेदों को बड़ा किया जाता है। यह धातु और काठ की बनी होती है।

26. हथौड़ा—यह कील ठोंकने के काम आता है। इसके निम्नलिखित भाग होते हैं—मत्था, पेन, कपाल, मुँह, आँख तथा हत्था।

27. मुँगरी—यह सख्त लकड़ी की बनी होती है और और बेधनी तथा ठप्पों को ठोंकने के काम आती है। इसके भी चार भाग होते हैं—मत्था, मुँह, छेद तथा हत्था।

28. रॉपी—चमड़ा खुरचने के लिए प्रयोग की जाती है। इसके तीन भाग होते हैं—फल, लामी और हत्था। फल हत्थे के अन्दर लगा रहता है। इसका हत्था मजबूत लकड़ी का होना चाहिए, ताकि ऊपर से हथौड़े की चोट पड़ने पर हटने न पाये। शीशम की लकड़ी का हत्था सबसे अच्छा रहता है। बबूल, साल और इमली के भी हत्थे बनाये जाते हैं। फल अच्छे लोहे का होना चाहिए।

29. पैमाना एवं गुनिया—यह लोहे का बना होता है, जिसकी सहायता से चमड़े की नाप ली जाती है। प्लास्टिक, गटापार्चा, पीतल, सैलोलाइड तथा लकड़ी की भी गुनिया बाजार में मिलती है। लोहे की गुनिया सबसे उत्तम होती है। यह 12 इंच लम्बी तथा 6 इंच चौड़ी होती है। यह समकोण के आकार की होती है। इसका मुख्य कार्य वस्तुओं के चौकोर कोनों की जाँच करना है। यदि नाप ठीक नहीं हुई तो नमूने की सुन्दरता बिगड़ सकती है। इसके द्वारा किराने की लम्ब रेखाएँ भी खींची जा सकती है। इसका प्रयोग अधिकतर 90^0 के कोण खींचने के लिए किया जाता है।

30. गढ़िया—इससे चमड़े में डिजाइन उभारा जाता है। यह चर्मकार के लिए बड़ा उपयोगी यन्त्र है। इसके तीन भाग होते हैं—बीच में लकड़ी का बेलन होता है और दोनों ओर लोहे की दो कील जैसे दो यन्त्र होते हैं। एक छोर में चम्मच की शक्ल में मुड़ी हुई कील होती है, जो डिजाइन को उभारने, काढ़ने और दबाने के काम आती है, इसे डिजायनर कहते हैं। दूसरे छेद में एक सीधी नोंकदार कील होती है, जिसे खोदनी या ट्रेसर कहते हैं। उसके द्वारा चमड़े पर डिजाइन अक्स की जाती है।

सिलाई करने की विधि

आज सिलाई करने की कई विधियाँ प्रचलन में हैं जिनमें से कुछ प्रमुख सिलाई की विधियों का वर्णन किया जा रहा है–

सल्लू द्वारा सिलाई–चमड़े की पट्टी से की जानी वाली सिलाई को सल्लू द्वारा सिलाई कहते हैं। यह छोटे नमूनों पर विभिन्न रंगों में प्रयोग की जाती है और पतले तथा लचीले चमड़ों पर भी प्रयोग की जा सकती है। इसके लिए बकरी, भेड़ तथा बछड़े का चमड़ा उत्तम रहता है। ये प्लास्टिक के होते हैं, बाजार में मिल जाते हैं। यह चमड़े को आसानी से काटकर अलग कर देता है। रंगने के लिए प्याले में इच्छित रंग लेते हैं। इसमें कटा हुआ सल्लू एक छोर से दूसरे छोर पर डुबोते जाते हैं। पूरा सल्लू रंग जाने पर सुखा लेते हैं। सल्लू को ब्रुश की सहायता से भी रंगा जाता है।

सल्लू काटने की विधि–सल्लू काटने के लिए प्रमुख दो विधियों का इस्तेमाल किया जाता है–1. खाल की लम्बाई 15 सेमी, 20 सेमी की चौड़ी पट्टी लेते हैं। इसकी चौड़ाई सर्वत्र एकसी लेते हैं। 2. चमड़े में 9 या 8 सेमी का काटते हैं। बाहर से गोलाई में ही सल्लू काटते जाते हैं। यह अच्छी एवं मितव्ययी विधि है।

छेद करना–अब छेद करने की मशीन दाहिने हाथ में पकड़ते हैं और बाएँ हाथ में चमड़ा। मशीन की बेधनी ऊपर रहती है और धातु की टिकली नीचे। जब मशीन के जबड़े दबाये जाते हैं तो काटने वाली बेधनी चमड़े में घुस जाती है और धातु की टिकली से जा टकराती है। यदि चमड़ा पतला होता है तो मध्य में पट्टा रख देते हैं। छेद उतने ही बड़े होने चाहिएँ जितना चौड़ा सल्लू हो ताकि उन पर अच्छी सिलाई हो सके। छेदते समय दो बातें ध्यान में रखनी चाहिएँ–1. छेद की वस्तु के किनारे से दूरी समान रहे। 2. एक छेद की दूसरे छेद से दूरी समान रहे।

छेद करने के दौरान यह जरूर ध्यान दें कि निचला पर्त अपने यथावत् से सरकने न पाये, नहीं तो नमूना खराब हो सकता है। अब खोदना तथा पैमाने की सहायता से छेद किये जाने वाले स्थान पर एक रेखा खींच देते हैं, इससे एक सार छेद होते जाते हैं। प्रत्येक कोने पर एक छेद कर देते हैं। नमूने के दोनों पर्त सरकने से रोकने के लिए शिकन्जे से दाब देते हैं तथा या दोनों पर्तो के मध्य में थोड़ी रुई बिछा देते हैं। जब एक छेद हो जाय तो उसमें सल्लू डाल देते हैं और इसे रोकने के लिए गाँठ लगा देते हैं।

सल्लू जोड़ना–अगर कार्य करने के दौरान सल्लू छोटा रह जाय और दूसरा जोड़ना हो तो पुराने सल्लू की तह को 3/8 सेमी खुरचा जाता है। प्रत्येक का छोर

विरुद्ध दिशा में तिरछा कर दिया जाता है। पुराने सल्लू की नीचे की सतह में सरेस लगाया जाता है और दोनों को चिपका दिया जाता है। सरेस के सूखते ही कार्य आरम्भ कर दिया जाता है।

तरअपर सिलाई—यह विधि सबसे ज्यादा प्रचलन में है। सिलाई न सख्त होनी चाहिए और न ही ढीली। सल्लू के एक छेद को नोंकदार बनाकर उसमें सरेस लगाकर सुखा देते हैं। जब छेद नमूने के किनारे एवं एक-दूसरे से सामान्य दूरी पर किये जाते हैं तो सल्लू सिलाई की जानी वाली दूरी से ड़्योढ़ा या दुगुना और 3 सेमी प्रारम्भ और अन्त के लिए फालतू होना चाहिए।

सिलाई चमड़े के एक टुकड़े में करने पर सल्लू पहले छेद में पीछे से होकर निकाला जाता है और लगभग सेमी पीछे छोड़ दिय जाता है। यह टुकड़ा नोंकदार कर लिया जाता है और छेदों और किनारों के मध्य में चमड़े पर चपटा चिपका दिया जाता है। फिर सिलाई की जाती है अन्त करने की स्थिति में 3/8 सेमी, खुरचकर अन्तिम कुछ छेदों में इसे वापिस लाते हैं। अन्तिम छोर में सरेस लगा देते हैं और हल्के वजन से दबा देते हैं।

इसी प्रकार चमड़ों के दो टुकड़ों में भी सिलाई की जाती है। सल्लू ऊपर के टुकड़े के प्रथम छेद से होकर निकाला जाता है और ऊपर बताये अनुसार अटका देते हैं।

1. ओवर स्यू एण्ड बटन थोन्गिग—इस विधि से सिलाई करने के लिए विरोधी रंग के दो सल्लू लिये जाते हैं। चमड़े में दरार काटते हैं और एक सल्लू में सामान्य तरीके से ओवर स्यू थोन्गिग कर देते हैं। दूसरे सल्लू को पहले के टाँके में बटन का सा छेद बनाने के काम में लेते हैं।

2. स्लाटिन्ग थोन्गिग—इसमें दराज तिरछे काटे जाते हैं। प्रथम कतार किनारे के अधिक निकट होनी चाहिए और दरार 9/32 सेमी दूर होने चाहिएँ। ऊपर की रेखा में बायीं ओर से सल्लू प्रथम दरार में नीचे से ऊपर की ओर लाते हैं। छोर को उल्टी ओर चिपका देते हैं।

3. केसेटेलेटे थोन्गिग—यह सिलाई चलती सिलाई किये जाने वाले नमूनों पर की जाती है। किनारों के चारों ओर सामान्य दूरी पर दो सामान्तर रेखाएँ खींचते हैं। इन्हीं रेखाओं के मध्य में चलती सिलाई के छेद किये जाते हैं। अन्दर की रेखा 2/32 सेमी की दूरी पर एक अन्य रेखा खींचते हैं। सब किनारों पर इन छेदों में होकर सल्लू निकालते हैं और कस देते हैं। इसके बाद बाहरी दरारों में सल्लू को डालकर जोड़ दिया जाता है।

4. सजावटी सिलाई—इस सिलाई में विभिन्न रंगों के सल्लू काम में लिये जाते हैं और प्रत्येक सल्लू हर अगले छेद में बारी-बारी से डाला जाता है।

चमड़े पर डिजाइन बनाने की विधि—चमड़े पर डिजाइन बनाने के लिए कई विधियों का इस्तेमाल किया जाता है जिनमें से कुछ प्रमुख इस प्रकार हैं—

1. सादा गठन विधि—इस विधि से सिलाई करने के लिए स्पंज से चमड़े को नम कर लिया जाता है। किसी सुन्दर डिजाइन को इस पर ट्रेस कर लेते हैं। चमड़े के किनारों पर उपयुक्त किनारी छोड़ देते हैं। गढ़िया को सीधे हाथ में पकड़कर बाएँ हाथ की बीच की अँगुली से उस पर दबाव डालते हैं। इस तरह सादा डिजायन उभर आता है। इन आकर्षक डिजाइनों से चमड़े में पर्स, बैग तथा अन्य मूल्यवान वस्तुएँ बनायी जाती हैं।

2. ठप्पा विधि—लकड़ी के हत्थे पर ठप्पा जड़ दिया जाता है। इससे चमड़े पर दबाव डाला जाता है। दबाव डालकर अनेक प्रकार की आकर्षक डिजाइनें बनायी जाती हैं। ये ठप्पे लकड़ी के हत्थे में लगाकर चमड़े पर दबाव डाला जाता है।

3. गोदना—डिजाइन के बनाने के बाद जो स्थाान शेष बचता है उस पर मोथरी गोदनी से गोद दिया जाता है। गोदे हुए भाग को मुख्य डिजाइन रंगने के बाद कपड़े की गद्दी से रंग देना चाहिए।

चमड़ा रंगने में सावधानियाँ

सादे चमड़े से निर्मित नमूना भी देखने में आकर्षक लगता है, लेकिन यह जल्द ही खराब हो जाता है। इस कुरूपता तथा अवगुण को दूर करने के लिए रंगना आवश्यक होता है। चमड़े पर अच्छी रंग योजना के लिए कई प्रकार की सावधानियाँ बरतनी पड़ती हैं। अगर लाल या भूरा, नीला अथवा भूरा भद्दी लगे तो विरोधी रंग का प्रयोग करना आवश्यक हो जाता है। ये रंग है— नीला, नारंगी तथा हरा, लाल।

प्रत्येक व्यक्ति सौन्दर्य से आकर्षित होता है अतः नमूने का रूप अच्छे रंग से सजा होना चाहिए। श्रेष्ठ रंग का प्रयोग करना चाहिए। क्योंकि जीवन की घटनाओं पर इसका प्रभाव पड़ता है, जैसे—पीला—प्रकाश और प्रसन्नता हेतु, नीला—पवित्रता, कुलीनता तथा प्रतिष्ठा हेतु, लाल—क्रोध तथा खतरे के संकेत हेतु, नीला पीला-भगवान सम्बन्धी भाव, हरा-निश्चित, प्रसन्नता तथा ताजगी हेतु, पीला, लाल तथा नीला ये प्राथमिक रंग हैं तथा लाल रंग के मिश्रण से नारंगी बनता है। लाल और नीले के मेल से बैंगनी तथा नीले तथा पीले से हरा रंग बनता है।

रंग व्यक्ति की भावनाओं को प्रकट करते हैं। बड़ों को हल्के तथा बालकों को चमकीले रंग विशेष अच्छे लगते हैं।

रंग भरते समय सावधानियाँ

1. रंग लगाने के पश्चात् फिजिटव रंग लगाने वाला मसाला लगाना चाहिए।

2. स्प्रिट रंग भी दो प्रकार के होते हैं—एक सूखे तथा दूसरे मेंथाइलेटेड स्प्रिट में घोले जाते हैं।

3. डिजाइन में रंग लगाते समय मध्य से प्रारम्भ किया जाता है तथा ब्रुश बाएँ से दाएँ ओर चलाया जाता है।

4. ब्रुश के पहले फेरे से मिलाकर दूसरा ब्रुश करना चाहिए।

5. इन रंगों में मसाला प्रयोग नहीं किया जाता। यदि आवश्यक हो तो गोंद के पानी का फैरा लगा सकते हैं।

6. रंग को भरते समय चित्र को आँख से 18 सेमी, दूरी पर रखना चाहिए, ताकि आँखों पर जोर न पड़े।

7. रंग लगाने से पूर्व चमड़ा साफ होना चाहिए।

8. यदि छाया या शेड लानी है तो पहले हल्के रंग का प्रयोग करना चाहिए।

9. चमकदार रंग थोड़ी जगह में एवं हल्का रंग अधिक जगह में भरे जाते हैं।

10. रंग पानी में घुले हुए तथा सूखे हो सकते हैं।

11. रंग लगाने से पूर्व चमड़े को गीला किया जाता है।

12. हर एक रंग के प्रयोग करने हेतु अलग-अलग ब्रुश होना चाहिए। यदि एक ही प्रयोग करते हैं तो ब्रुश को धो लेना चाहिए।

चमड़े को रंगने की प्रमुख विधियाँ

जब साधारण कपड़ों को रंगना हो तो रंग को पानी में घोलकर चमड़े को रूई या स्पंज द्वारा रंग लेना चाहिए। जब रंग सूख जाय तो उस मोम की वार्निश कर देनी चाहिए।

स्याही करना—चमड़े को स्याही से रंगने के लिए चमड़े की सतह को पानी से भिगोते हैं तथा ब्रुश की सहायता से इस सतह पर स्याही फेर देते हैं।

मोम की वार्निश बनाना—असली मधुमक्खी के मोम को किसी बर्तन में रखकर आग पर पिघला लेते हैं। जब मोम पानी जैसा हो जाय तो उसमें थोड़ा सा तारपीन का तेल डाल देते हैं। इस प्रकार मोम की वार्निश बन जाती है।

स्टेन्सिलिंग—यह चमड़े को रंगने की सबसे आसान एवं सरल विधि है। विभिन्न आकृतियों के बेलबूटे कागज या पट्टे पर काटकर नमूने पर रख विभिन्न रंगों से ब्रुश द्वारा रंग देते हैं। जिस स्थान पर कागज या पट्टा रहता है, वहाँ रंग नहीं आता और जिस स्थान पर बेलबूटे होते हैं और कागज कटा रहता है, वहाँ रंग भरा जाता है।

इनलेयिता—इसमें डिजाइन का नमूना धरातल से काफी मिलता-जुलता है। इसमें सादा रंगीन चमड़ा जो कि नमूने के चमड़े के रंग भिन्न हो, प्रयोग करते हैं। विभिन्न आकृतियों के चमड़े काटकर उनको नमूने के ऊपर चिपकाने के बजाय ठीक उन्हीं के माप के गड्ढे नमूने में कर लिये जाते हैं और इन गड्ढों में ये टुकड़े लगा दिये जाते हैं। इस प्रकार विरोधी रंग का चमड़ा लग जाने से नमूने में सौन्दर्य आ जाता है।

पोकर कार्य

इस विधि में चमड़े में अक्षर खोदे जाते हैं।

चमड़े पर पॉलिश करना

नमूना बनाने के पश्चात् उस पर चमक लाने को पॉलिश कहते हैं। रंग को चमकाने तथा चमड़े की सतह को ऋतु प्रभाव अर्थात् सर्दी-गर्मी से बचाने के लिए पॉलिश करना आवश्यक होता है। इस पर ही नमूने की शोभा और सुन्दरता निर्भर है। पॉलिश के अभाव में अच्छा नमूना भी सुन्दर नहीं लगता। पॉलिश से चमड़े पर चमक आती है तथा वे सुन्दर प्रतीत होते हैं। ब्राउन पॉलिश रंग के नमूनों के लिए और सफेद पॉलिश अन्य रंग के नमूनों के लिए उत्तर रहती है।

पॉलिश बनाना—इस कार्य के लिए अच्छी मोम की पॉलिश प्रयोग करनी चाहिए। यह जलरोधक एवं रक्षक का काम करती है।

पॉलिश करने के लिए आवश्यक सामग्री—पॉलिश करने में आवश्यक सामग्रियाँ जैसे—1. मक्खी का मोम—एक तोला, 2. सख्त फेराफिन मोम—दो तोला, 3. तारपीन का तेल—छः तोला, 4. राल—डेढ़ माशा, 5. तेल का रंग या चिराग की स्याही डेढ़ माशा आदि प्रमुख हैं।

बनाने की विधि—राल को तेल में मिलाकर धूप में हल्की आग पर रखकर घोल लेते हैं। फेराफिन और मक्खी के मोम को एक बर्तन में पिघलाते हैं। बर्तन को नीचे रखकर उसमें तेल और रंग डाल दिया जाता है। इसे लकड़ी से हिलाते रहते

हैं तो अच्छा घोल बनकर तैयार हो जाता है। इसे टिन के डिब्बे में भर कर रखा जाता है।

पॉलिश करने की विधि—नमूने पर पूरी तरह से रंग सूख जाने पर उससे कुछ पहले किसी ऊन, फलालेन तथा मखमल आदि के टुकड़े से हल्की-हल्की पॉलिश लगा देते हैं। सूख जाने पर ब्रुश फेर देते हैं।

नमूने पर चमक लाने की विधि—नमूने पर चमक लाने के लिए सबसे पहले नमूने पर ब्रुश की सहायता से पॉलिश करते हैं। फिर नमूने के उस भाग पर जिस पर कि विशेष चमक लानी है, उँगली से पॉलिश एकसार लगायी/जमायी जाती है। इसके लिए मुलायम कपड़ा या उँगली ही ठीक रहती है। अतः मुलायम कपड़े को एक उँगली में लेकर और पानी में भिगोकर उस भाग पर फेरकर रख देते है। सूख जाने पर उसके ऊपर मुलायम सूखे कपड़े से ब्रुश का काम लिया जाता है। इस प्रकार नमूना शीशे की तरह चमकने लगेगा।

स्टेनिन्ग—इस विधि की सहायता से चमड़े के स्वाभाविक रंग को और अधिक गहरा बनाया जाता है। यह दो प्रकार के होते हैं—1. पानी के, 2. स्प्रिट के। स्प्रिट के स्टेन्स उत्तम रहते हैं। इसका प्रयोग भेड़, बकरी तथा बछड़े के चमड़ों पर किया जाता है। स्टेन की जाने वाली सतह को पहले स्प्रिट से गीला कर लेते हैं फिर इस पर एक सार फेरा जाता है। एक पर्त सूखने पर दूसरी पर्त चढ़ाई जाती है। यदि गहरा रंग लग जाय तो एसिटिक एसिड तथा पानी का 1:3 के अनुपात में हल्का घोल इस पर रगड़ा जाता है। इसके फलस्वरूप चमड़े पर पालिश कर ली जाती है एवं बचे हुए रंग को बोतल में रख देते हैं।

चमड़े की सुरक्षा

चमड़े के नमूने सर्दी के बचाये जाते हैं अन्यथा फफूँदी लगने की सम्भावना रहती है। अधिक गर्मी से भी चमड़ा सख्त होता है, यदि नीचे लिखा मसाला चमड़े पर लगा दें तो वह टिकाऊ हो जाएगा।

एक बर्तन में कुछ अण्डी का तेल लेते हैं और लगभग उसका आधा टुकड़े-टुकड़े किया हुआ फेरामिन मोम डालते हैं। इसे पानी की कढ़ाई में गर्म किया जाता है और मोम को तेल में पिघलाया जाता है। जब यह ठण्डा हो जाय तो निम्नलिखित मिश्रण में से थोड़ा-सा फलालेन टुकड़े से लगाया जाता है। जब यह चमड़े पर पूरी तरह घिस दिया जाय तो नमूने को मुलायम कपड़े से चिपका देना चाहिए। नमूना सुरक्षित बना रहेगा।

चमड़े में सुधार करने की विधि

यदि चमड़े का रंग फीका हो जाय अथवा उसमें पुरानापन आ जाय तो नयेपन के लिए निम्नलिखित विधियाँ उपयुक्त रहती हैं–

1. कास्टिक सोडा घोलकर नमूने पर लगाया जाना चाहिए तत्पश्चात् पॉलिश कर देनी चाहिए।

2. अधिक मैले और गन्दे नमूने अण्डे की सफेदी से रगड़ कर साफ किये जा सकते हैं। जब सूख जाय तो पॉलिश कर देनी चाहिए।

चमड़ा काटना

चमड़े के नीचे पट्टे, जस्ते या सीसे का टुकड़ा रखा जा सकता है, जो कि समतल होता है। काटते समय निम्नलिखित बातें ध्यान में रखनी चाहिएँ–

1. रेखा खींचने वाले यन्त्र द्वारा बनाई गई रेखा के मध्य में ही चाकू चलाया जाना चाहिए, किनारे पर नहीं।

2. चाकू को जोर से दबाना चाहिए ताकि एक ही बार में कट जाय। अगर चमड़ा नहीं कट पा रहा हो एवं दूसरी बार चाकू लगाने पर रेखा टेढ़ी हो जाती है तो नमूना खराब हो जाता है। इसलिए यह कार्य बड़ी सावधानी से किया जाना चाहिए।

3. काटने का चाकू चमड़े की सतह पर सीधा रखा जाना चाहिए इससे चभड़े के नीचे और ऊपर के किनारे सीधे रहेंगे। यदि चाकू थोड़ा भी बाहर की ओर तिरछा हो गया तो नीचे का पर्त ऊपर के पर्त से बड़ा हो जाएगा, ऐसा करने से नमूने में दोष आ सकते हैं। जिसके कारण सिलाई एवं छेद करने में कठिनाई आ सकती है।

चमड़ा काटने की विधि

इसके लिये नीचे का पर्त ऊपर करके चमड़ा एक तख्ते पर आलपिन लगाकर चिपका दिया जाता है। आलपिन उसी स्थान पर लगायी जाती है जो बेकार होता है। चमड़ा चपटा हो किन्तु इतना तंग नहीं होना चाहिए कि वह फैल जाय। यदि चमड़ा फैल जाएगा तो कटा हुआ टुकड़ा, तख्ते से हटाने पर सिकुड़ जाएगा और काम में दोष आ सकता है।

नमूने के टुकड़ों को मिलाकर चमड़े पर चिपकाना

जिस प्रकार एक वस्त्र का नमूना कपड़े में लगाया जाता है। ठीक उसी प्रकार नमूने को कपड़े को चमड़े में लगाया जाता है वस्त्र निर्माण की भाँति इस कार्य में

भी निम्नलिखित बातें ध्यान में रखना आवश्यक है—1. नमूना में दोषपूर्ण चमड़ा नहीं लिया जाना चाहिए परन्तु उपयोग सभी का किया जाना चाहिए। 2. जब नक्शा तय हो जाय तो कागज का टुकड़ा हर कोने पर थोड़ी ठण्डी लेई लगाकर चमड़े पर चिपका देना चाहिए। इस पर आलपिन लगायी जा सकती है। इस प्रकार चमड़ा काटते समय इधर-उधर नहीं खिसकेगा। चमड़े पर किसी प्रकार के धब्बे आ जाने पर उन्हें स्पंज तथा गर्म पानी से साफ कर लेते हैं।

चमड़े पर नमूना खींचना

यह कार्य रेखा खींचने वाले यन्त्र अथवा पतली नोंक वाली पेन्सिल से किया जाता है। इनसे एक पतली रेखा खिंच जाती है जो कि नमूना काटने के लिए आवश्यक होती है।

11

भारत में ग्रामीण विकास के नए कार्यक्रम

जनसंख्या की दृष्टि से भारत का विश्व में दूसरा स्थान है। यहां की अधिकांश जनसंख्या गांवों में निवास करती है, जिनका मुख्य व्यवसाय कृषि है। भारत की अर्थव्यवस्था में कृषि का प्रमुख योगदान है। हालांकि भारत एक कृषि प्रधान देश है परन्तु यहां कृषि उत्पादकता अन्य देशों की अपेक्षा बहुत कम है। कृषि की उत्पादकता में वृद्धि करने एवं विकास के लिए भारत में विभिन्न कार्यक्रमों का संचालन किया जा रहा है। जिनमें से कुछ प्रमुख व विशिष्ट कार्यक्रमों पर संक्षिप्त प्रकाश नीचे डाला जा रहा है। भारत गाँवों का देश है। यहाँ की अधिकतर जनसंख्या ग्रामीण है जिसकी अर्थव्यवस्था का मुख्य आधार कृषि है। आज भी कुछ स्थान पर कृषि की उन्नति और विकास हेतु अनेक कार्यक्रम संचालित किये जा रहे हैं। इनमें से कुछ प्रमुख कार्यक्रमों का विवरण निम्न प्रकार से है—

सघन कृषि जिला कार्यक्रम

भूमिका—अमेरिका से आई Ford Foundation Team of Agriculture Production ने जनवरी सन् 1959 में कृषि का सर्वेक्षण किया। इस सर्वेक्षण से प्राप्त तथ्यों के आधार पर इस टीम ने कृषि उत्पादन बढ़ाने के लिए भारत सरकार को सुझाव भी दिया। इस समिति ने अपने सुझाव में बताया कि यदि आवश्यकतानुसार समय पर सभी सुविधाएं कृषकों को प्रदान की जाय तो उपज में वृद्धि हो सकती है। भारत सरकार ने इस सुझाव को ध्यान में रखकर एक अनुभव योजना चलाई, जिसे Intensive District Agriculture Programme या Distrct Agricultrue

कहते हैं। इस योजना के अन्तर्गत कृषकों को आवश्यकतानुसार समय पर सभी साधन प्रदान किये जाते हैं, जिससे कृषि उत्पादन बढ़ सके। कृषि के सभी साधनों को जुटाकर कृषि उत्पादन बढ़ाने का प्रयत्न किया जाता है, इसीलिए इसे Intensive District Agriculture Programme कहते हैं तथा एक पैकेज के रूप में सभी सुविधाएँ प्रदान करते हैं। इस कारण इस योजना को Package Programme भी कहते हैं।

सघन कृषि जिला कार्यक्रम, जो पैकेज के नाम से लोकप्रिय है, सन् 1961 में प्रायोगिक आधार पर 7 चुने हुए जिलों में शुरू किया गया था, जिसका बाद में अन्य कुछ जिलों में विस्तार किया गया। कार्यक्रम का उद्देश्य कृषि उत्पादन बढ़ाने के लिये तकनीकी जानकारी, ऋण और उत्पादन पूर्तियों को सुसम्बद्ध करना है। इस कार्यक्रम के अच्छे फल मिलने लगे हैं। 14 राज्यों के 37 जिलों में इस समय यह योजना चल रही है।

पैकेज कार्यक्रम के उद्देश्य—पैकेज कार्यक्रम के महत्वपूर्ण उद्देश्य निम्न प्रकार हैं—

(1) यह निश्चित करना कि किस प्रकार अविलम्ब अनाज की पैदावार बढ़ाई जा सकती है तथा प्राप्त अनुभव का प्रयोग दूसरे स्थान पर किया जा सकता है।

(2) किसान तथा उनके परिवार की आय में वृद्धि करना।

(3) गाँव के आर्थिक साधनों में वृद्धि करना।

(4) शीघ्र आर्थिक तथा सामाजिक विकास के लिये उपयुक्त कृषि सम्बन्धी आधार का निर्माण करना।

पैकेज 'योजना का दस सूत्री कार्यक्रम'—योजना के दस सूत्रीय कार्यक्रम निम्नलिखित हैं—

(1) यातायात के साधनों को विकसित करना।

(2) वैज्ञानिक प्रदर्शनों के द्वारा सघन शिक्षण तथा शिक्षण के पश्चात् जन सम्पर्क के प्रयास करना।

(3) खाद्य-उत्पादन को बढ़ाने के साथ-साथ गाँव में पशुपालन एवं अन्य विकास कार्यक्रमों को आगे बढ़ाना।

(4) सहकारी समितियों द्वारा पर्याप्त तथा समय-समय पर बीज, खाद आदि की व्यवस्था करना।

(5) कृषकों की उत्पादन योजना के आधार पर पर्याप्त मात्रा में तथा समय के अनुसार कर्ज की व्यवस्था करना।

(6) किसानों की उपज की बिक्री की व्यवस्था करना।
(7) उत्पादन की वृद्धि के लिये ग्राम नियोजन, ग्रामीण संस्थाओं का विकास करना।
(8) कृषि यन्त्रशाला तथा भण्डार-गृहों की व्यवस्था करना।
(9) उन्नतिशील विधियों के बारे में कृषकों को जानकारी देना तथा साथ-साथ कार्यक्रम का प्रचार बढ़ाना।
(10) कार्यक्रम का मूल्यांकन और विश्लेषण करना।

कार्यक्रम का संगठन—सामुदायिक विकास योजना के अन्तर्गत कार्यक्रम को चलाने के लिए नियुक्त किये गए कर्मचारियों के साथ-साथ निम्नलिखित विभिन्न स्तरों पर कार्य का संचालन करते हैं—

(1) केन्द्र पर कृषि व खाद्य मन्त्रालय ने एक Extension Commissioner नियुक्त किया। इसके साथ-साथ एक Project Director भी होगा जो Ford Foundation के Director के सहयोग से तथा अन्य विद्वानों के सहयोग से कार्यक्रम का संचालन करता है।
(2) State Level पर Director of Agriculture कार्यक्रम को चलाने के लिए जिम्मेदार होता है जो प्रान्त स्तरीय विकास से सम्बन्ध रखने वाले सभी विभागों के सहयोग से कार्यक्रम का संचालन करता है।
(3) District Level पर कार्यक्रम संचालन की जिम्मेदारी Deputy Commissioner की होती है। Project Officer जिला स्तर के सभी कर्मचारियों से कार्यक्रम संचालन कराता है।
(4) कार्यक्रम को चलाने की जिम्मेदारी ब्लाक स्तर पर B.D.O. की है, जो अपने Team के अन्य कार्यकर्ताओं के सहयोग से कार्यक्रम को चलाता है। क्षेत्र स्तरीय कर्मचारियों की मदद करने के लिये A.D.O. (Ag.) और एक A.D.O. (Co-op.) इस योजना के लिये दो Package Supervisors तथा एक Investigator भी नियुंक्त किया जाता है।
(5) ग्राम स्तर पर 10 ग्राम सेवक पुराने ग्राम सेवकों के कार्य भार को कम करने के लिये तथा बीज गोदाम के Supervisors बीज, खाद की व्यवस्था करने के लिए नियुक्त किये जाते हैं।

कार्यक्रम का संचालन—ग्राम स्तरीय कार्यकर्ता को चलाने के लिए पूर्ण जिम्मेदार है। ग्राम स्तरीय कार्यकर्ता निम्नलिखित प्रकार से कार्य का संचालन करते हैं—

(1) प्रदर्शन सफलतापूर्वक करने के लिये अलग से धनराशि प्रत्येक विकास क्षेत्र में दी जाती है।

(2) दूसरे क्षेत्र के किसानों को सफल प्रदर्शन दिखाने के लिये Sight Seeing का प्रबन्ध किया जाता है।

(3) सफल प्रदर्शनों के सम्बन्ध में Poster, Procession, Literature आदि निकाले जाते हैं जिससे अधिक से अधिक लोग प्रभावित हो सकें।

(4) कृषक की आवश्यकताओं को उत्पादन योजना के अनुसार सही स्थान पर पहुँचाता है। जहाँ से कृषक सरलापूर्वक उन्हें ले जा सकें तथा उनसे लाभ उठा सकें। इस कार्य के लिये एक Block में 8 नये बीज गोदाम खोले गये।

(5) उस क्षेत्र के लिये पद्धतियों को चुनना तथा उनके सम्बन्ध में प्रदर्शन करना।

(6) प्रत्येक क्षेत्र में विस्तारपूर्वक Composite Demonstration, करने की व्यवस्था की गई है। ये प्रदर्शन क्षेत्र के कार्यकर्ता तथा Technical Staff सभी को करने होते हैं।

(7) सम्पर्क स्थापित कर लेने के पश्चात् उन्नतिशील विधियों तथा कार्यक्रम के सम्बन्ध में कृषकों को प्रशिक्षण देते हैं तथा उन्हें समझाते हैं तथा कार्यकर्ताओं द्वारा उनकी समस्याओं का समाधान भी करते हैं।

(8) कृषकों के सभी साधनों का विस्तारपूर्वक अध्ययन करते हैं जैसे—भूमि किस प्रकार की है, सिंचाई की क्या व्यवस्था है। कार्य करने वाले कितने व्यक्ति हैं तथा बीज एवं पूँजी कितनी कृषक के पास है आदि बातों की जानकारी करते हैं।

(9) कृषकों के सहयोग से साधनों के पश्चात् उत्पादन योजना बनाते हैं जिससे निश्चित हो जाता है कि कृषक को कौन-कौन सी फसल उगानी हैं। किस खेत में कितने क्षेत्र पर कौन सी फसल उगानी है तथा इसमें क्या उन्नतिशील परिवर्तन लाया जायेगा इन सब बातों का उल्लेख Production Plan में रहता है।

(10) उत्पादन योजना के अनुसार किसानों को बीज, खाद, ऋण आदि आवश्यकताओं की जानकारी करना तथा सहकारी समितियों द्वारा उन सब साधनों की व्यवस्था करना जिससे कृषक उससे लाभ उठा सकें।

(11) उपज की बिक्री की भी व्यवस्था सहकारी समिति द्वारा की जाती है।

(12) कार्यक्रम की सफलता के लिये अन्य साधनों तथा सुविधाओं के अतिरिक्त यातायात के साधनों का भी विकास किया जाता है।

(13) प्रदर्शन क्षेत्रों की बीमारियों तथा कींटों आदि से रक्षा के लिये फसल रक्षा के कार्यक्रम की भी व्यवस्था की जाती है।

(14) प्रदर्शन सफल हो इसकी सभी सावधानियाँ ध्यान में रहती हैं तथा फसल की रक्षा का कार्य भी चलाया जाता है।

(15) ग्रामीण संस्थाओं के सहयोग से लगभग गाँव के सभी लोगों के पास पहुँचते तथा सम्पर्क स्थापित करते हैं।

सघन कृषि विकास के कार्यक्रम (I. D. A. P.) तथा अन्य विकास की योजनाओं में अन्तर

इन दोनों में पाये जाने वाले प्रमुख अन्तरों को निम्न पंक्तियों में स्पष्ट किया गया है–

1. सघन कृषि कार्यक्रम में कृषि उत्पादन में वृद्धि कार्यकर्ता की योग्यता का मापदण्ड होता है। जबकि अन्य विकास कार्यक्रम में केवल कृषि के विकास द्वारा ही नहीं मापा जा सकता।
2. सघन कृषि कार्यक्रम में सामान्य मूल्याँकन के साथ कृषि के क्षेत्र में हुई वृद्धि का भी मूल्याँकन होता है, जबकि अन्य विकास कार्यक्रम में केवल सामान्य मूल्याँकन होता है।
3. सघन कृषि कार्यक्रम में कार्यकर्ताओं का विशिष्ट प्रशिक्षण होता है, जबकि अन्य कृषि कार्यक्रम में कार्यकर्ताओं का विशिष्ट प्रशिक्षण नहीं होता।
4. सघन कृषि कार्यक्रम में सभी साधन उचित मात्रा में आवश्यकतानुसार, समय पर प्रदान करने पर बिशेष बल दिया जाता है और इसके अनुसार काम भी होता है। जबकि अन्य कृषि कार्यक्रमों में यद्यपि प्रयास किया जाता है कि कृषकों को आवश्यकतानुसार साधन प्रदान किये जायें पर कोई विशेष व्यवस्था नहीं हैं।
5. सघन कृषि कार्यक्रम में आवश्यकता की पूर्ति की जाती है, जबकि अन्य कृषि कार्यक्रमों में केवल 40% या 50% आवश्यकता की पूर्ति हो पाती है।
6. सघन कृषि कार्यक्रम में कृषकों को ऋण उत्पादन योजना के अनुसार मिलता है जबकि अन्य कृषि कार्यक्रमों में चाहे कृषक उस ऋण के योग्य हों या नहीं, ऋण कृषक की ऋण योग्यता के अनुसार दिया जाता है।
7. सघन कृषि कार्यक्रम में कृषि और सहकारिता के कर्मचारियों की संख्या बढ़ाई

जाती है, जबकि अन्य कृषि कार्यक्रमों में संख्या किसी भी क्षेत्र में नहीं बढ़ाई जाती है।

8. सघन कृषि कार्यक्रम में सहकारी समितियों को सुविधायें दी जाती हैं जिससे वे घाटे को पूरा कर सकें, जबकि अन्य कृषि कार्यक्रमों में इस प्रकार की कोई सुविधा नहीं पहुँचाई जाती है।
9. सघन कृषि कार्यक्रम में योजना बहुमुखी विकास की नहीं, बल्कि कृषि उत्पादन पर विशेष बल देती है। जबकि अन्य कृषि कार्यक्रमों में किसानों के जीवन के हर क्षेत्र में विकास की योजना चलाई जाती है।

सघन कृषि क्षेत्र कार्यक्रम

देश के कुछ चुने हुए क्षेत्रों में ही वर्ष 1964-65 में सघन प्रयास द्वारा 514 जिलों में सघन कृषि क्षेत्र कार्यक्रम प्रारम्भ किया। यह कार्यक्रम विशेष रूप से उन स्थानों पर आरम्भ किया गया, जहाँ किसान आज भी पुराने तरीकों व यन्त्रों से खेती कर रहे हैं। हालांकि इन कार्यक्रमों का सघन कृषि जिला कार्यक्रम से समानता है, परन्तु थोड़ा अन्तर भी है। पैकेज कार्यक्रम में कृषि व पशु सुधार के सभी कार्यक्रमों को साथ-साथ चलाया जाता है, जबकि सघन कृषि क्षेत्र कार्यक्रम में केवल कुछ विशेष खाद्यान्नों की पैदावार बढ़ाने के लिये सघन क्रियाओं को अपनाया जाता है। सघन कृषि क्षेत्र कार्यक्रम में मुख्य रूप से उन्नतशील बीज, खाद, कीटनाशक आदि का अधिकतम उपयोग किया जाता है। नये यंत्रों के साथ सिंचाई सुविधाएँ उपलब्ध करायी जाती हैं।

1 मुख्य कार्यक्रम व कार्यक्रम का संचालन—इस सघन कृषि क्षेत्र कार्यक्रम योजना में निम्न रूप से कार्यक्रम का संचालन करते हैं—

(1) सभी किसानों को खाद व उर्वरकों का अधिक लेकिन सन्तुलित प्रयोग करने पर बल दिया जाता है।

(2) खेत की मिट्टी, बीज व रासायनिक खाद के अनुसार पानी का प्रयोग व प्रबन्ध किया जाता है।

(3) खेती की पैदावार बढ़ाने के लिये अच्छे सुधरे हुये औजारों का प्रयोग बहुत आवश्यक है।

(4) किसान की आवश्यकतानुसार उत्पादन कार्यों के लिये कर्ज की व्यवस्था सहकारी समितियों के द्वारा पूरी करने पर बल दिया जाता है।

(5) कृषि विकास के लिये उत्पादन योजना बनाई जाती है।

(6) नई-नई तकनीकों व विधियों को प्रदर्शन के माध्यम से दिखाया व सिखाया जाता है।

(7) अच्छे बीज जिनसे कि उत्पादन कई गुना बढ़ता है, कार्यक्रम के अनुसार लोगों को उपलब्ध कराये जाते हैं। क्षेत्रों में बीज के विस्तार की योजना चलाई जाती है।

सघन कृषि क्षेत्र कार्यक्रम का संचालन ठीक सघन कृषि कार्यक्रम (पैकेज कार्यक्रम) के संचालन के अनुरूप ही होता है।

उन्नतिशील खाद्यान्नों में वृद्धि करने से संबंधित कार्यक्रम

सन् 1966-67 में अधिक उपज देने वाली प्रजाति का कार्यक्रम आरम्भ किया गया। इस कार्यक्रम का मुख्य उद्देश्य अनाजों के उत्पादन में अधिकाधिक वृद्धि करना था। इस कार्यक्रम की सफलता ने हमारे कृषि जगत में एक नई क्रान्ति पैदा कर दी है। वर्ष 1967-68 से 1988-89 तक कृषि उत्पादन की वृद्धि दर लगभग 2.64 प्रतिशत वार्षिक रही। इस अवधि में खाद्यान्न उत्पादन 9 करोड़ 50 लाख 50 हजार टन से बढ़कर 16 करोड़ 99 लाख 20 हजार टन हो गया है। फसल चक्र में काफी परिवर्तन आ चुका है। इसके फलस्वरूप सूरजमुखी, सोयाबीन तथा गर्मियों गें होने वाली मूँगफली और मूँग जैसी गैर-परम्परागत फसलों का महत्व धीरे-धीरे बढ़ता जा रहा है। अनुकूलता इस्तेमाल करने के उद्देश्य के सीमित साधनों का कुछ क्षेत्रों में खरीफ और रबी की फसलों के बाद जमीन में बची नमी का प्रयोग करके थोड़े समय में तैयार होने वाली तीसरी फसल बोई जा रही है। इसके पहले वर्ष के मुकाबले 1989-90 में खाद्यान्नों का उत्पादन 0.4% बढ़ा।

खाद्यान्नों के उत्पादन में वृद्धि करने के लिए सातवीं योजना के दौरान बनाये गये उन्नतशील उपज देने वाली प्रजाति कार्यक्रम के प्रमुख लक्ष्य निम्न प्रकार थे—

(1) खाद्यान्नों के आयात को पूरी तरह से बन्द करके आत्म-निर्भरता प्राप्त करना।

(2) दालों व मोटे अनाजों की उत्पादन की वृद्धि दर तेज करना।

(3) खाद्यान्नों के उत्पादन में अधिक स्थिरता लाना।

(4) समर्थन मूल्य और वितरण के बेहतर उपायों से उपभोक्ताओं और किसानों के हितों की रक्षा करना।

उन्नतशील बीज कार्यक्रम (H.Y.V.P.) को केन्द्रीय क्षेत्र की जिन योजनाओं से मदद मिलती है, वे हैं—

(1) धान, गेहूँ, ज्वार, बाजरा, मक्का तथा रागी के मिनी किट कार्यक्रम।

(2) जनजातीय/पिछड़े इलाकों में मक्का की खेती को बढ़ावा देने के लिये उन्नतशील बीज का प्रदर्शन।

अधिक उपज देने वाली प्रजाति का कार्यक्रम वर्ष 1966-67 से 1991-92 तक फसलवार विवरण निम्न प्रकार है–

"उन्नतशील बीज कार्यक्रम के अन्तर्गत क्षेत्रफल"

फसल	*1966-67*	*85-86*	*87-88*	*88-89*	*89-90*	*90-91*	*91-92*	*(लक्ष्य)*
चावल	8.9	234.7	240.2	222.5	254.1	276.5	275.07	294.80
गेहूँ	5.4	190.8	191.9	196.9	201.8	208.4	210.29	218.48
ज्वार	1.9	60.8	55.0	60.6	61.1	73.8	70.62	80.5
बाजरा	0.6	49.9	52.7	39.5	58.7	53.6	56.14	58.35
मक्का	2.1	18.0	21.9	21.5	25.4	26.1	25.21	28.19
कुल	18.9	554.2	561.8	541.0	601.1	638.4	637.33	680.32

1. एकीकृत ग्राम विकास योजना (आई. आर. डी. पी.)–राष्ट्रपिता महात्मा गाँधी के जन्म दिन 2 अक्टूबर, 1980 में एकीकृत ग्राम्य विकास योजना उत्तर प्रदेश के समस्त विकास खण्डों में शुरू कर दी गई। इस योजना के अन्तर्गत प्रत्येक विकास खण्ड में प्रति वर्ष निर्धन वर्ग के 600 लक्षित परिवारों को लाभान्वित करने का निश्चय किया गया है, ताकि वे रोजगार का सुनिश्चित व स्थाई साधन प्राप्त करके गरीबी की रेखा से ऊपर उठ सकें और अपने जीवन-स्तर में लगातार सुधार ला सकें। योजना के लिये प्रति विकास खण्ड में प्रति वर्ष 5 लाख रुपया खर्च दिखाया गया, जिसमें केन्द्र और राज्य सरकारों का आधा-आधा भाग था। इस प्रकार छठी पंचवर्षीय योजना काल में 3000 परिवारों को प्रत्येक विकास खण्ड में सहायता प्रदान की गयी।

एकीकृत ग्राम्य विकास योजना उत्तर प्रदेश में सन् 1978-79 में शुरू हुई। उस समय उन विकास खण्डों, जिनमें लघु सीमान्त कृषक योजना व अन्य क्षेत्रीय विकास कार्यक्रम चल रहे थे, में से 331 विकास खण्ड एकीकृत ग्राम्य विकास योजना के अन्तर्गत लिये गये थे। बाद में, उसी वर्ष ऐसे क्षेत्रों में जहाँ कि विशेष कार्यक्रम नहीं चल रहे थे, 53 विकास खण्ड और शामिल किये गये। वर्ष 1979-80 में 92 तथा वर्ष 1980-81 में एकीकृत ग्राम विकास खण्डों की संख्या 73 और विकास खण्डों को लेकर 549 बनाई गई।

331 विकास खण्डों में से 165 को जो प्रथम वर्ष चुने गये थे। सघन रोजगार विकास खण्ड (आई. ई. ब्लॉक) तथा अवशेष 165 को सघन विकास (आई. डी.) ब्लॉक कहा गया था और इनके लिये क्रमशः 10 लाख व 5 लाख रुपया प्रति वर्ष प्रति विकास खण्ड की दर से बजट का प्रवधान किया गया था। अन्य 53 विकास खण्ड एकीकृत ग्राम्य विकास के अंश के रूप में पूर्ण रोजगार योजना (एफ.ई.पी.) के लिये क्षेत्रीय नियोजन के अन्तर्गत आच्छादित थे। इनमें से प्रत्येक विकास खण्ड के लिये प्रथम दो वर्ष में 2 लाख रुपये का प्रावधान था और बाद में दूसरे, तीसरे व चौथे वर्षों में क्रमशः 3 लाख, 4 लाख व 5 लाख रुपयों की व्यवस्था खण्डों को समान मानकर 5 लाख रुपया प्रति वर्ष प्रति विकास खण्ड दी दर से सघन आवंटित हुआ और अवशेष विकास खण्डों की स्थिति यथावत् रही।

कार्यक्रमों और योजनाओं की उपयुक्तता वस्तुतः विकास खण्ड स्तरीय नियोजन पर आधरित थी, जिससे संसाधनों के भरपूर उपयोग द्वारा पूर्ण रोजगार को सृजित व सुनिशिचत किया जा सके। लेकिन इस कार्य के लिये अपेक्षित दक्षता विकास खण्ड अथवा जनपद स्तर पर उपलब्ध नहीं था। इसके अतिरिक्त यह भी अनुभव किया गया कि ग्रामीण क्षेत्रों में विभिन्न नामों से पृथक्-पृथक् चलने वाली विकास योजनाओं से अनावश्यक जटिलता तथा शासकीय संराधनों के अपव्यय की सम्भावना पैदा हो रही है। अतः लक्षित वर्ग के लाभार्थियों हेतु शासन ने निश्चित किया कि विभिन्न नामों से चल रहे कार्यक्रमों जैसे लघु एवं सीमान्त कृषक योजना, सघन रोजगार योजना, विकास योजना आदि सभी कार्यक्रमों को सम्मिलित करते हुए एक ही योजना में इन्हें आत्मसात् करते हुए एक ही नाम से चलाया जाना चाहिये। तदनुसार एकीकृत ग्राम्य विकास योजना उपरोक्त अनुभव, विचार, प्रक्रिया और संस्तुति का ही सुपरिणाम था। इस योजना में न केवल कृषि, पशुपालन व उद्योगों के द्वारा लक्षित वर्गों की आर्थिक उन्नति करने का प्रावधान है, वरन् आय सृजन क्षमता तथा इन कार्यक्रमों की लाभ प्रदत्ताता की भी व्यवस्था है।

2. विस्तार कार्यक्रमों का प्रत्येक स्तर पर प्रशिक्षण—मिनी-किट प्रदर्शन कार्यक्रम का उद्देश्य, नई जारी की गई किस्मों को लोकप्रिय बनाना तथा बीज की नई किस्मों का परीक्षण करना, मक्का और बाजरे के प्रदर्शन कार्यक्रम का जनजाति पिछड़े क्षेत्रों में उद्देश्य इनके उत्पादन की आधुनिक प्रौद्योगिकी को प्रोत्साहन देना, उत्पादकता में वृद्धि करना और किसानों की आर्थिक दशा में सुधार करना था।

कृषि विश्वविद्यालय तथा अनुसन्धान संस्थाओं में राज्यों के कृषि विभागों के सहयोग से विभिन्न फसलों की उन्नत टेक्नोलॉजी की जानकारी देने के लिये राज्य

स्तर पर प्रशिक्षण कार्यक्रम चलाये जाते हैं। प्रजाति कार्यक्रम को चलाने के लिए अधिक उपज देने वाली संस्था नहीं है। इस कार्यक्रम का **संचालन** भी सघन कृषि जिला कार्यक्रम व सघन कृषि क्षेत्र कार्यक्रम के कार्यकर्ताओं द्वारा ही कराया जाता है।

कार्यक्रम का उद्देश्य—ग्रामीण क्षेत्रों में इस कार्यक्रम के अन्तर्गत यह मानना है कि आर्थिक दृष्टि से पिछड़े हुये लोगों के लिये, अतिरिक्त रोजगार की सुविधायें सृजित की जायें, ताकि उनके जीवन-स्तर को सघन योजनाबद्ध प्रयासों द्वारा गरीबी की रेखा से ऊपर लाया जा सके।

लक्षित वर्ग लाँभार्थी इस प्रकार होंगे—

1 लघु कृषक—जिनकी जोत सीमा 5 एकड़ या उससे कम है, यदि सीलिंग एक्ट के अनुसार प्रश्नगत भूमि क्लास-1 सिंचित है तो जोत सीमा 2.6 एकड़ होगी।

2. सीमान्त कृषक—जिनकी जोत सीमा 2.5 एकड़ या उससे कम है, यदि सीलिंग एक्ट के अनुसार प्रश्नगत भूमि क्लास-1 सिंचित भूमि है जो जोत सीमा 1.25 एकड़ या उससे कम होगी।

3. कृषक मजदूर—वह व्यक्ति जिसके पास कोई भूमि नहीं है परन्तु जिसका घर है और जो कृषि स्रोतों से अपनी कुछ आय का कम से कम 50 प्रतिशत प्राप्त करता है।

4. गैर कृषक मजदूर—200 रु. प्रति माह से कम मजदूरी पाने वाले व्यक्ति इसमें आते हैं। इन व्यक्तियों के कुछ आय का कम से कम 50 प्रतिशत गैर कृषि क्षेत्रों से आना चाहिये। इनके पास घर होने की आवश्यकता नहीं है, परन्तु यह प्रश्नगत गाँव के रहने वाले हों।

नोट—

(1) डी. पी. ए. पी. स्रोतों में आई. आर. डी. लाभार्थियों का चयन निम्न प्रकार पर होगा—

लघु कृषक		सीमित कृषक	
सिंचित	असिंचित	सिंचित	असिंचित
1.00 एकड़	2.00 एकड़	0.50 एकड़	1.00 एकड़

(2) कृषक और गैर कृषक भूमिहीन मजदूरों की परिभाषा वही होगी जो अन्य क्षेत्रों में है।

(3) जोत सीमा का निर्धारण भूमि स्वामित्व के आधार पर किया जायेगा।

(4) लाभार्थियों के चयन में परिवार इकाई माना जायेगा।

जोत सीमा के आधार पर परिभाषा के अनुसार लाभ लेने वालों को पहचान कर गरीबी रेखा के बुनियादी मापदण्ड के आधार पर उनका अन्तिम चयन किया जायेगा। यदि किसी परिवार के प्रति सदस्य का व्यय 72 रुपया प्रतिमाह से कम हो तो उस परिवार को गरीबी की रेखा के नीचे माना जायेगा। औसतन यदि किसी पाँच सदस्यीय परिवार की वार्षिक आय औसत स्रोतों से रु. 3500/- से कम हो तो इस कार्यक्रम के अन्तर्गत उसे गरीबी रेखा से नीचे मानते हुए चुनाव किया जायगा।

4 कार्यक्रम—कोई भी आर्थिक कार्य लाभार्थियों के लिए कर सकते हैं जैसै—व्यक्तिगत अल्प सिंचाई के कार्य, सामुदायिक सिंचाई के कार्य, पोटेशियम व फॉस्फोरस उर्वरकों पर अनुदान, कृषि यन्त्रों पर अनुदान, बुखारी वितरण, भूमि विकास, भूमि संरक्षण, ऊसर भूमि का सुधार तथा उन्नतिकरण, डेरी विकास, दुधारू पशुओं का वितरण, संकर बछियों के लिये फीड पर अनुदान, भेड़, बकरी, सूअर, मुर्गी आदि इकाइयों की स्थापना, मत्स्य विकास, उद्यान कार्यक्रम, रेशम उत्पादन, कस्टम सर्विस केन्द्रों की स्थापना, वनीकरण तथा ग्रामीण उद्योगों/व्यवसाय/सेवाओं आदि का कार्यक्रम।

5 अनुदान—लघु कृषकों के लिये प्रोजेक्ट के कुल खर्चे का 25% तथा सीमान्त कृषक, कृषक मजदूरों व गैर कृषक मजदूरों के लिये 33.1/3% अनुदान का अनुमान है। एक लाभार्थी के लिये अनुदान की सीमा 3000 रुपये थी। प्रोजेक्ट की लागत हेतु सरकार व व्यावसायिक बैंकों द्वारा ऋण सुलभ था। अनुदान नकद रूप में न देकर वस्तु के रूप में दिया गया अथवा ऋण के मामले में सम्बन्धित संस्था को लेकर लाभार्थी के खाते में जमा कराया गया।

जवाहर रोजगार योजना

गरीब ग्रामीण समूह को साल के खाली समय में पूरक रोजगार उपलब्ध कराने वाले रोजगार कार्यक्रम हमारे गरीबी उन्मूलन कार्यक्रम के मुख्य अंग हैं, ये कार्यक्रम गाँव वालों को रोजगार मुहैय्या करने के अलावा, सामाजिक वानिकी, तालाबों, लघु सिंचाई, मृदा संरक्षण, ग्रामीण राड़कों, सामुदायिक भवनों और अन्य निर्माण कार्यो जैसे स्थायी सामुदायिक परिसम्पत्तियों की भी सृष्टि करते हैं।

इस योजनान्तर्गत ग्रामीण रोजगार उत्पादन के दो कार्यक्रम चल रहे हैं—राष्ट्रीय ग्रामीण रोजगार कार्यक्रम (एन.आर.ई.पी.) और (2) ग्रामीण भूमिहीन रोजगार गारंटी

क्रार्यक्रम (आर.एल.ई.जी.पी.), एन.आर.ई.पी. सन् 1980 में शुरू किया गया था और इसे सातवीं योजनाा में जारी रखा गया। इस कार्यक्रम का आधा खर्च केन्द्र देता है और आधा खर्च राज्य देते हैं। आर.एल.ई.जी.पी. शत-प्रतिशत केन्द्र प्रायोजित कार्यक्रम के रूप में सन् 1983 में शुरू किया गया था। यद्यपि इन दोनों कार्यक्रमों ने उल्लेखनीय प्रगति की है और कुछ दोष होने के बावजूद निर्धारित लक्ष्य पूरा कर लिया है।

अपर्याप्त पूँजी निवेश भवनों और सड़कों--जैसे आर्थिक दृष्टि से गैर-उत्पादन निर्माण कार्यों पर अधिक खर्च (लगभग 48 प्रतिशत), ये दोनों बातें इन कार्यक्रमों की मुख्य त्रुटियाँ रही हैं। फिर भी, एन. आर. ई. पी. और आर. एल. ई. जी. पी. प्रतिवर्ष लगभग 70 करोड़ श्रमदिन की सृष्टि कर सके हैं।

वर्तमान योजनाओं में दोष--गरीबी उन्मूलन के वर्तमान कार्यक्रमों के बारे में चारों ओर से शिकायत यह आ रही है कि लाभ भोगियों तक लाभों के पहुँचने तक उसका बहुत हिस्सा बिचौलियों की जेब में चला जाता है जिसकी संख्या बहुत अधिक है। कई मौकों पर निधियों के बीच में ही हाथ से निकल जाने की भी शिकायत विभिन्न विशेषज्ञ बराबर करते रहे हैं। यह सच है कि सभी गरीबी-उन्मूलन कार्यक्रमों में जहाँ-जहाँ गरीबों को सहायता अप्रत्यक्ष रूप से दी जाती है, ऐसा होता आया है, प्रत्यक्ष कार्यक्रमों एन. आर. ई. पी और एल. ई. पी. में तो ऐसा और भी अधिक होना ही है।

इस बात के लिए अधिकारियों की लगातार आलोचना होती है कि वे गरीबों के लिये उनके अपने-अपने क्षेत्रों में सार्थक रोजगार की सृष्टि नहीं कर सके हैं। विभिन्न पूर्ववर्ती कार्यक्रमों की रोजगार के ऐसे अवसर पैदा करने के लिये आलोचना की गई है, जिनसे यही धारणा बनती है कि "नाली खोदी और फिर उसी को भर दिया", जिन अन्य दोषों की ओर उँगली उठाई गई है वे हैं अधिक स्टाफ लगाना तथा योजनाओं को दोहराते जाना और निधियों का दुरुपयोग।

ग्रामीणों में बेरोजगारी की समस्या को दूर करने, स्थाई प्रकृति की सामुदायिक परिसम्पत्तियाँ सृजित करने और ग्रामीण क्षेत्रों में जीवन स्तर को बेहतर बनाने के उद्देश्य से वर्ष 1980-81 में राष्ट्रीय ग्रामीण रोजगार कार्यक्रम और वर्ष 1983-84 में ग्रामीण भूमिहीन रोजगार गारण्टी कार्यक्रम प्रारम्भ किये गये थे। रोजगार कार्यक्रमों की गुणवत्ता में सुधार लाने तथा उन्हें प्रत्येक ग्राम सभा तक पहुँचाने के उद्देश्य से उपरोक्त योजनाओं को समाप्त कर "जवाहर रोजगार योजना" नाम की एक योजना वर्ष 1989-90 से प्रारम्भ की गयी है। इस योजना के उद्देश्यों एवं कार्यान्वयन विधि से सम्बन्धित महत्वपूर्ण बिन्दुओं को निम्नवत् स्पष्ट किया जा रहा है--

योजना के प्रमुख उद्देश्य—योजना के निम्न उद्देश्य हैं—

1 गौण उद्देश्य—ग्रामीण क्षेत्रों में ऐसी सामुदायिक परिसम्पत्तियों का सृजन करना जो उनकी आर्थिक एवं सामाजिक अवस्थाओं के सुदृढ़ीकरण में सहायक हों, अर्थ-व्यवस्था की बढ़ोत्तरी हेतु उत्प्रेरक हों तथा ग्रामीण गरीबों के आर्थिक स्तर में स्थायी सुधार लाने में उपयोगी हों और ग्रामीण क्षेत्र के जीवन में गुणात्मक सुधार लाना।

2 मुख्य लक्ष्य—ग्रामीण क्षेत्रों में गरीबी की रेखा के नीचे जीवन-यापन करने वाले परिवारों के बेरोजगार, अर्द्ध बेरोजगार व्यक्तियों (महिलाओं सहित) को उपयोगी अतिरिक्त रोजगार उपलब्ध कराना है।

योजना के तहत लक्षित परिवार—ग्रामीण क्षेत्र में गरीबी की रेखा के नीचे जीवन-यापन करने वाले परिवार योजना के लक्ष्य क्षेत्र में आयेंगे।

लक्षित परिवारों में से कुछ वर्गों के लिये विशेष प्राथमिकतायें—

(1) लक्षित परिवारों को रोजगार अवसर सृजित कराने में प्राथमिकता प्रदान की जायेगी।

(2) अनूसूचित जाति एवं जनजाति परिवारों के बेरोजगार, अर्द्ध बेरोजगार सदस्य।

(3) रोजगार के 30 प्रतिशत अवसर महिलाओं के लिये आरक्षित रखे जायेंगे।

(4) खानाबदोश जनजातियों के परिवारों को रोजगार के अवसर सुलभ करने हेतु विशेष प्रयास किया जायेगा।

योजना की समयावधि—योजना के अन्तर्गत लिये गये कार्यों का कार्यान्वयन वर्ष के किसी भी समय जब रोजगार सृजन की आवश्यकता प्रतीत हो, किया जा सकेगा।

कार्यदायी संस्थायें—

1. जिला स्तर—जवाहर रोजगार योजना के जिला के स्तर पर कार्यान्वयन के सम्बन्ध में समन्वय, समीक्षा, पर्यवेक्षण तथा अनुश्रवण आदि की जिम्मेदारी जिला ग्राम्य विकास अभिकरण की होगी। जिला ग्राम्य विकास अभिकरण प्रदेश शासन को सभी अपेक्षित सूचनायें एवं मासिक, त्रैमासिक तथा वार्षिक प्रगति विवरण समय से भेजने हेतु उत्तरदायी होंगे।

2. ग्राम सभा स्तर—ग्राम सभा स्तर पर कार्यक्रम का कार्यान्वयन ग्राम पंचायत द्वारा किया जायेगा। योजना के नियोजन तथा कार्यान्वयन का उत्तरदायित्व ग्राम पंचायत का होगा। गाँव पंचायतों द्वारा सम्पादित कार्यों के लिए तकनीकी पर्यवेक्षण का दायित्व विकास खण्ड/जिला ग्राम्य विकास अभिकरण का होगा।

धन के आवंटन की प्रक्रिया

(1) एक पंचायत से दूसरे पंचायत तथा एक जनपद से दूसरे जनपद को धन का व्यावर्तन अनुमान्य नहीं है, फिर भी जिन जनपदों में उपलब्ध धनराशि का समय से सदुपयोग हो जायेगा, उन्हें अतिरिक्त धन दिये जाने पर भी विचार किया जा सकेगा।

(2) एक से अधिक जिले/ग्राम पंचायतें सामान्य रूप से लाभान्वित होने वाले कार्यक्रमों पर संयुक्त रूप से धनराशि पूल कर व्यय कर सकते हैं।

(3) जिलों के ग्राम पंचायतों को संसाधनों का आवंटन उनकी आबादी के आधार पर किया जायेगा। इस प्रयोजन के लिये 1000 से कम आबादी वाली ग्राम सभाओं की आबादी 1000 मानी जायेगी।

केन्द्रांश की अवमुक्ति—जवाहर रोजगार योजना एक पूर्वनिर्धारित योजना है, जिनमें परिव्यय का 80 प्रतिशत भारत सरकार तथा 20 प्रतिशत राज्य सरकार का अंश होता है।

ग्रामीण युवकों को रोजगार हेतु प्रशिक्षण

नई योजना क्यों?—देश के विकास का कुछ लाभ ग्रामीण क्षेत्रों के लोगों ने उठाया है, लेकिन अभी भी कुछ वर्गों के लोग खुशहाल नहीं हुए। प्रायः गाँवों के युवक नौकरी की तलाश में मारे-मारे फिरते हैं। इस योजना का मुख्य उद्देश्य यह है कि गाँव के युवक अपने पैरों पर खड़े होने के काबिल बनाए जायें, ताकि वे गाँवों में रहकर ही अपनी जीविका कमा सकें।

लाभार्थी—केवल वे युवक इस योजना का लाभ उठा सकते हैं, जो ग्रामीण क्षेत्र में स्थायी रूप से रहते हों और निम्नलिखित श्रेणियों में आते हों—

(1) खेतिहर मजदूर

(2) ग्रामीण दस्तकार,

(3) ऐसे लोग जिनके परिवार में प्रति व्यक्ति मासिक आय 1800 रुपये के कम हो।

(4) छोटे किसान,

(5) सीमान्त किसान।

योजना का फायदा ऊपर कही गई श्रेणियों में आने वाले व्यक्ति के बच्चे उठा सकते हैं। आरम्भ में एक परिवार में से एक सदस्य को चुना जा सकेगा। चुनते समय

महिलाओं और अनुसूचित जातियों व जनजातियों के सदस्यों को प्राथमिता दी जायेगी। कोई न्यूनतम शैक्षिणक योग्यता इस योजना में निर्धारित नहीं की गई है। अलग-अलग प्रशिक्षण कोर्सों के लिये पृथक्-पृथक् नियम राज्य सरकारों द्वारा बनाए जायेंगे। इस प्रशिक्षण का उद्देश्य युवाओं को नौकरी करने के योग्य बनाना है न कि नौकरी दिलाना। कोर्स के बाद कोई प्रमाण-पत्र या सर्टिफिकेट जारी नहीं किया जाएगा। सभी धन्धे ऐसे होंगे, जिनमें काम अपने हाथों से करना होगा। अतः जो युवक अपने हाथों से काम न करना चाहें या मुलायम जिन्दगी की तलाश में हों, उनको इस योजना से कोई लाभ नहीं होगा।

चुनाव विधि—अतः यदि आप योजना में भाग लेना चाहें, तो अपने बी. डी. ओ. को दे दें।

मुख्य आवश्यकता चयन करने के लिए यह है कि आप योजना की निर्धारित शर्तों को पूरा करें। अधिक आवेदन पत्र आने के कारण या धन के अभाव के कारण हो सकता है आपका नम्बर तुरन्त नहीं आए। ऐसी अवस्था में आपको अपनी बारी के लिये इन्तजार करना होगा।

कौन-सा रोजगार?—आपके लिए उपयुक्त रोजगार की जिम्मेदारी बी.डी.ओ की होगी। रोजगार का चुनाव बहुत समझ बूझकर करना होगा। सौभाग्य से कृषि, पशुपालन, बागवानी, लघु उद्योग आदि क्षेत्रों में कई नए रोजगार के अवसर उभर रहे हैं। उदाहरण के लिये— अच्छी नस्ल की गाय पालना, मछली पालन, बागवानी, बीज उत्पादन, रेशम के कीड़े पालना, पम्प सैट और बिजली की मशीनों की मरम्मत, बिस्कुट और डबल रोटी बनाना, कृत्रिम गर्भाधान के टीके लगाना, ब्लू-ग्रीन एल्गी पैदा करना, मुर्गी पालन। कुटीर उद्योग, जैसे रेडियो, मिस्त्री, सिलाई, स्वेटर बुनाई, कसीदाकारी, कालीन की बुनाई, फल एवं खाद्य संरक्षण, गोबर गैस संयन्त्र, तेल घानी, चमड़े की वस्तुयें बनाना आदि। आपकी वस्तुओं या सेवाओं की मुख्यतः गाँवों में ही माँग होनी चाहिये। यदि बिक्री का सही इन्तजाम सरकारी, सहकारी अथवा निजी क्षेत्र की कोई एजेंसी कर रही हो और माल के खप जाने में कोई सन्देह न हो, तो ऐसी वस्तुएँ तैयार की जा सकती हैं, जिसकी बाहर माँग हो।

प्रशिक्षण कहाँ?—रोजगार के चुनाव के बाद बी. डी. ओ. यह निश्चित करेंगे कि आपका प्रशिक्षण कहाँ होना चाहिए। इसमें उनको जिला व राज्य स्तर से सहायता दी जाएगी। किसी उपयुक्त स्थान में प्रशिक्षण दिया जा सकता है। चाहे वह केन्द्रीय या राज्य सरकार द्वारा चलाया जा रहा हो या किसी स्वैच्छिक निकाय द्वारा। उदाहरण के लिए—

(1) विभागीय प्रशिक्षण केन्द्र।

(2) आई. टी. आई.।

(3) कृषि विज्ञान केन्द्र।

(4) कृषक प्रशिक्षण केन्द्र।

(5) ग्राम सेवक प्रशिक्षण केन्द्र।

(6) ग्राम सेविका प्रशिक्षण केन्द्र।

(7) कृषि विश्वविद्यालय इत्यादि।

इस संस्थानों को सुदृढ़ बनाने के लिये भी योजना में प्रावधान रखा गया है।

व्यय का भार—आपको प्रशिक्षण पर कोई खर्च का बोझ नहीं उठाना पड़ेगा। केन्द्र व राज्य सरकारें मिलकर प्रशिक्षण के खर्चे का बोझ उठा रही हैं। आपके खानपान, ठहरने आदि के लिये प्रशिक्षण संस्थान को 100 रु. प्रति मास दिया जाएगा। प्रशिक्षण के अन्य खर्चों, जैसे अध्यापकों की तनख्वाह, खुदरा माल आदि के लिये संस्थान को 50 रु. प्रति प्रशिक्षार्थी प्रति माह दिये जायेंगे।

कार्य प्रारंभ करने की विधि—आपको धंधे की बात पर प्रशिक्षण के दौरान ही ध्यान दिया जायगा। धन्धा कहाँ लगेगा, उस पर कितना व्यय होगा, कितनी राशि बैंक से ऋण द्वारा ली जाएगी और कितनी सरकार से अनुदान के तौर पर, बिक्री और खुदरा माल का क्या प्रबन्ध होगा—इन सभी मसलों पर बी.डी. ओ. प्रशिक्षण संस्थान के प्रधानाचार्य, जिला उद्योग केन्द्र के जनरल मैनेजर, अन्य जिला अधिकारी सोचकर निर्णय लेंगे। एक परियोजना रिपोर्ट का निर्माण किया जायेगा जिसके तहत उपरोक्त सभी बातें शामिल होंगी। बैंक से ऋण लेने के लिये आपसे दरख्वास्त बनवाई जाएगी। बैंक इस पर विचार करेंगे और कोशिश करेंगे कि प्रशिक्षण समाप्त होने से पहले ऋण को संस्वीकृत कर लें। आपको मिलने वाली राशि का निर्णय बी.डी.ओ. या परियोजना अधिकारी यथा सिद्ध करेंगे। यह अनुदान आई. आर. डी. के नमूने पर ही आधारित है। कृषि और सम्बन्धित क्षेत्रों में कुल खर्चे का 25 प्रतिशत छोटे किसानों को और 33-1/3 प्रतिशत सीमान्त किसानों और खेतिहर मजदूरों को मिलेगा। सामान्यतः किसी भी व्यक्ति को कुल मिलाकर 3000 रुपये से अधिक अनुदान नहीं दिया जाता। दस्तकारों व कुटीर और लघु उद्योगों तथा अन्य छोटे धन्धे चलाने वालों का कुल खर्चे का 33-1/3 प्रतिशत अनुदान के तौर पर मिलेगा, लेकिन 1500 रुपये तक ही अनुदान की राशि हो सकती है। अनुदान और ऋण एक-दूसरे से जुड़े हुए हैं। प्रत्येक प्रशिक्षार्थी को दोनों का लाभ उठाना होगा।

बाद की समस्यायें

धन्धा शुरू करने के बाद उसको मेहनत, ईमानदारी और लगन से आगे भी बढ़ाना होगा। इसकी पूरी जिम्मेदारी आप पर होगी। सरकारी कर्मचारी केवल मदद कर सकते हैं, पर धन्धा तो आपको ही चलाना होगा।

आवेदन-पत्र का प्रारूप

सेवा में,

बी. डी. ओ.

.......................ब्लाक

जिला......................

महोदय,

मैं ग्रामीण युवजन को अपना रोजगार शुरू करने के लिये प्रशिक्षण देने की योजना (ट्राइसेम) में भाग लेने का इच्छुक हूँ। आवश्यक विवरण निम्नांकित है–

(1) नाम

(2) पिता का नाम

(3) स्थायी पता

(4) जन्म तिथि

(5) शैक्षणिक योग्यता

(5) मैं अनुसूचित जाति/जनजाति का सदस्य हूँ/नहीं हूँ (प्रमाण-पत्र संलग्न) है।

(7) मैं स्वयं छोटा किसान/सीमान्त किसान/खेतिहर मजदूर/ग्रामीण दस्तकार हूँ। या इनमें से.......................का पुत्र/पुत्री हूँ।

(8) मेरे पास जो भूमि है या जो भूमि मेरे पिता मुझे इस्तेमाल करने के लिए देने को तैयार हैं, उसका विवरण :

रक्बा :..

चकों की संख्या :...

पूर्ण सिंचाई वाला रक्बा :..

(9) प्रशिक्षण के विषयों में रुचि की प्राथमिकता :..................................

(A) ....

(B) ....

(C) ....

(10) इस समय की मासिक आय

मैं विश्वास दिलाता हूँ कि प्रशिक्षण के बाद नौकरी की लालसा नहीं करूंगा और ग्रामीण क्षेत्र में ही अपना धन्धा स्वयं स्थापित करूंगा।

दिनांक आवेदक के हस्ताक्षर

....

कार्यालय बी. डी. ओ......................ब्लाक..........................जिला......

दिनांक................................पंजीकरण संख्या...............................

श्री/कुमारी................................सुपुत्र/सुपुत्री..................................

निवासी...............................से ट्राइसेम के अन्तर्गत आवेदन-पत्र प्राप्त हुआ।

हस्ताक्षर बी. डी. ओ..

योजना में यह भी प्रावधान है कि आपके प्रगति की देख-रेख आपके वी. डी. ओ. करते रहेंगे। आपकी प्रगति का एक कार्ड ब्लाक में रहेगा, जिससे आपकी समस्याओं की जानकारी बी. डी. ओ. को मिलती रहे और वह आपकी सहायता करते रहें।

अन्त में यह कहना उचित होगा कि सरकार को इस योजना से बहुत उम्मीद है। आपके सहयोग से देश की बेरोजगारी की गम्भीर समस्या का हल निकल सकेगा, ऐसी हमारी धारणा है। आपको अपने धन्धे में सफलता के लिये हार्दिक शुभ कामनायें।

नरेगा

हमारे देश की जनसंख्या उपलब्ध संसाधनों की तुलना में अधिक तेजी से बढ़ रही है जिसका परिणाम गरीबी खाद्यान्न संकट, व महंगाई के रूप में देखने में आ रहा है। लाखों की संख्या में लोग गरीबी रेखा के नीचे जीवननयापन करने के लिये विवश हैं। प्राकृतिक आपदाएँ भी काफी बढ़ रही है। कहीं बाढ़ तो कहीं सूखे के कारण लाखों की संख्या में लोग तबाह हो जाते हैं। ऐसे लोगों में अधिकतर अकुशल मजदूर

शामिल हैं। इन्हीं अकुशल मजदूरों के कल्यण के लिए केन्द्र सरकार ने राष्ट्रीय ग्रामीण रोजगार गांरटी अधिनियम हरेक राज्य सरकार को निर्देश देता है कि छह महीने के भीतर एक ग्रामीण रोजगार गारंटी योजना (रूरल इंप्लॉयमेंट गारंटी स्कीम या आर.ई. जी.एस.) तैयार करें, जिससे कि रोजगार गांरटी का कार्यान्वयन किया जा सके। राष्ट्रीय ग्रामीण रोजगार गांरटी अधिनियम काम की गांरटी को कानूनी आधार प्रदान करता है और यही इस योजना का अर्थ है, जिसके माध्यम से यह गांरटी प्रभाव में आ जाती है। ध्यान रहे कि यह अधिनियम एक राष्ट्रीय अधिनियम है और योजना राज्य विषयक है। इसे सन् 2006-2007 में 200 जिलों में लागू किया गया और वर्ष 2007-08 में इसमें 130 और जिले शामिल कर लिये गये तथा वित्त वर्ष 2008-09 से देश के बाकी हिस्सों को भी इसमें शामिल कर लिया गया।

यह कार्यक्रम ग्रामीणों के जीवन को समुन्नत बनाने के लिए क्रियान्वित किया गया। इस अधिनियम का मुख्य उद्देश्य मजदूरी रोजगार को बढ़ाना है। इस अधिनियम के अंतर्गत प्राकृतिक संसाधनों को बढ़ाने, सूखा राहत कार्य, वन उन्मूलन और मिट्टी के कटाव को रोकने जैसे कार्यों द्वारा राष्ट्रीय विकास की ओर लोगों को प्रोत्साहित किया जाता है। श्रमिकों की स्थिति में सुधार करने के लिए राष्ट्रीय ग्रामीण रोजगार अधिनियम के अंतर्गत ग्रामीण क्षेत्रों में प्रत्येक परिवार एक वित्तीय वर्ष में 100 दिन का गारंटीयुक्त मजदूरी रोजगार प्राप्त कर सकता है। उसकी मजदूरी का भुगतान 15 दिन में हो जाता है। नरेगा के अंतर्गत वित्तीय खर्च का 90 प्रतिशत हिस्सा केन्द्र सरकार वहन करती है। इसमें महिलाओं की 33 प्रतिशत भागीदारी सुनिश्चित की गई है ताकि उनका विकास अपेक्षित स्तर पर हो सके। राष्ट्रीय ग्रामीण रोजगार गारंटी अधिनियम (नरेगा) 7 सितंबर 2005 को अधिसूचित हुआ था और वित्तीय वर्ष 2006-07 में लागू हुआ।

नरेगा के मुख्य उद्देश्य

नरेगा का मुख्य उद्देश्य ग्रामीण क्षेत्रों के उन अकुशल मजदूरों के लिए प्रति वर्ष 100 दिन की मजदूरी की गारंटी देना है, जो मेहनत-मजदूरी करके अपने परिवर की रोजी-रोटी चलाते हैं। नरेगा के प्रमुख उद्देश्य निम्नवत् हैं–

1. निर्धन ग्रामीणों को रोजगार पाने के लिए कानूनन मजबूत करना।
2. समाज के असुरक्षित समूहों के पास रोजगार के वैकल्पिक स्रोत न होने के स्थिति में नरेगा के अंतर्गत रोजगार उपलब्ध कराना।
3. ऐसे कार्य करना, जिनके माध्यम से प्राकृतिक संसाधनों का प्रबंधन सुदृढ़ हो,

जो कि सूखा वनों की कटाई और मिट्टी के कटाव जैसे अवांछित कारणों को दूर करते हैं और सतत विकास को प्रोत्साहन देते हैं।

4. प्रजातंत्र को ग्राम-स्तर से ही मजबूत करना तथा शासन में पारदर्शिता एवं जवाबदेही सुनिश्चित करना।

नरेगा की शुरुआत एवं विस्तार

2 फरवरी 2006 को देश के 200 जिलों में नरेगा को प्रारम्भ किया गया और वित्त वर्ष 2007-08 में 130 जिले इसमें और शामिल कर लिये गए। देश भर के बाकी जिले 1 अप्रैल, 2008 को इसमें शामिल किए गए। इस प्रकार देश भर में इसका विस्तार हो गया। आज काफी लोग इससे लाभान्वित हो रहे हैं। इसकी प्रमुख विशेषताएँ निम्नवत् हैं–

1. कार्डधारक अपनी सुविधानुसार समय और दिन का चुनाव कर सकता है।
2. नरेगा कर्मियों को बीमा कवर हेतु, जन श्री बीमा योजना की श्रेणी में रखा गया है।
3. सभी लोगों को समुचित लाभ पहुंचाने के उद्देश्य से वेब आधारित प्रबंधन सूचना-प्रणाली से नागरिक मस्टर रोल (कर्मियों की उपस्थिति एवं मजदूरी के भुगतान संबंधी दस्तावेज) देख सकते हैं।
4. कार्य में ठेकेदारों और मशीनों को शामिल करने की मनाही है।
5. सामाजिक लेखा परीक्षा जैसे पार्श्व जन जवाबदेही प्रणालियाँ लागू हैं। सामाजिक लेखा परीक्षा कम से कम छह माह में एक बार ही अपेक्षित है। यह लेखा परीक्षा ग्राम सभा करती है।
6. ग्राम पंचायत लिखित रूप में प्राप्त आवेदन के बाद तिथि सहित पावती जारी करती है जिसके 15 दिन के भीतर जॉब कार्डधारक को गारंटी से मजदूरी रोजगार प्रदान किया जाता है।
7. जॉब कार्डधारक कम पाने के लिए ग्राम पंचायत को आवेदन दे सकता है। इस समस्या के तहत ग्रामीण महीने में न्यूनतम 14 दिन की मजदूरी प्राप्त करने का हकदार है।
8. नरेगा के अंतर्गत मांग के अनुसार रोजगार की रूपरेखा तैयार की जाती है।
9. कार्डधारक अपनी सुविधानुसार समय और दिन का चुनाव कर सकता है।
10. केन्द्र सरकार राज्य सरकारों को मजदूरी के इच्छुक लोगों को डाकघर एवं बैंक खातों के माध्यम से मजदूरी का भुगतान करने के लिए प्रोत्साहित कर रही

है। फलतः वित्त वर्ष 2008-09 में मजदूरी के भुगतान के लिए 6.85 करोड़ नरेगा बैंक एवं डाकघर खाते खोले गए। इससे लाभार्थियों के जीवन स्तर में सुधार भी हो रहा है।

11. नरेगा अधिनियम के तहत पंजीकृत लोगों और मजदूरों के लिए कुछ आवेदकों में से न्यूनतम एक-तिहाई स्थान महिलाओं के लिए तय किए गए हैं।
12. पारिश्रमिक देने के मामले में प्रमुखतया पुरुष एवं महिला में भेदभाव नहीं किया जा सकता।
13. मजदूरी का भुगतान राज्य के कृषि मजदूरों के लिए तय न्यूनतम मजदूरी अधिनियम 1948 के अनुसार किया जाता है। इसके अभाव में केन्द्र द्वारा अधिसूचित मजदूरी 60 रुपए प्रति दिन से कम न हो।
14. कार्डधारक को मजदूरी रोजगार उसके गांव की 5 किमी. की सीमा के भीतर उपलब्ध कराया जाता है। यदि मजदूरी 5 किमी. से दूर उपलब्ध कराई जाती है तो परिवहन व्यय के लिए मजदूरी से 10 प्रतिशत अधिक अतिरिक्त भुगतान किया जाता है।
15. इसमें यह प्रावधान है कि आवेदन की तिथि से 15 दिन के भीतर यदि रोजगार प्रदान नहीं किया जाता तो कार्डधारक को नियमानुसार बेरोजगारी भत्ता प्रदान किया जाता है।
16. मजदूरी प्रतिदिन की दर से अथवा नग दर के अनुसार दी जाती है। मजदूरी का भुगतान साप्ताहिक रूप से किया जाता है। यह भुगतान किसी भी दशा में 15 दिन से आगे नहीं बढ़ाया जा सकता।
17. इस योजना के तहत किये जाने वाले कार्यों में मुख्यतः जल एवं मृदा संरक्षण, वन-रोपण और भूमि विकास से जुड़ी गतिविधियाँ शामिल होती हैं।
18. मंजूर परियोजना का न्यूनतम 50 प्रतिशत कार्य ग्राम पंचायत अपनी देख-रेख में कराती है।
19. गांवों के लिए परियोजनाएँ ग्राम संभाएँ मंजूर करती हैं और जिला पंचायतें उनका अनुमोदन करती हैं।
20. कार्य स्थल पर शिशुगृह, पेयजल और छप्पर उपलब्ध कराया जाता है।
21. समुचित जांच-पड़ताल के बाद ग्राम पंचायत लोगों को जॉब कार्ड देती है। यह जांब कार्ड गुफ्त में बनाया जाता है। नरेगा के अंतर्गत कार्य करनेवाले किसी परिवार के सभी वयस्कों के फोटो लगाए जाते हैं।
22. जॉब कार्ड आवेदन प्राप्ति के 15 दिनों के भीतर बनाकर दिया जाता है।

23. गांवों में रहने वाले परिवारों के वयस्क सदस्य, जो अकुशल मजदूर के रूप में कार्य करना चाहें, स्थानीय ग्राम पंचायत में पंजीयन के लिए आवेदन कर सकते हैं।

पर्यवेक्षक

नरेगा के साथ जो पारदर्शी व उत्तरदायी विधियाँ जुड़ी हैं वे निम्नवत् हैं–

1. रोजगार आवेदन की स्वीकृति, तिथि के साथ पावती जारी करना, समय सीमा के भीतर रोजगार, मजदूरी का भुगतान कार्य स्थल पर, नागरिक सूचना परिषद् निगरानी एवं जांच समिति, प्रखंड जिला एवं राज्य स्तर पर नियमित जांच और सामाजिक लेखा परीक्षा।
2. जॉब कार्ड और उसमें दर्ज सूचनाएँ, रोजगार के लिए लिखित आवेदन, मस्टर रोल, माप-पुस्तिका (या डायरी) और परिसंपत्ति रजिस्टर।

नरेगा का प्रभाव

राष्ट्रीय ग्रामीण रोजगार गारंटी अधिनियम के तहत वित्त वर्ष 2006-07 में 200 जिलों के लगभग 2.10 करोड़ परिवारों को रोजगार दिया गया और 90.5 करोड़ श्रम दिवस सृजित किए गए। वर्ष 2007-08 में 330 जिलों में 3.39 करोड़ परिवारों को रोजगार दिया गया तथा 143.59 करोड़ श्रम दिवस सृजित किए गए। वर्ष 2008-09 में देश भर में 4.49 करोड़ परिवारों को रोजगार उपलब्ध कराया गया तथा 216.01 करोड़ श्रम दिवस सृजित किए गए। भविष्य में इसमें उत्तरोत्तर वृद्धि होने की संभावना है। इस अधिनियम के तहत राष्ट्रीय स्तर पर दी जाने वाली मजदूरी 65 रुपए (वित्त वर्ष 2006-07) से बढ़कर वित्त वर्ष 2008-09 में 84 रुपए हो गई है। वर्ष 2007-08 में नरेगा के तहत 10,738.47 करोड़ रुपए मजदूरी के रूप में दिए गए, जो वित्त वर्ष 2008-09 में बढ़कर 18,155.20 करोड़ रुपए हो गए। देश में अमीरों एवं गरीबों के बीच की दूरी इससे बाकी कम हुई है और समाज के लगभग सभी वर्ग इससे लाभान्वित हो रहे हैं। वर्तमान में यह योजना मनरेगा नाम से संचालित हैं।

जवाहर ग्राम समृद्धि योजना

इस योजना का क्रियान्वयन देश से गरीबी दूर करने के उद्देश्य से किया गया। ग्रामीण क्षेत्रों में जन-सुविधाओं के विकास पर विशेष ध्यान नवीं पंचवर्षीय योजना में

दिया गया है। इससे एक ओर जहाँ आधारभूत सुविधाओं का विकास होगा वहीं दूसरी ओर स्थानीय स्तर पर रोजगार के अवसर भी बढ़ेंगे। इस दौरान ग्रामीण विकास से गरीब परिवारों की आय में भी काफी वृद्धि हुई। भारत सरकार जवाहर ग्राम समृद्धि योजना के अंतर्गत कुल जनसंख्या एवं अनुसूचित जाति/जनजाति की जनसंख्या के आधार पर सीधे ग्राम पंचायतों को आधारभूत सुविधाओं के विकास हेतु राशि आवंटन का भी प्रयास किया। इस संदर्भ में दो बातों पर विशेष ध्यान दिया गया—ग्राम स्तर पर समुदाय की माँग आधारित सुविधाओं का सृजन जिससे स्थाई परिसम्पत्तियों का सृजन हो और ग्रामीण गरीब के रोजगार के अवसरों में वृद्धि।

हालांकि केन्द्र एवं राज्य सरकारें ग्रामीण क्षेत्रों में सार्वजनिक निर्माण, जवाहर रोजगार योजना, सुनिश्चित रोजगार योजना आदि के माध्यम से स्थायी परिसम्पत्तियों, शाला, भवन, सड़कों, आदि का निर्माण करते रहे हैं, परन्तु अब तक रोजगार देने का प्रमुख लक्ष्य रहा था। दिनांक 1 अप्रैल 1999 से नीतिगत परिवर्तन हुआ जिसके अंतर्गत ग्रामीण क्षेत्रों का आधारभूत विकास को प्रमुख लक्ष्य माना गया। यह ग्राम पंचायत स्तर पर ही सुचारु रूप से सम्भव है क्योंकि ग्राम पंचायतें जनता से सबसे नजदीक हैं एवं धरातल से जुड़ी हैं। वे स्थानीय प्राथमिकताएँ प्रभावी तरीके से निर्धारित कर सकती हैं। इसी उद्देश्य से जवाहर रोजगार योजना को नवीन रूप देकर नया कार्यक्रम ग्राम समृद्धि योजना प्रारम्भ किया गया है जो ग्राम पंचायत स्तर पर ही आधारभूत सुविधाएँ विकसित करने का कार्य करता है।

ग्राम पंचायतों को ही वार्षिक-कार्य योजना तैयार करने एवं क्रियान्वित करने की पूर्ण जिम्मेदारी सौंपी गयी है। इन कार्यों हेतु उन्हें ग्राम सभा का पूर्व अनुमोदन अवश्य प्राप्त करना होगा ताकि जन-भावनाएँ एवं जन-आकांक्षाएँ योजना में परिलक्षित हों।

इस योजना में 22.5 प्रतिशत राशि प्रति वर्ष अनुसूचित जाति/जनजाति के व्यक्तिगत लाभ की योजना पर व्यय करने का प्रावधान रख गया था। संपूर्ण व्यय में भारत सरकार की भागीदारी 75 प्रतिशत और 25 प्रतिशत राज्य सरकार की भागीदारी होगी। इसके तहत निम्न प्रकार के कार्यों को प्राथमिकता दी गई।

1. कृषि की गतिविधियों को सहायता देने हेतु आधारभूत सुविधाएँ।
2. शिक्षा, स्वास्थ्य, सड़कों हेतु सामाजिक आधारभूत सुविधाएँ, तथा
3. अन्य सामाजिक, आर्थिक एवं भौतिक आधारभूत सुविधाएँ।
4. अनुसूचित जाति/जनजाति बस्तियों हेतु आधारभूत सुविधाएँ।
5. स्वर्ण जयंती ग्राम स्वरोजगार योजना हेतु आधारभूत सुविधाएँ।

इस योजना में निर्माण कार्यों में 60 प्रतिशत मजदूरी पर व्यय करने का लक्ष्य रखा गया। हालांकि इसमें छूट देने का विकल्प खुला था। धार्मिक भवन, मूर्ति निर्माण, स्वागत द्वार, पुलिया, कॉलेज एवं उच्च माध्यमिक विद्यालय भवन, सिंचाई तालाब गहरे करने, डामरीकरण कार्यों पर किसी प्रकार का खर्च नहीं किया गया। सभी ग्राम पंचायतों को यह निर्देश दिया गया कि वे उक्त मार्गदर्शक सिद्धांतों को ध्यान में रखते हुए वित्तीय वर्ष प्रारभ होने से पूर्व वार्षिक कार्य योजना तैयार करें। पूर्व वर्ष में आवंटित राशि से 125 प्रतिशत राशि के कार्य वार्षिक कार्य योजना में शामिल करें। वार्षिक कार्य योजना तैयार करते समय अधूरे कार्यों को पूरा करने को प्राथमिकता दी गई। अधिक समय वाले कार्यों को इसमें शामिल नहीं किया गया।

ग्राम पंचायतों द्वारा तैयार वार्षिक कार्य योजना को ग्राम सभा की बैठक में पूर्णतया विचार-विमर्श करके ही पास किया जाता है। ग्राम सभा द्वारा वार्षिक कार्य योजना एवं अनुसूचित जाति/जनजाति हेतु लिये जाने वाले व्यक्तिगत कार्य भी अनुमोदित करने का भी प्रावधान था।

योजना का क्रियान्वयन

इस योजना में कई प्रावधान किये गये जो निम्नलिखित हैं–

1. तकनीकी मार्गदर्शन एवं निरीक्षण पंचायत समिति पंचायत समिति एवं जिला ग्रामीण विकास अभिकरण की जिम्मेवारी होगी।
2. ग्राम स्तर पर समन्वय, पुनरीक्षण, मानीटरिंग की जिम्मेवारी ग्राम पंचायत की ही होगी।
3. प्रत्येक कार्य हेतु मस्टरोल रखे जायेंगे जिनमें अनुसूचित जाति/जनजाति/महिला श्रमिकों की संख्या एवं भुगतान की गई मजदूरी का ब्यौरा होगा।
4. पंचायत ही कार्यों की क्रियान्विति करवायेगी।
5. कार्य पूरा होने पर परिसम्पत्ति रजिस्टर में इंद्राज होगा जिसमें कार्य प्रारंभ होने एवं पूर्ण होने की दिनांक, सृजित मानव दिवस, लाभ दर्ज होगा।
6. ऐसा सूचना पट्ट भी कार्य स्थल के निकट लगाया जायेगा तथा कार्य शुरू होने पर, क्रियान्वित के दौरान और पूर्ण होने पर फोटो भी खिंचवाये जायेंगे।
7. पृष्ठ संख्या दर्ज हो एवं मस्टरोल बँधे होंगे।
8. पंचायत के सरपंच द्वारा प्रमाणित मस्टरोल हर ग्राम सभा के समक्ष भी रखने अनिवार्य होंगे तथा माँगने पर जनता को उपलब्ध कराने होंगे।
9. कार्यों की क्रियान्विति हेतु कोई ठेकेदार अथवा बिचौलिया नहीं रहेगा।

10. ग्राम पंचायतों को ग्राम सभा द्वारा अनुमोदित कार्य प्राथमिकता अनुसार स्वीकृत कर क्रियान्वित करने का अधिकार होगा।
11. 50,000 रुपये तक ग्राम पंचायत को प्रशासनिक अथवा तकनीकी स्वीकृत लेना आवश्यक नहीं होगा।
12. तकनीकी राय एवं परीक्षण हेतु ग्राम पंचायतें प्रतिवर्ष 7500/- रुपये तक राशि व्यय कर सकेंगी।
13. 15 प्रतिशत राशि रख-रखाव पर भी व्यय कर सकती हैं। जवाहर ग्राम समृद्धि योजना के अंतर्गत कार्यों की क्रियान्विति ग्राम पंचायत ही करेंगी।

कार्यों का ऑडिट

इस संदर्भ में निम्नलिखित बातें महत्वपूर्ण थीं–

1. ऑडिट रिपोर्ट के आक्षेपों की पूर्ति सहित ग्राम पंचायतें रिपोर्ट भेजेंगी तभी आगामी वित्त वर्ष की दूसरी किश्त की राशि देय होगी।
2. सामाजिक अंकेक्षण हेतु, प्रत्येक तिमाही में ग्राम सभा की बैठकों में, जवाहर ग्राम समृद्धि योजना के अंतर्गत क्रियान्वित किये जा रहे कार्यों की योजना, क्रियान्वयन, मानीटरिंग एवं निरीक्षण सम्बन्धी बिंदुओं पर विचार-विमर्श होगा।
3. भौतिक एवं वित्तीय ऑडिट अनिवार्य रूप से जिला स्तर पर वित्तीय वर्ष की समाप्ति पर करवानी होगी।
4. स्थानीय निधि अंकेक्षक अथवा राज्य सरकार द्वारा नियुक्त चार्टर्ड लेखाकार लेखों का ऑडिट करेंगे।
5. ग्राम सभा को समय-समय पर जानकारी देने की जिम्मेदारी ग्राम पंचायत की होगी।

पारिश्रमिक भुगतान

जवाहर ग्राम समृद्धि योजना में मजदूरी के संदर्भ में निम्न प्रकार के प्रावधान किये गये थे–

1. पुरुष एवं महिलाओं को समान मजदूरी देय होगी।
2. भुगतान साप्ताहिक होगा। यथासंभव हाट के दिन भुगतान हो। भुगतान कार्य की मात्रा को ध्यान में रखते हुए करना होगा।
3. मजदूरी का भुगतान रोकड़ में होगा।

4. राज्य सरकार चाहे तो अनाज भी दे सकती हैं। न्यूनतम मजदूरी राज्य सरकारों द्वारा निर्धारित दर से देनी होगी।

व्यक्तिगत कार्य–जवाहर ग्राम समृद्धि योजना के तहत व्यक्तिगत कार्यों का आशय अनुसूचित जाति और जनजाति के लिए किये गये कार्यों से है। इस योजना में अनुसूचित जाति/जनजाति के व्यक्तिगत लाभ हेतु 22.5 प्रतिशत राशि व्यय करने का प्रावधान था जो निम्नलिखित मद में किये गये–

(अ) जीवन की गुणवत्ता सुधार हेतु–इसके तहत प्रमुख रूप से दो कार्य शामिल थे–आवासीय मकान और शौचालय एवं उन्नत चूल्हा। इसके अलावा उत्पादन बढ़ाने वाले कार्यों को प्राथमिकता देने और लाभार्थी का सहयोग सुनिश्चित करने पर भी विशेष ध्यान दिया गया।

(ब) आर्थिक–इसके तहत निम्नलिखित कार्य शामिल थे–

1. स्व-रोजगार हेतु कार्यशाला अथवा आधारभूत सुविधाएँ।
2. सिंचाई कुएँ/सिंचाई हेतु बोरिंग।
3. मत्स्य पालन हेतु तालाब खुदाई।
4. आवंटित भूमि का विकास कार्य।
5. निजी खेतों पर ईंधन एवं चारे हेतु सामाजिक वानिकी कार्य।
6. निजी खेतों पर फलों के पौधों, फूलों की खेती।

जन-सहयोग

जवाहर ग्राम समृद्धि योजना के तहत जन सहयोग के संदर्भ में निम्न प्रकार के प्रावधान किये गये–

1. शाला भवन निर्माण हेतु श्याम पट्ट योजना की राशि भी शामिल की जाये।
2. कृषि उपज मंडी समिति, गन्ना उत्पादक समितियों, अन्य संस्थाओं के संसाधन राज्य वित्त आयोग, राष्ट्रीय वित्त आयोग, राज्य के विभागों से प्राप्त राशि भी स्थायी सामुदायिक परिसम्पत्ति निर्माण हेतु व्यय की जा सकेगी।
3. भौतिक अथवा वित्तीय जन-सहयोग को प्रोत्साहन दिया जायेगा।
4. पंचायत द्वारा दानदाता संस्थाओं से दान भी लिया जा सकेगा ताकि अतिरिक्त राशि उपलब्ध हों।

निरीक्षण

निरीक्षण के संदर्भ में तीन प्रकार के प्रावधान किये गये, जिसमें पहला, ग्राम

सभा द्वारा प्रत्येक गाँव के लिये एक सतर्कता समिति नियुक्त की जायेगी जो प्रत्येक कार्य की क्रियान्विति को मानीटर करेगी। दूसरा, सतर्कता समिति में तीन सदस्य होंगे जो पंचायत की दृष्टि से उनके सहायक सिद्ध हों। तीसरा, तीन सदस्यों में से एक अनुसूचित जाति/जनजाति से एवं एक महिला होना अनिवार्य है।

प्रगति प्रतिवेदन

जवाहर ग्राम समृद्धि योजना में प्रगति प्रतिवेदन के संदर्भ में सरकार ने निम्नलिखित बातें स्पष्ट की थीं–

1. राज्य स्तर पर समय-समय पर कार्यक्रम के क्रियान्वयन का मूल्यांकन भी करवाया जायेगा।
2. मूल्यांकन अध्ययन मान्यता प्राप्त संस्थाओं से कराया जाये।
3. इसके आधार पर आवश्यक सुधार कर सूचना केन्द्रीय सरकार एवं अन्य राज्यों को भी दी जाये।
4. प्रत्येक माह की 10 तारीख को मासिक प्रगति प्रतिवेदन एवं 25 अप्रैल को गत वित्तीय वर्ष की प्रगति प्रतिवेदन प्रेषित करना होगा।
5. राज्य सरकार एवं केन्द्र सरकार इस प्रकार आधारभूत सुविधाओं के सृजन एवं रोजगार पर निगरानी रख सकेगी।

प्रशिक्षण

जवाहर रोजगार समृद्धि योजना से जुड़े लोग सही तरह से अपने कार्य कर सकें, इसके लिए सरकार ने प्रशिक्षण की व्यवस्था की। प्रशिक्षण से जुड़े कुछ प्रमुख लक्ष्यों को निम्न प्रकार स्पष्ट किया गया है–

1. प्रशिक्षण द्वारा न केवल जन-चेतना जागृत की जाये परन्तु उपयुक्त तकनीकी की भी जानकारी दी जाये जिसकी कम लागत हो, मजदूरी अधिक मिले, निर्माण कार्य स्थायी बने।
2. कार्यविधियों एवं कार्यक्रम संबंधी बिंदु भी प्रशिक्षण में शामिल होने चाहिएँ।
3. इस योजना को क्रियान्विति करने वाले अधिकारियों का ग्राम पंचायत स्तर, खंड स्तर एवं जिला स्तर पर प्रशिक्षण भी आयोजित होगा। समय-समय पर कार्यशालाएँ भी आयोजित की जायेंगी।
4. राज्य स्तर पर प्रशिक्षण हेतु कपार्ट, केन्द्रीय निर्माण अनुसंधान, केन्द्रीय सड़क अनुसंधान संस्थान, राज्य स्तरीय तकनीकी संस्थान एवं सक्षम स्वैच्छिक संस्थाओं को जोड़ा जायेगा।

कार्यस्थल पर सुविधाएँ—इस योजना के क्रियान्वयन के दौरान यह महसूस किया गया कि कार्य स्थल पर कुछ विशेष सुविधाएँ होनी जरूरी हैं इसलिए श्रमिकों हेतु पेय जल एवं विश्राम स्थल तथा कार्यरत महिला श्रमिकों के छोटे बच्चों हेतु क्रेच आदि की भी व्यवस्था की गई।

स्वर्ण जयन्ती ग्राम स्व-रोजगार योजना

यह एक ऐसी योजना है जिसके तहत गरीबी रेखा से नीचे जीवन-यापन करने वाले परिवारों का चयन कर उनका आर्थिक विकास करना है। स्व-रोजगार की अलग-अलग योजनाओं की दुविधा दूर करने की दृष्टि से 1 अप्रैल 1999 से निम्न योजनाओं को स्वर्ण ग्राम स्व-रोजगार योजना का अंग बना दिया गया है—

(1) **समन्वित ग्रामीण विकास कार्यक्रम** (ऋण अनुदान योजना)
(2) **द्वाकरा** (महिला समूहों की प्रशिक्षण एवं उत्पादकता योजना)।
(3) **ट्रायसेम** (ग्रामीण युवा प्रशिक्षण एवं स्व-रोजगार)।
(4) **उन्नत औजार वितरण** (10 प्रकार के कारीगरों को उन्नत औजार)।
(5) **जीवनधारा** (अ.जा./अ.ज.जा. कृषकों का कुँआ निर्माण)।
(6) **गंगा कल्याण योजना** (ट्यूबेल, टंकी, नाली, निर्माण)।

योजना के प्रमुख लक्ष्य

स्वर्ण जयंती ग्राम स्व-रोजगार योजना के तहत सर्वांगीण कार्यक्रम के रूप में स्व-रोजगार के सभी आदानों जैसे—निर्धन ग्रामीणों को स्वयं सहायता समूह के रूप में संगठित करने, उनकी क्षमता विकसित करने, गतिविधियों को कलस्टर बनाने, अवसंरचना, तकनीकी, साख एवं विपणन को विकसित करने की प्राथमिकता दी गई। प्रत्येक विकास खण्ड हेतु 4-5 मुख्य गतिविधियों का चयन स्थानीय संसाधनों एवं परम्परागत कौशल के आधार पर किया गया। उन्हें कलस्टर आधार पर सघन कार्यक्रम के रूप में क्रियान्वित करने का लक्ष्य रखा गया। इस योजना के कुछ महत्वपूर्ण बिंदुओं पर निम्न प्रकार प्रकाश डाला गया है—

1. व्यक्तिगत एवं सामूहिक लघु सिंचाई परियोजनाओं हेतु कोई अधिकतम सीमा नहीं रहेगी।
2. राज्य सरकारें तकनीकी उन्नयन हेतु योजना से भी सहायता देती रहेंगी। 20 प्रतिशत हेतु आधारभूत सुविधा कोष के रूप में भी स्वर्ण जयंती स्व-रोजगार योजना में प्रावधान है।

3. उत्पादन गतिविधियाँ जैसे भूमि आधारित कार्यक्रम, लघु एवं सीमांत काश्तकारों हेतु लघु सिंचाई सुविधाएँ, फलोद्यान, फूलों की खेती आदि को प्राथमिकता दी जायेगी।
4. जिला स्तर पर विभिन्न चयनित गतिविधियों के संबंध में क्षेत्रवार परियोजना प्रतिवेदन तैयार करना होगा। इस कार्य से बैंकों एवं अन्य वित्तीय संस्थाओं को भी प्रतिवेदन बनाते समय जोड़ना अनिवार्य होगा। लागत अनुमान, अवधि, वित्त की उपलब्धि आदि दर्शायी जाये।
5. लाभार्थी चयन हेतु ग्राम सभा चयनित गरीब परिवारों मे से व्यक्तिगत लाभार्थियों का चिन्हीकरण किया जायेगा एवं उनका चयन बैंकों की राय से होगा। समूह स्वेच्छा से बनेंगे। अतः उनका चयन सम्भव नहीं हो पायेगा। चयनित सूची में से समूह स्वेच्छा से तैयार होंगे, जिनका विकास प्रशिक्षण, पूँजी, विपणन आदि सहायता देकर विकसित किया जायेगा।
6. योजना का उद्देश्य गरीबी रेखा के नीचे जीवन यापन कर रहे परिवारों के साथ एवं अनुदान द्वारा आय में वृद्धि कर तीन वर्ष में 30 प्रतिशत परिवारों को गरीबी की रेखा से ऊपर लाना है।
7. प्रशिक्षण के लिए आधारभूत सुविधाएँ विकसित करने पर 20 प्रतिशत तक राशि व्यय की जा सकती है।
8. ऋण अनुदान सुविधा निर्धारित समय पर न देकर आवश्यकतानुसार समय-समय पर दी जायेगी। बैंक लाभार्थी के चयन के समय, स्वयं सहायता समूह से वार्ता के समय, परियोजना तैयार करते समय, ऋण देने के पश्चात् बराबर भाग लेते रहेंगे। स्वयं सहायता समूह समय पर पुनर्भुगतान करने हेतु जिम्मेदार होंगे।
9. अनुदान राशि इकाई लागत का 30 प्रतिशत अधिकतम 7500 रुपये होगी तथा अनुसूचित जाति/जनजाति हेतु 50 प्रतिशत अधिकतम 10,000 रुपये होगी। समूह ऋण लेने पर 50 प्रतिशत अनुदान अधिकतम 1.25 लाख की सीमा यथावत् रहेगी।
10. 75 प्रतिशत राशि समूहों को सहायता हेतु व्यय की जायेगी। 50 प्रतिशत समूह महिलाओं के गठित करने अनिवार्य है। प्रत्येक समूहों में 10 से 20 सदस्य हो सकते हैं। लघु सिंचाई एवं विकलांगों के समूह में न्यूनतम संख्या 5 हो सकती है जिनमें महिलाओं का होना आवश्यक है।
11. स्वयं सहायता समूह नियमित बचत कर सदस्यों को सहायता दे सकेंगे। समूहों में रिवाल्विंग फंड के रूप में सहायता देय होगी। बैंकों द्वारा उन्हें ऋण

दिया जायेगा एवं समय-समय पर प्रगति की समीक्षा कर कमजोर वर्गों को सहायता प्रदान की जायेगी तथा उन वर्गों को सशक्त बनाने के प्रयास किये जायेंगे।

12. विपणन व्यवस्था हेतु मेले, बिक्री केन्द्र, प्रदर्शनी आदि आयोजित किये जायेंगे। निजी संस्थानों की भी विपणन हेतु सहायता ली जा सकती है।
13. योजना व्यय में भारत सरकार व राज्य सरकारों का हिस्सा 75:25 अनुपात में होगा।

पंचायत समिति का योगदान

स्वर्ण जयंती ग्राम स्व-रोजगार योजना में पंचायत समिति की भूमिका को विशेष महत्व दिया गया। इसकी भूमिका को निम्न प्रकार स्पष्ट किया गया है–

1. पंचायत समिति द्वारा अनुमोदित गतिविधियों में से जिला स्तरीय कमेटी पंचायत समितिवार परीक्षण कर प्रत्येक विकास खंड के लिये 4-5 मुख्य गतिविधियाँ चयन करेंगी।
2. ये गतिविधियाँ योजना अवधि तक मान्य रहेंगी। प्रत्येक दो वर्ष बाद इनकी पुनर्समीक्षा की जा सकेगी।
3. खंड स्तर पर विकास अधिकारी, बैंक मैनेजर एवं तकनीकी संस्थान के प्रतिनिधि, तीन सदस्यों की समिति, स्थानीय संसाधनों एवं परम्परागत कौशल के आधार पर गतिविधियों का चयन, सरपंचों एवं स्थानीय ग्रामीणों से विचार-विमर्श कर करेंगे।
4. पंचायत समिति की बैठक में गतिविधियों एवं गाँवों के कलस्टर अनुमोदित होंगे।

समग्र आवास योजना

जैसाकि नाम से ही स्पष्ट है, इस योजना का क्रियान्वयन उन परिवारों को मकान की सुविधा देना है जो आवासहीन हैं। ग्रामीण क्षेत्रों में अनुसूचित जाति/जनजाति, जिनके पास रहने के लिए मकान नहीं है, उन्हें आवास सुविधा उपलब्ध करवाई जाती है। जिस समय इस योजना का क्रियान्वयन हुआ था उस समय 16,000/- पक्का कमरा, रसोई हेतु 20 वर्गमीटर हेतु तथा रुपये 1,500/- शौचालय एवं उन्नत चूल्हा हेतु अनुदान देय है। जनजाति क्षेत्र में 2,000/- अतिरिक्त राशि लकड़ी के बजाय एंगिल आयरन हेतु देते हैं।

1 अप्रैल 1999 से कच्चे मकानों को सुधारने हेतु भी 10,000/- अनुदान देने का नया प्रावधान जोड़ा गया है। कच्ची दीवारों को पक्का करने या कच्ची छत को सुरक्षित छत में सुधार हेतु यह राशि चयनित गरीब परिवारों को देने का प्रावधान है। यह सुविधा उन परिवारों हेतु है जिनके पूरे मकान कच्चे हैं और बाढ़ आदि में बह जाते हैं।

ग्रामीण बी.पी.एल. आवास योजना—राजस्थान सरकार को इस योजना की शुरुआत यू.पी.ए. की संयोजिका श्रीमती सोनिया गांधी द्वारा दिनांक 3 जून 2011 को बांसवाड़ा (राज.) से की गयी है। इसके अन्तर्गत ग्रामीण बी.पी.एल. कार्ड धारकों हेतु 10 लाख आवासों का निर्माण किया जाएगा। इस पर 3400 करोड़ रु. के लागत आयेगी। शीघ्र ही यह योजना शहरों के बी.पी.एल. कार्डधारकों हेतु भी शुरु की जाएगी।

पंचायत के कार्य

इस योजना की सफलता में पंचायत ने अहम् भूमिका निभाई है क्योंकि इंदिरा आवास हेतु परिवारों का चयन ग्राम सभा में होता है। स्वीकृति हेतु ग्राम पंचायत का सरपंच ही सक्षम है। भुगतान ग्राम पंचायत द्वारा ही 60 प्रतिशत प्लिंथ लेविल तक एवं 40 प्रतिशत छत एवं चुनाई पूर्ण होने पर किया जाता है। आवास आवंटन अभ्यर्थी परिवार की महिला सदस्य के नाम पर होगा या संयुक्त नाम पर।

सुनिश्चित रोजगार योजना

ग्रामीण क्षेत्रों में प्रमुख रूप से कृषि कार्य ही किया जाता है जो कि मौसम पर आधारित होता है। अन्य मौसम में कृषि से जुड़े मजदूर आदि बेरोजगार हो जाते हैं। उनकी इस समस्या को दूर करने हेतु सुनिश्चित रोजगार योजना बनाई गई है। इसके तहत गैर-कृषि मौसम में काम पाने में असमर्थ एवं जरूरतमंद 18 से 60 वर्ष की आयु वाले चयनित गरीबों को वर्ष में 100 दिन का निश्चित रोजगार देने की व्यवस्था की गई है। प्रति परिवार अधिकतम 2 वयस्क व्यक्तियों को अकुशल श्रमिक के रूप में रोजगार मिलता है। 1 अप्रैल 1999 से भारत सरकार द्वारा जिला स्तर पर 30 प्रतिशत तथा पंचायत समितियों को 70 प्रतिशत राशि देने की व्यवस्था की गई जिन्हें लघु सिंचाई, सड़क निर्माण एवं अन्य सामुदायिक कार्यों हेतु व्यय करना होगा। कार्यक्रम सार्वजनिक निर्माण, सिंचाई, भू-संरक्षण, वन विभाग तथा पंचायत समिति के माध्यम से क्रियान्वित होता है।

पंचायत समिति के कार्य

राशि पंचायत समिति क्षेत्र में ही व्यय होती है। पंचायत समिति 70% राशि हेतु तथा जिला ग्रामीण विकास अभिकरण 30% राशि हेतु प्रस्ताव पारित कर सकते हैं। विभागों द्वारा भी निर्माण कार्य करवाये जाते हैं।

जलग्रहण क्षेत्र विकास कार्यक्रम

जल संकट जो आज धीरे-धीरे एक जटिल समस्या बनती जा रही है, उसे दूर करने के लिए जल ग्रहण क्षेत्र विकास कार्यक्रम बनाया गया। 1 अप्रैल 1999 से ग्रामीण विकास मंत्रालय भारत सरकार में भूमि संसाधन विभाग नया सृजित हुआ है जो मरु विकास कार्यक्रम, बंजर भूमि विकास के क्षेत्रों में जलग्रहण विकास हेतु अलग से राशि आवंटित करेगा।

नीतिगत निर्णय–ग्रामीण विकास मंत्रालय भारत सरकार द्वारा नीतिगत निर्णय लिया गया था कि वर्ष 1995-96 से निम्न योजनाओं के विकास कार्य केवल जलग्रहण क्षेत्र के आधार पर क्रियान्वित होंगे।

मरुस्थलीय विकास कार्यक्रम	–	100%
सूखा संभाव्य क्षेत्र	–	100%
बंजर भूमि विकास कार्यक्रम	–	100%
आश्वासित रोजगार योजना कार्य	–	40%

जल संग्रहण की प्रक्रिया

जल प्राप्ति का प्रमुख स्रोत वर्षा है इसलिए वर्षा का पानी खेत से बहकर नहीं जाने देना चाहिए। इसके लिए ढलान खेत के विपरीत इस प्रकार की खेती की हलाई की जाय कि जल भूमि में ही समा जाये और मिट्टी में नमी बढ़ा दे। कुछ खेतों की मिट्टी में पानी जज्ब करने की इतनी अधिक शक्ति होती है कि बिना सिंचाई रबी की फसल गेहूँ, चना व सरसों पैदा हो जाता है। मेड़ता की सेवज भूमि में व जालौर की सांचोर तहसील में ऐसे वर्षा ऋतु के जज्ब किये गये मृदा पानी (नमी) से हजारों मन गेहूँ रबी की फसल में पैदा होती है। खेतों के मेड़ पर अरडू, जामुन, आम, बेर, देसी बबूल, खेजड़ी जंगल जलेबी व खस, मंजू कैर, ग्वार पाठा आदि लगाये।

चरागाह व पहाड़ी क्षेत्र में जल संग्रह

पहाड़ी क्षेत्र काफी ऊबड़-खाबड़ होता है अतः जहाँ ढलान अधिक हो, पानी

को बहने से बचाना चाहिए। इसके लिए वर्षा पानी से वृक्षारोपण कर विकास करने व बीज बोकर चरागाह विकसित करने के लिए ढलान के विपरीत खाइयाँ खोदी जाती हैं। खाइयों में जो पानी इकट्ठा होता है, वही पौधों की सिंचाई हेतु काम में लिया जाता है। इससे चारे व ईंधन की लकड़ी की समस्या हल होगी।

चरागाह विकास एवं वन विकास

चरागाह व वनों का विकास कर बहते हुए पानी की तीव्रता को कम किया जा सकता है। इससे भूमि कटाव भी नहीं होता है। एक वैज्ञानिक अध्ययन के अनुसार हमारे देश में लगभग 53.540 लाख टन उपजाऊ मिट्टी बहकर प्रतिवर्ष नष्ट हो जाती है। मिट्टी के बह जाने से भूमि की उत्पादकता में कमी आ जाती है। इससे खेतों की पैदावार दिनों-दिन घटती जाती है। जलग्रहण क्षेत्र विकास कार्यक्रम से ऐसे बहते हुए पानी को खेतों की बीचों-बीच बहने से रोका जाता है ताकि भूमि कटाव न हो। ढलान अनुसार परिधि रेखा को ध्यान में रखते हुए नालियों द्वारा पानी के बहाव को नियंत्रित किया जाता है। बहते पानी को जगह-जगह मिट्टी पत्थर के कच्चे बाँधों से नाले में रोका जाता है, ताकि गाँव के जमीन में नमी बढ़े, भूमिगत पानी का जलस्तर ऊँचा हो।

ऐनीकट

बहते हुए जल का संग्रह करने हेतु एनीकट एक सशक्त माध्यम है। एनीकट का आशय पहाड़ों की ढलान व नालों में बहता पानी जो कच्ची मिट्टी व पत्थर के बाँधों से न रुके, उसे सीमेन्ट व पत्थर की पक्की दीवार बनाकर किसी संकरी जगह दो पहाड़ियों के बीच में रोकना है। यदि पानी लम्बे समय तक अधिक मात्रा में रहे तो मोटर द्वारा लिफ्ट से सिंचाई के काम में ले सकते हैं। अन्यथा एनीकट में रुका पानी भूमिगत जाकर कुँओं का जलस्तर बढ़ायेगा। उपजाऊ मिट्टी बहती हुई जैसे-जैसे कच्चे बाँधों व एनीकट में इकट्टी होगी, वैसे-वैसे नई उपजाऊ जमीन उपलब्ध होती जायेगी व पैदावार बढ़ेगी। इस प्रकार बरानी क्षेत्रों में कृषि उत्पादन हेतु वर्षा की अनिश्चितता के बावजूद स्थायित्व लाने और वर्षा के जल का उपयोग करते हुए मृदा एवं नमी संरक्षण बनाये रखने हेतु समन्वित प्रयास किये जाते हैं।

नाली, तालाब या पोखर

नाली, तालाब या पोखर बनाकर जल का संग्रह किया जा सकता है। वर्षा का

पानी जो खेतों की मिट्टी में समाहित नहीं हो, पहाड़ों पर खोदी गयी खाइयाँ भरने के बाद बहकर आये नालों में कच्चे बाँधों में भरने के बाद भी बहकर आये, उसे गाँव की नाड़ियों व तालाबों में रोकना चाहिए। यह जल न केवल मवेशियों के पीने के काम में आयेगा बल्कि गाँव की अन्य आवश्यकतायें पूरी करने के साथ-साथ भूमिगत जलस्तर को भी ऊँचा लायेगा।

वाटरशेड टीम

कार्यक्रम के क्रियान्वयन हेतु हर विभाग/संस्था को 500-600 हेक्टेअर की 10 से 12 वाटर शेड हेतु अर्थात् 5,000 से 6,000 हेक्टेअर में कार्य करवाने हेतु चार विशेषज्ञों की टीम रखनी होंगी। ये चार विशेषज्ञ होंगे—समाजशास्त्र विशेषज्ञ, पशु चिकित्सा विशेषज्ञ, कृषि विशेषज्ञ और सिविल/कृषि अभियन्ता। हर 500 हेक्टेअर की वाटरशेड हेतु ग्रामीण क्षेत्र के लाभान्वितों की समिति बनेगी। समिति द्वारा कार्यों की मौके पर क्रियान्विति की देखरेख हेतु प्रशासनिक कमेटी नियुक्त की जायेगी। उसका स्थानीय सचिव जो स्नातक होगा, तीन स्वयंसेवक सदस्यों की सहायता से मौके पर कार्य करायेगा।

क्रियान्वयन एजेंसियाँ

जल ग्रहण विकास एवं भू-संरक्षण विभाग, वन विभाग, स्वैच्छिक संस्थाएँ इस दिशा में विशेष रूप से कार्य करती हैं। पंचायत व पंचायत समिति भी टीम तैयार कर वाटर शेड क्षेत्र विकास कार्य स्वयं भी कर सकता है। इस नीति के अनुसार पूरे जलग्रहण क्षेत्र के कृषि विकास, पशुपालन, भूसंरक्षण, चरागाह विकास, वन विकास एवं कृषि अभियांत्रिकी के समस्त कार्य एक ही एजेन्सी द्वारा किये जायेंगे।

प्रशिक्षण

वाटर शेड टीम के सदस्यों को प्रशिक्षित करने हेतु भी विशेष व्यवस्था की गई है। प्रशिक्षण का दायित्व जिला ग्रामीण विकास अभिकरण पर है। ग्राम स्तर के सचिव व कार्यकर्ताओं का प्रशिक्षण विभागों अथवा संस्थानों द्वारा करवाया जायेगा जो कार्य करवा रहे हैं।

जन-सहभागिता

नई नीति निर्धारित करने का मुख्य उद्देश्य कृषकों, पशुपालकों, एवं ग्रामवासियों

तथा जन-प्रतिनिधियों को कार्यक्रम से जोड़ना है। ग्राम पंचायत को प्रस्ताव पारित करना होगा कि वाटरशेड योजना में चरागाह विकास कार्य करवायेंगे व कार्य पूरा होने के बाद रख-रखाव की जिम्मेदारी सम्भालेंगे, गाँववासी स्थानीय समस्या व परिस्थिति के अनुसार योजना तैयार करवायेंगे। निजी भूमि पर 10 प्रतिशत व सरकारी भूमि, चरागाह व अन्य सार्वजनिक भूमि पर 5 प्रतिशत श्रम के रूप में जन-सहयोग करने हेतु सहमत होंगे। अनुसूचित जाति/जनजाति के किसानों एवं चयनित गरीब परिवारों की भूमि पर कार्यों हेतु भी 5 प्रतिशत जन-सहयोग ही जरूरी होगा। ग्रामवासियों को चाहिये कि जिन-जिन गाँवों में वर्षा से भूमि कटाव की समस्या है, चरागाह व पहाड़ी क्षेत्र की भूमि पर्याप्त मात्रा में उपलब्ध है, वर्षा का पानी नालों में बहकर गाँव के बाहर चला जाता है, उन गाँवों की जनता व जन प्रतिनिधियों को सलाह देनी चाहिए कि जिला ग्रामीण विकास अभिकरण को सूचित कर गाँव में वर्षा से प्राप्त पानी का उपयोग उन्हीं के गाँव हेतु हो सकेगा तथा उत्पादकता बढ़ सकेगी।

मुख्य लाभ—जल संरक्षण, मृदा संरक्षण, भू-जल में बढ़ोत्तरी, खेत की नमी में बढ़ोत्तरी, फल, एवं लकड़ी की उपलब्धि वनस्पतिक खाद की उपलब्धि से रासायनिक खाद की बचत, सिंचाई की आवश्यकता की कमी के कारण बिजली के बिल की बचत तथा पैदावार में कई गुना वृद्धि हुई है।

पंचायती राज संस्थाओं का योगदान

पंचायत की ओर से यह प्रस्ताव पारित होता है जो उनके क्षेत्र में स्वैच्छिक संस्था, वन विभाग, भू-संरक्षण विभाग तथा जलग्रहण क्षेत्र में विकास कार्य करवाता है, चरागाह एवं सामाजिकी वानिकी करवाता है तो उन्हें आपत्ति नहीं होगी। लाभार्थी सामान्य जाति 10 प्रतिशत एवं अनुसूचित जाति/जनजाति 5 प्रतिशत जन-सहयोग से जमा करायेंगे। परियोजना अवधि के बाद सृजित परिसम्पत्तियों के रख-रखाव की जिम्मेदारी ग्राम पंचायत लेने हेतु सहमत है। चूँकि सरपंच ग्राम सभा का अध्यक्ष होता है, इसलिए सामान्यतः पंजीकृत जलग्रहण क्षेत्र विकास संस्था का अध्यक्ष भी ग्राम पंचायत का सरपंच ही होता है। पंचायत क्षेत्र में जलग्रहण क्षेत्रवार क्रियान्वयन समिति में भी 1-2 सदस्य मामांकित करने का प्रावधान है।

इस प्रकार पंचायती राज संस्थाएँ ग्रामीण विकास कार्यक्रम की वार्षिक कार्य योजना तैयार करने के साथ-साथ ग्राम स्तर एवं खंड स्तर पर क्रियान्वयन, तकनीकी मार्गदर्शन, निरीक्षण आदि कार्य भी करती हैं। जिला ग्रामीण विकास अभिकरण जो जिला स्तर पर समस्त योजना के अंतर्गत स्वीकृति जारी करने हेतु सक्षम हैं, उनकी

शासी समिति का अध्यक्ष भी जिला प्रमुख ही होता है। जिला स्तर पर नगरीय एवं ग्रामीण क्षेत्रों की वार्षिक योजना तैयार करने हेतु जिला आयोजन समिति की जिला परिषद के जिला प्रमुखों की अध्यक्षता में कार्य करती है और जिला आयोजन अधिकारी उसका सदस्य सचिव होता है।

माडा योजना

माडा योजना का पूरा नाम माडीफाइड एरिया डेवलमपमेंट अप्रोच है। गाँवों का क्लस्टर अथवा पंचायत समिति क्षेत्र जिसमें 50 प्रतिशत से अधिक जनजाति जनसंख्या हो, माडा क्षेत्र कहलाता है। अनुसूचित जनजाति के सर्वांगीण विकास हेतु आधारभूत ढाँचा तैयार करने के लिए माडा योजना लागू की गयी है। यह योजना विभिन्न क्षेत्रों के विकास हेतु बनाई गई है। ये क्षेत्र निम्नलिखित हैं–

कृषि विकास हेतु–सब्जियों के बीज उपलब्ध करवाना, कृषि प्रदर्शन फलों के पौध उपलब्ध करानां, सिंचाई हेतु कुएँ गहरे कराना, एनीकट, वाटरशेड का निर्माण, लिफ्ट सिंचाई, समूह में डीजल पम्प सेट देना, पी.वी.सी. पाइप लाइन डलवाना।

चिकित्सा एवं स्वास्थ्य हेतु–दुर्घटना-बीमारी में सहायता, आयुर्वेदिक, एलोपैथिक शिविर आयोजित करना। हैंडपम्प स्थापित करना।

आवास हेतु–मकान बनाने में सहायता, मुफ्त बिजली कनेक्शन।

रोजगार हेतु–लघु उद्योग प्रशिक्षण, दुकान संचालन हेतु सहायता, दरी बनाई।

पशुपालन विकास हेतु–पशु उपचार हेतु शिविर लगाना, कृत्रिम गर्भाधान कराना, संकर मेढ़ों का वितरण।

शिक्षा के क्षेत्र में–महिला साक्षरता हेतु छात्राओं को सहायता देना, जनजाति छात्र/छात्राओं को निःशुल्क स्टेशनरी, पुस्तकें, ड्रेस दिलवाना, आश्रम छात्रावास चलाना, प्राथमिक शाला भवन बनाना, एस.टी.सी बी.एड. प्रशिक्षण।

सहकारिता के क्षेत्र में–समितियों का सदस्य बनने हेतु हिस्सा राशि दिलाना।

बिखरी जनजाति योजना

भारत में विभिन्न प्रकार की जनजातियाँ निवास करती हैं जो अंनियत्रित रूप से बिखरी हुई हैं। इनको इकट्ठा करना इस योजना का प्रमुख उद्देश्य है। इस योजनान्तर्गत जनजातियों की बिखरी बस्तियों को माडा क्षेत्र की तरह ही लाभान्वित किया जाता है।

सांसद स्थानीय क्षेत्र विकास योजना

यह योजना एक संसदीय क्षेत्र के विकास से जुड़ी है। इस योजनान्तर्गत प्रत्येक संसद सदस्य को अपने निर्वाचन क्षेत्र में विकास कार्य कराने हेतु एक करोड़ रुपये की राशि केन्द्र सरकार से प्राप्त होती थी। लोकसभा का सदस्य अपने निर्वाचन क्षेत्र में तथा राज्यसभा का सदस्य, जिस राज्य से वह चुना गया है, का कोई भी जिला इस योजनान्तर्गत चुन सकता है, हाल ही में यह राशि बढ़ाकर पाँच करोड़ कर दी गयी है।

विशेषताएँ

संसदीय स्थानीय क्षेत्र विकास योजना में निम्नलिखित विशेषताएँ पाई जाती हैं—

1. योजनान्तर्गत जवाहर योजना के तहत कराये जाने वाले कार्यों का चयन किया जा सकता है।
2. जिला कलेक्टर द्वारा प्रस्तावित कार्यों के तखमीने आदि स्वीकृत कर, जिला ग्रामीण विकास अभिकरण को क्रियान्विति हेतु भेजे जाते हैं।
3. कार्यों का सम्पादन सम्बन्धित विभाग अथवा ग्राम पंचायत द्वारा सामान्य विभागीय प्रक्रिया के अनुसार किया जाता है।
4. इस योजना में प्रस्तावित कार्य जिले में चल रही जिला योजनाओं/केन्द्र प्रवर्तित योजनाओं एवं कार्यक्रमों के अनुरूप होते हैं तथा इनका क्रियान्वयन अन्य सभी कार्यों के साथ-साथ किया जाता है।
5. कार्य, राजकीय एजेन्सियों के माध्यम से कराये जाते हैं योजनान्तर्गत कार्य मुख्यतः परिसम्पत्तियों के सृजन सम्बन्धी होते हैं।
6. साज-सामान, उपकरण आदि की खरीद अथवा राजस्व खर्चे की अनुमति नहीं दी जाती है।
7. प्रस्तावित प्रत्येक कार्य की लागत 10 लाख रुपये की सीमा तक होती है।

राजस्थान सरकार द्वारा क्रियान्वित प्रमुख ग्रामीण विकास योजनाएँ

भारत में ग्रामीण विकास हेतु सर्वाधिक प्रयास केन्द्र सरकार द्वारा ही किये गये हैं लेकिन कुछ ऐसे राज्य भी हैं जहाँ कुछ राज्यस्तरीय योजनाएँ चलाई गई हैं। इनमें राजस्थान का नाम प्रमुखता से लिया जा सकता है। राजस्थान सरकार ने क्षेत्रीय

आवश्यकताओं और स्थानीय संसाधनों पर आधारित कई ग्रामीण विकास संबंधी योजनाएँ चलाई हैं। कुछ प्रमुख योजनाओं के बारे में आगे जानकारी दी गई है–

32 जिला 32 कार्य

राजस्थान सरकार द्वारा वर्ष 1991 में 32 जिला 32 काम योजना के नाम से कई योजना घोषित की गयी। इसके तहत जिले की स्थानीय आवश्यकताओं के अनुरूप किसी एक गतिविधि के कार्य करवाये जाते हैं। इसका अनुमोदन जिला विकास अभिकरण की शासकीय समिति कराती है।

विभिन्न प्रवृत्तियाँ–इनमें से कोई एक-लिफ्ट सिंचाई योजना, फव्वारा सिंचाई, बूँद-बूँद सिंचाई, लघु सिंचाई योजना, एनीकट निर्माण, पक्की नाली निर्माण, पशुधन विकास, चिकित्सा भवनों का विकास, क्षारीय भूमि सुधार, पेयजल विकास, क्षारीय भूमि सुधार, पेयजल विकास, चिकित्सा भवनों का विकास, सड़कों का निर्माण, विद्युतीकरण, हस्तशिल्प, परिवार कल्याण, साक्षरता, पर्यटन विकास।

वर्ष 96-97 से पेयजल कार्यों के अतिरिक्त कोई अन्य गतिविधियाँ लेने हेतु सरकार द्वारा प्रतिबंध लगाया गया है।

प्रस्ताव निर्माण से जुड़े प्रमुख तथ्य–कुछ प्रमुख तथ्य निम्न प्रकार हैं–

1. व्यक्तिगत लाभ के कार्य नहीं हों।
2. ग्रामीण/शहरी दोनों क्षेत्रों हेतु।
3. प्रशासकीय भवनों की मनाही।
4. प्रस्ताव निर्धारित राशि सीमा से अधिक न हो।
5. कार्यों का तुरन्त लाभ हो।
6. समस्त जनहित कार्य हो।

अपना गाँव अपना कार्य योजना

इस योजना को 1 जनवरी 1991 को क्रियान्वित किया गया। इसका प्रमुख उद्देश्य ग्रामीण क्षेत्र में प्राथमिकता के आधार पर गाँववासियों की इच्छा के अनुरूप विकास कार्यों में जनता व सरकार दोनों की भागीदारी सुनिश्चित कर स्वावलम्बन की भावना जागृत करना था।

कार्य का चुनाव–इस योजना के तहत कई प्रकार के कार्य शामिल किये गये हैं–सड़क, शाला, आयुर्वेदिक, पशु चिकित्सालय, गाँवों को जोड़ने वाली सड़क, खड़ंजा, आँगनबाड़ी, भवन, महिला मण्डल भवन, पेयजल कूप टंकी, खेली, डिग्गी

निर्माण, गाँवाई तालाब, एनीकट छात्रावास निर्माण, शौचालय निर्माण, बस स्टैण्ड प्याऊ, धर्मशाला निर्माण आदि। कार्य का चयन जन-समुदाय की आवश्यकता अनुसार किया जाता है।

कार्य संचालन—इस योजना से जुड़े कार्य करवाने का दायित्व ग्राम पंचायत पर होता है। मस्टर रोल ग्राम सेवक द्वारा भरा जाता है। पंचायत में अनुमोदन आवश्यक है। पंचायत समिति भी योगदान देकर कोई कार्य करवा सकती है। सहयोग राशि को पंचायत समिति द्वारा जमा किया जाता है। धर्मार्थ ट्रस्ट भी 30 प्रतिशत जन-सहयोग जमा करवाकर स्वीकृति प्राप्त कर सकता है। यदि कोई भी दानदाता अपने नाम का पत्थर लगवाना चाहता है तो उसे निम्नलिखित शर्तें पूरी करनी होगी—

1. स्वयं संस्था भी चाहे तो कार्य करवा सकती है।
2. वे ही कार्य करवाए जाएँगे जिनके लिए आवश्यक स्टाफ स्वीकृत हो।
3. 50 प्रतिशत राशि जन-सहयोग से देने पर।
4. भवन सार्वजनिक होगा व बिना भेदभाव के सभी के लिए खुला होगा।

निर्बाध राशि योजना

ग्रामीण विकास से जुड़े कुछ ऐसे छोटे-छोटे कार्य होते हैं जो विभिन्न प्रकार की क्रियान्वित की जाने वाली योजनाओं में शामिल नहीं हो पाते हैं। इस प्रकार के कार्यों को पूरा करने हेतु निर्बाध राशि योजना बनाई गई।

प्रवृत्तियाँ—मुख्यतः पेयजल, सम्पर्क, सड़क, पुलिया, सुलभ, शौचालय, शिक्षण, स्वास्थ्य, चिकित्सा भवन आदि।

स्वीकृति राशि—प्रत्येक विधायक 25 लाख प्रति वर्ष के कार्यों को स्वीकृत करा सकता है, जो निर्बाध राशि एवं 32 जिला 32 काम योजना राशि में से ही स्वीकृत होगी। शत-प्रतिशत राशि राज्य योजना से दी जाती है। यह राशि जिला परिषद देगी।

संचालन—सम्बन्धित पंचायत, पंचायत समिति, विभिन्न निर्माण कार्य करवाते हैं। कार्य को एक ही वर्ष में पूरा करना होता है।

अनुसूचित जाति/जनजाति विकास निगम की योजनाएँ

सम्बल योजना—यह योजना अनुसूचित जाति के व्यक्तियों को 50 प्रतिशत से अधिक जनसंख्या वाले चयनित गाँव में गरीबी की रेखा से नीचे जीवन-यापन करने वाले शत-प्रतिशत परिवारों के आर्थिक विकास हेतु बनाई गई है।

उद्देश्य—प्रत्येक जिले में प्रति माह एक गाँव से शत-प्रतिशत गरीब परिवारों को लाभान्वित करने हेतु योजना बनाकर क्रियान्वयन करना, गाँव का विकास करना ही लक्ष्य है।

प्रक्रिया—प्रबंधक अ.जा. निगम अन्य अधिकारियों एवं ग्रामवासियों व जन-प्रतिनिधियों सहित सम्बल गाँव में जाकर जाजम बैठक करते हैं। इसकी सूचना एक माह पूर्व सभी अधिकारियों को दी जाती है। निश्चित स्थान, समय एवं दिन की सूचना पटवारी, ग्रामसेवक, अध्यापक, सरपंच, महिला संस्था आदि को दी जाती है। बैठक हेतु 500/- रुपये तक राशि की स्वीकृति निगम से दी जाती है।

समूह बनाना—इस योजना के तहत विभिन्न व्यवसायों एवं जातियों के समूह चिन्हित किये जाते हैं व सर्वेक्षण हेतु तिथि निर्धारित की जाती हैं। समूह में सर्वे कर शत-प्रतिशत परिवारों को उनकी रुचि के अनुसार योजना का लाभ दिया जाता है।

पात्रता—इस योजना के तहत सिर्फ अनुसूचित जाति या जनजाति के परिवार को ही शामिल किया जाता है। इसके लिए वार्षिक आय शहरी क्षेत्र में 21,850/- ग्रामीण क्षेत्र में 20,000/- से अधिक नहीं हो। किसी बैंक अथवा अन्य संस्था का अवधि के पश्चात् ऋण बकाया न हो। पूर्व में 6,000/- का अनुदान प्राप्त नहीं किया हो।

अनुदान—स्थाई लागत का 50 प्रतिशत, अधिकतम 10,000/- जो भी कम हो।

योजनाएँ—पम्पसेट, कुआँ गहरा करना, दुकान, शिल्पी शाला, उन्नत कृषि यन्त्र, पशुपालन, विद्युत कनेक्शन, ऑटोरिक्शा, पॉप योजना अंतर्गत विभिन्न उद्योग, व्यवसाय एवं सेवाएँ।

प्रशिक्षण पश्चात् स्वरोजगार

कम्प्यूटर कोर्स, बी.एड., एस.टी.सी., पशुधन सहायक, कारीगर, बारवेंडर, फैब्रीकेटर, प्लम्बर, इलैक्ट्रीशियन।

क्रियान्वयन प्रक्रिया—विकास अधिकारी के माध्यम से आवेदन पत्र परियोजना प्रबंधक अ.जा. निगम (डी.आर.डी.ए.) कार्यालय में भेजें जिसे जिलास्तरीय कमेटी स्वीकृति देगी।

राष्ट्रीय अनुसूचित जाति/जनजाति वित्त एवं विकास निगम (NSFDC) ऋण योजनाएँ

इस योजना को संक्षेप में एन.एस.एफ.डी.सी. कहते हैं। यह निगम नई दिल्ली

के सौजन्य से कई योजनाओं हेतु ऋण उपलब्ध कराता है। जूता निर्माण योजना, दुधारू पशु योजना, थ्री व्हीलर क्रय करना, भूमि सुधार योजना, गृह उद्योग, गलीचा, होजरी, कलात्मक दरी बुनाई, मत्स्य पालन, खादी ग्रामोद्योग कमीशन की योजनाएँ--इन सबके लिये वे अ.जा. परिवार पात्र हैं जिनकी वार्षिक आय 22,000 रुपये से अधिक न हो। ऋण 6 प्रतिशत ब्याज पर निगम ही देता है। अनुदान राशि 50 प्रतिशत लागत अधिकतम 10,000/- प्रति परिवार दी जा सकती है।

विद्युतीकरण योजना

इरा योजना के द्वारा लघु एवं सीमांत अनुसूचित जाति के कृषकों के कुओं पर विद्युत कनेक्शन हेतु 10,000/- की लागत अथवा 50 प्रतिशत अनुदान सीमा पर कराया जाता है।

बोरिंग एवं ब्लास्टिंग योजना

अनुसूचित जाति लघु व सीमांत कृषक के कुएँ को गहरा करने हेतु बोरिंग ब्लास्टिंग सुविधा भूजल विभाग से दी जाती है। कार्य लागत का 50 प्रतिशत अथवा 10,000/- जो भी कम होता है, राशि निगम व्यय करता है। 12 ब्लास्ट 144 छिद्रों से लगभग 5-6 मीटर तक गहरा किया जाता है। मलबा निकालना एवं पानी खाली करने की जिम्मेदारी कृषक की होगी।

ग्रामीण पॉप योजना (पैकेज ऑफ प्रोग्राम)

इस योजना के माध्यम से गाँव में रहने वाले अनुसूचित जाति के गरीब परिवारों को रोजगार के साधन उपलब्ध कराने हेतु विभिन्न उद्योग, व्यवसाय एवं सेवा क्षेत्रों हेतु बैंक ऋण दिलवाया जाता है। इकाई लागत आई.आर.डी.पी. मानदंड के अनुसार, अनुदान 50 प्रतिशत इकाई लागत का अधिकतम 10,000/- रुपये।

कार्यशाला योजना

अनुसूचित जाति और जनजाति के शिल्पकार/ग्रामीण दुकानदार की स्वयं की भूमि होने पर (11 फीट चौड़ाई 10 फीट ऊँचाई) दुकान/कार्यशाला अनुदान 10,000/- शेष स्वयं अथवा बैंक ऋण।

उन्नत कृषि यंत्र योजना

इस योजना के तहत अनुसूचित जाति के कृषकों को उन्नत कृषि यंत्र उपलब्ध

कराया जाता है। अनावश्यक श्रम को कम करने एवं कृषि उत्पादन बढ़ाने हेतु भी सहायता उपलब्ध कराई जाती है। इस योजना में अनुसूचित जाति के लघु/सीमांत कृषक जो गरीबी रेखा से नीचे हो, शामिल हो सकता है।

सामूहिक पम्प सेट योजना

यह योजना इस उद्देश्य से बनाई गई जिससे अनुसूचित जाति के लघु/सीमांत कृषकों की सिंचाई की समस्या दूर हो सके। इस प्रकार के कृषकों को अपनी भूमि पर सिंचाई हेतु 3 से 5 परिवारों का समूह बनाना होता है। स्वयं का कुआँ हो, उन्हें 5 से 10 हार्स पावर डीजल पम्पसेट निःशुल्क दिया जाता है। लागत मय उपकरण 18,000/- तक हो सकती है। अतिरिक्त राशि समूह वहन करेगा। इस योजना का लाभ वही कृषक ले सकता है जिसके पास न्यूनतम 2 हेक्टेअर एवं अधिकतम 10 हेक्टेअर कृषि भूमि है।

व्यक्तिगत पम्प सेट योजन

यह योजना अनुसूचित जाति के उन लघु एवं सीमांत कृषकों के लिए है जो व्यक्तिगत रूप से पम्प सेट लेना चाहते हैं। इस योजना के तहत वे अपनी भूमि पर सिंचाई हेतु 5 से 10 हार्स पावर के इंजन अधिकतम लागत 15,000/- में ले सकते हैं। इसमें से 10,000/- का अनुदान, शेष राशि स्वयं अथवा बैंक ऋण के रूप में होगा। पम्प सेट किसी स्थाई जलस्रोत बावड़ी, कुआँ या नदी के ऊपर लगाया जा सकता है।